Михаил
Задорнов

Записки усталого романтика

ЭКСМО
Москва
2012

УДК 82-94
ББК 84(2Рос-Рус)6-4
З-15

Дизайн переплета *Петра Петрова*

Издательство выражает благодарность
Анне Бессмертной
за содействие в приобретении прав

Задорнов М. Н.

З-15 Записки усталого романтика / Михаил Задорнов. – М. : Эксмо, 2012. – 448 с.

ISBN 978-5-699-53193-6

Новая книга замечательного, неподражаемого и любимого миллионами телезрителей и читателей писателя и юмориста Михаила Задорнова!

«Записки усталого романтика» – это биография, рассказанная через путешествия. Путь не только тела, но – души, история человека, объехавшего почти весь мир и оставшегося самим собой – нашедшего себя.

Бонусом книги является оригинальный фотоальбом со снимками из личного архива Задорнова. В книге вы найдете наиболее полный и яркий портрет кумира современности!

УДК 82-94
ББК 84(2Рос-Рус)6-4

ISBN 978-5-699-53193-6

Большинство телезрителей и читателей сегодня относятся ко мне как к писателю-сатирику. Открою секрет – я не сразу им стал! Никто уже и не угадает, с чего начиналось мое писательство. С дневников, которые я вел во время путешествий. Путешествовал ежегодно с агитбригадой МАИ. В то время Советский Союз напоминал огромную строительную площадку, и наш народный студенческий театральный коллектив по комсомольским путевкам посылали на различные ударные стройки. Мы побывали в самых дальних закоулках нашего необъятного многонационального Союза. Прямо скажу: впечатления остались на всю жизнь!

Первое из написанного мной, что было напечатано, – это очерки о путешествиях с нашим самодеятельным коллективом по Тюмени в журнале «Молодая гвардия».

Перечитываю, и даже не верится, что все это было написано будущим популярным сатириком!

Из путевого дневника агитбригадовца

•••

Радость пришла неожиданно. Наш институтский театр, которому не было еще и полугода, занял первое место среди агитбригад Москвы, и профсоюзный комитет предложил нам на лето путевки с концертами по Тюменской области. Пароходы, вертолеты, тайга, нефтяные вышки – тысяча километров по Иртышу, тысяча по Оби! – все это вдруг оказалось доступным.

Получилось так, что в поездку подобрались самые «универсальные». Каждый и жнец, и кузнец, и на дуде игрец.

За окошком поезда пару дней тянулась подгоревшая солнечная степь с копотью, осевшей вдоль дороги на полыни. На четвертые сутки показались горы Урала. Словно стадо верблюдов, медленно обгоняя друг друга, выползали они из-за горизонта на нас.

Может, потому, что в нашем институте не проходят географию, Тюмень до этих гастролей представлялась нам как некая темень с непролазной грязью, комарами, медведями, тайгой на мостовых... А тут залитый утренним прохладным солнцем вокзал – стекло и алюминий, мечта Чернышевского. И высадили нас с поезда не в грузовик-самосвал, а в многоместный «Икарус» и повезли по просыпающемуся городу, который предстал перед нами во всей своей еще пустынной свежести.

Иван Васильевич Жуков, элегантно одетый человек, с черной, уже посеребренной к вискам шевелюрой и мягкими, как два шмеля, глазами, директор Тюменского областного Дома народного творчества, проводил наше первое, «окошечное» знакомство с городом.

Сначала, увидев, что вместо тридцати человек из вагона вылезли всего девять, из которых трое представились ему как художественные руководители, а один – политическим обозревателем, он не на шутку встревожился:

– И это все? А кто же выступать будет? Ну что ж, поехали...

* * *

Когда москвичи приезжают в какой-нибудь провинциальный город (а москвичам все города, кроме Москвы, кажутся провинциальными), то им всегда хочется, чтобы в них все с первого взгляда угадывали москвичей. Может, поэтому, одевшись с Сашей Богатыревым во все самое лучшее, с фотоаппаратами наперевес, мы гордо вышли из гостиницы.

Как и я, Саша уже инженер. В агитбригаде главный менестрель. Поет студенческие песни. Заодно играет в миниатюрах. Актер театра миниатюр. Автор и, наконец, художник-дизайнер. А художники в такого рода поездках особенно нужны: когда объявление написать, когда афишу-анонс. Еще будучи студентом, всего с двумя песнями за душой Александр в составе институтских агитбригад объездил Забайкалье и Камчатку, побывал на Карпатах и на Урале. Теперь эти же две песни привез и в Тюмень.

Мы идем с Сашей по главной улице. Сначала мимо нас проплывают модерновые, залитые слепящим солнцем рестораны, кинотеатры с мозаичными, плывущими в красной невесомости светло-серыми космонавтами на фронтонах, сотообразные гостиницы. Линейкой пролегла по Западно-Сибирской низменности главная улица. Когда-то это был тракт, по которому гнали в Сибирь ссыльных. А теперь... За современными зданиями, в глубине города повсюду торчат журавлиные шеи подъемных кранов.

Но вот улица Республики сужается, и мы постепенно оказываемся в тридцатых-пятидесятых годах. Толстостенные кирпичные дома с маленькими окнами и лепными излишествами. От тяжелых серых домов ложится на тротуары сырая серая тень.

Долго тянется «середина нашего века», но вот кончается и она. Асфальт сменяется булыжником — высокие дома уступают место приземистым срубам. Ухоженные и аккуратные, как уютные крепостенки человеческого счастья, стоят они в резных наличниках, в кружевной деревянной отделке. Их окна с раскрытыми ставнями и белыми занавесками напоминают издали севших на стену огромных бабочек.

При входе в «Книги» сталкиваемся с молодым человеком при бороде и фотоаппарате, который, как нам кажется, тоже хочет, чтобы его приняли за москвича.

– Ничего стоящего нет, – сообщает он нам запанибрата. – Теперь, чтобы какую-нибудь клевость достать, надо поглубже забираться. Слишком уж много в Тюмени из-за всех этих строительств приезжих стало...

* * *

Пересменка на камвольно-суконном комбинате. Женщины и девчата в рабочей одежде, как нам кажется, нехотя заполняют красный уголок с игрушечной сценой, на которой может уместиться лишь такая небольшая бригада, как наша. Мы подглядываем в щелочку занавеса. Позор, кажется, неминуем. Во дворе за открытым окном стучит лебедка. А кое у кого из наших в такт ей морзянкой постукивают зубы от страха.

– Начинайте! – подает знак с первого ряда приехавший с нами худрук нашего институтского Дома культуры. – Пора!

«Дождливым вечером, вечером, вечером...» – под первые музыкальные фразы «Пилотов» двое растаскивают руками занавес, а между куплетами я, стараясь побороть дрожь в голосе, как можно торжественнее объявляю агитбригаду Московского ордена Ленина авиационного института имени Серго Орджоникидзе. «Мы парни бравые, бравые, бравые», – подхватывает ансамбль, а кто-то в зале встает и идет закрывать окно, чтобы не мешал шум лебедки, доносящийся с заводского двора.

«Ребята, вы только посмотрите, какая сегодня белая ночь! – говорит на набережной Невы своим товарищам после выпускного вечера один из выпускников средней школы. – Она должна запомниться нам на всю жизнь – 21 июня 1941 года».

«Не двадцать первое, а двадцать второе, – поправляют его друзья. – Уже ведь без пятнадцати четыре».

«Мальчишки сороковых годов» – так называлась наша композиция о разбитых войной судьбах, надеждах, мечтах. Мы использовали в ней не только стихи и песни известных авторов, но и рассказы родителей, переживших войну, преподавателей, прошедших ее с боями. Принес, например, частушки и песни, сочиненные солдатами, нынешний наш маёвский доктор технических наук, а в прошлом лейтенант В. Б. Тихонов. Это его выпускной вечер совпал с началом войны.

Принято считать, что по содержанию агитбригада – это жанр наступательной боевой публицистики, а по форме – один к одному «Синяя блуза».

Если человеку громко крикнуть в ухо «Будь хорошим!», сомневаюсь, чтобы он от этого стал лучше. В наше время зритель столько повидал постановок в театрах, прочел столько книг, стал таким докой в киноискусстве, что ему мало уже указать пальцем: «Иди туда!» Искусство эмоциональное воспитательнее любого плакатного. Ведь если зритель заплакал или вознегодовал от увиденного на сцене, он уже вряд ли допустит, чтобы это действие повторилось при нем в жизни. Так думалось нам. И мы оказались правы.

Стихи Евгения Евтушенко о детском хоре, поющем в госпитале для раненых... у многих женщин, сидящих в зале, на глазах появляются слезы. А ведь сколько людей в Москве говорили нам на прощанье: «Не надо там читать стихов. Не поймут. Миниатюр да песен побольше давайте». Теперь, после поездки, я смело могу сказать, что наши советчики были не правы. Видели бы они те тихие слезы...

Для песен и миниатюр было у нас отведено все второе отделение. Шум или, как говорит молодежь, «забой» – основная болезнь самодеятельных музыкантов наших 70-х. Мы помнили об этом, а потому тщательно отбирали песни. Не этакие современные шлягеры, слова которых далеки от хорошей поэзии, да и от поэзии вообще, и не те, которые настраивают лишь отбивать ритм ногой под стулом. Особенно же радовались зрители миниатюрам. И неважно, что они были студенческие, об экзаменах и общежитии.

– Прежде чем ответить на вопрос, пойдите и подумайте: «Как держать ружье при ядреном, простите, при ядерном взрыве?»

– Я уже подумала... Ружье при ядреном взрыве надо держать на вытянутых руках, чтобы расплавленный металл не капал на казенные сапоги.

– Ну а вы, студентка Тьфусюкина, что будете делать, если во время практических занятий по гражданской обороне у вашего товарища пойдет кровь из носа?

– Это очень просто... Немедленно наложу жгут на шею!

Когда в зале больше женщин, всегда смех громче, заливистей и задорнее. Естественно, что на суконно-камвольном комбинате мужчин было значительно меньше. В зале все так радовались нашим шуткам, что мы вдруг осмелели. И решили сыграть миниатюры, написанные несколько лет назад нашими авторами из сатирического самодеятельного коллектива «Телевизор».

Председатель приемной комиссии: «Итак, вы хотите участвовать в нашей художественной самодеятельности? А что вы умеете делать?»

Два молодых студента: (хором) «Можем прочитать стихи про Муху-Цокотуху!»

– Ну что ж... Слушаем вас.

– Муха-муха Цокотуха.

– Позолоченное брюхо.

– Муха по полю пошла.

– Муха денежку нашла.

Председатель приемной комиссии:

– Что вы читаете!? Вы сами-то понимаете?! Да я... Да вы... Да вас из института надо за это отчислить! Муха-муха ЦеКа – что? ЦеКа – туха?! Как вам не стыдно?

– Да мы... да мы... Мы этого не имели в виду.

– Да? А далее? Ну-ка повторите вторую строчку?

– Позолоченное брюхо...

– (перебивает) Вы на кого намекаете?!

– Да нет, ни на кого...

– А третья строчка? Давайте-давайте, не стесняйтесь? Ну?

– Муха по полю пошла. Муха денежку нашла...

Председатель приемной комиссии (перебивает):

– Хотите сказать, что у нас на поля просто так много денег выброшено?!

После концерта подошел секретарь местной комсомольской организации:

– Однако вы ребята – что надо! Судя по всему, ничего не боитесь. Впрочем, у нас вам бояться нечего. Дальше нас редко кого ссылают.

А в книге отзывов, которой мы должны были «отчитаться» перед профкомом и парткомом, появилась первая запись: «Большое спасибо, ребята, вам за ваше прекрасное выступление, за душевные песни. Молодцы! Особое спасибо за ваш юмор!» И подпись: «Тюменские девчата».

* * *

Ранним утром мы уже подъезжали к Тобольску. Когда начало светать, мы увидели по обе стороны железной дороги серые болота с серыми телеграфными столбами и сороками на проводах. В низинах между черными, словно промокшими насквозь перелесками скучно лежал туман. Но вот поднялось из тумана солнце, ударило своими лучами в купола, башни и белокаменные стены Тобольского кремля – величественный и неприступный, как путникам Древней Руси, показался он нам на далеком холме.

Повеселели с появлением солнца и краски в природе, повеселели и мы, прильнувшие к вагонным окнам, глядя на Иртыш, над которым монотонно застучал, вкатившись на гулкий мост, наш поезд.

Тобольский железнодорожный вокзал расположился в семнадцати километрах от города, в тайге. Его пока безлюдное, недавно законченное здание похоже на магнитофон самой последней марки. По бокам, как стереоколонки, – две пристройки. Скоро побегут мимо этого вокзала поезда из Тюмени в Сургут, к Оби и там – по самому длинному в Советском Союзе мосту.

Зашумит тогда тобольский вокзал. Пока же только тайга молчаливо темнеет у самых его сверкающих новыми стеклами окон.

У городов, как и у людей, свои лица, свои характеры. Совсем не такое, как у Тюмени, лицо Тобольска. Город старины и будущего одновременно. Когда-то это был центр губернии. Отсюда шло управление Сибирью. Еще раньше Ермак сражался в этих местах с Кучумом. В городском парке – памятник Ермаку.

В XIX веке в Тобольск на поселение отправлены были декабристы Басаргин, Кюхельбекер, медик Вольф, лечивший бесплатно крепостных, супруги Фонвизины – с них Пушкин писал Татьяну Ларину и ее мужа. В пересыльной тобольской тюрьме на крутом берегу Иртыша содержались Чернышевский и Достоевский. Декабристы, умершие здесь, не дождавшись амнистии, похоронены на городском кладбище. Именно сюда сразу после осмотра кремля приходят с цветами приезжие.

Тобольск – родина Менделеева. В Тобольске жил Ершов, автор «Конька-Горбунка». Сохранилось от тех давних времен здание деревянного театра – сказочный теремок, отделанный разноцветным деревянным кружевом.

Идешь по сохранившимся с прошлого века улицам Тобольска, и кажется, что вот-вот выедет из ворот какого-нибудь особняка карета... Но вместо нее, урча, карабкается в гору "КрАЗ" или "МАЗ" с панелями, за ним другой – с плитами для мостовых.

Мы стоим на кремлевской колокольне и смотрим на город с высоты птичьего полета. Тайга, овраги, подгорная часть города – улицы как на старинной карте; Иртыш с баржами, буксирами и моторными лодками, противоположный берег его, болотистый и равнинный, мост и снова тайга да птицы, парящие наравне с тобой. Вот она, панорама Тобольска, открывающаяся с самой высокой его точки...

* * *

Ранним ветреным утром мы расстаемся с Тобольском. «Метеор» отходит от пристани и везет нас... на север!

Дикие, безлюдные берега. Правый – крутой. Ветер клонит вдоль берега серебристые тальники над песчаными кручами. Левый – пологий, с лугами и болотами или лиственными лесами. Ближе к северу начинается тайга. Ивняки сменяются гарью или непроходимыми таежными зарослями, подступающими к самой воде. Появляются сопки. Натыкается на них Иртыш и течет уже не так прямо, образуя плесы, песчаные отмели на поворотах с выворотнями и белым, высушенным солнцем плавником. Встречные баржи, теплоходы, лесовозы напоминают о том, что река – главный пока путь сообщения с севером. Редко и одиноко виднеются порой на берегах деревеньки на двадцать-тридцать домов – и снова тайга, плесы, ветер...

Последний концерт в далеком поселке Шапше. Моторки, нагруженные нашей музыкальной аппаратурой, идут по одной из проток Иртыша. Река разлилась. По колено в воде стоят ивовые рощи, телеграфные столбы, торчат из воды верхушки кустов. Стая уток обгоняет нас. На далекой сопке виднеются белые шиферные крыши хат. Тайга со всех сторон обступила их, прижав к самому склону.

Сегодня в жизни далекой таежной деревни Шапша, которую не найдешь ни на одной карте, случится небывалое: концерт! Да еще силами москвичей!

– Артисты приехали! – разносится по деревне. – Из Москвы.

Покосившийся, посеревший от времени сруб с приделом и палисадником – это местный клуб.

Еще не вернулись с вечерней вахты доярки, поэтому мы не начинаем.

Словно холодным алым огнем горит широкий речной разлив. Медленно тонет в сверкающей воде остывающее солнце.

На закате звуки слышны четко и издалека. Выстукивая мотором по красной протоке, задрав нос, выползает из-за ивовой рощи черный рыбацкий бот.

– Сейчас всех парным молочком угостим, – довольно потирает руки молодой, в белом халате приемщик молока, чей приемный пункт рядом с клубом. – Перед концертом-то беленького, ага?

– Ага! – отвечаем мы.

Зал на десять скамеек. Бильярд с натянутым байковым одеялом. В углу на табурете – бачок с ключевой водой и алюминиевая кружка.

Дети лежат на животах на полу перед первым рядом, подперев голову руками. Мы уже знаем, что главный у них – «индеец», тот, который первым подошел к нам на берегу. Перед концертом он учил нас ловить щурят. Ловил их ивовым прутиком с проволочным кольцом на конце. Высматривал, где щуренок стоит в воде у берега, осторожно заводил ему на острую головку кольцо и резко выдергивал. Почти ни один щуренок у него не сорвался. Нам эта премудрость, сколько ни пытались, так и не далась.

Детей в деревне много. По четыре, по пять в семье. А вот школа здесь пока только до третьего класса. Кто постарше, тех возят в соседнюю деревню. На катерах – пока вода, на мотоциклах – когда река замерзнет. Летом, в свободное время, им тут раздолье – и рыбалка, и кедровые шишки, и костры, и «казаки-разбойники», точнее Ермак с Чапаевым. Кто ростом за два вершка перевалил, у тех уже и свои плоскодонки. Разборные, на корыта похожие, с жердочкой вместо скамейки и веслами с мухобойку, верткие, легкие, быстрые. На них они гонки устраивают, на другой берег бухты за шишками гоняют. Одарили они кедровыми орехами и нас.

– А ну ты, бересты принеси, а ты – шишек! – важно раздавал приказания своим карапузам «индеец». – Счас шишки пожарим, орешков налущим... – Объяснял своим: – У них там, в Москве, орехов нету, ага!

Вообще дети производят здесь двоякое – но, может, только на сугубо «городской» взгляд — впечатление. «Индеец», например, когда дело касается лодок, рыбалки, даже мотора, или если надо где-нибудь что-то приладить, сообразительнее, пожалуй, иного взрослого. А спросил я его: «Кто твой батя?» — засмущался чего-то.

Батя же его — самоучка-художник. Тридцать два года, а уж семеро в семье, не считая его с женой — молодой дояркой. Восьмого ждут. Веселая семья, а в избе картины грустные: ива стоит в воде, точно девушка с распущенными волосами, облако, зацепившееся за сопку, красная протока — точь-в-точь такую сами видели...

— Ваш концерт для нашей деревни — событие! — говорит нам после заключительной песни и тут же краснеет молоденькая девушка с косой, в этом году закончившая школу.

— Приехали, уедете, и снова одно кино пойдет, — добавляет пожилая женщина: лицо у нее усталое, но она неожиданно просит: — А вы бы не поиграли еще, пока свет не выключили? Мы, может, даже потанцевать спробуем...

Танцуют две-три женские пары, остальные женщины смотрят, сидя на составленных в угол скамейках. Мальчишки, которым по случаю концерта перенесли «отбой», рады необычайно — визжат, катают по полу между танцующими бильярдные шары. Мужчины стоят на крыльце, курят, расспрашивают, как там, в Москве, что нового, можно ли достать какие-нибудь рыболовные снасти.

— Авиационный, авиационный... — переспрашивает сам себя, роясь в памяти, Ваня-ветеринар, высокий, худой, с обветренным лицом. – Так это в вашем институте учился космонавт Волков?

– И Лебедев, и Кубасов!

– Значит, и вы можете еще полететь, – говорит Иван. – Вот это институт, это я понимаю!

На следующий день свое искусство показывали наши хозяева.

Разбудили нас по-деревенски на заре. Одевшись в теплое и непромокаемое – моросил дождь, дул пронизывающий ветер, – отправились мы с Пашей на его боте в дикие, нехоженые места поймы.

Ветер хозяйничал на протоках – то мял густую сочную траву, доходившую до груди, то вдруг срывался с шумом, гнул головы соснякам. Наведет рябь на протоках, взволнует вольным своим движением душу и улетит в бескрайний простор...

От ряжовки к ряжовке переходили на шестах. Ветер сносил шлюпку, работать шестом приходилось без передышки, пока кто-нибудь не дотянется до воткнутой в дно сваи. Тогда лодку разворачивали бортом к сети, один держал трос, а остальные принимались выпутывать рыбу. Паша от души хохотал, наблюдая за нашими неумелыми действиями.

– Смотри! – кричал с тайной гордостью, неуловимыми быстрыми движениями выпутывая из сетных ячеек щуку. Нам бы ее ни в жизнь не достать...

За два часа, проведенных в этот день на Иртыше, мы поняли, что есть другая жизнь, не менее интересная, чем наша. Жизнь людей, выросших на природе, понимающих ее до таких же мелочей, как понимаем мы правила дифференцирования. Глядя на разлапистые кедры, на уток, взлетающих из камышей, на красные от заката протоки, мы вдруг позавидовали этим людям ничуть не меньше, чем вчера после концерта они завидовали нам. Чем это состояние объяснить – я до сих пор не знаю. Но так было тогда...

Двести с лишним килограммов рыбы: язя, щуки и стерляди – выпутали мы за два часа и сдали на шапшинскую лисью звероферму.

...Речной трамвайчик уже пришел за нами и стоит у берега в темноте, врезавшись носом прямо в песок. В последний раз и мужчины, и женщины, и дети собираются у костра.

– Спойте любимую, – просит на прощанье Василий. – Ну, эту, про жизнь...

«Проходит жизнь, проходит жизнь, как ветерок по полю ржи...» – поем мы, вспоминая утренний, колышущий траву ветер.

– Ведь и я когда-то мечтал быть таким же, как вы, ученым, – говорит он, – да только война помешала, доучиться не дала. Так что не считайте нас такими уж медведями, ага?!

– Ага! – отвечаем мы, обнимаемся и отдаем ребятне все оставшиеся у нас значки с эмблемой нашего института. Советуем им не забывать своей Шапши, когда вырастут и уедут учиться в город.

* * *

А потом поезд летел под распахнутым на все четыре стороны небом – спешил обратно, домой, и все было в поезде как всегда, как бывает, когда возвращаешься. Вот только нам казалось, что мы немного повзрослели.

Кидало на закруглениях пути вагон-ресторан. Кидало вместе с ним и нас, устроившихся на самодельной, из-под лимонадных ящиков, сцене. Столики были пристегнуты к стенкам, из стульев составили партер, и в нем расположились проводники – бойцы студенческого «путейского» отряда – парни и девушки из Красноярского медицинского института.

Это был наш последний «труднодоступный» концерт. Печалились мы, обижались, что никто не хотел ехать, и нас бросили вдевятером, а как вышло... Прослушало нас три тысячи человек. Половина из них никогда раньше не видела студенческой самодеятельности.

После успеха в «Молодой гвардии» мне захотелось печататься и в других журналах. Самым популярным в то время был молодежный журнал «Юность» – тираж более четырех миллионов экземпляров! И при этом на него не так легко было подписаться. Еще тяжелее – купить в киоске. Только с утра в день завоза, отстояв в очереди, как за свежим кефиром или за кроссовками «Адидас».

Самому большому гонорару в своей жизни, который я получил, уже будучи известным сатириком, за выступление в Кремлевском дворце съездов, не радовался так, как очеркам, которые были опубликованы в журнале «Юность»! За эти очерки отдел публицистики вручил мне небольшую премию, меня наградили дипломом! Первое лауреатство в моей жизни!

Агиттеатр на БАМе

•••

«Агиттеатр Дворца культуры МАИ еще молод. Однако у него уже есть свои традиции. Каждый год летом коллектив выезжает на гастроли. В 1975 году студенты побывали в гостях у нефтяников Тюменской области. Проехали с концертами тысячу километров по Иртышу и по Оби. В 1976 году совершили «хождение за три моря» – Баренцево, Карское и Лаптевых, – плавали на судах Мурманского пароходства, в том числе на таких знаменитых ледоколах, как «Ленин» и «Арктика».

В 1977 году агиттеатр МАИ стал лауреатом Всероссийского фестиваля самодеятельного творчества трудящихся. А совсем недавно ему было присвоено звание народного коллектива. Прошлым летом местом их гастролей был центральный участок строительства Байкало-Амурской магистрали...

Мы публикуем дневник руководителя студенческого театра – выпускника МАИ Михаила Задорнова».

Журнал «Юность»
№ 6, 1978

11 июля. Первые впечатления

Чем дальше улетает от Байкала наш «Як-40», тем безлюднее становятся места. В начале путешествия жажда впечатлений особенная, может, поэтому, несмотря на то что в Иркутске всю ночь бились за билеты, сейчас никто не спит. Впереди среди темно-зеленой тайги показалась ярко-желтая лента. «БАМ! БАМ!» – пробегает по салону, и все приникают к окнам. Словно лыжня опытного слаломиста, магистраль извивается среди сопок.

Нас восемнадцать человек: десять – артисты, семь – вокально-инструментальный ансамбль «Обертон» и я – руководитель агиттеатра. Через пятнадцать минут посадка в Тынде, и, может быть, уже сегодня начнем выступления...

* * *

Автобус бежит между сопками. По обе стороны дороги – покрытая пылью тайга. Навстречу то и дело с ревом проносятся рыже-красные самосвалы и оранжевые грузовики. Все вокруг кажется необыкновенным. Даже солнце, и то слишком яркое. Въезжаем в столицу БАМа – Тынду. Впечатление, что едем не по городу, а по гигантской стройплощадке. Всюду подъемные краны, строящиеся дома, люди в касках.

...Ребята устроились в малом зале клуба «Ударник». Принесли туда четырнадцать раскладушек, два ведра, один утюг. Девочкам администрация поселка Новотындинский отвела вагончик неподалеку.

12 июля

Сегодня открываем новую танцплощадку в поселке Новотындинский. Солнце, издевательски яркое, висит над горбатыми сопками. Вот появляются первые нарядно одетые девушки. Правда, они нас стесняются еще больше, чем мы их, и поэтому на середину не проходят, а стоят поодаль и оттуда слушают музыку. Благо аппаратура у нас современная. Слыхать во всем Новотындинском.

Наконец появляются и мужики. Но они оказываются еще застенчивее, чем девушки.

Бросили играть. Актриса агиттеатра Таня Буланова, волнуясь, начинает читать монолог выпускника МАИ Лиона Измайлова «Советы желающим влюбиться». И девушки, и парни тут же проходят на середину, чтобы лучше слышать – все-таки юмор!

До чего здорово выступать перед зрителями, которых облепили комары! Все время такое ощущение, будто тебе аплодируют.

Вдохновленные «аплодисментами», объявляем белый танец, за лучшее исполнение которого ансамбль «Обертон» учреждает специальный приз – с надписью «Агиттеатр МАИ «Россия»».

За особую смелость при открытии новой танцплощадки значок МАИ – кусочек лазурного неба с летящим по нему самолетом – вручается бойцу стройотряда «Московский комсомолец» Галине Павленко, первой пригласившей на танец своего мужа Николая Павленко.

Контакт установлен! Танцуют все! Кажется, что весь поселок собрался на танцплощадке. Не уходят даже семейные и многодетные. Они садятся на трубу теплотрассы и оттуда, словно из ложи, слушают музыку.

Солнце погружается в верхушки елей и сопок, окрашивая в оранжевый цвет крыши вагончиков на склоне, стволы берез у ворот площадки и лица танцующих. А на столбах уже включили прожектора.

Танцы окончены. В нашей книге отзывов появляется первая запись: «Дорогие студенты, приходя на эту танцплощадку, мы всегда будем вспоминать вас!»

15 июля. Первые трудности

Автобус все глубже зарывается в тайгу. По обочинам цветет сиреневый иван-чай. Сама же дорога похожа на стиральную доску. Автобус старенький. Весь трясется, гремит. При особенно резких толчках от него отваливаются «лишние» детали, которые шофер собирает и складывает в специальный ящичек, чтобы потом поставить их на законное место.

На БАМе мы пятый день. А у нас уже сложились свои традиции. Каждый день три концерта: два днем на стройплощадках в Тынде, один вечером в каком-нибудь клубе. Сегодня уже было два дневных концерта. Теперь выезжаем в поселок Восточный.

Чтобы снять напряжение от двух дневных концертов и жары, шофер предлагает нам завернуть на речку искупаться. «Уж больно я хорошее место знаю!» – говорит он и отвозит нас на берег Гилюя.

Дикие, пустынные берега. Отмели – обкатанная до синевы крупная галька. Повсюду валяются коряги, стволы деревьев, ветки. Сильным течением с них ободрало кору, потом разливом выбросило на берег и солнцем высушило до пепельного цвета. И теперь берег напоминает свалку скелетов доисторических животных. Со всех сторон сдавливают реку высокие скалы. Кажется, что находишься на дне пропасти. Сама же река быстрая, словно пытается вырваться из горных тисков. Зато зайдешь повыше, ляжешь на воду, раскрыв руки, и понесет тебя течением, как чайку ветром.

В поселок Восточный въехали «с музыкой». Заклинило сигнал у автобуса. Жители, думая, что едет «Скорая помощь», тут же повыбегали из своих домов. Зато собирать уже никого не пришлось.

Приезжая на новое место, мы обычно ищем сцену. На этот раз сценой стало цокольное покрытие будущей гостиницы. Для районов Севера и вечной мерзлоты выпускаются специальные утепленные минеральной ватой фанерные блоки. Есть блоки чердачного покрытия, есть стенные, есть блоки фундамента – цокольные. Дома из них собираются как в детском конструкторе.

На этом концерте мы впервые столкнулись с «детской проблемой», потому что детей вокруг «сцены» оказалось так много, что невозможно было выступать с серьезными номерами. Детям неинтересно. Они носятся между рядами, шумят, играют в войну, прячась за спины зрителей.

Первым нашелся Женя Шибагутдинов. Он вышел и сказал: «Дорогие дети! Я вам сейчас спою песню про малинового ежика». Все тут же успокоились и, разинув рты, уселись на колени к мамам. Потом Женя спел им про слоника, потом про крокодильчика... А когда стали выходить остальные актеры, то у каждого в репертуаре оказалось что-то детское. Кроме ансамбля... Но, когда играет наш ансамбль, ему никто не может помешать. Ни дети, ни даже гром, который уже гремел вовсю. Молнии ныряли не за горизонт, а в долину Гилюя. Но ансамбль наш играл громче грома. Быстро стемнело и так же быстро похолодало. Приходилось, отработав свой номер, забегать за сцену и там прыгать, приседать, чтобы не замерзнуть. Ну а девушек кутали в одеяла, в которые при перевозке обычно заворачивали аппаратуру.

Не повезло нашей Марине Бролик. Когда она читала стихотворение, ее в ногу укусила оса. После концерта зрители говорили: «Какая у вас талантливая девочка. И поет, и танцует! А когда стихи читает, так переживает, что даже плачет».

Но вот край тучи повис над нами, а по верхушкам деревьев пробежал резкий ветер. Упали первые крупные капли дождя. Слава богу, мы пели уже заключительную песню. Правда, допеть ее не успели. Гром грянул вдруг не на небе, а у нас на «сцене». Одновременно с ним молния врезалась чуть ли не в аппаратуру, а дождь хлынул с такой силой, будто на небе сразу открыли до отказа все краны. Благодарные зрители вместе с нами подхватили музыкальную аппаратуру и бегом потащили и колонки, и музыкальные инструменты под первый попавшийся навес. Пока пережидали грозу, в местном вагончике-столовой разговорились с бамовцами и бамовками.

– Не все так просто было, – поделилась наболевшим инженер Жанна Ржевская. – Я ведь уже на вторую зиму приехала. И все равно порой нелегко было. Электричество во всем поселке иногда отключалось. В вагончиках минус сорок... Правда, спится на морозе знаете как крепко. Самое главное у первопроходцев – это чувство товарищества, которого нам порой так не хватает в больших городах. Что я заметила? Многие из нас, когда поселок уже начал застраиваться и разрастаться, снова уходили в десант. Именно из-за особенной дружбы. Меня это еще в мою первую зиму поразило. И вот вернулась на вторую...

Ночью по дороге в Тынду нас настигла буря. Ливень был такой, что казалось, будто едем в подводной лодке, а не в автобусе. Потом поднялся ветер, засверкали молнии. В довершение ко всему сломался автобус. Всю ночь простояли на горе. Порой казалось, что ветер сдует автобус в темноту под обрывом, и тогда все со страху начинали петь, вспоминать случаи из своей жизни.

А когда рассвело, все ахнули. Вокруг нас была изуродованная бурей тайга. Стволы сосен переломаны, словно спички. С речки полз вверх по склону сопки туман, постепенно превращаясь в облако. Но вот небо окрасилось в розовый цвет: из-за волнистого горизонта, из-за сопок показалось бледное солнце. Наш шофер починил автобус, и мы снова затряслись по «стиральной доске».

21 июля. Выходной на БАМе

Сегодня выходной не только у нас, но и у бамовцев. Поэтому на городском пляже с утра полно народа, прямо как на курорте. Река мелкая, самое глубокое место – по грудь. Зато солнце растворяется в ней до самого дна, от чего вода становится золотистой и теплой, словно за сопкой, откуда она вытекает, стоит специальный подогреватель.

На пляже нас уже многие узнают. Спрашивают, где сегодня выступаем. А когда вечером мы начинаем играть на танцплощадке, никто более не стесняется. Все относятся к нам как к своим.

Во время танцев ко мне подходит высокий загорелый парень. Белые, выгоревшие на солнце волосы. Тенниска, оттеняющая загар.

– Ну, как площадка, ничего? – спрашивает он. – Мы строили.

Выяснилось, что он из Зеленограда.

– А давно здесь?

– Завтра уже улетаю... Грустно. Ведь четыре года все-таки прошло. С самого первого дня здесь...

– А почему тогда не остаться?

– Не могу. Во-первых, доучиваться пора. Я ведь из МИЭТа со второго курса сюда рванул. Во-вторых, все наши все равно скоро разъедутся. А работать в какой-нибудь другой бригаде – это уже не то... Мы за четыре года здесь очень сдружились. Особенно первая зима нас сплотила. Никогда у меня таких друзей не было, как в Тынде. Ведь все мы москвичи. – Он немного помолчал, потом добавил: – Здесь, на БАМе, все делать научились и топором, и рубанком. Так что если теперь в квартире жена что-нибудь попросит смастерить, то запросто... Лишь бы топор нашелся.

Танцплощадка трясется в такт музыке, даже тех, кто не танцует, подбрасывает, как на батуте.

24 июля. Якутия

Уже два дня, как мы ездим по Якутии и дрожим от холода. Смешно! Ведь до этого полторы недели изнывали от жары. Никто не подумал взять с собой теплые вещи. Хотя в Москве родители буквально набили ими все наши чемоданы. Ведь для них БАМ – это прежде всего вечная мерзлота. «Никакого понятия о стройке века», – смеялись мы над ними. Но только до границы с Якутией. Стоило ее пересечь, тут же подул резкий холодный ветер, а по небу побежали сердитые дождевые тучи. Словно граница была проведена согласно каким-то климатическим условиям. Даже в автобусе мы сидим, завернувшись в одеяла. И только иногда кто-нибудь выскочит из автобуса, сорвет ветку кедрового стланика, на память щелкнет фотоаппаратом разбегающиеся во все стороны, словно от ветра, сопки – и обратно в автобус.

25 июля. Сережа

Концерт в поселке Золотинка нам хорошо запомнился. За полчаса до начала за кулисы пришел мальчик лет десяти. В сером наглухо застегнутом пальтишке, сером берете, выглаженных серых брюках, начищенных туфельках и с фотоаппаратом наперевес. Из-под берета выбивались белые волосы. По его опрятному виду можно было догадаться, что к нашему концерту он тщательно готовился, как готовятся только к любимому делу.

– Здравствуйте! – смело сказал он. – А что вы будете показывать?

– Здравствуй! – ответили мы. – Показывать будем... все!

– И смешинки тоже? – спросил мальчик.

– И смешинки тоже.

– Вот это хорошо! Это я люблю! – обрадовался он. – Вчера, например, мне очень понравилось.

– Что тебе вчера понравилось? – сразу насторожился я.

– Да тут вчера тоже студенты выступали, которые у нас на стройке работают. Из Минска. У них такие смешные смешинки были, что от смеха все, ну, я не знаю чего делали...

– Что, так уж всем и понравилось? – ревнуя зрителей к «чужим» студентам, спросил наш режиссер Саша Четверкин.

– Еще бы! Вот, например, такая смешинка...

Признаться, до этого момента никто из нас мальчика всерьез не принимал. Ну, зашел, ну, хочется ему поговорить, ну, поговорили. Но между делом. Ведь всем еще и переодеться надо, а артистам – грим наложить... Но, когда он начал рассказывать смешинку, которая ему запомнилась, мы замерли, словно в стоп-кадре: кто с зеркальцем в руке, кто с одной ногой в штанине. Он слово в слово рассказывал нам шутку-минутку из нашей программы. Конечно, ничего страшного в этом не было. У нас и без нее достаточно юмористических номеров. Но как миниатюра, написанная авторской группой нашего театра с помощью писателя-выпускника нашего института Лиона Измайлова, попала к студентам из Минска?

– Тебя как звать? – спросил я.

— Сергей, — серьезно сказал мальчик. Потом подумал немного и добавил: — Можно Серый.

— Так, Серый, а что они еще показывали, не помнишь?

— Как же не помню? Все помню! — сказал он и начал пересказывать... нашу вторую миниатюру. Тут уже всем стало не до смеха.

— Ничего не понимаю! — расстроился Четверкин, которому теперь вместе со мной предстояло за десять минут до выступления менять программу.

— А это было? А это? А это? — тут же посыпались на Серого вопросы о номерах уже от самих исполнителей.

— Погодите, погодите! Не все сразу, — понимая, что он полезен, важничает Серый. — Это было, а этого не было. А это Хазанов читал, когда приезжал в Тынду. А это по телевизору Лившиц и Левенбук разыгрывали, а эти стихи Вознесенского наша учительница на «Огоньке» декламировала...

— Товарищи! — не выдержал вдруг Игорь Фатуев, солист ансамбля. — Да вы только посмотрите на него! Это же гениальный ребенок! Мало того что у него память, как магнитофонная лента, так он еще и Вознесенского знает. Может, он и сам стихи сочиняет?

— Нет. Сам не сочиняю, — ответил Сережа. — Саня сам сочиняет.

Он вскочил, сбегал в зал и привел Саню — карапуза в незастегнутых сандалиях на босу ногу, но в телогрейке, кепке и с ватой в ушах — от ветра.

— Но вообще-то он рисует лучше, чем сочиняет, — хвастает другом Серега.

После минутного молчания Четверкин – единственный в нашей агитбригаде отец – говорит:

– Вот моя дочь подрастет – я ее тоже на БАМ в школу учиться отправлю. Пусть тоже гением станет! А вы, кстати, ребята, как учитесь?

– Учеба – это ерунда, – отмахивается Сережа, – это легко. Конечно, на пятерки. – Потом посмотрел на часы и сказал, вздохнув: – Ладно, Саня, пошли. А то артистам уже на сцену пора, а мне выдержку на фотоаппарате проверить надо. Я экспонометр дома забыл.

На этом концерте мы чувствовали себя под защитой Серого. Стоило только кому-нибудь из детей в зале расшуметься, он тут же подходил и делал замечание. Они его слушались. Авторитет! Все-таки с фотоаппаратом.

После концерта Сережа и Саня снова пришли к нам за кулисы.

– Я все узнал! – гордо сказал Сергей. – Вчерашние вас в Моготе видели. И за вами записывали.

– Откуда ты знаешь?

– А я слышу во время концерта, как кто-то все говорит за спиной: «Это было, а этого не было... А это надо запомнить – еще пригодится». Обернулся – так и есть! Вчерашние!

– А тебе-то самому понравилось? – спрашиваю я.

– Ой, как понравилось! – Тут Сережа замялся, посмотрел на художественного руководителя своего клуба, пишущего отзыв в наш гастрольный альбом, и, боясь, что откажут, предложил: – А можно мы тоже вам кое-чего напишем?

Долго в комнате худрука они с Саней пыхтели, сопели, спорили, пока, наконец, не вернули нам книгу отзывов. Под рисунком «Первая улица Золотники» были написаны стихи – аккуратно, словно на уроке чистописания:

Ваш концерт запомнили надолго,
С песнями, смешинками, стихами.
Мы б хотели тоже стать такими.
Будем в институт ваш поступать.

Когда я показал всем рисунок и прочел вслух стихи, Сережа смутился и, оправдываясь, сказал:

– Стихи-то я писать могу. И даже очень много. Вот только в рифму не всегда получается...

Когда поздно вечером, погрузившись в автобус, отправлялись мы в Беркакит, с крыльца клуба нам вслед махали руками два маленьких человека – Саня и Сережа...

25 июля

Последний концерт окончен. Нам вручают почетные грамоты, потом дарят карты БАМа, книги, сувениры: обломки шпал, куски рельсов и камни с насыпи... Штаб ЦК ВЛКСМ вручает памятную комсомольскую путевку, дающую право каждому быть зачисленным по желанию в состав отряда строителей-десантников бамовцев «Московский комсомолец».

Мы стоим у окошка поезда, увозящего нас из Тынды. В мечтах – Москва, в чемоданах – грамоты, сувениры, на руках – мозоли от переносимой ежедневно аппаратуры. А в темноте на исчезающем перроне машут руками друзья. Только что на прощание мы пели вместе с ними нашу любимую песню:

Проходит жизнь, проходит жизнь,
Как ветерок по полю ржи.
Проходит явь, проходит сон,
любовь проходит.
Проходит всё, любовь пройдёт,
Мелькнёт мечта,
Как белый парус вдалеке...
Лишь пустота, лишь пустота
В твоем зажатом кулаке.

И прав был Лев Толстой: когда куда-нибудь уезжаешь, то первую половину пути думаешь о тех, с кем расставался...

3 августа. Возвращение

Завтра приедем в Москву! За пять дней, проведенных в поезде, мы выспались, отдохнули, наглядно представили себе размеры нашей страны. Все снова довольны, как тогда в Москве, перед отправлением. Только тогда, радуясь предстоящему путешествию, мы хотели, чтобы с нами произошло что-нибудь необыкновенное. А теперь, радуясь возвращению, понимаем, что это необыкновенное уже произошло. Хотя никто за это время не женился, никто не открыл нового месторождения нефти или драгоценной руды, никто не пропал без вести и ни на кого не напали медведи...

...На перроне по традиции становимся в кружок, благо всего пять часов утра и перрон пустой, и шепотом скандируем: «МА-И! МА-И! МА-И!» Мы клянемся друг другу никогда не забывать этой поездки.

Так в 70-е годы началась карьера писателя-журналиста, который даже и не мечтал об успехе на сцене.

Каждый год, возвращаясь с очередных гастролей, я писал очерки, дневники... Их публиковали, читатели (злыдней-троллей в то время не было) присылали письма с благодарностями, чем вдохновляли на новые работы.

В одном из таких писем после напечатанных воспоминаний о путешествии по Приморскому краю, помню, была такая фраза:

«У вас неплохое чувство юмора!
Для журналиста это редкость!»

На гастроли в Приморье

• • •

«Народный агиттеатр Дворца культуры Московского авиационного института – лауреат I Всесоюзного и I Всероссийского фестивалей самодеятельного художественного творчества, неоднократный лауреат всесоюзных конкурсов агитколлективов, лауреат городских московских конкурсов «Театральная весна». Это единственный агитколлектив, который был удостоен чести выступления перед делегатами XVIII съезда ВЛКСМ, после чего ЦК ВЛКСМ предложил театру поехать в гастрольную поездку по Приморью. Об этой поездке рассказывают путевые записки художественного руководителя агиттеатра «Россия», инженера МАИ Михаила Задорнова».

Журнал «Дальний Восток»
№7, 1980

Сначала нам не повезло. Оказалось, что мы хотели вылететь из столицы вечером в День авиации. Как шутливо объяснила в справочном бюро девушка, вечером в День авиации у авиаторов летной погоды не бывает!

Народу в аэропорту скопилось, как в тамбуре подмосковной электрички в час пик! Каждый устраивался как мог. Мы же осели на лестнице, ведущей к только что закрывшемуся бару, и на нашу музыкально-вещевую кучу живо обратили внимание. Первым подошел помятый человек неопределенного возраста с небритым лицом и кавказским акцентом:

– Артысты?

– Нет, студенты...

– Тэм болээ, спойтэ что-нибуд!

Услышав, что где-то поют, к лестнице, как к сцене, стянулись все, кому не спалось...

Так был дан первый в этой поездке концерт. Незапланированный. Зато пятичасовой! Сначала мы пели песни студенческие. Потом начались заказы. Когда, исполнив весь современно-телевизионно-песенный репертуар, перешли к народным песням, с нами уже пела добрая половина зала ожидания Домодедово!

Но вот рассвело. Погода снова стала летной, и приятный женский голос начал объявлять посадки.

Когда мы прилетели в Хабаровск, за окном снова была ночь. В городе на берегу Амура есть исторический утес, с которого открывается простор могучей реки! Друг за другом, на цыпочках, чтобы не разбудить дежурную, выскользнули из гостиницы в свежую, пахнущую липами ночь Хабаровска...

Стоим в белокаменной беседке на хабаровском утесе. Небо темное. Звездное. Немосковское. Впрочем, чего зря говорить, в Москве уже давно никто на небо не смотрит и не знает, какое оно.

– А где Китай? – спрашивает меня Таня Буланова.

Так повелось, что я как режиссер, инженер, преподаватель, принимающий у многих из своих артистов зачеты, должен знать все! И даже – где в темноте за Амуром Китай. Впрочем, и я когда-то был студентом. А значит, научился уверенно отвечать на любой вопрос. Даже если не знаю ответа. Поэтому без малейшей запинки объясняю Тане, где в этой кромешной тьме Китай. Все равно никто не проверит. А заодно рассказываю студентам о том, почему Амур называется Амуром, как пожертвовала своей почти «столичной пропиской» в Иркутске молодая выпускница Смольного института Катя Невельская и уехала с мужем офицером-моряком на край света, потому что любила его...

– Как это все интересно! – вздыхает третьекурсница МАИ Лена Кузнецова, жалея о том, что в институте нашем не преподают историю.

– Живешь, живешь – и все больше убеждаешься, что ничего не знаешь! – поддакивают ей студенты.

– А мы тайгу увидим?

– А тигров?

– А Тихий океан?

...Вопросы сыплются один за другим.

– Увидим, все увидим, – отвечаю я, хотя втайне надеюсь, что тигров в тайге мы все-таки не встретим.

У Всеволода Петровича Сысоева много профессий: писатель, охотник, ученый-краевед... Но есть у него и еще один талант – влюблять в Дальний Восток собеседника. Он всегда делится с другими своей любовью к этому краю. Причем у самого этой любви не убавляется, как не убавляется тепла у солнца, несмотря на то что оно постоянно отдает его планетам.

Пять лет назад Сысоев, мой отец и я были на притоке Уссури Хоре: ночевали в удэгейском селении Гвасюги, у лесозаготовителей. Спускались по Мухену на лодке. В молодости отец много путешествовал в этих местах, и до сих пор этот далекий край для него — самый близкий. Ему всегда хотелось привить детям любовь к местам своей и маминой молодости. Похоже, кое-что ему в этом смысле удалось. И теперь уже мне хочется такую же «прививку» сделать моим артистам-студентам. Пять лет назад отец рассудил правильно: никто, кроме Сысоева, не заинтересует его сына всем, что касается «далекого края». Теперь так же рассуждал и я: недаром до сих пор помнил путешествие по Хору и рассказы Всеволода Петровича об Уссурийской тайге, которую он называл северными джунглями.

Желая устроить небольшой сюрприз своим студентам, я позвонил Сысоеву и попросил разрешения встретиться. Он сам пришел к нам в гостиницу, поразив всех могучей фигурой и похожей на староверскую бородой.

Мне было неудобно за те вопросы, которые задавали Всеволоду Петровичу мои «неучи». Едят ли тигры людей? Знаком ли он с Дерсу Узала? Правда ли, что нельзя купаться в Тихом океане, потому что вода в нем кишит смертельно ядовитыми медузами? Парней больше интересовала охота и история, девушек — Невельская, география и что есть в магазинах. Сначала Всеволод Петрович стойко отвечал на все, как бы заранее прощая нам нашу «столичную провинциальность». Потом рассказал, как в нашем возрасте (тоже будучи москвичом) впервые, в составе изыскательской экспедиции проходя вдоль будущей трассы БАМа, попал в этот край и так полюбил его раздолье, что навсегда остался здесь. Через два часа беседы с Сысоевым у всех появилось такое чувство, что мы уже всё знали о крае теоретически, осталось лишь, как говорят в МАИ, провести практическое занятие – увидеть все собственными глазами.

* * *

Клуб в пионерском лагере. Здесь собрались перед началом учебного года ученики средних школ Хабаровского края. Лагерь – на берегу Казакевичевой протоки. Стоит лишь отойти от воды, как на тебя бросаются редкой величины комары. Зрители хоть и ученики, а люди привычные, опытные. Они пришли к нам на концерт с вениками, как в баню. И теперь в зрительном зале стоит сплошной шорох от их всеобщего обмахивания. Но особенно страшно выходить на сцену. Комары как будто понимают, что ты не можешь, читая стихи, шлепать себя по лицу, и пользуются этим.

Отработав свой номер, я выбегаю за кулисы и начинаю с ожесточением бить ладонями по комарам, облепившим мое лицо. Рядом ждет своего выхода на сцену Таня Буланова. Она обмахивается тряпкой, которую нашли тут же на полу.

– Это кошмар! – говорит она мне, имея в виду комаров. Последний раз шлепает себя тряпкой, бросает ее и, профессионально улыбаясь, выходит к микрофону на растерзание летающим кровососам.

Наверно, любой человек, попадая сюда, всегда спрашивает, а далеко ли Даманский. И так, наверное, будет всегда. Потому что не забудет русский человек того дня, когда в мирное время вдруг напали на наших пограничников ночью, забыв былую дружбу и бескорыстную помощь, маоисты. Даже высшее советское руководство в тот момент растерялось. Пока там наверху заседали и думали, какой приказ отдать, как достойно ответить, один офицер пограничных войск, не дожидаясь никаких распоряжений сверху, взял всю ответственность на себя и приказал немедленно ответить за погибших товарищей всей мощью Советской Армии. Нападавших, а их было несколько тысяч, накрыли ответным огнем вглубь на километры! Чтобы впредь неповадно было! И действительно, подобные провокации с тех пор прекратились. Офицера сначала представили к награде, а потом за своевольные действия разжаловали и уволили из армии. Всегда в России, несмотря на заторможенность высших чинов, в нужное время появлялись свои Минины и Пожарские!

* * *

На следующий день мы улетели во Владивосток. Владивосток – для москвича почти загадочный город. Во-первых, расстояние Москва–Владивосток – символ необъятности нашей Родины. Во-вторых, не каждому выпадает счастье приехать во Владивосток в командировку. И уж тем более не каждый захочет приехать сюда за свой счет. Наконец, все, кто побывал во Владивостоке, потом называют его в числе наиболее полюбившихся ему городов...

– О, бухта Золотой Рог!

– Ах, если бы вы видели закаты над Амурским заливом!

– Будете во Владивостоке, непременно сядьте на прогулочный теплоход как-нибудь вечером, когда стемнеет, и посмотрите на город со стороны моря, не пожалеете!..

Сначала мы испытали от знакомства с Владивостоком разочарование. Прежде всего, когда мы сошли с самолета, на нас обрушилась такая духота, что мы сразу стали хватать воздух ртами, как рыбы, вытащенные из воды. Настоящие тропики, отбивающие всякие ощущения, кроме желания скорее лечь спать, причем желательно где-нибудь на сквозняке.

Забитая грузовиками дорога из аэропорта казалась провинциально узкой, буйная уссурийская растительность вдоль нее – столично-пыльной, мелькающий голубым треугольником между вершинами сопок Амурский залив – слишком бледным, выцветшим от жары, а улицы уже в самом Владивостоке – обычными, непривлекательными, каких много в любом другом городе...

Но вот наступил вечер. Мы выспались в гостинице Дома молодежи, где оказался постоянным – видимо, запланированным прямо архитекторами – тот самый долгожданный сквозняк, о котором мечталось утром. Соленая прохлада с моря напоила воздух, спала духота, и мы, ободренные свежестью, решили познакомиться с городом, который владеет Востоком.

Троллейбус долго вез нас с окраины. Он то нырял в седловины сопок, ощетинившихся новостройками, то забирался на гребень какой-нибудь из них, откуда открывался вид сразу на два залива: оранжевый от заката Амурский и синий, закрытый от низкого солнца городом, Уссурийский. Наконец в последний раз нырнул вниз, выплеснул нас вместе со всей толпой в центре города, и мы оказались на набережной!

Вот оно, сердце Владивостока, которое не перестает биться ни днем ни ночью — бухта Золотой Рог. Благодаря ей в прошлом веке и был заложен здесь новый город, которому предназначалось торговать со всем миром и оберегать Россию с Востока.

Ничто так не будит фантазию, как корабли! Недаром в портовых городах родители часто ходят со своими детьми гулять на набережные. Потом дети подрастают и уже сами бегают к пирсам. Посмотреть и помечтать о том, что вырастут и тоже увидят далекие страны, как и эти корабли...

Сколько здесь кораблей! И на рейде, и у причала борт о борт... Океанские пассажирские лайнеры, рыболовецкие суда, танкеры, грузовозы... Подъемные краны, медлительные от собственного величия, раскачивая шеями, заглядывают в трюмы, клюют ковшами руду, уголь.

Сам же город, Колизеем окруживший бухту, смотрит на корабли окнами сохранившихся с прошлого века домов богатых русских купцов, домов с барельефами, атлантами и кариатидами. Повыше — современные «небоскребы». Карабкаются по ним вверх световые рекламы. Вчитываешься в улицы Владивостока, бегущие вдоль сопок, и воображение невольно рисует картины того, каким он был в прошлом – с его морскими базарами, где можно было купить всякую всячину вплоть до глубоководных чудищ, с его военно-дипломатическими баталиями...

Рядом с нами на набережной стоит седой старик с внуком.

– Дедушка, а это откуда? – спрашивает малыш, глядя на входящее в бухту большое судно.

– Издалека! – важно отвечает дедушка.

Точно в подтверждение его слов, входящий в бухту контейнеровоз устало гудит. Ему весело и легко отвечает встречный, отдохнувший дома и только еще отправляющийся в далекое плавание. Куда он? На Огненную Землю? В Сингапур? Гонконг? Так хочется всюду побывать! Но мы студенты-инженеры секретнейшего из вузов, и вряд ли нам это удастся. Лично я давал подписку о невыезде. Так что остается лишь мечтать. Хотя так хочется, чтобы когда-нибудь мечты сменились планами.

* * *

За что нравятся люди? За мечты и за умение их осуществлять. Есть люди, которых за глаза называют вожаками, кем бы они ни были – обкомовцами, райкомовцами или разнорабочими. Комсорг Володя живет в общежитии, как и положено вожакам – в отдельной комнате. В углу железная кровать. На стене карта Советского Союза с отмеченными комсомольскими ударными стройками. На столе кружка с подогревателем. Липучка для мух свисает с лампы. На форточке марля от комаров.

– Зимой очень трудно бывает, – говорит Володя. – Здесь ведь не просто морозы, а влажность и ветер. На БАМе по сравнению с нами благодать. Там ветров нет и сухость

Наша вечерняя репетиция у костра в недрах Уссурийского края подходила к концу. Кто-то уже спал, свернувшись калачиком на стройотрядовке (пояснение для сегодняшней молодежи: стройотрядовкой называлась курточка защитного цвета из комплекта спецодежды), подкатившись под бревно, на котором сидели остальные. Кто-то с кем-то пытался взять сонным голосом терцию, когда вдруг и спящие проснулись, и у бодрствующих волосы поднялись-вздыбились – протяжный, жалобный, леденящий душу вой раздался где-то неподалеку!

– Это что, волки?

– Нет, собака. – улыбнулся Володя.

– От нашего пения, что ли, завыла?

– Да нет, успокойтесь. Просто тигр где-то неподалеку бродит. Вот она и завыла. Чувствует врага своего.

– То есть как тигр? – не поняла Лена Кузнецова. – Где?

– Где-то неподалеку, – объяснил Володя. – Скорее всего, вон на этой сопке. Не удивляйтесь. Вы сейчас в самом тигровом месте находитесь!

В эту ночь снилась Москва, горячая ванна и... жалкий дальневосточный тигр в Московском зоопарке, в отчаянии закрывающийся похудевшей лапой от детей, пускающих на него зеркальцем через решетку вольера солнечные зайчики.

* * *

Уезжаем на автобусе в глубь Приморья. Дорога понемногу сужается, а среди светло-зеленых молодых дубрав, поднявшихся здесь после недавнего пожара, все чаще начинают попадаться темные, старые хвойные деревья.

– Это уже тайга? – спрашивает меня в третий раз, с тех пор как выехали из Пластуна, сидящая рядом Буланова.

– В общем-то это все тайга, – в третий раз отвечаю я ей и тут же неуверенно добавляю: – Но еще не самая настоящая...

А через несколько километров пути тайга такими стенами сдавила с обеих сторон дорогу, точно мы ехали по дну ущелья. Лиственницы, ели, пихты, кедры с взлохмаченными от ветра головами, кустарник, похожие на корабельные ванты лианы, бурелом – все это переплелось воедино, перемешалось и представляло собой такую густую массу, что высохшие стволы деревьев не могли упасть на землю и торчали в этом всеобщем растительном переплетении лишь чуть наклонившись. «Северные джунгли!» – тут же вспомнились слова Сысоева.

– Вот это да! – восхищается Кузнецова. – Пожалуй, сюда за грибами не походишь.

Неожиданно одна из стен «ущелья» резко ныряет вниз, и справа открывается уже настоящее ущелье. А за ним – тянущиеся до самого горизонта бесконечные волны сопок. Автобус испуганно шарахается от пропасти и жмется к противоположной «стене».

– Мы на водоразделе! – объявляет Володя. – С этого момента начинается спуск!

Автобус сразу переходит на «аллюр», огибает вершину и выныривает с солнечной стороны, а вокруг все меняется так внезапно, точно в диапроекторе поменяли цветной слайд. Только что была непроходимая тайга, а теперь открылись обугленные черные остовы деревьев на черной от пепла земле. Даже дальние сопки ощетинились стволами без листвы, точно свернувшиеся ежи...

– Неужели это все от одного окурка?

– Не только, – объясняет Володя. – Иногда кто-то из охотников по неаккуратности своей банку стеклянную оставит в тайге, а солнечные лучи сфокусируются на ней, упадут на сухой лист, и пойдет полыхать! Я весной как раз этот пожар наблюдал. Страшное зрелище! И с вертолетов его тушили, и встречный огонь пускали... Все шумит, валится... Потоками горячего воздуха птиц на лету сбивает! А пламя с такой скоростью распространяется, что не все звери убежать успевают.

В седловине между сопками слайд вновь меняется. Показалось болото в самой низине, и земля там красная от уже созревшей ягоды и краснотала. Мы идем по этому красному лесу: наш автобус все-таки сломался. Но уже недалеко. Воздух тих. Он доносит из глубины тайги рычание бульдозеров, звуки взвизгивающих пил и звон падающих деревьев.

Когда мы пришли в поселок, там еще не было лесорубов; обеденный перерыв не начинался. Нас встретила Люда, высокая белокурая девушка. Оказалось, она работает мастером лесозаготовок. Люда пригласила наших девушек к себе в вагончик, чтобы они там переоделись перед выступлением.

Ребята остались переодеваться в автобусе, который кое-как доплелся до поселка, не развалившись.

Перед концертом ко мне подбежала удивленная Таня Власенко.

– Вы знаете, сколько Люде лет? Восемнадцать!

– Ну вот, видишь, на два года моложе вас, а вы с ней разговариваете так, словно она ваш преподаватель.

– Да, но она уже мастер! А ее зарплата в три раза больше нашей стипендии и в два раза – чем моя зарплата ведущего инженера.

Наши девушки выпытали у Люды, что родилась она здесь, в Приморье. В удэгейской деревне. Мать – учительница русского языка. Отец – охотник. После восьмого класса Люда поехала учиться в техникум, окончила его, и ее направили на лесозаготовки мастером. Родители хоть и недалеко живут, а добраться до них отсюда нелегко. Надо через Владивосток лететь. Так что съездить к ним можно только в отпуск.

В поселок понемногу начали стягиваться из тайги лесорубы. Бородатые, огромные, загорелые... Как-то не верилось, что Люда может ими командовать. Они не удивились, увидев гостей, похожих из-за разноцветных агитбригадовских рубашек на первомайские шарики. Люда им объявила вчера, что приедут артисты. Мы уже привыкли к этому слову «артисты», и поэтому, когда к нашему «первомайскому букету» подошел Коля-лесоруб, бородатый, в свитере-кольчуге, и спросил: «Что, вы действительно артисты?» – ответили не без гордости: «Да, конечно!»

Именно такими мы представляли себе лесозаготовителей. Похожими на русских богатырей. А они, наверное, представляли себе артистов похожими на нас. На первомайские шарики.

– Вообще-то мать наша нам вчера сказала, что сегодня артисты приедут, но мы думали: разыгрывает. Я уже десятый год здесь. Никогда такого не было. Чтобы артисты... сюда.. Чего-то не то... Откуда же будете?

– Из Москвы.

– Да ладно, я серьезно спрашиваю.

– Честно, из Москвы!

– Да?! – Он недоверчиво посмотрел на меня.

Разговор мог затянуться, но в это время на сцене уже появились наши «артисты», и после официального объявления о начале концерта всем пришлось поверить, что мы все-таки из Москвы.

Наш главный чтец Александр Четверкин (помимо инженера он еще и студент Щукинского театрального училища) рассудил так: раз мы находимся в самом тигровом месте, то ему просто необходимо прочесть монолог царя зверей, написанный Рождественским от имени льва. В самый напряженный момент, когда льва должно быть жалко оттого, что его – царя зверей – совсем затер человек, из-под автобуса высунулся маленький пятнистый котенок. Он, видимо, не был уверен в том, что окружающий его мир не таит в себе никакой опасности. Поэтому прижал уши к голове, сам прижался к земле и, мигая своими зелеными во всю головку глазами, по-пластунски пополз к Четверкину. И казалось, что этот котенок – все, что осталось после человека от царя зверей.

И льва действительно было жалко. Под аплодисменты зрителей котенок потерся о ногу кланяющегося Четверкина, словно тоже был артистом, а номер с ним разыгран специально.

Лесозаготовителям не хотелось отпускать нас сразу после концерта. Пригласили в столовую-палатку.

– Конечно, им хочется с вами и поговорить, и порасспросить о Москве, – пояснял Володя. – Для них ваш приезд – событие. Они ведь тут как на корабле. Только не посреди моря, а посреди леса. Все анекдоты друг другу пересказаны, истории тоже. Так что теперь о вас еще на месяц разговоров хватит.

Пока мы едим, Люда, Коля и двое его друзей ищут для нас по поселку сапоги и каски, чтобы отвести в тайгу и показать, как они валят лес.

Идем, вверх на сопку по «волокам» – колеям, прорубленным в тайге. По ним стягиваются к поселку мощными тракторами связки уже очищенных от веток стволов. Иногда приходится переходить топи, тогда большущие сапоги спадают с ног.

Впереди идет Коля. Рядом с ним Таня Буланова, самая любопытная, пожалуй, из нашей труппы студентка. Она интересуется у Коли стоимостью кубометра каждого сорта дерева и очень удивляется тому, что самое дорогое дерево из здешних пород – орех.

Но вот выходим на поляну – огромную, утыканную пнями. На краю ее бульдозер, надрываясь, разворачивает лежащий на земле ствол кедра. Двое рабочих с топорами очищают от веток следующий кедр. Тракторы вытягивают из чащи на железном тросе совсем свеженький ясень. А за спиной ухает о землю, звеня ветками, ель, и земля чуть вздрагивает под ногами от ее падения...

Лесорубы выбрали громадную ель с шишками – для наших девушек. Двое из них взяли бензопилу и стали учить нас, как надо такие громадины заваливать. Когда ель ухнулась об землю, заставили топорами очищать ствол от веток. Шишки оказались смолистыми, их пришлось сначала бросать в костер. Сфотографировались на стволе побежденной ели, как на поверженном драконе.

* * *

Над входом в одноэтажное бревенчатое здание погранзаставы яркий плакат: «Наш армейский привет артистам из Москвы!»

Лежащим на земле медведем врезался в море зеленый мыс. Медведь будто подполз к воде и опустил в нее голову, чтобы напиться. На его холке, под кронами молодой дубравы, спряталась от постоянно дующих с моря ветров и человеческих взглядов погранзастава. Далеко видно со стрельчатой деревянной вышки на «медвежьей холке» изрезанный заливами берег Приморья, горы Сихотэ-Алиня, которые, увеличиваясь, убегают к горизонту до самого водораздела. А внизу как на ладони лежит голубой залив, его окаймляет похожая отсюда, сверху, на бумеранг бежевая полоска песчаного берега.

Когда мы поднялись на «холку» по вырытым в склоне ступенькам, держась за канат, натянутый для пограничников на случай бури или тумана, нас встретил залп собачьего лая! Оставалось лишь радоваться тому, что все овчарки на привязи. Так много чужаков одновременно они видели впервые.

Сами же пограничники смутились. Скорее всего, из-за наших девушек. Во всяком случае, с их появлением сразу приутих оживленный солдатский разговор в курилке. И солдаты поначалу смотрели на нас немного исподлобья. Лишь отглаженные гимнастерки да начищенные сапоги без единой пылинки выдавали тщательную подготовку к концерту.

Больше всех был доволен начальник погранзаставы.

– Мы три дня вас ждем! – сказал он мне. – А сегодня, когда точно узнали, что приедете, даже казарму вне очереди вымыли. Два раза! – И, уже улыбаясь, добавил: – Завхоз вон плакат нарисовал и еще листья у дубов покрасить предлагал... Еле отговорили! Мы здесь одиноко живем, как на необитаемом острове. Самое большое удовольствие – письма. Так что если можете, то давайте сегодня, спойте нам побольше песен лирических. Про любовь.

Когда мы, переодевшись, выходим на крыльцо погранзаставы, к нам, отделившись от курящих, подходит солдат в веснушках и с такой копной вьющихся мелким бесом рыжих волос, что они могут выглядеть аккуратными только в прическе «под нолик».

– Ну, как там, в Москве? – спрашивает он сразу у всех.

– А ты что, москвич? – интересуется Крупин, живо вспомнивший здесь по застеленным кроватям, плацу под окном казармы, курилке с бочкой для окурков годы своей недавней солдатской службы.

– Нет, я из Магадана, – отвечает солдат.

– А что, бывал в Москве?

– Никогда не бывал. Но много слышал о ней. Как вы думаете: это все правда, то, что я о ней слышал?

* * *

На лайнере «Любовь Орлова» из Пластуна мы уходим во Владивосток. Оттуда должны лететь домой, в Москву. За эти гастрольные две недели вещей прибавилось вдвое: оленьи шкуры, высушенные крабы, шумящие раковины, кораллы, морские ежи, звезды, лесные коряги – все это будет долго напоминать о Приморье, о людях, живущих здесь, – добрых, бескорыстных, отзывчивых. Ниоткуда, даже с БАМа, мы не увозили такого количества сувениров. В дополнение к предыдущим им предстоит украсить наши комнаты, стать скульптурами, пепельницами, пойти на подарки друзьям и родственникам. А когда состаримся, будем, глядя на них, вспоминать свою «боевую» неспокойную юность, которая будет казаться нам счастливой.

Мы дали восемнадцать концертов, прочитали пятнадцать лекций, сменили двадцать три автобуса, четыре общежития, пять гостиниц со всеми неудобствами. Полные похудели. Худые тоже. На руках от постоянного переноса вещей появились мозоли, как будто мы работали на лесозаготовках, а не выступали с концертами. Со стороны наша труппа напоминала сильно уставший стройотряд.

...С террасы морского вокзала виден ночной город и его заливы в огнях кораблей. Завтра мы улетаем в Москву. До свидания, Владивосток! До новых встреч, Приморье!

Позже я начал писать для известных артистов юмористические тексты, для газет – сатирические рассказы. С некоторыми из них пытался выступать со сцены, постепенно превращаясь в эстрадную «звездочку». Естественно, что от успехов голова пошла кругом, я надолго забыл о своих первых литературных шагах. Только после первых гастролей в Америке в 89-м году мне захотелось снова вернуться к тому, с чего все началось. Ведь Америка восхитила меня не меньше, чем когда-то БАМ!

Возвращение
(Путевые заметки якобы об Америке)

•••

Эти очерки отказались публиковать в журналах и газетах. Редакторы, которые сейчас в демократах, назвали их предательскими. Только в Эстонии, где в то время уже понемногу освобождались от цензуры, напечатали небольшую брошюрку. Своим оформлением она больше напоминала «Руководство по эксплуатации пылесосов». Выглядела книжонка настолько невзрачно, что в некоторых книжных магазинах даже продавалась в отделе «Научно-техническая литература».

В 1989 году я впервые выехал в США. В гастрольную поездку. До этого бывал лишь в Польше, ГДР и однажды в ФРГ.

Вспоминая те первые свои гастроли в США, я удивляюсь, как изменилось всего за десять лет мое отношение к американскому стилю жизни. Мои размышления на эту тему многие хорошо знают по моим выступлениям на телевидении. Некоторые мою точку зрения не принимают, потому что искренне восхищаются всем американским. Я их понимаю. В то далекое советское время я был таким же. Свое восхищение Америкой я описал в 1990 году. Назвал эти очерки «Возвращение», потому что, путешествуя по Америке, мыслями всегда возвращался домой, и мне хотелось, чтобы мы в Советском Союзе тоже когда-нибудь стали жить так же улыбчиво и самодостаточно, как американцы. Да, я был романтиком! Хоть и считался сатириком.

Вместо предисловия

Объявили посадку. Через несколько минут самолет «Вашингтон – Москва» приземлится в аэропорту Шереметьево. Большинство пассажиров в самолете – наши. Мы все незнакомы друг с другом. Но нас объединяет одно – грустные лица.

И даже симпатичный партийный работник, молча просидевший рядом со мной восемь часов, когда колеса самолета коснулись земли и нас привычно, по-родному тряхнуло, как кули с картошкой, грустно и задумчиво выдохнул: «Ну, вот и Родина!»

Я его понимаю. Ему надо будет рассказывать о том, как там плохо. О чем он расскажет? О том, что их мостовые устланы «утраченными иллюзиями неимущих», а тротуары вымощены «страданиями эксплуатируемых масс»?

Мне легче – я не партийный работник. Я могу рассказать о том, о чем хочу рассказать. Во-первых, потому что далеко не все из вас, уважаемые читатели, бывали в Америке. Во-вторых, не все в ближайшее время туда поедут. Еще не у всех есть там родственники. Я понимаю, что об Америке много написано: Горький, Маяковский, Ильф и Петров, Жванецкий. Наконец, Валентин Зорин и Фарид Сейфуль-Мулюков, авторы незабвенных «утраченных иллюзий» и «страданий эксплуатируемых масс». Я думаю, каждому Америка должна понравиться и не понравиться по-своему. Потому что любую страну можно считать произведением искусства того народа, который в ней живет...

Мне очень захотелось рассказать о том, какой мне ощутилась Америка и почему у соотечественников при возвращении из Америки грустные лица.

Первые впечатления

Когда я прилетел в Нью-Йорк, я подумал, что все вокруг заранее извещены о моем прилете. Даже прохожие улыбались мне, словно меня только что показали по американскому телевидению. Откуда же мне было знать, что в Америке просто так принято – улыбаться друг другу. Что они ходят по улицам с радостным выражением лица, что они радостно живут! Когда смотришь на лица американских прохожих, создается впечатление, будто они не знают, что загнивают...

До конца поездки я так и не смог привыкнуть к этой бесконечной американской доброжелательности. Ну с чего они все тебе улыбаются? Чего им от тебя надо? Поначалу, когда мне еще в самолете улыбнулась стюардесса, я, честно говоря, подумал, что она со мной заигрывает. Когда же улыбнулись, глядя на меня, вторая, третья американки, я решил, что у меня что-то расстегнуто. Доконал швейцар в гостинице. Он улыбнулся и раскрыл передо мной двери! Он был рад моему приезду! Вы видели когда-нибудь швейцара, который радуется вашему приезду?! Ну почему во всех странах мира швейцары в гостиницах открывают двери и подносят вещи, а наши не пускают? Когда пожилой «бой» занес мои вещи в номер и, бестактно улыбаясь, предложил мне помочь разложить их по полкам, я выгнал его из номера за грязные намеки.

Так что уже в первые дни гастролей я понял, насколько правы советские корреспонденты и телекомментаторы, утверждая, что находиться в Америке неприятно. Действительно, неприятно. Не знаешь, что делать в ответ. Тоже улыбаться? Я не могу улыбаться в течение суток. У нас, советских людей, развиты не те мышцы лица. Я пробовал. К вечеру улыбку заклинивает, лицо перекособочивает. Получается улыбка смертельно раненного человека.

Не улыбаться нехорошо. Некультурно. Стоит зайти в магазин, к тебе подбегает продавец и с идеально отшлифованной улыбкой: «Что вам угодно? Чем могу быть полезен?» Ну как ему объяснить, чем он может быть полезен? Только тем, что исчезнет немедленно. И не будет мешаться. Потому что я зашел не купить, а посмотреть. Так как никогда не видел сто метров разной обуви сразу. Поэтому у меня сейчас экскурсия!

Не дай Бог, возьмешь с прилавка туфли и попытаешься их примерить. Он усадит в кресло, сам наденет тебе туфли на ноги, зашнурует их. Если окажутся не по размеру, будет приносить со склада все новые и новые пары. Пока ты, руководствуясь уже чувством вины перед ним, не купишь хотя бы... шнурки с тапочками. За каждую проданную вещь, оказывается, ему положена премия. Каждому по труду. Это закон социализма! Поэтому они и ведут себя так, как должны вести себя в социально справедливом обществе. То есть ты чувствуешь себя виноватым, если ничего не купил, в отличие от наших продавцов, которые ведут себя согласно нашему строю. И ты чувствуешь себя виноватым оттого, что вообще зашел в магазин.

К концу поездки я, правда, научился бороться с их улыбчивым сервисом. Он только ко мне: «Чем могу быть полезен?» А я ему тут же с улыбкой от уха до уха: «Спасибо! Я из Советского Союза». Его тут же след простыл. Понял – зашел просто посмотреть. Потому что во всем мире уже знают, что советскому человеку денег меняют ровно на посмотреть... Причем знают об этом не одни продавцы. Американские женщины испытывают к советским мужчинам жалость, с которой относятся только к убогим. Интеллигентная американка не позволит советскому мужчине заплатить за нее в кафе, даже если она выпьет стаканчик диетической пепси-колы. От силы разрешит себе принять в подарок от русского набор открыток типа «Ромашки Нечерноземья» или «Козлы Алтая»... Чтобы эти открытки остались у нее навсегда ярким напоминанием о подарившем.

Однако наиболее опытные продавцы в Америке не подбегают к тебе, когда ты входишь в магазин.

Многие из них уже научились отличать советского человека. Не по одежде, нет... Через три дня после приезда в Америку любой советский одет точь-в-точь как американский безработный. Если, конечно, их безработный согласится надеть отглаженные, со стрелками, джинсы и под них черные лаковые на каблуках туфли. Нет, нашего человека среди любой беспочвенно радостной западной толпы можно безошибочно угадать по выражению лица, на котором как бы навсегда застыла наша индустриализация! Осели этапы большого пути, прилипли шесть орденов комсомола, непаханая целина и непрекращающееся восстановление разрухи... При этом в глазах ежесекундная борьба озадаченности с озабоченностью.

С другой стороны, какое еще выражение может быть у нашего человека, если он заходит в продуктовый магазин и видит там сорок сортов сыра? Он же мучиться начинает! Какой сорт выбрать? В этом отношении наше общество гуманнее. У нас не надо мучиться, какой сыр выбрать. Потому что у нас один сорт сыра – сыр! Называется «Если завезли»...

В одном магазине я не поленился и насчитал... тридцать семь сортов маслин! Поскольку я не мог нафантазировать такое количество сортов того, о чем я вообще имею смутное понятие, я расспросил продавца, чем они различаются. Оказывается, вместо косточек там внутри разные орешки. В одних – миндаль, в других – арахис... В третьих – такие, глядя на которые Мичурин бы свалился с того, что сам вырастил. Удивительно! Как-то эти орешки попадают в эти маслины. И попадают туда без руководящей роли партии. Без участия министерств и ведомств. Никто не издает указ: «О всемирном высасывании косточек» и не вешает плакат: «Орешки — в жизнь!» Со всей продуктовой вакханалией справляются фермеры — два-три процента населения в стране! В отличие от наших сорока процентов, занятых в сельском хозяйстве. Причем этим двум процентам фермеров не помогают высасывать косточки студенты Йельского университета и профессура Гарварда...

В одном супермаркете я насчитал девяносто сортов кефира! Есть кефир с привкусом клубники, есть с привкусом земляники, черники. Есть с шоколадом, есть с орешками. Есть с орешками, шоколадом, клубникой, черникой и земляникой... Как я могу понять, чего я хочу?

Я все хочу! Может быть, меня больше никогда за границу не выпустят после того, как я расскажу, сколько я видел кефиров. Может быть, вообще перестройка на днях закончится. Так что я хочу все кефиры сразу! Здесь, немедленно! Я хочу принять «ерша» из этих кефиров! Именно это выражает мое «индустриализационное» лицо, когда я смотрю на эти кефиры, расставленные на полках, как книги в Ленинской библиотеке.

Вы попробуйте прийти у нас в магазин и спросить у продавщицы: «Какой из кефиров вы мне сегодня рекомендуете?» Продавщица вам тут же ответит: «Вчерашний, козел!» Поскольку за семьдесят лет так называемой советской власти мы научились выпускать два сорта кефира: вчерашний и позавчерашний. Бывает еще двухнедельный, но это уже не высший сорт!

Когда в Америке заходишь в продуктовый магазин, невольно перекидывается грустный мостик на Родину. Даже наши эмигранты, прожившие по 20 лет в Америке, сознаются, что это происходит с ними до сих пор. И жалко становится наших женщин. Почему их женственные лица должны превращаться в «индустриализационные», а ноги – в тромбофлебитные, если во всем мире и слов-то таких нет, как «кошелка» и «авоська»?

Мужиков мне не жалко. Мужик у нас всегда в порядке. Принял стакан, и он в Америке. Принял еще один – в Австралии. Наутро в канаве представил себя в Венеции!

В один супермаркет мне довелось зайти с женщиной из Воронежа. Она приехала к сестре. Сестра Валя уже пятнадцать лет в Америке. Мать категорически не хотела отпускать свою дочь навсегда. Прокляла ее. Старая большевичка, мать Вали до последнего дня искренне верила нашему правительству и журналу «Крокодил».

Провожая дочь, несмотря на проклятие, она жестко сказала: «Если будешь там голодать, напиши – консервов вышлем!»

– Жалко, мама не дожила до перестройки, – говорила Валя. – Не смогла к нам приехать. Мне так хотелось, чтобы она увидела, как я живу.

Вместо мамы приехала сестра с десятилетним сыном. Когда она зашла в супермаркет, она заплакала. В ее глазах был только один вопрос: «За что?»

Вопрос, который нам на Родине даже задать некому. Десятилетний сын тянет маму за рукав.

– Мам, это что?

– Это клубника, сыночек.

– Неправда, мам, такой клубники не бывает.

Валя уговаривает сестру не набирать так много. Взять только на вечер. При этом по привычке набирает сама. Но сестра не может поверить в то, что все это будет здесь и завтра, и послезавтра.

– До завтра же все испортится! – оправдывается она перед Валей.

Валя улыбается:

– Завтра завезут свежее.

– А это?! Куда они денут это?

– Сама не понимаю... Куда все уходит?

Вопрос, что американцы делают с непроданными продуктами, приходит на ум только советскому человеку. Сами американцы над этим никогда не задумываются. Каждый занят своим делом. Его не интересуют дела другого. В отличие от нашего человека с его тревожным государственным умом, который должен все знать, все понимать и каждому указать из собственной нищеты, как должно быть.

– Дядя, – просит меня мальчик, – сфотографируйте меня на фоне этой клубники. А то в школе не поверят...

И снова горький мостик перекидывает меня на Родину.

За неделю до моей поездки в Америку у моего друга в Москве умерла мать. По этому случаю ему разрешили (после того как он принес свидетельство о ее смерти) закупить продукты для поминок в подвале гастронома. На двери небольшого помещения было написано: «Для спецконтингента». Даже не для контингента, а для «спецконтингента». И радость приобщения к нему ты можешь испытать только в случае смерти кого-то из своих близких. И все! И до новой смерти.

Ну что ж! Зато, как утверждают советские идеологи, мы живем в гуманном обществе, где человека не страшит его будущее. Где он спокоен за завтрашний день. У американцев в этом отношении, безусловно, общество значительно суровее. Американцы не знают, что ждет их завтра: поездка на Багамы или в Италию? Покупка виллы или машины? У нас все четко! Никакой тревоги за будущее. Через десять лет выслуги на одном месте – прибавка к зарплате на 15 рублей, к концу жизни – расширение жилплощади на 15 кв. см... А может быть, даже подойдет очередь на спальный гарнитур, который тебе, в общем-то, уже и не очень нужен, потому что ты остался один...

Потрясение первое

За время поездки по США у меня было несколько потрясений.

Первое – перед моим первым концертом на загородном шоссе под Нью-Йорком. Говорят, на этом же месте испытали потрясение и другие наши известные артисты.

Импресарио, который организовал мои гастроли по Америке, до меня организовывал гастроли

Пугачевой, Жванецкого, Хазанова и многих других наших звезд.

Его секретарша почти всех возила по магазинам. Теперь она хорошо разбирается в советском искусстве, поскольку точно знает, кто что покупает и какого размера.

– Благодаря вашим я узнала, где у нас в Америке самые дешевые магазины. Да, да... Правда! Я очень много нового узнала от ваших. Представляете, один ваш музыкант привез с собой из Москвы лупы и продавал их в пуэрто-риканском районе Нью-Йорка детям. Я бы никогда не догадалась, что в Америке можно продавать советские лупы пуэрто-риканским детям. Мальчишки в этом квартале, когда он появлялся, бежали за ним толпой с криком: «Мистер Лупа!»

Дорога тянется между сплошными рекламами. По рекламам в Америке можно изучать английский. Они разноцветные и забавные, как картинки в детских учебниках, чтобы веселее запоминалось...

Мы голодные. Экскурсия по магазинам затянулась. Экспозиция была волнующей. Вообще американские магазины настолько многообразны и познавательны, что мысль посетить музей первое время лично мне даже не приходила в голову. Впрочем, как и в последнее время.

– Вы хотите есть? – спрашивает Нина.

Нина из второй волны эмиграции. Вернее, ее родители. Сама она родилась уже в Америке. По-русски говорит с еле заметным акцентом. Так говорят обычно в наших фильмах актеры из Прибалтики, когда играют иностранцев.

О том, почему и как ее родители в конце войны попали в Америку, она умалчивает. Нина – православная. В свободное время организовывает выставки при православной церкви. Многие русские в эмиграции увлеклись, как бы сказали у нас, прикладным народным искусством. Выставка, на которую мы перед этим заехали, небольшая: яйца пасхальные, разрисованные под палехскую школу, шкатулки берестяные... Русские шкатулки из американской бересты. Игрушки детские глиняные. Наволочки для подушек, расшитые народными узорами. Два рушника. Русский пейзаж, нарисованный по памяти или по рассказам родителей.

Многое выглядит трогательно и наивно. Напоминает работу учеников на уроке труда в показательной школе. Посетителей немного. Выставка вряд ли приносит доход. Но это не волнует верующих. Их выставка – не коммерция, а уголок Родины... и вера в Бога благодаря выставке при церкви соединяется у них с верой в свою Родину...

– Что вы молчите? – повторяет свой вопрос Нина. – Вы есть хотите?

– Я не понимаю, почему вы меня об этом спрашиваете. Конечно, хочу. Но и так опаздываем.

– А я ужасно хочу пить. Мы сейчас знаете что сделаем?

– Что?

Нина останавливает машину у обочины. Открывает окно. И, чуть высунувшись из него, говорит вниз, в канаву:

– Мне, пожалуйста, три диетических пепси-колы, две порции устриц и один салат.

Честно говоря, я думал, что она с голодухи немного тронулась. Да и как я мог предполагать, что в двадцати метрах от закусочной «Макдоналдс» у обочины выставлен микрофон – для тех, кто торопится и хочет перекусить прямо в машине, не выходя из нее.

Не прошло и двух минут, как из окна закусочной в окно машины нам передали поднос с блюдцами, стоящими, как бы сказали у нас, в лунках, как на корабле, чтобы не расплескать. Я был потрясен, чем доставил Нине удовольствие.

– Почему вы так удивлены? – спрашивает Нина. – Разве у вас вдоль дорог нет закусочных?

– Нет.

– Почему?

– Потому что у нас нет дорог.

– А что есть?

– Направления.

– Так что же вы тогда подумали, когда я заказывала?

– Я подумал, что вы немного того, как говорят у нас, «кукукнулись». Высунулись из машины и из канавы требуете устриц с салатом. Или, думаю, у них в канаве кто-то сидит? Типа нашего дяди Васи, который насаживает в этой канаве устриц, как у нас угрей на правительственном озере.

– Что такое правительственное озеро? – не понимает Нина. Я пытаюсь доходчиво ей объяснить, что такое правительственное озеро, рыбный егерь, стрельба по уже застреленному кабану... Она внимательно слушает и обещает мне следующую свою елочную бумажную игрушку для выставки сделать по моим рассказам и назвать ее «Дядя Вася на правительственном озере».

Потрясение второе

Второе потрясение я испытал в «стейк-хаусе». В переводе на русский «стейк-хаус» означает «дом бифштекса». Конечно, само название уже могло бы стать для меня потрясением. Я к чему привык? К Дому политпросвещения! У них «Дом бифштекса» – у нас «Дом политпросвещения». Потому что кто чем может, тот тем свою страну и кормит. Единственное наше фирменное блюдо – это лапша на уши народу. Я бы даже предложил над каждым Домом политпросвещения честно писать – «Дом лапши»...

Однако потрясло меня не название. Меня потрясли размеры поданного мне бифштекса. Я многое видел в жизни. Но чтобы через всю тарелку, даже скорее блюдо, нагло раскинулся бифштекс! Не как у нас – копытце пони... Что по жесткости, что по размеру. А некий евразийский материк, как его рисуют на ученических картах. Более того, с двух сторон с тарелки не менее нагло свешивались уши – Европа и Чукотка.

Сидевший за одним из столиков в зале негр, как и я, не доел точно такой же бифштекс.

В этот момент я понял – правы, ох как правы наши телекомментаторы, которые ежевечерне сообщают нам, что негры в Америке недоедают!

Потрясение третье

Сто седьмой этаж небоскреба в Нью-Йорке. Ресторан высшего класса. Без пиджаков и галстуков не пускают. Уже ночь. Американцы обедают поздно. Глубоко под нами, разлинеенный огнями на «стриты» и «авеню», светится Манхэттен. Отсюда сверху, сдавленный Гудзоном и протокой, остров Манхэттен, на котором осел центр Нью-Йорка, похож на палубу корабля. И мы слегка покачиваемся на его главной мачте. Мачта так высока, что на нас то и дело набегают тучи, скрывая палубу. Все ближе раскаты грома. Чем сильнее от ветра раскачивается мачта, тем тревожней становится на душе. Ощущение, что гроза наползает прямо на наш столик.

На обед меня пригласил мой товарищ со времен юности, ныне господин – Юрий Радзиевский. Двадцать лет назад он был одним из самых известных капитанов КВН. Возглавлял команду города Риги. Теперь он хозяин рекламного офиса. Если перевести с американского на советский – это значительно больше, чем директор Елисеевского магазина. Он знает английский. По-прежнему весел и находчив. Когда читаешь его рекламу электрической зубной щетки, поражаешься как же ты жил без нее раньше? Недаром (и далеко не даром!) к нему тянутся самые богатые заказчики. За эти годы он много работал, понимая, что в Америке – каждому по труду!

Он помогает из загнивающего Нью-Йорка своим родителям в процветающей Москве. Снабжает их товарами первой, второй и третьей необходимости.

Молния пролетает мимо окна, официант приносит горячее. Горячее на противне, закрыто крышкой. Радзиевский что-то говорит ему на ухо, и официант вместе с горячим уходит обратно на кухню.

– Что ты ему сказал? – спрашиваю я.

– Что он рано принес, – отвечает Юра.

– Прости, что он сделал?

– Рано принес. Понимаешь, в ресторане такого класса считается плохим тоном выставлять на стол все сразу. Это неэстетично. Мы еще не закончили есть холодные закуски.

– Юра, – говорю я вполне серьезно. – У меня просьба. Приедешь в Москву, пойдем с тобой в ресторан, и, умоляю, скажи там официанту, что он рано принес. Я хочу, чтобы ты тоже испытал потрясение. Причем чисто физическое.

Еще одна молния пугает нас, ныряя в Манхэттен. Гром гремит на крыше ресторана. Небоскреб уже представляется мне главным в Нью-Йорке громоотводом, который должен вбирать в себя все молнии...

Чтобы отвлечь меня от столь резких, невиданных доселе ощущений, а также поскольку мне еще месяц находиться в Америке, Юра преподает мне правила хорошего тона для цивилизованных стран.

Например, что пить сок через соломинку считается пижонством. Соломинка необходима, чтобы размешать воду от растаявшего льда. После чего нужно отложить ее на тарелочку...

А хороший дорогой коньяк подается в высоких широкобедрых бокалах. При этом наливается чуть-чуть, лишь бы прикрыть донышко. Называется такая порция – «один дринк». Оказывается, широкобедрость бокала позволяет ощущать аромат древнего коньяка.

Из всего, что объяснил мне Радзиевский, я понял одно – все эти изыски не для психики нашего человека. Причем понял по себе. Дринкнул, и что дальше? Сидишь как на иголках, ждешь следующего дринка? А пока официант за ним степенно ходит, ощущаешь аромат широкобедрого бокала? Я не знаю, как по отношению к американцу, но по отношению к нашему человеку – это садизм!

Более того, каждый третий дринк, как оказалось, в этом ресторане вам приносят за счет фирмы... Нечто вроде премии за перевыполнение плана. Я уверен, что это правило не было рассчитано на увеличившийся благодаря перестройке поток советских туристов в Америку. Никогда не забуду глаза официанта, слегка беременные удивлением после того, как он сбегал за двадцатым бесплатным дринком для нас. Вернувшись, он спросил, откуда мы. Я ответил: «Из России!» Он сбегал снова, вернулся с бутылкой и, из последних сил улыбаясь, сказал: «Вот и дринькайте на здоровье! И нечего меня все время гонять туда и обратно!»

– Видишь, Юра, и у вашего сервиса есть предел элегантности!

– Да. Но только в отношениях с вашими... в смысле, с нашими. Кстати, должен сразу тебя предупредить, американцы нас не любят. Коренных русских любят, а эмигрантов нет. Видишь – улыбается? А глаза – смотри – ненавидят. Он тебя считает тоже эмигрантом. Знаешь, почему они нас терпеть не могут? Потому что только наш может прийти в этот ресторан и сказать: «Мне первые два дринка не надо, мне сразу третий». У наших, старик, оказалась такая соображалка, которая не снилась ни одному американцу. Те завидуют нашей смекалке.

Например, заметил, как здесь наливают вино? Дают сначала попробовать. Ты отпиваешь, потом еще раз отпиваешь, потом допиваешь и говоришь: «Нет, кисло – унесите». И они уносят. За счет фирмы. Для американцев это нормально. А наш тут же соображает: ага, можно переходить из ресторана в ресторан и говорить: «Кисло!» И к вечеру уже совсем не кисло будет! Здесь, в Штатах, я понял, что человек, объегоривший советскую власть, может без напряжения объегорить любую власть в мире! Мне порой кажется, что мышление людей сродни расположению улиц в тех городах, где они живут. Видишь, внизу Манхэттен? Стрит, стрит, стрит... Все параллельно. Авеню, авеню, авеню... Все перпендикулярно. Так и мышление у американцев – прямоугольное. А в наших городах? Переулок, канава, помойка, плакат, тупик... Тупик, плакат, канава, помойка, закоулок... Потому у нас мышление – закоулочно-канавочное. Впрочем, довольно о грустном. Давай лучше попробуем самое дорогое вино в этом ресторане.

– Гарсон, вот это вино, пожалуйста! – Юра указывает название вина в меню.

Заложив руку за спину, гарсон, заранее нас ненавидя, наливает мне в бокал вино на пробу. Я пробую, еще раз пробую... Допиваю! Как же хочется сказать: «Кисло! Унесите!» Гарсон смотрит на меня ненавидящими глазами над вынужденной улыбкой.

– Отличное вино! – говорю я. – Разлейте!

Его глаза добреют. Такого от русского «эмигранта» он не ожидал.

Очередная молния в очередной раз пролетает

мимо нашего столика. Благодаря выпитым дринкам она уже не пугает нас. Наоборот, воспринимается как часть шоу за счет фирмы.

Юра учит меня есть японские суши палочками, а куриные крылышки ножом и вилкой. Я беру куриное крылышко левой рукой и интеллигентно насаживаю его на вилку, которую грациозно держу в правой руке. Гарсон разливает «некислое» вино. Мне кажется, что я уже все знаю, все умею и готов к предстоящим гастролям. Снизу мне хитро подмигивает разноцветными огнями сквозь клочки туч прямоугольный, как и мышление американцев, Манхэттен.

Потрясение княгини

Самым неожиданным для меня потрясением стало потрясение княгини Долгоруковой. В девичестве Апухтиной. Она уже в эмиграции вышла замуж за последнего из князей древнего рода Долгоруковых. Несмотря на возраст, у обоих до сих пор гордые спины и светлые глаза цвета аристократической голубой крови. Даже у националистов Прибалтики язык бы не повернулся назвать их мигрантами. В Америке никто не унижает национального достоинства. В Америке нет национальности, потому что там есть все остальное.

В двадцатом году, еще совсем юными, княгиня Апухтина и князь Долгоруков ушли со своими семьями из Севастополя на одном корабле с Врангелем.

– Вы знаете, барон Врангель был очень умным, интеллигентным человеком, – рассказывает княгиня Ирина Петровна. – А главное, очень порядочным. Я помню, как он собрал нас всех вместе с родителями перед отправлением из Севастополя и честно сказал: «Мы должны покинуть Россию. Я ничего вам не обещаю. Нас может не принять ни одна страна в мире. Но оставаться здесь никому не советую. От большевиков нельзя ждать ничего хорошего. Попробуем уйти в Турцию. А там как у кого сложится судьба».

Ирина Петровна чисто говорит по-русски. В ее речи нет слов: альтернатива, регион, подвести черту, поставить вопрос, регламент, консолидация с ротацией, не говоря уже о консенсусе. Она говорит на литературном русском, пушкинском языке. Невозможно представить себе, что Пушкин консолидировался с Натали Гончаровой во имя деторождения и при этом имел альтернативный вариант в соседнем регионе.

Здесь, в Америке, благодаря эмиграции первой волны сохранился русский язык, русская кухня, русская интеллигенция.

Спасибо Врангелю!

– Ничего, русские еще возродятся, – успокаивает меня Ирина Петровна. – Мы с мужем очень болеем за Россию. И очень уважаем Горбачева... Нам кажется, что он выведет страну из разрухи. Очень хочется побывать в Москве. У мужа там особняк. Знаете, рядом с библиотекой Ленина. В нем теперь музей Карла Маркса. Это хорошо. Значит, ваши следят за нашим особняком. Но муж неважно себя чувствует. Вряд ли он отважится на такое путешествие. А я все-таки соберусь. Хотя очень боязно. Мне кажется, что я уже не доживу до встречи с Россией или не переживу ее.

На следующий день после моего концерта Ирина Петровна позвонила в семь утра. Голос ее был необычайно взволнован.

– Простите, что бужу, но я всю ночь не спала. Мы с князем потрясены. Скажите, это правда или вы сочинили, что в России нет мыла? – Даже по телефону я чувствую, что она задает вопрос с комком в горле. – Неужели ваши люди в правительстве, – недоумевает княгиня, – не знают, что на протяжении всей истории человечества развитие цивилизации познавалось по расходу мыла? Мы с мужем всегда считали, что невежественные люди разорят Россию, но никогда не думали, что до такой степени!

За день до этого звонка я подарил Ирине Петровне привезенный из Москвы флакончик французских духов. В Америке эти духи стоят около 100 долларов, а у нас всего 45 рублей. Поскольку мы продаем тайгу и за проданную тайгу получаем духи, которые распределяются между теми, кто продал тайгу.

Ирина Петровна была рада и удивлена такому подарку.

– В России есть французские духи?

– Полно! – ответил я с гордостью за нашу тайгу. В конце телефонного разговора Ирина Петровна спросила:

– Михаил Николаевич, я не понимаю, зачем в России продаются французские духи, если там нет мыла?

Хромосомный набор

Звонит телефон. Я снимаю трубку.

– Мишка, здорово!

Голос знакомый. Из детства. Но чей – вспомнить не могу.

– Вована помнишь?

– Какого?

– Ну, мы в одной школе учились.

– Вовка! Боже мой!.. Ты откуда говоришь?

– Из тюрьмы.

– То есть как?

– Очень просто. У меня хорошая камера. Две комнаты. Телефон. Телевизор. Видео.

...Вован всегда мечтал разбогатеть. Он еще в детстве умудрялся обменивать фантики из-под леденцов на фантики от «Косолапого мишки». Правда, потом его всегда били. В какие только аферы он не пытался меня втравить уже в юности! Голова его всегда была полна самых смелых, нелепых идей. Его знали все хулиганы, хотя он сам хулиганом никогда не был. Однажды он рассказал мне о плане освобождения своего отца из тюрьмы. Кажется, его отец сидел в то время по делу, подобному нашумевшему в начале 50-х «делу врачей».

Вован был очень толстым и настолько же добрым. Однажды, когда меня избили и я лежал в постели, он привел ко мне домой тех, кто меня избил, чтобы они извинились. Он был уверен, что мне от этого станет легче. Потом оказалось, что он им просто заплатил из тех денег, которые копил на побег отца.

После школы Вован неожиданно для всех запел.

Причем сразу громко, оперным голосом. Это было время поклонения Магомаеву. Всех, кто пел похоже, приглашали на концерты, платили деньги. Петь оперным голосом было тогда выгодно. Поэтому Вован им и запел.

Он всем рассказал, что учился в Италии с Муслимом. Для меня до сих пор загадка, где он научился сразу так громко петь...

Вскоре он понял, что прибыльнее петь на Севере. И уехал туда года на два. Разбогател. В каких только уголках нашей необъятной Родины он не организовывал самые смелые халтуры с продажей собственных билетов из разрезанных пополам открыток за две копейки! При этом на каждой половинке, не мудрствуя лукаво, он собственной рукой писал: «1 рубль». И ставил печать, вырезанную из старого каблука очередным умельцем-Левшой за бутылку рижского бальзама. Когда я вспоминаю еще отечественного, неуехавшего Вовку, я всегда думаю: нельзя так опрометчиво заявлять, будто мы все жили в застое. Были умы и тревожные, и светлые, и беспокойные. Они, между прочим, и подготовили перестройку. Недаром теперь многих наградили за то же самое, за что раньше сажали...

Я всегда знал, что Вовкино будущее – тюрьма. Но никогда не предполагал, что тюрьма под Нью-Йорком и с телефоном.

На вопрос, сколько ему дали, Вован сначала не захотел отвечать. Ему не хотелось говорить о неприятном. Я понять его могу. По одним слухам, ему дали сто с чем-то лет, по другим – всего восемьдесят. За достоверность слухов не ручаюсь. Но в Америке это вполне реально. Там одно наказание не поглощает другое, и все сроки плюсуются.

Как мне насплетничали, рижанин Вован со своим другом из Одессы выпустили фальшивые доллары. Причем на ворованной бумаге, а рисунок нанесли на украденном ксероксе. Ведь нашему человеку даже в голову не придет купить бумагу! Поймали их, когда они вдобавок ко всему превышали скорость на чужой машине в нетрезвом состоянии и впятером проехали на шесть «кирпичей». Одним словом, набежало!

Эмигранты любят о нем рассказывать. По приезде в Америку он пытался петь. Но здесь никого не интересовало, с кем он учился в Италии. Недолго думая, Вован с советским мышлением занялся американским бизнесом. После чего окончательно обнищал. Пытался устраивать для эмигрантов просмотры советских фильмов типа: «Свадьба в Малиновке», «Зозуля с дипломом», «Битва в пути»... Но за аренду помещения надо было платить. А на просмотры ходили пять-шесть бывших советских коммунистов из желания еще раз окунуться в свое героическое прошлое. Наконец мой добрый толстый друг на все плюнул и решил разбогатеть сразу. И попростому.

О процессе писали американские газеты. Коренных американцев поразило, во-первых, как много фальшивых денег выпустили наши всего за два дня. Во-вторых, как они это сделали. Простота, находчивость и наглость одновременно обидели и восхитили американцев.

Они выпустили фальшивые доллары на ксероксе!..

Как тут было не вспомнить слова Радзиевского о соображалке советского человека.

Много лет в Америке существует многоцветный ксерокс. Американцы думали, что на нем надо работать, чтобы получать деньги. А оказывается, на нем не работать надо, а сразу деньги печатать.

Много, много нового узнали для себя американцы с прибытием в их страну наших эмигрантов.

Например, что бензин можно разводить водой... Сообщение в газете о том, как это делается на русской бензоколонке в Бруклине, стало научным откровением даже для американских ученых. Доселе они предполагали, что это невозможно с химической точки зрения – карбюраторы будут барахлить. Но, видать, любой наш мужик с тремя классами образования может дать фору всей американской химической промышленности. Оказывается, просто надо знать, как разводить. Комбинация-то уже отыграна на Родине, и проще не бывает. Хороший бензин надо разводить средним, средний – плохим, а плохой – уже водой...

Видимо, наш человек развит от нищеты так же, как их человек туп от сытости.

Приехав в Америку, наши мгновенно сообразили, что надо скупать дома, потому что они со временем дорожают. За два-три года большинство наших «обошло» по богатству среднезажиточных американцев.

И тут Радзиевский не прав. Американцы не просто не любят наших эмигрантов. Они прокляли тот день, когда пригласили их к себе. Ну что же – так им и надо! А то они столько лет кричали: «Отпустите к нам своих инакомыслящих! Дайте им свободу!» Ну, дали, ну, отпустили. Но ведь оказалось: никто из тех, кто кричал, даже предположить не мог, насколько наши инакомыслящие. Я считаю, советская эмиграция третьей волны в Америку – самая серьезная провокация против Запада!

...В ресторане рядом со мной сидит русский эмигрант. Неожиданно для меня он вытаскивает из кармана лавровый лист, поджигает его зажигалкой и резко опускает в рюмку с водкой.

– Зачем вы это делаете? – спрашиваю я.

– Я за рулем... Чтобы не пахло...

Видимо, смекалка – в генетике нашего человека. В его хромосомном наборе. Поскольку единственное, что передавалось по наследству советскими людьми из поколения в поколение, – это нищета, изворотливость и энтузиазм.

Поэтому Америка с ее свободой бизнеса и оказалась черноземом для нашего мышления. Нельзя вывозить из России картины именитых художников? Разве это проблема для нашего эмигранта? Догадались приглашать самих художников. Кормить их, оплачивать суточные, делить пополам гонорар, только чтобы они рисовали прямо тут, в Америке, на эмигрантских чердаках. Причем чтобы рисовали картины американских классиков прошлого века.

Сейчас в связи с перестройкой фантазия у наших эмигрантов разыгралась окончательно. Особенно в сотрудничестве с нашими кооператорами. Открываются совместные охотничьи угодья для миллионеров на Волге. Бедные миллионеры платят тысячи долларов за такую охоту. В то время как наши проводят их туда через дырку в заборе за бутылку, которую дают егерю.

Чего только не пытаются всучить за доллары бедным американцам наши умы! Дошли до того, что опубликовали рекламу, будто для мужской потенции особенно полезна настойка на камнях, выведенных из почек коров. И тут без дружбы с Советским Союзом никак не обойтись, потому что камни в почках образуются только у советских коров... Мне думается, что популярные ныне среди американского обывателя сувениры – кусочки разрушенной Берлинской стены – отколупнуты в русском эмигрантском районе.

Говорят, в настоящее время в ФБР создан отдел по расследованию того, что творится в русском районе Нью-Йорка.

Об этом районе уже ходят легенды во всем мире как об одном из самых «веселых» мест на земном шаре.

Брайтон-бич... Проще – Брайтон... Берег Атлантического океана... Рассказывают, что когда-то здесь жили приличные нищие негры. Из истории известно, что если куда-то приходили жить негры, то все остальные оттуда сразу же уходили. Это единственный случай, когда откуда-то ушли сами негры. После того, как туда пришли русские. Вернее, не ушли, а сбежали. Наши их выжили. Выгнали пинками под копчик. Кому-то даже выкололи глаза. И нищие кварталы расцвели ресторанами, магазинами... Вспыхнули рекламы на русском: «У Римы», «Одесса», «Киев», «Русь», «Яша и сыновья»... Покатилась по набережной музыка.

«...Небоскребы, небоскребы, а я маленький такой...»

«Еще не поздно, еще не рано, стою одна я у ресторана».

«... Ямщик, не гони лошадей...»

Разбогатевшая Ялта с одесским темпераментом и харьковским вкусом. Только в Ялте отдыхают в сезон, а на Брайтоне – всегда.

Ну и, конечно, рестораны поблатнее, лица повеселее, песни поразудалистее, украшения на женщинах поувесистее. Только наши ходят в Америке в золоте с самого утра. В каждом ухе по слитку ценой в ДнепроГэс! Благо нет ОБХСС. А вечером ресторан. И веселье! Но какое! Мне кажется, чувства счастья, что они уехали из Советского Союза, многим нашим эмигрантам хватит на всю оставшуюся жизнь. Поэтому они и веселятся каждый день, будто этот день последний. Все! Завтра обратно в Советский Союз...

«... Ямщик, не гони лошадей!..»

Вырвались! Разбогатели! Свободные!

«... Мне некуда больше спешить...»

На Брайтоне царит русский язык. Многие даже не учат английского. Какая-то тетя Фрида пришла в американский магазин и искренне возмутилась:

– Шо такое! Мы тут уже шесть лет, а американцы по-русски не говорят!

Порой создается впечатление, что не наши приехали в Америку, а Америка пришла к ним. И тетя Фрида была не так уж далека от истины. Американские полицейские учат в русском районе русский язык. Причем вместе с матом. Поскольку наши ругаются там, как на Родине. Полицейские думают, что это и есть русский язык. Я спросил у полицейского-негра про нужную мне улицу по-английски. В ответ он послал меня по-русски... известным нам всем маршрутом.

Американские обыватели боятся Брайтона. Их пугает сверхгромкая ресторанная музыка, настораживают танцы – смесь ламбады с цыганочкой и Хава нагилой. Им непривычно видеть раскрасневшиеся лица, уткнувшиеся на ночь в салат. Да что там обыватель. Даже американская мафия не знает, что делать с русской мафией. Ни один чикагский гангстер не приедет в русский район. Он не знает, где оставить машину. Стоит ему на семь секунд оставить на улице свой черный «Роллс-Ройс», как на нем по-нашенски в эти же семь секунд гвоздем нацарапают известные всему миру три буквы...

Недавно в очереди у американского посольства в Москве, где сутками стоят желающие выехать в Америку, какой-то грузин закричал на чиновника:

– Почему вы нас так долго оформляете?

И американского чиновника прорвало.

– А я не хочу, – закричал он в ответ на всю очередь, – чтобы вы ехали в мою страну!

И его можно понять...

На Брайтоне даже сменили новые американские телефоны-автоматы на старые. Новые были созданы «во имя человека», чтобы не подбрасывать монеты в течение разговора, не отвлекаться. Усовершенствовали конструкцию. Бросаешь начальные четверть доллара, разговариваешь семь, десять, тридцать минут. Закончив говорить, вешаешь трубку. Телефон-автомат звонит. Снимаешь трубку – тебе робот сообщает, на сколько ты наговорил и сколько еще надо опустить. Нашли дураков! Причем ладно бы наши просто уходили, нет. Они ведь еще должны испытать удовольствие или, как выражались ранее, чувство глубокого удовлетворения. Оттого, что они кого-то объегорили хоть в мелочи. Поэтому наши все-таки снимают трубку и радостно говорят: «Пошел к черту!» И только после этого уходят, нет, убегают с чувством глубокого удовлетворения.

Я не случайно все время пишу «наши, наши, наши». Это действительно наши люди, прежде всего – по хромосомному набору.

Некоторые по привычке даже празднуют 1 Мая. Многие отмечают и американские праздники, и советские. Я спрашивал, не выходят ли 1 Мая по привычке на демонстрацию?

Шутки шутками, а кто-то вступил в американскую коммунистическую партию. Говорят, в связи с перестройкой скоро будут переводить непосредственно из нашей коммунистической партии в американскую, если из их партии, конечно, придет официальный запрос...

Можно изменить фамилию, имя, лицо, Родину, но нельзя изменить хромосомный набор.

Самое большое количество доносов в Америке идет с Брайтона. Это хромосомный набор!

У кого-то за соседним столиком в ресторане «Русь» вспенилась открытая о стол бутылка пива. И это хромосомный набор.

Кто-то предложил мне купить выломанный из

машины приемник. А хозяйка ресторана ведет меня на кухню:

– Купи пальто!

Спекулировать в стране, где есть все, может только наш человек.

– За семьдесят долларов отдам!

Я вижу, что пальто стоит как минимум триста долларов. Из дорогой материи. Новое...

– Откуда оно? – спрашиваю я.

Она глазами показывает мне в угол. Там на стуле сидит цыган. Воруют! Самонадеянные американцы думают, что они справились с проблемой воровства. Научно-исследовательские институты работали у них над решением этой проблемы. И решили. Цену на товаре стали указывать закодированными магнитными полосками.

И если их не размагнитить, они зазвенят в дверях магазина. Размагнитить эти полосы человек не может. Надо знать код. А в кассе щуп компьютера одновременно и засылает в компьютер цену, и размагничивает полосы. Так что у тех, кто заплатил, покупки не звенят в дверях, а звенят только у тех, кто прошел мимо кассы.

Научно-исследовательские институты с решением этой задачи, как им казалось, справились. Как бы не так! Наши просто отрывают ценник с магнитными полосами и выносят те товары, которые им нравятся. И все!

Мы – непобедимый народ! Американцы это начинают понимать. И я думаю, они никогда не будут с нами воевать. Они понимают, что мы им просто что-нибудь оторвем от их ракеты.

Что мы непобедимы, я понял, когда увидел, как наши покупают бананы в супермаркете. Самообслуживание. Бананы кладутся в полиэтиленовый пакет, пакет опускается на весы. Весы говорящие: сообщают, сколько ты должен заплатить. И выдают чек. Вы обклеиваете этим чеком пакет и идете в кассу, где с вас и берут деньги согласно чеку. Так делают американцы. А наши? Наши кладут полиэтиленовый пакет на весы вместе с бананами и... приподнимают связки бананов! Тупые американские весы тут же выдают чек с ценой за вес полиэтиленового пакета. И только такой же слаборазвитый, как и его весы, американец в кассе не может понять, почему за такую кучу бананов – всего несколько центов.

Конечно, среди наших эмигрантов много приличных и интеллигентных людей, уехавших по идейным соображениям, а не для того, чтобы с утра не бояться ОБХСС. Они знают английский. Среди них есть писатели, художники, врачи, бизнесмены, которых уважают коренные американцы. Есть среди них и бедные, живущие впроголодь. Но хромосомный набор нашего человека виден не по ним, а по большинству наших эмигрантов. Конечно, дети этого большинства вырастут другими. Они будут знать английский. Их влекут компьютеры и хорошие фильмы. Они вырастут американцами. Но их родителей уже не переделать. Они наши! Они плачут, когда поют русские песни. Они любят язык своего детства. Они любят наших артистов. В ресторанах они заказывают самые новые советские песни.

«...Без меня тебе, любимый мой, земля мала, как остров...»

Эмигранты любят свою Родину издалека. Как сказал мне один из них: «Можно жить в любом государстве, но Родина у тебя одна...»

Даже те из эмигрантов, кто интеллигентно ругает Брайтон, кто живет среди американцев и, казалось бы, бесповоротно обамериканился, – иногда, ну хоть разок в год, а заглянет на Брайтон. Это для них уголок Родины. Здесь им искренне нагрубят, откажет в месте швейцар перед входом в ресторан, а потом обсчитает официант.

Но и накормят по-русски сразу и осетриной, и пельменями, и картошкой... С черным, вкусным, привезенным кем-нибудь из родственников, настоящим хлебом!

Больше всего эмигранты рады привезенному им с Родины черному хлебу...

Да, Брайтон – это частица Родины! Здесь до сих пор сидят на кухнях и до сих пор генетическим полушепотом ведут задушевные разговоры о непорядках в России. Но здесь могут и помочь тебе, и понять тебя, как никогда не помогут и не поймут тебя улыбчивые американцы.

Брайтон – это уголок Родины.

Однако всем эмигрантам ужасно хочется побывать на настоящей Родине. Хочется показать своим прошлым друзьям, какими они стали. Чтобы все увидели их машины – длинные-предлинные, времен тех фильмов, которые по нескольку раз смотрели в юности. Чтобы все увидели их серьги, золотые-презолотые.

«...Без меня тебе, любимый мой, лететь с одним крылом...»

Эмигрант – это человек с одним крылом. Огромным, размашистым, но одним.

Поэтому они и любят эту песню. Под нее они чувствуют свою роскошную неполноценность, богатое несовершенство, веселье несостоявшегося счастья...

Наши эмигранты в Америке напоминают ребенка, выросшего без отца при богато фарцующей маме!

Вован тоже наш человек...

– К сожалению, Миша, я не могу сегодня прийти к тебе на концерт. Я еще здесь плохо знаю тюремщиков... Не отпустят.

Вован потерял оба крыла, но сохранил главное – чувство настырного советского оптимизма.

– Ничего страшного... Конечно, срок серьезный, сто с гаком, но мне обещали, если буду хорошо себя вести, скостить срок лет на пять, а то и на десять!

Я слышу в трубке, что его торопят.

– Мне пора, – говорит он. – Обедать зовут. У меня здесь особая кухня. Ко мне здесь относятся с уважением.

Я понимаю, что, как и в детстве, он врет. Это его хромосомный набор. Наверняка он звонит из служебного помещения.

Я напоминаю ему, как он привел ко мне для извинения тех, кто меня избил. Голос Вовки сникает. Он вспомнил Ригу. А может быть, и накопленные на побег отца деньги. И хоть говорят, что в Америке тюрьмы комфортабельнее наших санаториев четвертого управления... Все же это тюрьма. А доллары не фантики!

Встреча

Бывают книги занимательные, но поверхностные. В прошлом веке такая литература называлась бульварной, то есть литературой, которую вроде как было легко читать даже на бульваре.

Если бы я не поехал к своему другу в Техас и не увидел неэмигрантской Америки, моя поездка превратилась бы в поверхностную. И стала похожа просто на бульварную занимательную литературу. Правда, Юрка тоже эмигрант, но он американец. Американец не по паспорту, а по профессии, по знанию языка, по друзьям.

Кто-то из древних сказал: «Национальность человека определяется языком, на котором он думает». Юрка думает уже по-английски. Хотя чувствует все еще по-русски.

Когда он встретил меня в хьюстонском аэропорту после 15 лет разлуки, первое, что сказал: «Ну, теперь я наговорюсь наконец-то по-русски!» И тут же начал несусветно ругаться матом. Причем с ошибками. Чувствовалось, что даже русский мат он стал переводить с английского. Хотя сам пыл и наслаждение от брани остались русскими, и даже усилились. Одна из самых сильных ностальгий у наших эмигрантов — это ностальгия по русскому мату.

В Техасе его зовут Джордж, доктор Джордж. В России Юрка был кандидатом медицинских наук. Приехав в Америку, шесть лет снова учился на врача. Закончил резидентуру, получил разрешение на практику в Техасе и во Флориде. Открыл свой офис, купил компьютерную аппаратуру для диагностики, стал членом совета директоров трех госпиталей. В Америке врач – синоним слова «богатый». Но для меня, каким бы он ни был богатым, он всегда оставался Юркой.

Мы учились в одной школе, в Риге. Не проходило ни одного дня, чтобы мы не виделись. Любили Рижское взморье, волейбол и музыку. Юрка играл на рояле. Играл размашисто. Так породистые хозяйки полощут белье. Попросту говоря, он полоскал рояль, выводя на нем сразу все партии джазового оркестра. Я так и звал его в юности – «человек-оркестр».

Совершенно непонятно, почему он поступил в медицинский. Вероятно, подсказала интуиция, которая уже тогда начинала предчувствовать его техасское будущее. Он стал кандидатом медицинских наук, я – инженером Московского авиационного института. Мы по-прежнему продолжали любить Рижское взморье, музыку и волейбол.

Потом Юрка пропал, почти на год. Позвонил неожиданно. Голос у него был нервный и прерывистый. Такой бывает только при некачественном кагэбэшном прослушивании на советских телефонах.

– Я тебе долго не звонил, потому что уезжаю. Не хотел подводить тебя. Все-таки ты у нас засекреченный. А мы с Верой подали заявление на отъезд, и вот пришел ответ. Если не хочешь, не приходи на проводы, я не обижусь. Я же все понимаю. У тебя могут быть потом неприятности.

Теперь я вспоминаю, как осуждал его в душе. Еще бы! Я руководил агитбригадой. Ездил летом на комсомольские ударные стройки. Ставил спектакли о великих этапах большого пути. Меня восхищали нефтяные вышки Самотлора с огненными факелами в ночи. Вдохновляли громыхающие грузовики «КамАЗа». Впечатляли отравляющие воздух трубы Магнитки и никуда не ведущая Байкало-Амурская магистраль. Впечатления я вдохновенно переносил в спектакли, за что вскоре и был удостоен вместе с коллективом агитбригады премии Ленинского комсомола. Премию нам дали сразу после нашего выступления в Кремлевском Дворце съездов, лично перед товарищем Брежневым, где лично я читал лично ему стихи под фонограмму с отрепетированными заранее аплодисментами. Аплодисменты заряжались и репетировались как раз теми комсомольскими работниками, которые лично потом и дали нам премию. На нашем представлении Политбюро в полном составе заснуло. Однако премию нам дали, так как о ней мы договорились еще до того, как они заснули.

Позже выяснилось, что премия Ленинского комсомола была задатком, чтобы мы поставили в будущем «Малую землю». Но я тянул с этой постановкой, как Ходжа Насреддин, который все-таки дотянул до того, что ишак скончался.

Шутки шутками, но Юрку в то время я осуждал не на шутку. Однако на проводы пришел. Оказывается, уехать его уговорила жена. Юрка не был евреем. Он женился на еврейке. В то время многие женились на еврейках, понимая, что еврейка в период застоя – не национальность, а средство передвижения. Тем не менее Юрка женился по любви. Почему он уезжал? Надоело заниматься бесполезной научной работой? Влекло посмотреть мир? Теперь-то я понимаю, что Юрке хотелось, еще будучи молодым, получить возможность развиваться непредсказуемо! Лентяем он не был никогда. Ему, как и мне, всегда было ненавистно, что русских считают лоботрясами!

На проводах мы оба напились. Мы были уверены, что больше никогда не увидимся. Кто же мог предположить, что через 15 лет уехавших признают чуть ли не героями, а оставшихся – чуть ли не предателями. Тем более я не мог предположить, что на чужбину к уехавшим будут посылать артистов, точь-в-точь как в период расцвета застоя посылали агитбригады на комсомольские ударные стройки.

Свои вечера-встречи в Америке я начинал с фразы: «Добрый вечер, уважаемые дамы и господа, бывшие товарищи! До меня у вас выступали Хазанов, Пугачева, Ширвиндт, Державин, Жванецкий. Похоже, что вы специально уехали сюда, чтобы послушать выступления известных советских артистов».

Юрки на моем выступлении не было. Не смог прилететь ни в один город, где были концерты. Он ждал в Техасе. Освободил неделю для путешествия по немногоэтажной фермерской американской Америке.

Впереди у нас Нью-Орлеан, Хьюстон, Сан-Антонио, Миссисипи, берег Мексиканского залива. В машине музыка, в багажнике волейбольный мяч. От восторга Юрка взахлеб ругается, заставляя меня исправлять ошибки в его заметно пошатнувшемся мате.

Дорога бежит между озерами, нефтяными вышками, болотами, выбегает на 20-километровый мост над топью, ныряет опять в лес. Снова извивается между нефтяными вышками. После множества путешествий по нашей перекопанной стране Америка кажется сплошным газоном. Ощущение, что подстрижены даже лужайки в лесу. Болота – и те выглядят нарядными, а небо – украшенным помытыми облаками. Нефтяные вышки веселые, цвета детских игрушек. По обочинам не валяются забытые трубы. В лесах нет плакатов: «Лес – наше богатство!» В городах никто не ведет по мостовым горячую воду, чтобы подключить ее потом к коммунизму, «КамАЗы» не возят воздух с двумя рейками и тремя кирпичами. Вокруг заводов нет свалок, огороженных досками почета. Машину не подбрасывает на ямах, не вздрагивают с испугу амортизаторы. Всюду так не по-человечески опрятно, словно профсоюзы провели субботник по уборке территории к приезду президента. Я не был в Англии, Голландии, Бельгии, но Америка мне запомнилась навсегда как один бесконечный газон!

Юрка расспрашивает меня о России. Ему невыносимо хочется услышать о каких-либо хороших переменах в Союзе. Что мне ответить ему?

Что мне тоже хотелось бы о них услышать? Заикаясь, как наш депутат, которого впервые заставили говорить без бумажки, я отвечаю ему, что в Москве бывает хорошая погода. Но тоже все реже... Своими вопросами Юрка ставит меня в тупик. Я сам для себя пытаюсь найти, что же за последнее время у нас изменилось в лучшую сторону?

– Весь народ узнал, что Сталин – сволочь, – говорю я, радуясь своей находчивости.

– И все? – обиженно спрашивает Юрка.

– Нет. Еще мы все теперь знаем, что Брежнев тоже был дурак.

– А еще?

– А еще у нас напечатали и признали Булгакова, Набокова, Солженицына, Войновича, Цветаеву.

Я долго перечисляю ему, кого у нас признали, говорю, что выпустили сборники Высоцкого, что Галича приняли в Союз писателей те, кто его исключал, и чуть не вернули ему московскую квартиру посмертно.

А Валентин Зорин теперь по телевизору хвалит все то, что раньше ругал, и ругает все то, что раньше хвалил.

– Короче, приезжай, и на собственной шкуре испытаешь все наши хорошие перемены. Потому что рассказать о том, что у нас происходит, нелегко даже сатирику.

Действительно, как я ему расскажу о том, что в Москве продукты продаются по паспорту? Никогда в жизни я сам не мог предположить, что когда-нибудь буду есть кефир по месту прописки! Или как я ему объясню, что за три года мы обогнали все страны мира по рэкету, проституции и демократии одновременно? Что наш народ успешно борется с коммунистической партией под ее руководством? Что в результате спущенной на нас сверху гласности у нас обострилась дружба народов? Как мне подобрать слова, пересказывая выступления некоторых наших депутатов, чтобы он не подумал, что я шучу и пересказываю ему свою очередную миниатюру... Стыдно говорить, что наш парламент за год научился переставлять новые запятые в старых законах, голосовать на компьютере фирмы «Филипс», сводить друг с другом счеты, увеличивать налоги, уговаривать народ еще немного потерпеть и переносить время в городах на час туда, затем на час обратно... Невозможно описать ту безысходность, которая поголовно овладела людьми, лишила их надежды на будущее и сделала озлобленными от настоящего настолько, что в глубинных городах пиво стали отпускать только в полиэтиленовые пакеты. А иначе слишком много травм. Мужики бутылками пробивают друг другу головы. Ни один иностранец в мире не поймет, как можно наливать пиво в авоськи!

Экономика страны познается по ее дорогам, аккуратность женщины – по ее ванной комнате, мужское достоинство – по рукопожатию, а забота о людях – по районным поликлиникам.

Я даже боюсь заикнуться ему, директору госпиталя, о том, что у нас вся страна, доведенная до отчаяния отсутствием лекарств и недоброжелательностью районных врачей, лечится по телевизору.

Конечно, мне не трудно сказать ему, что у нас вечером по телевизору – Кашпировский, а с утра Чумак тазики заряжает. Но вряд ли он поймет, что означает выражение «заряжать тазики». Наверняка спросит: «Зачем надо это делать?» Я ему отвечу: «Чтобы рассосались спайки!» Тут же последует вопрос: «Где?» И я просто вынужден буду сказать правду: «В мозгах». А иначе чем объяснить, что некоторые люди во время парапсихологических телевизионных сеансов больным местом прислоняются к экранам телевизоров? Чем объяснить, что население Москвы однажды съело весь тираж газеты «Вечерняя Москва», заряженный ведущим парапсихологом? Люди ели газеты! Потом в редакцию писали письма, в которых спрашивали, чем в следующий раз запивать. Или просили впредь указывать, какую точно статью зарядил профессор – «Передовицу» или «Прогноз погоды». А то тяжело жевать всухомятку всю газету, хотя она и свежая.

В какой еще стране могут слушать по радио заряженную здоровьем минуту молчания? При этом некоторые записали ее на магнитофон. Чтобы потом сделать погромче.

Американцы не в состоянии понять всех этих отрыжек советской демократии.

А Юрка стал американцем! В день встречи он дал мне таблетку от радикулита. А я два года лечил его у наших экстрасенсов. Я не хочу говорить обо всех, среди них есть много приличных людей. Но с тех пор как я стал хорошо зарабатывать, почему-то большинство из них стало убеждать меня, что я безнадежно болен. Бляшки в сосудах, позвоночник в солях, песок в мозгах, глухонемая язва слепого желудочка. Словом, все то, что невозможно проверить методами нашей медицины.

Один совершенно законченный парапсихолог открыл мне дверь своей квартиры и сказал: «Подождите пять минут, я в той комнате сейчас усилием воли повышаю урожайность хлебов в России».

– А как их хранить? – спросил я тут же по-российски хозяйственно.

– Это наша следующая задача. Я один с ней не справлюсь. Придется подключать энергию жены.

«Посмотрев» меня руками, он сказал:

– Очень тяжелый случай! Когда вы выступаете, многие зрители вас не любят. Они вас и сглазили. У вас теперь сзади вырос энергетический хвост. Это очень плохо. Энергия из космоса через хвост утекает в преисподнюю.

– Что делать? – задал я извечный вопрос, мучивший российского человека.

– Надо его обрубить. Могу за это взяться. Но хвост очень серьезный. Справиться с ним будет нелегко. Стоить это будет сто рублей.

Я согласился. Он положил меня на диван, долго колдовал над моим копчиком, бормоча стихи, по-моему, Крученых или раннего Маяковского. Потом отошел в дальний угол комнаты. Я спросил: «Что, действительно хвост такой длинный?»

– Да, очень. Боюсь даже, за один сеанс мне его не обрубить. Придется еще прийти два раза по сто рублей.

– А куда вы складываете обрубленные хвосты? – спросил я.

Я с максимальной точностью пересказываю этот разговор двух сумасшедших Юрке.

– Ты шутишь? – спрашивает он.

– Если бы. Приезжай. Я тебя к нему отведу. Он

тебе тоже чего-нибудь отрубит. Я оплачу. Потом из хвостов сделаем шубы женам.

Юрка просит меня объяснить подробнее, кто такие экстрасенсы. Он что-то слышал, но точно не знает. Да и зачем ему знать это, если у него есть таблетки от радикулита.

Двум нашим известным людям необычайно повезло: они заболели за границей. Евгению Леонову — это стало теперь известным, поэтому я имею право об этом упомянуть. И нашей известной эстрадной певице. Без ее разрешения я не могу назвать имя. У Евгения Леонова случилось на сцене то же самое, что и у Андрея Миронова, но в ФРГ; нашей звезде сделали операцию в Лос-Анджелесе. Я к ней заходил в госпиталь. Она еще не вставала, но была в хорошем настроении. Я спросил, есть ли у нее боли? Она показала мне рядом с кроватью кнопку обезболивания. Ей не надо было даже в случае приступа вызывать нянечку, похожую обликом на полотер.

Конечно, наша медицина бесплатная, да и как можно платить за то, за что расплачиваешься своим здоровьем.

Юрка проверил меня на своей аппаратуре. Как он выразился, «прокрутил на тестах». На общую сумму три тысячи долларов. Такой счет он бы выставил любому американцу. Но любой американец каждый месяц платит медицинскую страховку. И когда он болеет, за него выплачивается благодаря этому 80, 90, а то и 100 процентов.

Мы тоже платим подоходный налог. Только мы не знаем, куда он идет. Потому, что он идет в закрома Родины. У американцев нет закромов Родины! Я ни разу не видел в американской печати, чтобы какой-то фермер «намолотил в закрома Родины, славной поступью в авангарде пятилетки, держась за экономические рычаги». Поэтому американцы в большинстве своем и не знают, кто такие экстрасенсы. Только в эмигрантских газетах, например в «Русском слове», можно увидеть объявление: «Доктор Гинзбург лечит руками все, что хотите, за умеренную плату».

Впрочем, американцы не знают не только этого. Они много еще чего не знают. Например, что бутылки можно открывать зубами. Не знают устройства своих сливных бачков: где надо пошарить рукой, чтобы потекло, и не опозориться в гостях. Они не умеют разливать виски в парадном по булькам за спиной с закрытыми глазами. Они не понимают, как это в электрический счетчик можно поставить «жучок» так, чтобы государство еще приплачивало деньги. Они даже не подозревают, что можно стирать полиэтиленовые пакеты и, вывернув их наизнанку, сушить на бельевой веревочке. Они не догадываются, что свежие газеты можно класть в шкаф от моли. А орехи лучше всего колоть дверью. Они не знают, что такое счеты! Я им привез в подарок, они думали, что это массажер для спины.

– Я хочу в Россию, – говорит Юрка. – Все эти годы я не думал об этом. А сейчас... ты меня растеребил, я соскучился. Помнишь, как мы с тобой в Риге разливали в парадном по булькам, с плавленым сырком? Кажется, этот сырок стоил 14 копеек!

– Твой дом в Риге снесли.

– И что там теперь?

– Какой-то институт.

Мы выкатываемся на берег Миссисипи. За окнами все тот же бесконечный американский газон. По реке идет старинный, декоративный пароход с декоративной трубой и декоративным дымом. На том берегу где-то «Хижина дяди Тома», Гекльберри Финн в сахарном тростнике...

– Расскажи мне еще что-нибудь о России, – просит Юрка...

Путевые заметки на чем попало

Еще в юности я заметил, что больше всего разнообразных мыслей приходит в дороге. Думать долго бывает лень. Может, поэтому большинство людей стараются в путешествии разговориться. В Америке я довольно много летал на самолетах. И все молча, поскольку вокруг были сплошь американцы. Какие только мысли не приходили мне в голову. Некоторые даже казались интересными. В такие минуты по закону подлости под рукой ничего не оказывалось, и я записывал их на чем попало: листочках, салфетках, полях рекламного журнала авиакомпании, – после чего с чистой совестью украдкой от стюардессы уносил его с собой под полой пиджака.

* * *

У американского и советского языков есть нечто общее. Советский – испорченный русский, американский – исковерканный английский. Советский язык – это русский язык, сознательно растянутый на бюрократической дыбе ради инструкций, которые не надо выполнять, докладов, которые не надо понимать, рапортов, за которые не надо отвечать. Язык, затуманенный солидными иностранными существительными, безграмотными прилагательными и деепричастными оборотами с продолжениями на следующей странице. Это язык государственных лоботрясов. Он помогает им самим верить в то, что они приносят пользу обществу

Американский язык, наоборот, язык деловых людей. Сжатый английский. Порой пропускаются звуки в словах, не договариваются сами слова... На американском языке можно кратчайшим путем договориться о сделке. Он постепенно избавляется от литературных, ненужных бизнесу красивостей. Американский вариант английского языка оказался настолько выгодным, что наиболее яркие «американизмы» стали быстро проникать в английский. Акселерат-ребенок стал влиять на инфантильного родителя.

И советский, и американский языки выгодны своим создателям. Но ни на том, ни на другом невозможно написать хорошие стихи. Чтобы выразить чувственные оттенки, поэт невольно вернется к русскому или английскому.

* * *

В американских домах никогда не отключается горячая вода. И я понял почему. Нет домоуправлений. Некому отключать. Вода течет себе и течет. И никто ею не руководит.

* * *

Русских туристов в Америке очень точно называют «пылесосами». Они высасывают из страны все дешевое пыльное старье.

* * *

Американский рабочий за год обеспечивает себя года на три вперед. Наш – год вкалывает и потом 25 рублей занимает на обратную дорогу из отпуска.

* * *

Во всем мире американцы ведут себя так же важно, как москвичи в нашей стране.

* * *

Ностальгия у всех эмигрантов пропадает после первого посещения Родины. Они возвращаются от нас домой такими измученными, что впредь готовы за свой счет приглашать в Америку всех, по кому соскучились, лишь бы никогда не иметь больше дела с нашей «катастройкой».

* * *

По американскому телевидению часто передают полезные советы. Среди них чаще других повторяется один: если на вас напали бандиты, отдайте им все, что они попросят. Не сопротивляйтесь! Лишитесь кошелька, зато сохраните жизнь.

Однажды в новостях передали коротенькое сообщение о смелости и ловкости нашего советского туриста. У него наркоман-негр пытался отнять кошелек. Невзрачный на вид турист из Челябинска проявил необычайную силу и не только не отдал кошелек, но еще и поколотил негра, фигурой похожего на гигантскую перевернутую кеглю. Опешивший от неожиданного сопротивления негр даже побежал от русского туриста. Но тот его догнал и ударил по голове урной. Бедный негр долго стоял в оцепенении, поскольку давно привык к тому, что американцы никогда не оказывают сопротивления. Тем более урной. Таких советов по американскому телевидению никто не давал. Но он же не знал, что это русский турист, которому поменяли всего тридцать инвалютных рублей и который все свои дни в Америке только и делал, что высчитывал, как на эти деньги одеть семью, себя и еще привезти подарки тем, кто его оформил в туристическую поездку.

Для советского туриста за границей жизнь без кошелька не имеет смысла. А лицо жены дома, в Челябинске, узнавшей о пропаже кошелька, страшнее лица любого кеглеобразного негра в американской подворотне.

* * *

Бывший русский дворянин, который уехал из России сразу после революции, часто рассказывал своему сыну, родившемуся уже в Америке, что самая удивительная охота на медведей – под Брянском. Сын пошел в отца – стал заядлым охотником. Не раз просил отца подробнее рассказать, чем же так удивительна охота на медведей под Брянском, что он так часто о ней вспоминает.

— Когда-нибудь времена изменятся, — отнекивался отец. — Сам поедешь, поохотишься и поймешь.

Наступила перестройка. Времена изменились. Отца уже не было в живых. Богатый сын решил осуществить свою мечту — узнать наконец, чем же удивительна охота на медведей под Брянском. Связался с Брянском. Предложил заплатить валютой, за идею тут же ухватился ловкий кооператив. Конечно, было одно «но»! Под Брянском последнего медведя видели во время гражданской войны. Однако терять валюту было жалко. Везти медведя из дальневосточной тайги — дорого и долго. Американец уже выехал в Союз. Обратились в цирк соседнего города. Действительно, в цирке был один старый медведь, которого давно не занимали в программах. Сначала руководство цирка не хотело его отдавать. Все-таки родное для них животное. Но кооперативщики сказали, что просят его для фотоателье, обещали хорошо ухаживать, предложили небывалые деньги. И руководство выдало им медведя.

Везти старика-медведя в брянские леса решили на товарном поезде. От радости и в предвкушении валюты кооператоры в поезде напились. Операция была назначена на завтра. Миллионер утром должен был отправиться на охоту в родительские леса. Видать, умное животное благодаря многолетнему опыту работы с людьми почувствовало что-то неладное и недоброе. И как только подвыпившие «конвойные» заснули, сбежало из поезда через плохо закрытую дверь клетки.

Утром медведь вышел на проселочную дорогу. В это время по ней на велосипеде мирно ехал местный почтальон. Когда почтальон впервые в жизни увидел в родном лесу медведя, он сиганул с велосипеда и убежал в лес. Велосипед остался на дороге. Но! Медведь-то был цирковым! Он давно не работал на арене. Соскучился. Поэтому, недолго думая, сел на велосипед и, радостный, покатил навстречу восходу. Как раз в это время из леса на проселочную дорогу с ружьем вышел американский миллионер. Увидев медведя на велосипеде, охотник остолбенел, но так как медведь двигался на него, с испугу вскинул ружье. Медведь понял это как знак к цирковому трюку и встал на руле на передние лапы.

В этот-то момент заядлый охотник и впрямь понял, что отец был прав – действительно, самая удивительная охота на медведей в России под Брянском!

* * *

Все иностранцы быстро схватывают язык. В отличие от нас. Нам Сталин «железным занавесом» надолго кастрировал способности к языкам. Остальные народы не жили, как мы, взаперти. Они общались, развивались. Поэтому зачастую хватают на лету даже такие труднодоступные выражения, как русские.

Дешевая распродажа в любой стране мира отличается повышенным процентом русских покупателей. С известной нашей актрисой на одной из таких распродаж мы подходим к прилавку с купальниками. Продавец – араб. Слышит, что мы говорим по-русски. Видимо, до нас кто-то из наших женщин у этого прилавка побывал. Потому что он уверенно говорит моей спутнице:

– Бери, дура, завтра не будет!

Сколько же раз он слышал это выражение, если, не понимая ни слова, запомнил его и уверен, что у русских так принято уговаривать. Спутница с ужасом смотрит на продавца. И тогда он с той же простодушной улыбкой обращается ко мне:

– Бери, дура, завтра не будет!

* * *

Американцы средней зажиточности для нас все миллионеры. Слово «миллионер» в настоящее время не имеет того смысла, который советские люди вкладывали в него поколениями. Хороший дом, сад, пара машин, бассейн, квартира в городе – вот уже и миллионер. Американское богатство – это оборот денег в год, это собственность, это кредитные карточки, а не сумма в банке.

И вот что еще бросается в глаза. Богатые, как правило, худые, бедные – толстые. Об облике богатого американца мы ведь с детства привыкли судить по журналу «Крокодил»: этакий маленький человечек с животом-рюкзаком, все лицо непременно в бородавках. В течение всех этапов большого пути мы искренне радовались подобным карикатурам: мол, мы лучше, мы без бородавок! Оказалось, все наоборот. Бедные люди в Америке толстеют от дешевой еды. Поначалу она кажется вкуснее дорогой. Потому что в ней есть вкусовые синтетические добавки. От этой еды трудно оторваться. В результате в Америке появились настолько толстые люди, что американцы стали ими даже гордиться. У нас таких людей единицы. Мы все примерно 52-го размера; как в автобусе ни поворачиваешься, а все равно выходит боком.

Богатые же американцы большей частью выглядят спортивно. Они не едят синтетику, не заходят в закусочные типа «Макдоналдс», играют в теннис, тренируются в «клубах здоровья» с массой спортивных приспособлений, банями и бассейнами. Они следят за своим здоровьем по одной-единственной причине. Когда живешь так, как они, хочется жить как можно дольше!

* * *

Американские мужья любят своих жен. Называют жену «медовая». У них нет такого разнообразия ласковых обращений к любимой женщине, как у нас: «зайчик», «рыбка», «кошечка», «собачка», «мышка», «крыска», «бегемотик». Даже в этом у американцев сказывается обедненность обывательской фантазии, которую не затронула изящная литература, прибежище комплексующей бедности.

* * *

Американцы искренне любят свои праздники. Любят свою страну. Что-то показалось мне в этой любви даже примитивным. В этом отношении у нас опять-таки веселее. Наш сходит на демонстрацию за отгул, пронесет флаг через всю Красную площадь, наорется «ура!», а вечером на кухне напьется за то, чтобы все это сгорело синим пламенем.

У американцев жизнь протекает бесконфликтно, как в советской драматургии, где хорошее борется с еще более хорошим; они сами с «чувством глубокого удовлетворения» вывешивают перед своими домами флаги. Сами, а не из-под палки, ходят на демонстрации. И сами на кухне, втихаря от жены, вечером с друзьями выпивают за Родину. Невозможно себе представить нашего мужика, который вдруг, заведя своего кореша на кухню, скажет:

– Давай, пока жены нет, за Родину, а?

* * *

Западные правила хорошего тона – основа нашего позора за границей. Никогда не позорился я так, как там...

Закусочная в аэропорту. С Василием Семеновичем Лановым мы, собираясь перекусить, взяли блюда со стендов.

– Смотрите, Василий Семенович, блюдо даже целлофаном задернуто. Это, наверное, чтобы мухи не засиживали.

– Наверно! – гордо говорит Лановой и первым идет к кассе. Потрясенная кассирша собирает всех служащих посмотреть на двух «мамонтов».

– Это чтобы смотреть! – объясняет она нам жестами. – Смотреть! Смотреть!

Она широко раскрывает глаза, показывая нам,

что надо делать с тем, что мы взяли. Да, долго на стенде стоял муляж омлета. Пока русские с голодухи не решили его попробовать.

* * *

В морском ресторане я решил отведать омаров. А то все читаем про них. Дай, думаю, попробую, пока перестройка не закончилась. Сел за стол, настроился. Сейчас подойдет официант, закажу ему омаров с таким видом, будто это моя любимая еда. Подходит официант.

– Омаров! – говорю я развязно.

– Хорошо, а еще что? – спрашивает официант. К этому вопросу я готов не был.

– И компот! – говорю я первое, что приходит на ум. По выражению его лица я понимаю, что я первый посетитель в его жизни, который заказал компот после омаров.

– И компот? – сильно удивлен официант.

– Да, и компот! – еще развязнее говорю я, как будто это просто у меня такое хобби – каждый день после омаров пить компот.

Я проклял тот момент, когда решил заказать омаров, после того как официант принес мне этого омара со щипцами. Оказывается, ломать омара надо специальными щипцами. Я забрызгал полресторана. От меня отсаживались люди. И тут он мне приносит нечто вроде пиалы. Там какой-то похожий на персик фрукт, маслина и лимонная долька. «Что-то жиденький компотик, – подумал я. – Как русским, так разведенный!» Однако не стал поднимать скандала и выпил все до дна.

Умирая, наверное, я буду вспоминать глаза тех,

кто был в этот момент в ресторане. Я выпил жидкость для мытья рук после омаров. Да и как мне могло прийти в голову, что это жидкость для мытья рук после омаров, если в ней плавал фрукт, похожий на персик?!

* * *

Я долго думал: что в Америке хуже, чем у нас? Сразу оговорюсь: не так же плохо, а именно хуже. И нашел! У американцев хуже чувство юмора. Их юмор одноклеточный. Посмотрите американские комедии. Человек упал в лужу, брызги полетели в старушку. У той упало пенсне и наделось на нос ее собачке... Над подобным эпизодом будет ухохатываться вся американская семья вместе с собачкой.

Их юмор, за небольшим исключением, лишен второго плана, иронии... Страна развивалась в условиях бесцензурной демократии, и это испортило литературный вкус большинства американцев. Им чужд эзопов язык, а также изысканные «фиги в кармане». Их радует нормальная здоровая фига...

Английский и французский юмор «недотягивают» до американского понимания шуток. Немецкий перетягивает. Когда же они слышат советский юмор, они вообще не понимают, что это юмор...

Однажды во время гастролей в России в одном северном городе мне дали в гостинице номер, в котором дверь в ванную запиралась только снаружи. Когда я рассказываю об этом со сцены у нас, зрители смеются. Американцы даже не улыбаются. Некоторые ахают и сочувственно качают головами. Для них это не шутка – шпингалет с другой стороны, –

а горе, беда! Профессор русского языка из Сан-Франциско, после того как я рассказал ему об этом шпингалете, долго смотрел на меня, потом очень серьезно спросил:

– А почему шпингалет с другой стороны? Я не понимаю. Если это анекдот, то объясни, в чем смысл!

Что я должен был ему объяснить? Чтобы он понял, почему у нас шпингалет с другой стороны, мне надо было начинать объяснения с 1917 года.

Так же невозможно объяснить американцам, в чем юмор, если пробка в ванной в два раза меньше, чем отверстие. Или если ситечко в ванной слетает с душа, который ты принимаешь, и бьет по голове. Для них это все не шутки, а неприятности.

Поэтому шутить с американцами оказалось нелегким делом.

С первых же дней их улыбчивость настроила меня на веселый лад. И мне показалось, что они оценят мое искрометное остроумие.

– Вы такие примитивные патриоты, – заявил я как-то в компании врачей, Юркиных друзей, – что вам пора выпустить глобус США.

Несмотря на то что все были людьми интеллигентными, за столом повисла неловкая пауза. Только один молодой врач-бизнесмен испытующе посмотрел на меня, словно его мозговой компьютер что-то в это время вычислял, и секунд через пять очень серьезно предложил:

– Давай в этом бизнесе с тобой пойдем напополам.

Компания с воодушевлением стала обсуждать, сколько на этом деле можно заработать и как лучше выпускать – маленький глобус США, сувенирный на брелоках или большой, настоящий – для развития патриотизма у детей в колледжах.

К такому прямому восприятию шуток в Америке приходится привыкать. Если у нас в каких-то случаях можно интеллигентно отшутиться, у них того и гляди попадешь в неловкое положение.

Кафе на берегу Миссисипи. Официантка-креолка никак не может понять, на каком языке мы разговариваем с Юркой. Она и прислушивается, и старается подольше ставить тарелки, наконец не выдерживает:

– Вы откуда, мальчики?

За время путешествия по неэмигрантской Америке мне надоело объяснять, что я русский. Все тут же бросаются с объятиями и начинают задавать вопросы: ну как там у вас теперь в России? Как Горбачев?

О нас, русских, американский обыватель почти ничего не знает. Он только убежден, что у нас медведи по улицам ходят и руководит ими Горбачев. Президента нашего любят необычайно. В этом их можно понять. Все страны, кроме нашей, с приходом к власти Горбачева стали жить лучше. Поэтому обнимают и целуют, узнав, что ты русский, не тебя, а Горбачева в твоем лице. Мне надоело целоваться на дармовщинку за нашего президента, и мы условились с Юркой впредь говорить всем, что мы из Китая.

Так что на вопрос официантки, откуда мы, я тут же решил отшутиться:

– Мы из Китая.

Любой наш улыбнулся бы шутке и понял, что с ним не хотят продолжать разговора. Но американцы – не наши! Им если сказали – из Китая, значит, из Китая.

– Как, прямо из Китая? – ахает креолка.

– Да, прямо из Китая.

– И кто же вы по национальности?

– Мы китайцы!

– Чистые?!

– Нет, грязные.

– Это как?

– Помесь с латышами!

Я понимаю, что рискую навлечь на себя гнев прибалтийских народов, но должен честно заметить, что, оказывается, далеко не все на Западе знают, кто такие латыши, литовцы, эстонцы. И если они отделятся, то им еще долго придется объяснять всему миру, кто они такие. Если, конечно, Горбачев не замолвит за них словечко...

Американцы, похоже, в массе своей плохо учились в колледжах. Они много еще чего не знают. Например, никто из американцев не знает, что делал Ленин в Шушенском.

– А латыши – это кто? – не унимается официантка.

– Это племя такое, в Гималаях живет.

– Как интересно! Сколько же в мире интересного. А мы тут с мужем прозябаем на Миссисипи. Но вы что-то оба не очень похожи на китайцев.

– А у нас перестройка, мы меняемся. Очень глубокий процесс охватил все наше общество.

Креолка ушла от нас с озадаченно-советским лицом. Пошла думать, как это мы, китайцы, из-за перестройки меняемся в Гималаях благодаря латышам.

Последнюю свою попытку пошутить я предпринял в магазине новинок. После того как увидел там очки с «дворниками», устройство для разбивания сырого яйца, кресло с массажем спины, электрическую зубную щетку, машинку для выбривания волос из уха, которая, кстати, и по размеру, и по конструкции резко отличается от устройства для выбривания волос из носа. Причем рекламу ко всем этим новшествам, по-моему, придумывал Радзиевский: когда ее читаешь, и впрямь удивляешься, что жил без всего этого раньше.

Конечно, я внутренне развеселился, представив себе, какое бы устройство для выбривания волос из уха выпустили у нас. Во-первых, оно не влезло бы в ухо. Во-вторых, выбривало бы исключительно с мозгом. Да еще и батарейки к нему, как в анекдоте, пришлось бы носить в четырех чемоданах...

– У вас есть грелка для пупка? – серьезно обращаюсь я к продавщице.

Она также серьезно смотрит на меня, очевидно, вспоминая, есть ли у нее грелка для пупка или нет. И ее тоже можно понять. Если у нее есть машинка для выбривания волос из уха, почему бы не быть и грелке для пупка? Человеку же нужна грелка для пупка. А там все во имя человека! Она по глазам моим видит, что я жить не могу без грелки для пупка. Значит, должна помочь.

– Вы знаете, у нас нет, – извиняется она, – но вы можете посмотреть еще в одном магазине. Вот адрес.

– Я там был, тоже нет...

– Тогда, если хотите, можете оставить нам заказ.

Такого поворота, признаюсь, я не ожидал. Но быстро сориентировался и написал заявление: «Прошу срочно изготовить грелку для пупка с дистанционным управлением».

– Припишите внизу свой адрес, – попросила продавщица, прочитав заявление.

Я приписал адрес Радзиевского. Что-то он в последнее время мне не звонит. Видимо, ему прислали грелку для пупка. Откуда он ею дистанционно управляет, я не знаю. Зато знаю главное: в чем мы навсегда обогнали Америку, так это в нашем непобедимом чувстве юмора!

Лица городов

Мы часто говорим «лицо города». Для меня лицо города – это то, что вспоминается в первую очередь.

НЬЮ-ЙОРК запомнился мне как чудовище, распластавшееся на берегу Гудзона. Небоскребы – его мозг. Авеню, стриты, спидвей, мосты, автострады – щупальца. Магазины, бары, парки, рестораны и музыка – его дыхание. Описывать Нью-Йорк бесполезно. Он слишком велик как в ширину, так и в высоту. В нем, как в микромире, есть все. Дефицит, как говорят сами американцы, только в друзьях и в «паркинге».

ЧИКАГО по сравнению с Нью-Йорком сдержан. У Чикаго северный темперамент. Это город-интеллигент. В нем больше акварельных полутонов. Особенно акварельно озеро Мичиган. Единственное, что осталось в Америке от легендарных индейцев, – это сувенирные лавки и Великие озера.

Но вот слились в ночи полутона, улицы развеселились огнями. На всех деревьях загорелись лампочки, которые на Рождество протянули вдоль каждой веточки каждого дерева, отчего все деревья стали похожи на богатые театральные люстры, только перевернутые. В витринах магазинов куклы разыгрывают сцены из сказок. Родители с детьми приезжают в центр со всей округи посмотреть на эти ожившие окна. Чикаго светится, как лицо счастливого человека. Скоро Рождество!

БОСТОН не просто город-интеллигент, а интеллигент, который всем своим видом постоянно старается вам доказать, что он интеллигент. Ему бы очень подошли очки. Но обязательно в дорогой профессорской оправе. Город серьезен. Гарвардский университет наполняет его дома передовыми мыслями, а дешевые кафе – студентами с комплексом полноценности.

Город уже в возрасте. Конечно, возраст города в Америке – понятие относительное. Тем не менее здесь уже есть свои «антикварные» дома. Поэтому в архитектуре Бостона много вкуса, присущего старине.

По городу меня возил человек, который, как и большинство наших эмигрантов, начал с хвастовства:

– Вы посмотрите, какая у меня машина!

Машина у него была предлиннющая. Креветочного цвета. Впереди на никелированной дощечке красовалась фамилия владельца.

– Ну, мог бы я такую иметь в Союзе? Ви меня понимаете?

Мой проводник мешал мне наслаждаться архитектурой Бостона, заставляя хвалить то телевизор в машине, то бар, то ручной пылесос для автосалона...

– У нас в Америке удивительные машины. Они ползают, как змеи. А послушайте, как работает мотор? Это же зверь, а не мотор!

Когда он мне сказал, что его машина – зверь и что, как только мы выедем за город, он мне покажет, какой она зверь, машина заглохла.

Я старался не улыбаться, глядя, как он по-женски тупо заглянул под крышку капота, откуда взвился смерч из пара, дыма и антикварной пыли.

– Ну что ж, всякое бывает, – сказал он мне, нимало не смущаясь. – Зато у нас в Америке такие неполадки можно моментально исправить. Стоит позвонить, и через десять минут приедут. Это вам не в Союзе. Ви меня понимаете?

Часа два мы ждали, пока приедут из сервиса. Я начал нервничать. Мне хотелось посмотреть Бостон. Все это время мой спутник не переставал успокаивать меня тем, что такое у него впервые, что в Америке вообще-то так не «бивает», что это просто какой-то закон подлости. Но что когда я увижу хозяина сервиса – Мойшу Израильтянина, я сразу пойму, насколько здесь у них в Америке не так, как у нас там, в Союзе.

Когда я увидел Мойшу Израильтянина, я понял, что Бостон я не увижу никогда. Мой спутник явно жалел, что я понимаю их разговор.

Первое, что сказал Мойша, заглянув под капот:

– О-о-о-о-о! Это же надо делать капитальный ремонт. Даже не знаю, хватит ли денег у вас расплатиться... А это что еще такое? – Он порылся рукой в двигателе, вытащил какую-то деталь и выбросил ее на тротуар.

– Да-а, плохо дело... Таких деталей у нас давно нет. Надо выписывать на заводе. Месяца два пройдет. Или четыре. Ви меня слышите?

– Он что, тоже наш эмигрант? – спросил я у своего вконец поникшего проводника.

– Нет. Он из этого вонючего социалистического Израиля. Этот социализм всех портит. Хорошо, что Циля заставила меня уехать в Америку. Здесь – все по-другому! Ви меня понимаете?

И я все понял! Я понял, что Бостон навсегда запомнился мне не архитектурой, а днем, который я провел почти на Родине.

ФИЛАДЕЛЬФИЮ я видел еще меньше, чем Бостон. Привезли меня на выступление вечером, увезли ночью. Поэтому описывать Филадельфию не могу. Не достиг мастерства советских классиков писать о том, чего не знаю.

Тем не менее город остался в памяти ярким воспоминанием, потому что в Филадельфии я выступал в синагоге. Наверно, я первый русский писатель-сатирик, который выступал в синагоге. Сразу посыпались вопросы:

– Как там в Союзе евреи в связи с перестройкой?

– Расскажите о «Памяти».

– Говорят, что в Москве ожидаются еврейские погромы?

– Задорнов – это псевдоним? Или ваш отец известный русский писатель Николай Задорнов?

– А разве ваша мать не еврейка?

– Что вы лично думаете об антисемитизме?

Лучше всех на подобные вопросы однажды ответила Маргарет Тэтчер: «У нас нет антисемитизма, потому что англичане не считают себя хуже евреев».

Здорово сказано! Действительно, большинство людей в России не понимают, что обвинять в своих бедах другую нацию – значит невольно признавать свое бессилие. Мол, мы не лентяи. Нам просто не создали должных условий.

В Риге в соседнем доме жил мальчик Лева. Жил в коммунальной квартире в большой еврейской семье с тетями и дядями, бабушками и дедушками. Как это ни банально, отец Левы заставлял его играть на скрипке. Русские ребята из наших домов в это время гоняли во дворе кошек, кидали в Леву камнями, обзывали «жиденком». Теперь Лева играет в Австралии в симфоническом оркестре. Наши русские ребята отсидели уже по два-три срока. Возвращаются они из тюрьмы в те же коммунальные квартиры. Во дворах их дети гоняют потомков тех кошек, которых гоняли их родители.

В этом году у меня были две встречи. В Риге я встретил Саню-боксера. Бывшего предводителя нашего дворового детства. Он растолстел настолько, что, когда садится в свои поношенные «Жигули», задний мост цепляет за мостовую.

– Вы там треплетесь по телевизору, а не понимаете, – сказал он мне, – что евреи во всем виноваты!

Вторая встреча была у меня совсем неожиданной. В Филадельфии на мой концерт пришел Лева. Он гостил у родственников. Лева до слез обрадовался тому, что я действительно, как он и предполагал, его сосед по детству:

– А как наши ребята? Видел кого-нибудь? Как Боксер? Его взяли потом в сборную?

«Наши ребята»... У Левы не осталось ни к кому злобы. Он благодарен нам. Мы его воспитали. Он выжил во дворе. После чего ему уже значительно легче было выжить в Австралии.

Вечером он играл нам на скрипке русские романсы. Многие евреи, уехав из России, полюбили русских и русское. Провожая меня из Филадельфии, под пьяную скрипку, по-русски пьяные евреи пели: «Мы желаем счастья вам...» Сентиментально! Но трогательно. Они пели в моем лице всем нам, русским, за то, что мы гоняли кошек, кидались камнями... За то, что мы воспитали их, что выжили их из своей нищеты, в которой сами продолжаем «гонять кошек».

Через полгода после Америки, выступая в Израиле, я говорил зрителям:

– Вы обвиняете русских в антисемитизме? Это неправильно. Вы должны нам быть благодарны. Из-за нас вы приехали сюда, обретя Родину. Брежневу и Суслову вы должны поставить памятник в Тель-Авиве. Благодаря им расцветает теперь бывшая пустыня!

Да, наш русский антисемитизм прежде всего глуп. Сколько умов и талантов покинуло Россию из-за него. А сколько евреев в школах обучают детей русскому языку, искренне любя Пушкина, Тургенева и Толстого. Наши же русские руководители в это время мусорят язык «альтернативными консенсусами» и «региональными конверсиями».

Как-то со сцены я поделился своими мыслями о том, что русские и евреи могли бы стать непобедимой силой, если бы научились видеть хорошие качества друг друга. Незамедлительно из зала пришла записка: «Как вам не стыдно со сцены произносить слово «евреи»?!» Я расхохотался. Вспомнил, как в Израиле, где я был в группе журналистов, актеров и политиков, одному нашему бывшему очень крупному в прошлом руководителю прислали из зала не менее забавную записку: «Как посмели вы, один из главных антисемитов страны, приехать в Израиль?» Он искренне хотел ответить, что это не так, что он всегда любил евреев, но, как вдруг оказалось, не смог со сцены произнести слово «еврей». Споткнулся о слово, которое в его хромосомном наборе значилось как неприличное. Он попытался произнести фразу по-другому:

– Я всю жизнь любил... – выручил все тот же хромосомный набор, – лиц еврейской национальности!

В зале началась повальная истерика среди «лиц еврейской национальности».

Бунин, Толстой, Чехов, Тургенев и вообще русские интеллигенты никогда не были антисемитами. Они не считали себя хуже евреев! Я думаю, что любая национальная неприязнь – будь то у русских, прибалтов, кавказцев, евреев – свойственна людям, у которых еще не закончился путь эволюционного развития. Это нечто среднее между «хомо сапиенс» и «хомо советикус». А главное – это бессознательное предательство своей нации!

После концерта в филадельфийской синагоге, который длился часа три и превратился в несанкционированную творческую встречу, ко мне подошел богато одетый человек, дал мне свою визитную карточку и сказал: «Я лучший в городе протезист. Если будете у нас еще, позвоните. Я готов вам сделать новые зубы. Бесплатно!»

Ну разве можно после этого заявлять, будто русские не могут дружно жить с «лицами еврейской национальности»?

САН-ФРАНЦИСКО. Месяц назад здесь было землетрясение такой же силы, как и в Армении. Небоскребы дрожали, но выстояли. Вот на что оказался способен неразведенный цемент. Пока закрыт один мост. Больше никаких следов землетрясения нет. Невысокие двух-, от силы трехэтажные дома карабкаются по городским холмам, плотно прижавшись друг к другу, словно каждый поддерживает своих соседей, а те, в свою очередь, с двух сторон не дают упасть и ему. Дома напоминают дружно взявшихся за руки людей. Поэтому и выстояли.

ЛОС-АНДЖЕЛЕС. После просмотра множества американских коммерческих фильмов город кажется родным. Голливуд с отпечатками следов бывших великих; Беверли-Хиллз с виллами великих ныне; Санта-Моника – пляжнопальмовое раздолье... Как знакомо!

ДИСНЕЙЛЕНД – это когда взрослые становятся детьми. Когда нет возраста и национальностей. Думаю, даже прибалтийские экстремисты, попав в

Диснейленд, на время забывают о своей неприязни к русским. Диснейленд – это путешествие и по Земному шару, и по истории. Здесь на тебя нападут пираты, защитят от крокодилов в джунглях почти живые индейцы, душа оборвется в водопаде. Привидения в старинном «оскаруайльдовском» доме покажутся по сравнению с реальным миром ласковыми, добрыми и неуловимыми.

В Диснейленде чувствуешь себя в гостях у доброго волшебника. Диснейленд – самая дорогая и добрая шутка в мире. Американцы ничего не жалеют для детей. Я думаю, больше, чем на содержание Диснейленда, средств уходит только у нас – на содержание Детского Фонда.

ЛАС-ВЕГАС. Если бы в мире присваивались городам «знаки качества», этот город, наверное, наградили бы первым. На одном квадратном метре и светящаяся реклама, и пальмы, и водопады, и попугаи, и всякая другая, вроде как роскошная всячина. Лас-Вегас – город-шоу. На любое шоу в Лас-Вегасе тратится больше средств, чем на парад на Красной площади. Здесь все светится. Но это не лицо счастливого человека. Это нервное, больное лицо, богато заштукатуренное дорогим макияжем. Танцовщицы легкие, изящные, с нагой грудью... глаз не оторвать! Но в танце каждая, как сказали бы наши остряки, «не Ойстрах».

На рынках у нас раньше продавались копилки в виде разукрашенных кошек с прорезью для монет на затылке. Лас-Вегас по сути такая же копилка со «Знаком кичества» вместо прорези.

Лас-Вегас – это анти-Диснейленд!

ТОРОНТО. При перелете в Канаду у меня впервые за целый месяц потребовали паспорт. Я три месяца с таким трудом его оформлял, а он оказался никому не нужен. Обидно. Слава Богу, хоть на границе попросили, хотя и вяло, без нашего вахтерского энтузиазма.

– О, русский! – обрадовался таможенник. – Выпивка с собой есть?

– Нет.

– Тогда мы приветствуем вас в нашей антиалкогольной стране. Запомните, у нас нельзя только напиваться и купаться в Ниагарском водопаде. Сейчас вода холодная.

Ниагарский водопад интересен не столько водопадом, сколько своими берегами. Кафе, рестораны, закусочные... Прожектора, подсветки... Сувенирные лавки, подземные ходы, ведущие прямо в пещеры под водопадами... Многолюдно. Шумно. Деньги летят через каждые сто метров. Летят весело. Под музыку, вылетающую из окон ресторанов. Ниагарский водопад – это загородный «Бродвей»!

ХЬЮСТОН я увидел с самолета. Среди лысой земли Техаса вдали показался небоскребный затылок еще одного чудища...

САН-АНТОНИО – вкусно приготовленная американская Венеция в остром мексиканском соусе.

НЬЮ-ОРЛЕАН – музей. История архитектуры от салунов до тех же небоскребов, которые в центрах всех американских городов одинаковы, так же как во всех наших городах одинаковы центральные площади с приземистыми горисполкомами.

В Нью-Орлеан по-прежнему приезжают веселиться. Не хватает только лошадей. Старый Нью-Орлеан живет ночью. До обеда в его кварталах безлюдно, как у нас утром первого января. Утром у старого Нью-Орлеана похмелье. К вечеру он снова катрезвеет, а к ночи оживает. Люди переходят от кафе к кафе, от джаза к тяжелому року, от стриптиза к стриптизу, от секс-шопа к секс-шоу... На улицах как на Арбате. Только вместо пирожковых – стриптиз, а вместо вышибал – зазывалы.

ПОРТ-АРТУР – это прощание с Америкой. Хотя впереди еще неделя гастролей, но в Порт-Артуре мы прощаемся с Юркой. Значит, на этом американская Америка для меня закрывается. Впереди опять Америка советская. Эмигрантская.

На прощальный вечер Юрка решил пригласить в ресторан своих друзей.

Француз Джанги. Стареющий плейбой. Шутит, не переставая. Когда за столом кончаются темы, начинает играть на кромках бокалов. При этом сам смеется больше других. Он тоже врач. Не так богат, как Юрка. Но любит Юрку настолько, что готов с ним ехать туристом даже на его перестраивающуюся Родину.

Канадец Мишель. Плейбой в расцвете. Он серьезен. Противовес Джанги. У него лучшая в Порт-Артуре коллекция книг. Вернее, библиотека. Поскольку он их читает, а не копит. Хорошо знает Чехова, Достоевского, Толстого... Первый человек в Америке, который знает, кто такие латыши и что делал Ленин в Шушенском.

С нами за столом две девушки. Одна – вечная невеста Джанги. Она молода, красива и, как подобает вечной невесте, грустна. Всю веселость Джанги забрал себе.

Вторая – наоборот. Веселее Джанги. Никогда у американцев не бывает таких счастливых лиц, как после удачных сделок. Сегодня ей повезло. В свободное время она выкупает из тюрем заключенных, у которых не оказалось с собой денег заплатить за себя и нет родственников, готовых дать за них выкуп. Таков ее побочный бизнес. Тюремщики в этих случаях звонят своим людям. Сами тюремщики тоже в доле. Выйдя на свободу, выкупленный возвращает деньги с хорошими процентами. Сегодня моя соседка справа выкупила какого-то крупного мафиози. Получила славную прибыль. Ее лицо светится счастьем сильнее, чем Чикаго перед Рождеством.

А одного из своих друзей-профессоров Юрка на вечер не позвал. На него обиделась вся компания за то, что он решил отпраздновать свой юбилей в закусочной «Макдоналдс». Даже американцы посчитали это скупердяйством. Хотя у американцев особые, непонятные нам отношения со своей конвертируемой валютой. Не считается зазорным, если девушка и парень, придя в ресторан, платят каждый за себя. После банкета принято всю оставшуюся еду забирать с собой. Выпускаются даже специальные бумажные пакеты. Их называют «пакеты для собак». Скупость и та приобрела в Америке цивилизованный вид. И американцы хвастаются пакетами для собак не меньше, чем своей демократией.

Юрка рассказал друзьям, кто я. Пытался даже

пересказать кое-какие рассказы. Естественно, никто ничего не понял. Кроме одного: что мне опасно возвращаться на Родину.

В результате мы весь вечер пили за мое безопасное возвращение, за нашу с Юркой Родину. Отдельно – за гласность и кооперативы. Потом за дружбу с Литвой. Потом тут же за отделение Литвы. За нашего президента с супругой. Наконец, не помню за что... Помню только, что после очередного тоста Джанги – за экономические реформы в России – я почувствовал себя Герценом.

Как во всех дорогих ресторанах, оркестр играет сдержанно. С темпераментом Балтийского моря зимой.

Джанги подходит к хозяину ресторана, итальянцу. Просит его разрешить Юрке хоть пять минут поиграть на рояле. Хозяин сначала не соглашается. Джанги его уговаривает.

– Не больше пяти минут! – строго предупреждает хозяин.

Я вижу, что Юрка ждал этого момента. Он садится за рояль. Уже по первым аккордам я чувствую, что у него сохранился тот же размашистый музыкальный почерк. Только играть он стал мудрее.

За его аккордами теперь и тревожное ожидание отъезда из России, и долгая неуверенность в будущем, и нищета лагерей для эмигрантов, и шесть лет учебы с не раз пересдаваемыми экзаменами, и неожиданное богатство, и... воспоминания о солнечной дорожке Балтийского моря, Рижское взморье, волейбол, музыка...

Хозяин оркестра подходит к Юрке, о чем-то спрашивает его. Юрка кивает. Подсоединяется бас-гитара, саксофон, ударные... Оркестр ожил. Ресторан встряхнуло, как будто весенняя буря разломала лед.

«Очи черные, очи страстные...»

Американцы растанцевались и, я бы даже сказал, расплясались так, словно и впрямь понимали, что «очи страстные»!

Теперь уже хозяин ресторана подходит к Юрке:

– Вы кто по национальности?

Я уверен, что Юрка сейчас в очередной раз вызовет очередное уважение к китайцам. Но Юрка молчит.

– Вы из какой страны? – повторяет вопрос хозяин. – Я что-то по акценту не могу догадаться.

– Русский, – отвечает Юрка.

– Русский?! А где живете теперь?

– В России.

– Боже мой! У меня в ресторане настоящий русский! – восклицает хозяин, как и подобает итальянцу, больше руками. Все бросаются обнимать нас со словами: «О, русский! Перестройка! Горбачев! Раиса Максимовна!!!»

Ресторан целуется. И пускается под нашу «Калинку» танцевать свою ламбаду.

Мы прощаемся с Юркой в хьюстонском аэропорту.

– Ну что? Лет через пятнадцать еще увидимся?

– Если перестройка к тому времени не закончится!

Юрка до последнего момента провожает меня глазами. Каким бы он ни был богатым, он навсегда останется для меня Юркой.

Акклиматизация

Объявили посадку на Москву. И радостно, и грустно возвращаться. С одной стороны, встреча с друзьями, родственниками... Подарки, приветы, рассказы о невиданных маслинах и неведомых кефирах. С другой стороны, ежедневная борьба за чувство собственного достоинства.

По-настоящему в самолете веселятся только иностранцы. Их можно понять. Для них наш самолет – это машина времени, откидывающая всего за восемь часов на пару столетий назад. Аттракцион. Луна-парк. Диснейленд. Страна чудес. Если бы Льюис Кэрролл был жив, он бы наверняка написал продолжение «Алисы»... И назвал его «Алиса в СССР».

В середине 80-х я хотел предложить построить для советских граждан, возвращающихся из-за границы, специальный акклиматизационный центр. В нем должны за два-три дня плавно подготовить вернувшихся к нашей жизни: потолкать, нагрубить, одеть в серое... Теперь я понимаю, что такой комплекс нам не нужен. Его роль с лихвой взял на себя «Аэрофлот». И не надо двух-трех дней. Вполне достаточно восьми часов перелета. Уже встретившись глазами со стюардессой, понимаешь, что Родина где-то рядом! И никаких сомнений по этому поводу не остается после двух завтраков с небритыми куриными крылышками. Интересно, как в «Аэрофлоте» умудряются всем пассажирам подавать крылышки? Я посмотрел – ни у кого из сидящих рядом не было ни одной ножки. Не говоря уже о других частях. Как будто у нас вывели специальный сорт кур, похожих на вертолет.

Впрочем, я не прав. Акклиматизация начинается не в самолете. Нет. Раньше. Уже в аэропорте имени Даллеса в Вашингтоне у стойки «Аэрофлота» чувствуешь, как соскучился по родной, настоящей, почти мавзолейной очереди.

За время гастролей у меня было больше двадцати перелетов. Мы с импресарио приезжали всегда за пятнадцать-двадцать минут до отправления самолета.

Иногда за это время даже успевали купить билеты. Сначала я нервничал из-за такого «безрассудства» моего импресарио. Но потом привык, понял, что раньше приезжать просто незачем. В американских аэропортах нет накопителей! Ставите машину на стоянку. Стоянка или на крыше аэропорта, или в подвале. К машине обычно тут же подбегает негр-носильщик. Берет ваши вещи, спрашивает, каким вы летите рейсом, отрывает квиток и... увозит ваши вещи в самолет. Сердце екало в тот момент, когда уносили мои чемоданы, и я каждый раз спрашивал своего импресарио, уверен ли он, что наши вещи прилетят именно в тот город? И не вытащит ли этот подозрительный на вид носильщик из моей сумки кроссовки? Импресарио всегда удавалось меня успокоить, мы налегке спускались на лифте прямо в здание аэропорта и через коридор-присоску заходили в самолет. Несмотря на зиму, многие американцы из города в город летают в пиджаках, потому что нигде не приходится ждать трапа на морозе под включенными двигателями.

Зато какое облегчение и счастье чувствуешь, когда, прилетев, получаешь свои вещи, тут же открываешь их и видишь там неукраденные кроссовки.

Конечно, за каждый чемодан носильщику надо заплатить доллар. Не хочешь платить – неси сам. Но что-то я таких не видел. Обвешанных вещами, как новогодняя елка. Бегущих в накопитель и цепляющих попутно колготки встречным женщинам. В крайнем случае кто-то тянет за собой на поводке чемодан, и тот на колесиках легко бежит за ним, как афганская борзая. Да, и вот что еще удивительно! Нигде нет спящих на газетке со снятыми туфлями в ожидании ближайшего рейса через семь-восемь дней.

Первых людей со снятыми туфлями я увидел в Далласе у стойки «Аэрофлота». Делегация Министерства культуры из Алма-Аты. Приехали они в аэропорт часа за три до отправления нашего самолета. Впрочем, и все остальные приехали примерно так же. И я в том числе. Боязнь нарваться на двойника – уже в генах нашего человека. Я думаю, американцы специально отвели в своем здании «Аэрофлоту» самый дальний и укромный уголок, чтобы не смущать цивилизованных людей нецивилизованной очередью с криками и запахами.

Да, только у стойки «Аэрофлота» понимаешь, как соскучился по Родине.

– Вы здесь не стояли.

– Все идем по списку.

– Вас в списках нет.

– Куда вы ставите чемодан?

– А вы встаньте взад!!!

Родное, милое: «Встаньте взад!»

Какая-то женщина прямо из очереди берет командование на себя.

– Товарищи, давайте встанем в две очереди!

Ей уже одной мало, ей две подавай. Соскучилась. Видимо, из ВЦСПС. Губы тоненькие, закомплексованные, потому что не для поцелуя, а для зачитывания инструкций. Работа сказалась даже на осанке. Ее фигура похожа на указку.

Сзади меня стоит интеллигентный человек. Он улыбается.

– Как же давно мы всего этого не слышали, – говорит он мне. Указка резко оборачивается:

– Вот и оставались бы здесь! Больно умный нашелся.

Какое замечательное оскорбление: «Больно умный!»

Оно могло родиться только в идеально сером обществе. Среди серых костюмов, серых мыслей. А главное, среди того серого большинства, которое все яркое должно «осерить».

«Больно умный!» – это и тридцать седьмой год, и семнадцатый...

«Больно умный!» – сказала нянечка в больнице Василию Шукшину за день до его смерти...

«Больно умный»... В тот день мы еще не знали – скончался академик Андрей Дмитриевич Сахаров.

«Больно умный»... Акклиматизация началась!

Вместо послесловия

Раз было «вместо предисловия», значит, должно быть и «вместо послесловия».

Я помню свое первое возвращение из-за границы. В конце семидесятых наша туристская группа прилетела из Польши. Как мы радовались и аплодировали возвращению на Родину в тот момент, когда колеса самолета коснулись земли!

Много воды утекло с тех пор. Страна вступила в очередной этап «великого пути». Благодаря гласности и полунасильственной демократизации мы много нового узнали из печати о своем темном прошлом и безнадежном будущем. Словом, добились того, что аплодисментов в самолете при возвращении среди пассажиров стало гораздо меньше. Тем не менее они есть.

Все-таки Родина!

А Родина – это друзья, семья, дети... Родители, вырастившие тебя. Может быть, не совсем удачно, но вырастившие.

Родина – это детство, руки отца, поднимающие тебя над радостной первомайской демонстрацией. Крик «ура!», вырвавшийся неожиданно.

Родина – это салют!

Школьный двор с огромным самодельным футбольным полем, которое теперь кажется маленьким. Наши ребята: Саня-боксер и Лева-скрипач. Первые походы в загородный лес всем классом с одним сортом колбасы у всех и вкусно подобранными мамой в пять утра бутербродами.

Родина – это первое уважение к себе за то, что не выдал того, с кем прогулял.

Это семейный альбом, Новый год. Елка, которую украшаешь.

Родина – это свадьба!

Потрепанная фотография любимой девушки в

портмоне и выцветшая – молодых родителей на книжной полке.

Родина – это новые города в окнах поездов. Гитара. Стройотряд. Сложенные за лето теплица и птицеферма. Запрещенные магнитофонные записи. Общежитие с его первой конституцией о непредательстве.

Родина – это рыбалка. Любимый изгиб реки. Туман в распадке. Костер под ухой. Солнечная дорожка на закате.

Для меня Родина – это еще и мой студенческий театр. Путешествия с ним по стране. Река Амур. По сравнению с ней даже долгожданная Миссисипи кажется неглавным притоком Яузы. Для меня Родина – это Курильские острова, на которых в юности лето проработал в экспедиции... Караваны судов Северного морского пути... Белый медведь, убегающий по льдинам от нашего атомохода... Розовый айсберг на заре полярного утра.

Родина – это непроданная часть тайги.

Родина – наша литература и наша живопись. Зимний и Пушкинский. Красная площадь, Нева, куранты, Могила Неизвестного солдата, Поклонная гора, Бородино, Куликово поле...

Родина – это могилы, на которые приходишь помолчать и подумать.

Старики говорят, что крыша в русской избе запоминает все хорошее, что в ней было, и передает это хорошее потомкам. Родина – это крыша, под которую всегда хочется возвратиться.

Поэтому, несмотря на «сорванные маски» с нашего, как любят говорить депутаты, «непростого времени», все равно мы радуемся возвращению под черепичную крышу. Но при этом с каждым годом у нас все грустнее становятся лица.

Да, чем чаще бываешь за границей, тем страшнее каждый раз возвращаться. С ужасом думаешь, что ждет тебя дома? Цела ли квартира? Украли или нет машину? Соседи залили весь потолок или только часть его? Не прорвало ли водопроводные краны? Не взорвался ли вообще весь микрорайон? Даже опасаешься, не переменилась ли власть в стране? И пустят ли тебя обратно?

Самые абсурдные вопросы приходят в голову, когда летишь домой.

Потому что впереди встреча не только с Родиной, но и с государством. Так уж повелось на Руси, что понятия Родины и государства никогда не совпадали.

Государство – это опасная неожиданность, которая подстерегает тебя на Родине на каждом шагу.

Это ежеминутная борьба за выживание, за чувство собственного достоинства. Это то, с чем сразу же сталкиваешься при возвращении.

Это антикварный трап, которого ждешь по сорок минут, потея в салоне самолета с отключенной вентиляцией. Это не менее антикварные, чем трап, таможенные правила.

Это грузчики, успевающие по дороге от самолета до аэровокзала отвинтить колесики от фирменных чемоданов. Это посудные полотенца для рук в общественных туалетах над умывальниками.

Государство – это та поголовная глупость, которая тут же бросается в глаза, когда прилетаешь из-за границы. Глуп милиционер, набранный по лимиту. Глуп таксист, который сломя голову гонит из аэропорта в город. За тридцать минут он три раза обогнал один и тот же спокойно катящийся «Мерседес». Глупа песня, несущаяся из его исковерканного, как и дорога, магнитофона. В глупых газетах пусты, как грузовики на тех же дорогах, речи депутатов.

Дома глупы выключатели с веревочками, за которые восемь раз дернешь – один раз зажжется, а два – оборвется.

Из окна виден уже по-современному глупый плакат, агитирующий за «человеческое лицо» у социализма. Как будто до сих пор у него была звериная харя.

Государство – это плакаты, лозунги, план, соцобязательства. Это футбольное поле школьного двора, заасфальтированное под пионерские линейки. Грязные шприцы в районных поликлиниках, нянечки в заношенных халатах. Бумажки, в которые заворачивают пирожки на вокзалах. Окна поездов, из которых дует. Чай с содой. Печенье с известью. Стюардесса с таким выражением лица, будто летит в Америку без права выхода из самолета. Разведенный цемент. Озверевшие от грязного бензина машины. Пассажирские автобусы с истекшим сроком годности. Развалившаяся птицеферма. Теплица с разбитыми стеклами. Радиоактивные грибы. Склады в церквах. Парки над утрамбованными кладбищами. Чернобыль. Проданная часть тайги.

Государство – это отрепетированное «ура!».

Государство – это то, от чего нет защиты ни у

кого. То, чего боятся даже руководители, создавшие это государство.

Государство — это не демократия, а демократизация. Это нелитература, неживопись, несалют. Это названные по-новому, но обшарпанные по-старому улицы. Развалившиеся предприятия, переименованные в ассоциации. Жулики с визитными карточками президентов совместных предприятий. Законы, исключающие друг друга. Прогрессивные налоги, исключающие прогресс. Прибалтийская борьба бессовестности с безграмотностью. Депутаты, прозевавшие урожай за сведением счетов друг с другом. Глава правительства, удивляющийся по телевизору масштабам разрухи в стране. Демократы, отобравшие у консерваторов власть вместе с привилегиями.

Государство — это единственно верный «плакат» в метро: «Выхода нет».

Государство — это закрома Родины.

Это постоянная попытка разрушить черепичную крышу, веру в школьный двор, в руки отца, в салют, в могилу Неизвестного солдата, в Бородино, в Куликово поле...

Государство — это солнечная дорожка на отравленной индустриализацией воде Рижского залива...

Поэтому, когда колеса самолета касаются земли, даже у тех, кто радуется возвращению на Родину, — грустные глаза от предстоящей встречи с нашим государством.

Конечно, среди читателей найдутся такие, которые скажут: «Больно умный нашелся! Как будто у них нет недостатков. Вот и оставался бы там, коли ему так не нравится наше государство».

Они будут не правы. Мне не «не нравится» наше государство. Я его ненавижу. Потому что люблю свою Родину. Наша Родина всегда была душой нашего народа. Государство – его клеткой.

Безусловно, на Западе есть недостатки. И немало. Но мне неинтересно было писать о них. Потому что все эти недостатки есть и у нас. А хотелось написать о том, чего у нас нет. Чтобы приблизить то время, когда и у нас, может быть, люди будут ходить на демонстрации не за отгулы, кричать «ура!» не по приказу и на кухне втихаря от жены выпивать за Родину. А когда колеса самолета коснутся родной земли, будут аплодировать и радоваться не меньше иностранцев, зная, что дома их ждет солнечная дорожка на неотравленной воде.

Восхищение Америкой длилось недолго. О строителях БАМа я до сих пор вспоминаю с теплотой. Чего нельзя сказать об американцах и наших эмигрантах. Отношение к ним начало быстро меняться. Каждый год я бывал в Америке не менее двух раз. Очень быстро понял, что в советское время про Советский Союз нам говорили много неправды, а про Америку ни слова не соврали!

Все не так просто

•••

Скоростная дорога из Нью-Йорка в Атлантик-сити. В лимузине как в гамаке. По обе стороны от шоссе аккуратные бензоколонки, склады, рекламы, «Макдоналдсы». Постепенно исчезают вдали небоскребы Нью-Йорка. Американские художники любят рисовать небоскребы, развязки, мосты, рестораны и бензоколонки так же, как наши лес, опушки, избушки, речки... У наших солнце закатывается за березу, у американцев – за нефтяную вышку. Когда я смотрю американские фильмы или картины их современных художников, мне кажется, что американцы воспринимают нефтяные вышки, небоскребы и бензоколонки как природу Америки.

Впрочем, действительно есть чем восхищаться. Все вокруг необычайно аккуратно: аккуратные склады, аккуратные свалки. Не валяются по обочинам лишние канализационные трубы, нет ни одного радикулитного забора. Если где-то ремонтируют дорогу, то участок оцеплен флажками, как из детской настольной игры. За флажками трудятся аккуратные ремонтники в светящихся цветных куртках: люди-фонари. С неба на них моросит аккуратный американский дождь, от которого почему-то никогда не бывает слякоти. Непонятно, как американцы добились таких дождей? Дождь щедро поливает богатую американскую «природу». После него должны еще немного подрасти американские небоскребы, еще гуще расплодиться «Макдоналдсы», еще красочнее расцвести рекламы и размножиться хот-доги.

Я был в Америке пять раз. Когда меня спрашивают, как я отношусь к нашим эмигрантам, я отвечаю всегда одно и то же: «С чувством величайшей благодарности за то, что они уехали. Потому что если бы в свое время они не разлетелись из Советского Союза по всему миру, я бы теперь не ездил по этому миру с выступлениями».

* * *

Первый раз меня пригласили в США с концертами в 1988 году. Тогда я впервые услышал звучное слово «импресарио».

– Я импресарио из Америки. О'кей? – представился мне Виктор Шульман.

Признаться, я не сразу понял, кто это. Для меня в то время «профессия» импресарио была чем-то средним между коммивояжером и референтом.

Впрочем, Витя имел право так представляться. Он эмигрировал давно. Сначала, поскольку он музыкант, зарабатывал по ресторанам. В годы потепления первым додумался привозить советских артистов к эмигрантам, которые продолжали жить советскими новостями, советскими песнями и диссидентской литературой, полной воспоминаний о Стране Советов. Живые гастроли советских артистов давали им возможность еще раз прикоснуться к тому хорошему, что было в их прошлой жизни, вспомнить «Голубые огоньки», праздники, демонстрации, салюты...

Шульман первым придумал продавать ностальгию. И выиграл. С успехом провел гастроли по Америке Крамарова, Магомаева, Пугачевой, Хазанова, Жванецкого, Винокура... И даже, что совершенно невероятно, Высоцкого!

В эмигрантской среде Витю довольно скоро многие невзлюбили. Это означало, что он заработал приличные деньги. Называли его миллионером, поскольку чужой кошелек всегда толще. Не уверен, что Витя был миллионером. Уверен в одном: он заработал достаточно, чтобы его невзлюбили и чтобы иметь право представляться как импресарио из Америки и добавлять «о'кей».

Мы встретились с ним в московском ресторане «Пекин». Шульман заказывал, как американец. Официант краснел, как наш. Названия китайских блюд, которые Шульман требовал в ресторане «Пекин», в то время не знал даже шеф-повар, китаец из сахалинских корейцев.

Со мной Виктор вел себя по-американски деловито и по-одесски напористо.

– В Америке вас очень ждут. Ваши пленки почти у всех. О'кей?

Тогда я впервые услышал, как в музыкальную харьковско-одесскую интонацию вплетаются «о'кей» и «ноу проблемы». Для меня это было еще в диковинку.

– Вас будут многие приглашать. Но они все вас обманут, они все жулики. Кроме меня, о'кей? Я – профессионал. Я сделаю вам настоящую рабочую визу. Вам не надо будет скрывать ваши концерты от американских властей. О'кей? Налоги за вас заплатит моя компания. Вы не будете бояться, что когда-нибудь американцы внесут вас в черный список, закроют въезд в Америку за нелегальные выступления и неуплату налогов. О'кей? Я все делаю по закону, а не по-еврейски. О'кей?

Он говорил о моих гастролях, как о решенном деле. При этом все время повторял: ***наши*** гастроли, ***наши*** концерты, ***мы*** будем выступать. У меня даже создавалось впечатление, что выходить на сцену он собирался вместе со мной.

– Помимо наших концертов в Нью-Йорке, Чикаго, Сан-Франциско, Бостоне и Филадельфии, мы побываем с вами в Атлантик-сити, Лас-Вегасе... На пару дней залетим в Канаду. О'кей? Съездим на Ниагарский водопад... Я вас сфотографирую под самым водопадом. О'кей? Жить будете везде в люксах четырехзвездочных отелей «Хайят». На концерты вас будет привозить лимузин с двумя двухметровыми неграми-секьюрити. О'кей?

Слово «секьюрити» я тоже тогда услышал впервые.

Он не давал мне ответить ни на один вопрос. Сам спрашивал – сам отвечал. И сам комментировал! Видимо, самообслуживание из наших людей не мог выбить даже развитой капитализм. Мне наконец удалось вступить в разговор, когда Виктор переводил дыхание после очередного выговора официанту за то, что их китайские блюда неправильно приготовлены и что их тухлые яйца не настолько протухли, чтобы их подавать на стол приличным людям. Тем более американцам.

– Виктор, я не уверен, что мое выступление будет интересно вашим зрителям. По-моему, наш, советский, юмор понятен только тем, кто живет у нас.

– Перестаньте, о'кей? Вас будут слушать те, кто уехал из Союза. Они все до сих пор интересуются, что происходит здесь, в Союзе. Для них ваше выступление еще интереснее, чем для ваших здешних зрителей. Поверьте, они получат удовольствие! Потому что вы такое рассказываете, что им приятно, что они от всего этого уехали. О'кей? Многие, когда слушают ваши пленки, даже там, в Америке, спрашивают: «А он еще не в тюрьме?» О'кей? Мы должны нашуметь нашими выступлениями. Вы мой последний гастролер из России. Я думал, что последним будет Жванецкий. О'кей? Но многие захотели вас. Я подумал, что с вами я поставлю последний восклицательный знак в мосй работе. О'кей? А почему я хочу ее бросить? Все-таки на наших артистов ходят только наши эмигранты. А по-настоящему большие деньги может принести только интернациональный бизнес. После вас повезу в Перу цирк с обезьянами. О'кей?

Я согласился. Да и как я мог не согласиться увидеть себя в Америке, в лимузине, и чтобы с обеих сторон по двухметровому негру?.. Да еще на почетном временном отрезке шульмановской карьеры – между Жванецким и дрессированными обезьянами в Перу. Единственное, в чем я усомнился, так это в том, что Комитет государственной безопасности разрешит мне поехать в Америку с выступлениями.

– Ноу проблем, – сказал Шульман. – Я профессионал. Комитет я беру на себя. О'кей?

Я чуть было не ответил ему «о'кей», хотя в душе не очень верил в затею с моими гастролями за границей и во всемогущество импресарио, который брал на себя даже КГБ. Поэтому и десять авторитетнейших городов Америки, и Ниагарский водопад, и Лас-Вегас, и калифорнийские пляжи – все это казалось мне безжизненным стоп-кадром с тенями небоскребов на очень дальнем плане.

* * *

Конечно, Шульман очень хотел провести мои гастроли. Но еще надо было, чтобы этого захотел Комитет государственной безопасности. Я действительно не совсем понимал, как Шульман собирался его «брать на себя». В то время для сотрудников Госбезопасности наши эмигранты были врагами, а не наставниками и сводниками с ЦРУ.

К тому же все, кого Шульман привозил в Америку до меня, по профессии были артистами. А я окончил Московский авиационный институт. Я – лейтенант запаса, инженер-механик по двигателям летательных аппаратов. В свое время я давал обязательство не разглашать военную тайну, то есть то, чего не знаю. А также подписку о невыезде. Ведь в Комитете госбезопасности не знали, что я давно путаю слово «летательный» со словом «летальный». Вдобавок у советской власти за мои шутки к этому времени накопилось ко мне нешуточное раздражение.

Почти в каждом городе после моих гастролей кто-нибудь из партийных руководителей говорил устроителям: «Чтобы ноги Задорнова больше не было в нашем городе!» Во многих городах ко мне подходили ответственные за цензуру и устраивали практически допрос:

– Все, что вы читаете со сцены, кем-то разрешено?

Я каждый раз отвечал уверенно, не смущаясь, как хороший игрок в покер, который делает вид, что у него «флешь рояль», в то время как на самом деле на руках от силы «две двойки».

– Конечно, разрешено!

– А разрешение есть? – не унималась пыточная комиссия.

– Естественно. Просто бумага с разрешением дома осталась, меня же никто не предупреждал, что ее надо взять с собой.

– А номер разрешения помните?

Это был, как правило, самый каверзный вопрос. Но не для игроков в покер. Отыгрывать «флешь рояль» надо было до победного.

– Помню.

– Какой?

– 32370. – Я отвечал так уверенно и отважно, что никакой детектор лжи не заподозрил бы в этих цифрах номер нашего рижского телефона (тогда в Риге еще были пятизначные номера). Голос у меня в таких случаях никогда не дрожал, я, как опытный разведчик, который прошел через многие пытки, всегда прямо смотрел в глаза «палачу». По моему взгляду было видно, что я морально устойчив и политически надежен. Короче, «пионер – всем ребятам пример»!

Я не боялся, что меня разоблачат. Я прекрасно понимал, что эти номера цензорам нужны для отчета перед вышестоящими партийными организациями. И проверять их никто не будет. Потому что в позднем советском кавардаке уже никто не знал, что, где и у кого надо проверять...

Из многих городов не раз приходили письма в «Литературную газету», ЦК, КГБ от разъяренных... как я их тогда называл, «патриотов»: «Он пропагандирует западный образ мышления!», «Он издевается над нашими лозунгами, над нашей промышленностью, не только над легкой, но даже над тяжелой», «Он высмеивает соцсоревнования и красные уголки!». Один из особо рьяных прислал в «Литгазету» письмо: «Задорнов утверждает, что у нас в стране много дураков. Не знаю, кому как, а мне обидно про себя такое слышать».

Однако Шульман на все это ответил: «Халоймас!» Я сказал, что не все слова понимаю, потому что учил английский только в школе. На что Шульман удивленно сказал:

– Извините, я забыл, что вы русский! «Халоймас» – это не по-английски, а по-еврейски, означает «ерунда». Но раз вы собираетесь в Америку, вам надо знать кое-какие еврейские слова.

Шульман был чрезвычайно доволен нашей встречей, несмотря на недостаточно тухлые яйца ресторана «Пекин» и несовершенство китайского шеф-повара из Бурятии. Я не стал портить ему настроение и рассказывать о том, что недавно мне звонили из КГБ.

* * *

Обычный телефонный звонок.

— С вами говорят из Комитета государственной безопасности. Лейтенант такой-то...

К сожалению, я не помню его фамилии. Иначе бы сегодня точно нашел его и поставил по русскому обычаю бутылку. И мы бы распили ее за способность к взаимопониманию у тех, кто оказывается порой по разные стороны баррикад. Но это теперь. А тогда...

Тогда я от испуга аж встал со стула. Как будто КГБ не только подслушивает, но и подсматривает. Мой испуг был вполне объясним. В то время я открыто со сцены ерничал над Генеральным секретарем Коммунистической партии, да и над самой партией. Например, объяснял народу, как надо читать известные лозунги: «Партия (а далее не тире, а минус) — ум, честь и совесть нашей эпохи!» Так что интуитивно я давно ждал этого звонка. И все-таки организм мой невольно сжался, напрягся, как пружина под грузом! После паузы, которая потребовалась на разжатие, я не нашел ничего лучшего, чем ответить:

— Очень приятно. Здравствуйте!

После такого ответа пауза наступила уже на том конце провода. Видимо, подобного лейтенанту никто раньше не говорил и он пытался сделать вывод, с кем он сейчас разговаривает — с безудержным весельчаком или кромешным дураком.

Тем не менее голос его остался по-военному жестким:

— Мне надо с вами побеседовать. Я занимаюсь

культурой в Москве. У нас есть к вам вопросы. Предлагаю встретиться, только, если вы не против, не в нашем здании, а где-нибудь в центре, в парке или в сквере. Поговорим для начала в неофициальном порядке.

И хоть речь его была необычайно вежливой, он все-таки этаким интонационным курсивом выделил «для начала». Мол, а там посмотрим, может, пригласим вас куда-нибудь в более соответствующее допросу место.

Теперешнему молодому поколению, слава Богу, не понять, как действовал на советского человека подобный звонок. Это трудно объяснить, но я попробую. Когда человек себя плохо чувствует, принято говорить: «Это тебя сглазили». По опыту утверждаю, что ощущение от звонка из КГБ гораздо хуже, чем от любого сглаза и порчи, которую на тебя навел самый сногсшибательный черный колдун регионального масштаба.

Мы встретились в сквере на Цветном бульваре. Лейтенанту не было и тридцати. Одет в штатское. Из военного – только прическа: «скобочка» на затылке, ровненькая, как выстроенный в каре показательный полк. Явно из интеллигентной семьи, потому что вел себя неуверенно, как бы стесняясь порученного ему дела. В начале разговора – видимо не зная о чем спросить, чтобы завоевать доверие, – спросил про Чехова. Как я к нему отношусь. А также к постановкам его пьес в московских театрах. Спросил таким тоном, будто у них на Чехова заведено дело. Я поймал себя на том, что отвечаю осторожно, перепроверяя себя, – будто боюсь в чем-то подставить Чехова.

– Видите ли, я Чехова очень люблю, – пояснил лейтенант.

«Что он от меня хочет? В чем тут ловушка?» – напряженно думал я, пока он вслух упивался своими размышлениями о Чехове. О «Вишневом саде», о постановке этой пьесы в трех московских театрах. Видимо, ему не зря поручили заниматься культурой. Заметив мое удивление по поводу его образованности, лейтенант воодушевился еще больше. Мы прохаживались. Когда с Чеховым было покончено, он спросил меня о Толстом: согласен ли я с его отношением к Шекспиру? Я замялся, не понимая, кому я не должен повредить своими ответами в первую очередь – Толстому или Шекспиру. Как оказалось, мой ответ его не очень интересовал. Сам он был согласен с Толстым. Ему с детства казались глупыми шекспировские пьесы, в которых герои переодевались в женщин, и их не могла узнать даже родня.

«Они что там, на Лубянке, совсем спятили? Или это у них новая форма работы? – Я не знал, что думать. – А может, он просто отвлекает меня? А сам в это время кодирует? Или считывает мои мысли и передает их в Центр? Надо быть начеку и не думать ни о чем лишнем!»

В конце беседы лейтенант стал все чаще поглядывать на часы. Судя по всему, на беседу со мной у него было отведено определенное время. Ровно через час он сказал:

– Спасибо. Было очень интересно узнать вашу точку зрения на наших классиков.

Сказал так, будто сегодня ночью после нашего разговора этих классиков все-таки будут брать. Я еще раз перепроверил себя: не сболтнул ли чего лишнего про Достоевского, которого по меркам современных интеллектуалов любил недостаточно? Не настучал ли на Мастера с Маргаритой?

На прощание загадочный лейтенант улыбнулся улыбкой победителя шахматной партии:

– Не удивляйтесь, это у нас новые формы работы.

Похоже, он действительно читал мои мысли.

– Все, что надо, я выполнил. Пора возвращаться в отдел. Если еще будут вопросы, позвоню.

– Звоните. Но только заранее, чтобы к следующей нашей встрече я мог повнимательнее перечитать классиков.

Позже, в 93-м, когда мне показали выписку из досье на меня, я понял, в чем заключались их новые формы работы. Там была фраза, от которой повеяло воспоминаниями о нашей интеллектуальной прогулке по скверу: «С писателем Задорновым проведена беседа о его взглядах, указано на его не совсем верную морально-нравственную позицию. Задорнов обещал подумать и сделать выводы».

В Комитете, как и везде, уже тогда начали заниматься приписками. Это, видимо, и были их «новые методы работы».

Теперь я уверен, что эта встреча сыграла решающую роль в моей жизни. Лейтенант сдал отчет об успешно проведенной работе, в результате которой Задорнов обещал исправиться. И это попало в официальные бумаги! Значит, было на что опереться, чтобы поиграть в демократию в свете последних решений партии и правительства. Неожиданно для меня и на радость Шульману мне дали разрешение выехать по рабочей визе в Америку с гастролями!

Когда я узнал об этом, в моем воображении тут же разморозился стоп-кадр с десятью городами-авторитетами. Засветились жизнью в ночи окна небоскребов. Побежали между ними люди, поехали машины, зазвучали джазовые мелодии, за которые нас периодически грозили исключить из школы и комсомола. Ожили герои всех прочитанных романов, от Оцеолы до великого Гэтсби. Загрохотал Ниагарский водопад. Стала сниться супердубленка. Ее, по словам Шульмана, мне уже приготовил в Канаде за одну восьмую цены мой поклонник Йося, хозяин кожевенной фабрики, которую он вместе с оборудованием умудрился вывезти из Армении еще в 1978 году.

* * *

Теперь об этом вспоминать смешно, но тогда... Тогда мы еще жили пятилетками, историческими решениями КПСС и очередными поворотами от пленума к пленуму. Страна была замусорена партийными лозунгами вплоть до самых отдаленных лесов, полей и рек. Цензура пыталась выхолащивать суть, а все диссиденты еще считались высокохудожественными творцами. Пирожки на вокзале стоили пять копеек и казались нам чертовски вкусными на морозе. Еще змеились по этажам ГУМа очереди за кроссовками. Доллар даже не предполагал стать основной российской валютой. В самолетах при посадке играли «Интернационал» и объявляли, что вы прибываете в город-герой. Почти все города были городами-героями! Люди гордились почетными грамотами. Горбачев из гения компромисса только начинал превращаться в его заложника. О Ельцине, как и о рэкете, слышали немногие. Рассказывали пару баек о посещении им Елисеевского магазина и в результате — об увольнении директора этого магазина. Официально сатирикам разрешалось шутить, но только позитивно.

И хотя холодная война чуть потеплела, над страной повисла тревога. Чувствовалось, что-то скоро должно измениться. Народ ухохатывался на полулегальных выступлениях непридворных сатириков — раскрепощался, готовился к другой жизни. Передовую часть прессы словно полили живой водой. Партия брыкалась постановлениями и кадровыми переменами в желании найти хоть кого-нибудь, кто может повернуть вспять колесо истории. Перестройка пыталась перестроиться, но не знала, в каком направлении. Национализм открыл всем глаза на количество скрытой ранее агрессии в стране. Как всегда на Руси, трагедия стала превращаться в фарс. Ходили слухи, что КГБ вот-вот начнет свирепствовать вновь.

Естественно, я был рад побывать в Америке до того, как это произойдет. Главное теперь, чтобы не закрутили гайки, пока я там. А то выпустить выпустили, а обратно не впустят. Что я тогда буду делать? Заработанных на гастролях денег мне вряд ли хватит на всю оставшуюся жизнь. Эмигрантам я сразу стану неинтересен, как только сделаюсь своим. Бензин разбавлять водой я не умею. В Хью-

Больше всего в жизни
я люблю путешествовать,
потому что во время
путешествия в человеке
проявляются лучшие качества.
А о своих лучших качествах
всегда хочется рассказать,
ведь мужчина, когда
не хвастается, теряет силу.
Творческую!

В Америке каждый чувствует себя немного богаче, чем на самом деле.

Рижанин Юрий Радзиевский. Только он – капитан игроков команды КВН, а я – болельщиков. Короче, два капитана.

Космический центр в Хьюстоне напомнил о моей бывшей специальности...

Неужели я в Майами?

Школьного друга – Юру Зюзюкина – Америка не испортила.

Писатель – он и
в Америке писатель.

«Стоял он, дум великих полн...»

«Я люблю тебя, жизнь! И надеюсь, что это взаимно».

Утро начинается с рассвета.

Руководитель агитбригады Михаил Задорнов исполняет миниатюру Григория Горина «Массовка».

Без комментариев.

На погранзаставе.

Зрители, которые раньше артистов вообще не видели.

Репетировать нужно круглосуточно и круглошуточно.

Поселок Чегдомын. Встреча по футболу: Сборная артистов «Агиттеатр «Россия» и ленинградский театр пантомимы «Лицедеи» против местных.

Студенческие миниатюры понятны всем! Тюмень, юность...

– Что будем им показывать?
– Да как всегда! У нас другого нет!

СОВХОЗА
44 КТОФ
АГИТТЕАТР
„РОССИЯ"
ПОЧТА
ОТЗЫВЫ
ЗАЯВКИ
БЫТОВЫЕ
УСЛУГИ

стонский космический центр вряд ли возьмут инженера, который путает летательные аппараты с летальными.

– Халлоймас! – как всегда уверенно сказал мне Шульман в самолете Москва – Нью-Йорк. – Ваш Комитет никогда уже не закрутит ни одной гайки. Он ослаб. У советской власти больше нет хребта. О'кей?

– Почему ты так считаешь, Витя?

– Потому что нам из Америки виднее, что у вас там происходит. О'кей? Пойми, если в стране развалилось все, то глупо думать, что в ней что-то осталось не развалившимся, пусть даже это «что-то» будет Комитет. Но самое главное, если тебе дали рабочую визу в Америку, это значит, что эта власть скоро точно развалится.

И будет полный о'кей!

Так я впервые попал в страну, которая теперь – после распада Союза и полураспада России – считается главной страной в мире.

* * *

Можете представить себе, сколько гормонов хорошего настроения вырабатывал ежедневно мой организм! Вокруг была Америка! Такое чувство счастья здесь, я думаю, испытывали только испанские конкистадоры и советские туристы. Испанцы – потому что ехали за золотом. А советские туристы – потому что их навсегда влюбила в Америку советская власть, которая никак не могла понять, что наш человек настолько ее ненавидит, что влюбляется во все, с чем она борется.

Семьдесят лет мы видели Америку, нарисованную Кукрыниксами в виде кривого небритого Дядюшки Сэма с мешком денег вместо живота и длиннющим носом в виде полуострова Флорида. Политический комментатор Валентин Зорин ежемесячно клеймил позором загнивающую Америку, показывал их бездомных нищих на таком загнивающем фоне их загнивающих небоскребов и витрин практически уже загнивших супермаркетов, что любого человека после передачи невыносимо тянуло поглядеть собственными глазами, как же там действительно все это загнивает. Словом, за долгие годы советского осредненного незагнивающего бедолагу довели до того, что он каждой клеткой организма полюбил Америку. Любая канцелярская скрепка из Америки считалась идеальной скрепкой. Любой американский закон – мерилом справедливости и нравственности. Любой американский турист в шортах и шляпе казался миллионером. Ему завидовали: «Надо ж, как ему повезло – он родился в Америке!» Если артист выступал в Америке, это становилось для него еще одним званием. Конферансье гордо объявлял: «Заслуженный артист такой-то. Недавно вернулся с гастролей по Америке!» И зрители уважали артиста за то, что он видел загнивающую Америку, больше, чем за то, что он заслуженный.

* * *

До Америки я уже несколько раз побывал за границей. Пару раз высунул нос из-под «железного занавеса» в Польшу, одной ногой потоптался в ФРГ, отметился в наших воинских частях в Венгрии. Все это было, безусловно, интересно. Но все эти поездки проходили под надзором «вожаков», которые зорко следили, чтобы в туалет все ходили по трое и только с их разрешения. Впрочем, об инструктажах перед поездками за границу, в которых предупреждали, что кока-кола – развратный напиток, я не раз писал в своих фельетонах. Самым престижным заграничным воспоминанием для меня до Америки, конечно же, была поездка в ФРГ на чемпионат Европы по футболу в 1986 году в составе группы болельщиков. Этой путевкой меня наградили от горкома ВЛКСМ за активное участие в самодеятельности. Чтобы мы энергичнее болели за своих ребят, каждому в группе выдали по тридцать марок. Еще разрешили обменять рубли на сумму сто марок по официальному курсу. Когда мы летели в самолете, нам казалось, что у нас большие деньги. Мы не знали, что сто марок стоит всего лишь один хороший галстук или один ботинок от пары модной обуви. Негласно каждый из нас взял по две баночки черной икры и по две бутылки водки на продажу. В Советском Союзе ходили, не знаю, на чем основанные, слухи, что за границей единственный дефицит – это черная русская икра: все без исключения иностранцы от нее балдеют и готовы платить сумасшедшие деньги за каждую икринку. Я никогда не забуду того чувства стыда, с которым я пытался в кафе в переулке Мюнхена продать эти две баночки местному бармену. За каждую баночку я просил семь марок, а он давал всего шесть. Я не согласился из принципа. Противно было ему уступать. Все-таки мы их победили в войне, а не они нас. Поэтому вечером в общежитии, где нас поселили, я сам гордо выпил всю привезенную водку и заел двумя баночками икры. Отчего наутро мне была не мила даже окружавшая меня труднодоступная для советского человека Германия.

Не знаю, кому из наших в той поездке удалось сбыть товар, знаю только, что никто не мог позволить себе купить даже мороженое или зайти в кафе выпить чашечку кофе без сахара. Мы не знали, что в западных кафе сахар включен в стоимость кофе. У нас же за сахар надо было платить даже проводницам в общем вагоне поезда. По две копейки за кусочек. Долгое время официанты в разных странах удивлялись, почему большинство советских людей так подчеркнуто просят всегда кофе без сахара. Почему, почему... Думали, что за него платить надо! А денег-то не было. Для подарков друзьям, знакомым и родственникам мы забирали из гостиниц все шампуни, белые тапочки и шариковые ручки...

От унижения можно было задохнуться. Слава Богу, наша сборная в финал не попала. И я не предал ее тем, что отказался идти на финальный матч, а билет на него продал. Как я мог удержаться от этого безрассудства? За день до матча по телевидению объявили, что официально-спекулятивные цены на билеты финального матча возросли до тысячи марок. Конечно, я предупредил нашего тогдашнего «вожака», что на вырученные деньги я непременно свожу его в какое-нибудь кафе поесть мороженого. Он был нравственным. Не пил и не соглашался хотя бы глазком взглянуть на пип-шоу. Это могло когда-нибудь испортить его карьеру. А на мороженое согласился.

Практически с его разрешения я спустился в подземный переход неподалеку от стадиона и стал в ряд обычных спортивных спекулянтов. И эта продажа не казалась мне такой постыдной и унизительной, как продажа икры, потому что билет я продавал на матч Италия – ФРГ, а икра за границей была одним из символов социалистических успехов нашей Родины. Торгуясь за нее, я практически торговался за Родину! И за шесть марок продавать ее не собирался.

Зато на эту тысячу я накупил подарков и друзьям, и родственникам, и знакомым. И хватило на всех, тем более что я захватил с собой из гостиниц и шампуни, и белые тапочки, и даже, прости меня, Господи, два полотенца.

* * *

Моя поездка в Америку – на первые, как я их называю, шульмановские, гастроли – была совсем другой. Впервые я попал за границу самостоятельным человеком. Я не должен был упрашивать когонибудь из прохожих купить у меня баночку икры. Я не привез с собой пакетики гречневой каши. Я прилетел без кипятильника. Да-да! Даже артисты таких театров, как МХАТ и Большой, в каждую заграничную поездку уезжали с кипятильниками и пакетами гречневой каши, которую варили в своих номерах в гостинице. Я мог позволить себе пойти за собственные деньги в парикмахерскую, а не пытаться, по-клоунски нелепо, стричь сам себя у зеркала, где все движения наоборот.

Правда, я поначалу совершенно растерялся от того, что в Америке все по-другому. Другие телефоны-автоматы, другие аэропорты, другие порядки в магазинах, ресторанах... Все казалось невероятно сложным, а люди – очень умными, потому что умели во всем этом ориентироваться. В прачечных стояли компьютеры! Кореянки, филиппинки, китаянки управлялись с ними легче, чем мы, советские мужики, с иностранными электробритвами. Витя Шульман тоже вызывал у меня восхищение тем, что он научился пользоваться этим убежавшим от нас вперед миром! Первые дни я боялся сделать шаг от Шульмана в сторону, дабы не утонуть в напористом потоке цивилизации. Мне даже казалось, что Шульман хорошо знает английский язык. А то, что он пытался руками дообъяснять немногие известные ему фразы, я принимал просто за южно-одесский темперамент.

* * *

О своих восторгах от той поездки я написал в очерках, составивших книжку «Возвращение». В московском издательстве ее побоялись печатать. Издали в Эстонии. Уже тогда эстонцы в своем подражании Западу сэкономили на рисунках, краске, бумаге, шрифте, буквах, полях и знаках препинания вплоть до запятых... Назвать изданные очерки книжкой можно было с такой же натяжкой, как назвать мюзиклом «Руководство по эксплуатации пылесоса».

Тем не менее книжонка-брошюрка была быстро раскуплена за счет популярной фамилии автора и той антисоветской отваги, с которой он описывал количество йогуртов и колбасы в американских супермаркетах. Находились даже такие, кто уверял, что меня скоро за это описание посадят. Потому что такой экстаз от восхищения Америкой – практически измена Родине.

Возвращаться из этого красиво упакованного рыночного изобилия в нашу бесколбасную, безйогуртовую, беспопкорновую, неголливудскую жизнь было все равно что цветной телевизор сменить на черно-белый.

Да, я тоже был советским человеком. Мне американские песни нравились больше, чем наши, потому что в американских я не понимал слова, а в наших понимал. Попав впервые в американский супермаркет, я просил Шульмана сфотографировать меня на фоне восьмидесяти сортов кефира и в обнимку с пятьюдесятью сортами колбасы, чтобы друзья поверили, что я это видел. Как и любого другого советского человека, в Америке меня гораздо больше интересовали магазины, чем памятники и музеи. Как и большинство советских людей, я тогда искренне считал, что цивилизация и колбаса – это синонимы.

Действительно, когда я вернулся, друзья не позавидовали тому, что я видел статую Свободы и Ниагарский водопад, – они с восхищением разглядывали продукты, которые слегка обозначились на фотографиях на заднем плане. Женщины пытались с лупой прочитать названия этих продуктов. Спрашивали, все ли из них я попробовал. Я гордо описывал словами вкус неведомых советскому человеку блюд. Дольше всего пытался описать, что такое суши и сашими. Пока не догадался объяснить попростому – строганина на котлетках из риса.

P.S.

•••

С не меньшим восторгом я рассказывал о своих впечатлениях и в кругу семьи. Так обычно делал мой отец, возвращаясь из путешествий. Теперь же он слушал мои восхищения со сдержанной улыбкой, не перебивая, и потом сказал только одну фразу: «Я смотрю, ты так ничего и не понял. Хотя дубленку привез хорошую!»

Я тогда очень обиделся – за мою поездку, за совершенство Америки, за демократию, за свободу, за то будущее, которое я рисовал в своем воображении для России.

Мы поссорились. Отец не мог объяснить, что он имел в виду. Или я не хотел его понимать. Я ведь уже был звездой! На мои выступления собирались тысячи зрителей. Правда, я запомнил его слова, которые он сказал, чтобы закончить наш спор: «Ладно, не будем ссориться. Ты еще, наверное, не раз на Западе побываешь. Но когда меня не будет, помни: все не так просто! Жизнь – не черно-белое телевидение».

Мне иногда кажется, что родители уходят из жизни для того, чтобы дети начали все-таки прислушиваться к их советам. Лучше всего, и гораздо короче Тургенева, о проблеме «отцов и детей» написал в двустишии молодой поэт Андрей Алякин:

За ночные страданья, за душевные муки
Нашим детям за нас отомстят наши внуки!

Сейчас, когда отца нет, я все чаще вспоминаю наши ссоры. Я благодарен ему прежде всего за то, что он не был обывателем. Ни журналисты, ни политики, ни Запад, ни писательская тусовка не заставили его думать так, как принято. Он никогда не был коммунистом, но при этом и не попал под влияние диссидентов.

Только мы, его самые близкие, знали, что он верит в Бога. У него была в тайнике иконка, оставшаяся от его мамы. И ее крестик. Незадолго до смерти, понимая, что скоро уйдет из жизни, он перекрестил меня, некрещеного, давая понять, что когда-нибудь мне тоже надо креститься.

А диссидентов он считал предателями. Убеждал меня, что скоро их всех забудут. Стоит только измениться обстановке в мире. Я «инакомыслящих» защищал со всей прытью молодости. Отец пытался переубедить меня:

– Как ты можешь попадаться на эти «фиги в кармане»? Все эти «революционеры», о которых так трезвонит сегодня Запад, корчат из себя смельчаков, а на самом деле они театрально идут с открытой грудью на амбразуру, в которой давно уже нет пулемета.

– Папа, как ты можешь так говорить? Твой отец в 1937 году умер в тюрьме, и неизвестно даже, где его могила. Мамины родители пострадали от советской власти, потому что были дворянского происхождения. Мама не смогла даже толком доучиться. После того как ты написал романы о Японии, за тобой ведется слежка. В КГБ тебя считают чуть ли не японским шпионом. А эти люди уехали из страны именно от подобного унижения!

Отец часто не отвечал на мои пылкие выпады, словно не уверен был, что я дозрел, в сорок-то с лишним лет, до его понимания происходящего. Но однажды он решился:

– КГБ, НКВД... С одной стороны, ты, конечно, все правильно говоришь. Но все не так просто. Везде есть разные люди. И между прочим, если бы не КГБ, ты бы никогда не побывал в той же Америке. Ведь кто-то же из них разрешил тебе выехать, подписал бумаги. Я вообще думаю, что там, у нас наверху, есть кто-то очень умный, и тебя специально выпустили в Америку, чтобы ты что-то заметил такое, чего другие заметить не могут. Ты же сам рассказывал мне о том интеллигентном лейтенанте, а ведь он тоже был из КГБ. Значит, и там попадаются здравомыслящие люди! А насчет диссидентов и эмигрантов... имей в виду, большинство из них уехали не от КГБ, а от МВД. И не диссиденты они, а жулики. И помяни мое слово, как только им будет выгодно вернуться – они все побегут обратно. Америка от них еще вздрогнет. Сами не рады будут, что уговаривали советское правительство отпустить к ним этих «революционеров». Так что все не так просто, сын! Когда-нибудь ты это поймешь... – Отец снова ненадолго задумался и не добавил, а как бы подчеркнул сказанное: – Скорее всего, поймешь. А если и не поймешь, ничего страшного. Дураком тоже можно прожить вполне порядочную жизнь. Тем более с такой популярностью, как у тебя! Ну, будешь популярным дураком. Тоже неплохо. За это, кстати, в любом обществе хорошо платят!

Естественно, после такого разговора мы снова поссорились.

У папы не было технического образования. Он не мог с математической точностью определить формулу сегодняшнего дурака. Он был писателем. Он старался передать мне не столько взгляды, сколько ощущения от нашей жизни.

Недавно мне довелось разговаривать с одним мудрым человеком. В прошлом ученым-математиком. Теперь он философ. Как модно говорить нынче – продвинутый. Многие среди продвинутых считают его просветленным. Он объяснял мне свою философию: большинство людей в мире воспринимают жизнь двуполярно: добро и зло, черное и белое, плюс и минус, верх и них, мужчина и женщина... В это понимание мироустройства человечество загнал Запад. На самом деле жизнь многополярна. Многополярное устройство мира лежит в основе всех восточных учений и религий. Жизнь человека не есть колебания электрического тока между плюсом и минусом. Плюс и минус, на которые опирается западная философия, в конце концов приводят к короткому замыканию. Из-за черно-белого восприятия мира человечество живет в коротком замыкании собственного разума. Между плюсом и минусом. У человечества есть лево и право, верх и низ, белое и черное, в то время как даже звери угадывают во всем полутона. Для зверей мир многополярен. Поэтому, улавливая то, что не свойственно тем, кто живет между «да» и «нет», звери первыми уходят из опасных зон надвигающегося цунами или землетрясения.

Все, что мне объяснял современный философ, было очень точно с математической точки зрения, но мудрено для обывателя. Кроме того, ничего нового для меня в его философии, кроме формулировок, не было. Все это я знал давно от отца, который не использовал таких мудреных слов, как «многополярные системы». Он пытался очень доходчиво мне объяснить, что «все не так просто». И не все делится на «плюс» и «минус».

Он вообще не навязывал мне своих взглядов в споре. Считал, что его дети должны сами со временем прийти к пониманию некоторых его замечаний. Одно из моих первых воспоминаний – это день, когда умер Сталин. Плакали в Риге даже латыши. Надо было плакать, и все плакали – дружно, интернационально.

Я помню, как плакала моя старшая сестра. Ей было одиннадцать. Она ничего не понимала. Она плакала, потому что плакали учителя, прохожие... Ей жалко было не Сталина, а учителей и прохожих.

В нашу с ней комнату пришел отец и сказал:

– Не плачь, дочка, он сделал не так много хорошего.

Сестра так удивилась папиным словам, что тут же перестала плакать. Задумалась.

Я, естественно, ничего тогда не понимал, но мне так не хотелось, чтобы сестра плакала, что я начал в поддержку папиных слов приводить ей примеры, почему Сталин не был хорошим дядей.

Например, в Риге уже три месяца шел дождь. И меня не водили в песочницу. А ведь Сталин мог все! Почему же он о нас не подумал? И обо мне... И о моих друзьях, которые тоже хотели в песочницу!

Помню и другой случай. Мне было уже лет двенадцать. В школе нам внушали, что Советский Союз – самая хорошая страна в мире и что в капиталистических странах живут не добрые люди, а глупые и нечестные. Отец позвал меня как-то раз к себе в кабинет и сказал:

– Ты имей в виду, что в школе зачастую говорят не совсем правильно. Но так надо. Вырастешь – поймешь.

Я тогда очень расстроился. Отец лишал меня веры в то, что я родился в лучшей стране мира.

Когда мне исполнилось семнадцать, на время студенческих каникул, вместо того чтобы отпустить меня с любимой девушкой на лето в Одессу, отец отправил меня на два месяца в ботаническую экспедицию на Курильские острова – работать разнорабочим. Теперь я понимаю: он хотел, чтобы я перелетел через весь Советский Союз и, увидев тайгу, острова, моря, океаны, понял, что все-таки я живу в лучшей в мире стране!

Подобные короткие уроки отец давал мне в течение всей своей жизни. Так, гомеопатическими дозами, он пытался охладить восторг уже взрослого сына-романтика с мозгом закодированного прессой и демократическими шоу тинейджера. Теперь чаще всего я вспоминаю его последнюю отрезвляющую инъекцию в мое зашоренное сознание.

Конец перестройки. Первый съезд депутатов.

Глядя на прямые репортажи из Дворца съездов, мы почувствовали первые вздохи гласности и свободы слова. Увидели тех, кто впоследствии начал называть себя громким словом «демократы». Кого народ всего через пять-шесть лет обозвал «демокрадами». Я смотрел телевизор, отец стоял за моей спиной и тоже наблюдал за происходящим. Потом вдруг махнул рукой и сказал:

– Что те были ворами, что эти... Только новые будут поумнее! А потому – опаснее!

Теперь я понимаю, что за этой якобы шуткой он хотел скрыть нарастающую в нем безнадегу. Он тоже втайне верил, что Россия когда-нибудь оживет. Но когда понял, как она «оживает» под контролем диссидентов, эмигрантов, демо**крад**ов, его организм просто не захотел в этом далее существовать.

* * *

Как бы я хотел, чтобы сегодня отец знал, что я все-таки начал прислушиваться к его словам. Я жалею, что он хоть и ушел из жизни с надеждой, что его дети когда-нибудь поумнеют, но все-таки не был в этом уверен...

P.P.S.

•••

С тех пор я много раз бывал в Америке. И не только в Америке, но и в других странах, где есть наши эмигранты. За последние годы из бывшего Союза в разные прилично развитые страны сбежало столько всяческого люда, что мы, артисты, ездим по этим странам, как раньше ездили по бывшим союзным республикам. Тем более что к русским там относятся сейчас значительно лучше, чем в бывших республиках.

Конечно, многое с тех пор изменилось. Во-первых, выступление российских артистов за границей стало делом весьма банальным. Для эмиграции это уже не событие. Практически каждый день в Нью-Йорке на Брайтоне выступает кто-то из наших. У среднего российско-еврейского эмигранта в Америке уже не хватает денег ходить на все концерты. Их больше не мучает ностальгия, потому что Родина сама – в виде артистов и родственников одновременно – не слезает с их шеи.

Бизнес, который когда-то затеял Шульман, в 90-х годах перестал быть прибыльным. Сам Витя сдержал слово и из этого бизнеса ушел. Но только не после меня, как обещал, а после Кашпировского, на котором, по слухам, заработал больше, чем на всех нас, предыдущих, вместе взятых.

Как раз во время моих шульмановских гастролей в Америке о Кашпировском в обывательской среде русскодумающей популяции стали говорить как о предвестнике второго пришествия Христа. Такой промоушн Кашпировского дразнил даже евреев-эмигрантов, которые ко второму пришествию мессии не имели никакого отношения, поскольку у них и первого еще не было. Эмигрантская душа в рациональной до бездушия трезвой Америке соскучилась по стрессам и чудесам.

Когда Шульман организовал выступления Кашпировского, зрители в Америке шли к нему лечиться толпами, коллективами, кланами... К тому же лечение в Америке дорогое, а тут, как гласила молва, рассасывается все и навсегда, и всего лишь за цену купленного билета.

Эмигрантские газеты печатали небылицы о том, сколько во время концерта у зрителей рассосалось спаек, шрамов, швов... У кого-то рассосался не только шов от аппендицита, но и швы на брюках. Такого чуда эмигрантская Америка еще не видела.

Я думаю, что второе пришествие по сравнению с гастролями Кашпировского в Америке – банальный фокус заезжего иллюзиониста, у которого из рукавов вылезает несметное количество всяких тварей. Рассказывают, как один хромой инвалид вылечился прямо в зале, вскочил, бросил костыль в Кашпировского и убежал, не хромая. Ходили слухи, что во время этого сеанса у него отросла нога. Думаю, это был кто-то из друзей Шульмана, которому хорошо заплатили за то, чтобы у него отрос-ла нога. Виктор же был профессионалом! Импреса-рио! Это значит, что он в совершенстве владел не только «о'кеем», но и маркетингом, и адвертайзингом, и промоушном.

В общем, Виктор так шумно и с таким успехом провел последние гастроли, что эмигранты возненавидели его окончательно. У самого же Шульмана разыгрался аппетит, и он решил сдержать данное мне обещание иметь отныне дело только с послушными дикими зверями, а не с неуправляемыми русскими артистами. И, как мне потом кто-то рассказывал, повез все-таки цирковые номера не только с обезьянами, но и с медведями и лошадьми в Латинскую Америку, где умудрился часть медведей и лошадей продать, оформив их по ведомостям для налоговой полиции как умерших.

Единственное, что огорчало из всего этого лично меня, – что почетное место между Жванецким и обезьянами мне занять не удалось. Зато посчастливилось Кашпировскому. Он поставил жирный восклицательный знак в шульмановской карьере. И занял еще более почетное место между Задорновым и списанными медведями и лошадьми из перуанского цирка.

Короче, Шульман бросил рынок. Рынок разбился на множество кусочков, и все, кому не лень, их подобрали. У меня лично сложилось впечатление, что если эмигрант в Штатах совсем не способен заработать себе на жизнь, он начинает заниматься прокатом русских артистов, или, как принято красиво говорить в Америке, шоу-бизнесом. Дело, в общем, и вправду несложное: уговорил артиста, напечатал билеты, арендовал зал, продал билеты и украл большую часть выручки. Кто владеет этим нехитрым делом, называет себя все тем же громким и увесистым словом «импресарио». В отличие от Шульмана, подобравшие осколки рынка импресарио выглядели понеряшливее, снимали залы подешевле, отели – победнее и за доллар пускали в зал знакомых зрителей со своими стульями.

Где только не доводилось мне выступать в моих послешульмановских гастролях! На чердаках, в подвалах, государственных нищих школах с разрисованными стенами, на которых бесилась пульверизаторами молодежная энергия полового созревания. Не раз в последующие годы я вспоминал добрым словом Виктора Шульмана, который в последний день моих гастролей даже полетел из Нью-Йорка провожать меня в Вашингтон, откуда я улетал. Полетел с единственной целью – договориться с нашим «Аэрофлотом», чтобы с меня не брали денег за перевес – шесть чемоданов с дубленками от Йосика на всю мою семью...

Я уже стал популярным выступальцем,
клеймил Америку со сцены: «Ну, тупые!»
Но порой по-прежнему хотелось что-то описать
не по-эстрадному, не для тех, кто пришел
на концерт поржать.

Писатель, который разводил кошек

•••

Ки-Вест – самый южный городок Америки. На карте – точь-в-точь родинка на кончике похожей на нос дядюшки Сэма Флориды. На самом деле город на острове. От него до материка еще несколько таких же островов-родинок. Как будто кто-то разбросал в море камушки, чтобы какой-нибудь великан мог, ступая по ним, добраться от материка до Ки-Веста, не замочив ног.

Ки-Вест – город-музей. Здесь жили Хемингуэй, Теннеси Уильямс, Трумэн, другие известные президенты, политики, бизнесмены. Коренные жители уверены, что в их городе Хемингуэй написал знаменитую повесть «Старик и море». Поэтому в многочисленных галереях больше всего акварелек в стиле прозрачно-миражных японских миниатюр, на которых изображен похожий на Хемингуэя старик в лодке, с удочкой, на фоне или заката или лунной дорожки. Правда, кубинцы уверяют, что знаменитую повесть великий Хэм написал у них на Кубе, где прямо напротив Ки-Веста, через пролив, милях в пятидесяти, есть еще один домик Хемингуэя. Как будто любивший плавать писатель, иногда, после вечернего виски, вплавь добирался от одного своего домика к другому, запутывая будущих критиков своего творчества: где что он написал.

Ки-Вест не похож на обычные американские небоскребные города. Деревянные, двухэтажные, покрашенные в светлые тона домики с воздушными террасами, резными наличниками и ставнями-бабочками, как прозрачные привидения из романтического американского прошлого, скрываются в кудрявых зеленых садах и напоминают нам об «Унесенных ветром», «Хижине Дяди Тома» и Гекельберри Финне. Широколистные южные деревья густыми ветками, как опахалами, обмахивают эти музейные домики, заставляя шевелиться обленившийся на жаре почти тропический воздух.

Ки-Вест – это город-декорация к спектаклям Теннеси Уильямса и Артура Миллера. Это воздушный привет, посланный потомкам от Маргарет Митчелл и Марка Твена.

Но туристы этого не знают. Для них Ки-Вест – это просто самая южная точка самой главной страны в мире. Пестрой маечной толпой текут они весь день вдоль главной улицы, которая как узенькая речка, в берегах сувенирных магазинов, галерей и аттракционов, впадает в море, заканчиваясь дельтой кафе, баров и ресторанов. В этих кафе последние американские романтики, влюбленные и трогательные старушки с прическами, похожими на седые воздушные шарики, могут по вечерам наблюдать, как написано в зазывных рекламах, «неповторимый Ки-Вестовский закат». Для этого у каменных парапетов прибрежных кафе стоят высокие стулья, как у барной стойки. Но с противоположной стороны стойки не бармен с напитками, а краснокожее американское солнце, под мягкую музыку живого джаза, не скупясь, протянуло по зеленому морю каждому посетителю обещанную администрацией ресторана неповторимую ки-вестовскую солнечную дорожку. Как будто дорожка, а заодно с ней и само солнце состоят в штате рекламирующего их ресторана. Особенно возбуждает всех туристов то, что совсем неподалеку Куба.

– А где Куба? – почти с испугом спрашивают туристы у официанта.

– Вон там, – показывают руками официанты, – слева от солнца и чуть за ним.

И туристы, кто прищурившись, а кто в бинокль, напряженно вглядываются в шершавый горизонт, словно пытаются за ним разглядеть остров вечных бунтарей и его последнего коммунистического романтика Фиделя Кастро.

Музыка сочится из всех дверей, окон, щелей. Музыка, как и еда, – неотъемлемая часть жизни среднестатистического американского большинства. Она заставляет толпу вибрировать в резонанс, одинаково чувствовать, одинаково думать не задумываясь. Она главный зазывала. Она засасывает демонстрантов по ночным клубам, ресторанам, аттракционам, залам ужаса, галереям, ювелирным и сувенирным лавкам, которые по своей мешанине напоминают российские сельмаги. Только по американскому вкусу с более пестрым и блестящим ассортиментом. Здесь и хрустальные тигры, и ювелирные подделки, и открытки с кошечками и закатами, и штампованные картинки с теми же закатами, и искусственные цветы, и бейсболки с надписями, и майки с остротами и неприличностями, и носки, и трусы с портретами Хемингуэя.

* * *

Утро. Туристы еще по-американски добротно завтракают, чтобы с достаточным запасом энергии болтаться по улицам города-лавки.

Консьерж гостиницы, у которого я хочу спросить, как пройти к домику Хемингуэя, разговаривает с американкой загадочного возраста. Она после очевидной, модной в среде высшего и среднего американского класса пластической операции. Или, как коротко говорят в Америке: «хирургии». Хирургия – единственный вид искусства, в котором разбираются все американцы. Хирургия – признак зажиточности, пропуск в высший свет, один из самых крутых американских наворотов. Наравне с погодой, домашними животными – это любимая тема в любой женской компании.

– Я знаю доктора, который превосходно делает носы и укрупняет глаза.

– А наш врач использует новую технику, он подшивает под щеки воланчики, чтобы не было ямочек.

Действительно, американские врачи-хирурги в этом деле добились не меньшего, чем художники эпохи Возрождения – в живописи. Среди них появились свои Леонардо да Винчи, Рафаэли, Веласкесы. Они не врачи, они живописцы от медицины. Они меняют овал лиц, обрезают носы, удлиняют мочки ушей под размер сережек, укрупняют женщинам губы, делают их сочными и поцелуйчатыми, как у Софи Лорен или Джулии Робертс. Мужчинам раздувают ноздри, как у Джека Николсона, создавая ощущение такого же скрытого темперамента. Уколами умерщвляют нервы в местах скопления морщин, чтобы можно было думать не морщась, смеяться не улыбаясь, и чтобы лицо выглядело невозмутимо просветленным в любой ситуации, будь то юбилей или похороны. Если б не активные пока еще зрачки в обрамлении отредактированных глаз, многие американки напоминали бы сегодня собственные посмертные маски.

У американки, которая разговаривает с консьержем, даже не лицо, это пятка младенца. По лицу ей можно дать лет пять, по фигуре – сорок восемь, по рукам – все шестьдесят семь. Говорит она очень громко, как говорят люди, уверенные в том, что ни при каких обстоятельствах лица уже не потеряют.

– Где тут домик этого известного бородатого человека, который разводил кошек?

В отличие от консьержа – поляка, который, судя по всему, давно уже работает в Америке и привык к подобным вопросам, – я не сразу понял, что она спросила о Хемингуэе.

Во-первых, я забыл, что Хемингуэй действительно любил кошек, во-вторых, он их все-таки любил, а не разводил, но для сегодняшнего американского реалиста, воспитанного книгами Карнеги, а не Марка Твена и Фицджеральда, непонятно, как можно любить без прибыли. А значит – разводил. Но еще больше меня поразило, что стоявшие рядом американцы, которые тоже ждали ответа консьержа, ничуть не удивились ее вопросу. Консьерж вынул откуда-то из-под своего прилавка несколько карт Ки-Веста, отметил на них, где находится музей, и крупно печатными буквами каждому написал имя великого кошачих дел мастера.

В музей меня вез таксист-латиноамериканец. Я рассказал ему об этом случае. Он с радостью человека, который любит поболтать с пассажирами, тут же подхватил тему:

– Ой, это же американцы, они же narrow-minded (словосочетание в дословном переводе на русский означает «узко мыслящий»)! Я недавно вез одну из аэропорта в Майами, ей лет сорок. Выехали на берег, она как закричит: «Наконец-то я увидела Тихий океан!»

Я спросил у таксиста, из какой он приехал страны.

– Я бразилец, – гордо ответил таксист, тем самым подчеркнув, что уж он-то не narrow-minded. – А кем вы в России работаете?

– Я писатель, книжки пишу.

– Не, я книжек не читаю. У нас в семье было много детей, грамоте учили плохо – мне читать трудно.

Он ненадолго замолк, наверно, вспоминая свое бразильское босоногое детство, а я подумал: не слишком ли это парадоксально, что даже не умеющий толком читать бразильский таксист считает американцев узко мыслящими.

* * *

Я брожу по дворику хемингуэевского дома. Дом двухэтажный, старинный, лоскуток поэзии на рациональной американской земле. Много деревьев. Они когда-то скрывали Хемингуэя от жаркого солнца Флориды. Дорожки ныряют между кустами. В доме сохранилась библиотека. Интересно, что любил читать Хемингуэй? Есть даже небольшая брошюрка, которая называется «Бурлящий бассейн», видимо, в то время эти первые джакузи только что появились, и Хемингуэй мечтал о таком бассейне.

Во дворе у него тоже есть бассейн. Не такой, как нынешний, в кафеле, но бодрость писателю с утра, очевидно, этот бассейн придавал. Много книг о здоровье, книга «Мой бизнес», романы известных писателей: Фицджеральда, Ивлина Во и большая брошюра Форда «Конвейер».

Но американцев не интересуют книги и библиотека Хемингуэя. Они атакуют гидов другими вопросами, ведь в музее специально для привлечения американских посетителей – сто кошек, якобы в память о писателе. И это действительно привлекает обывателя.

– Вы были в домике Хемингуэя? Что вы, сходите обязательно: там сто кошек! Понимаете? Сто!

И идут люди, чтобы увидеть в музее Хемингуэя сто кошек. И задают вопросы, которые из этих кошек помнят самого писателя? И как писатель кастрировал котов? Сам, или у него кто-то был для этого? А какими инструментами в то время кастрировали? Практически главная экспозиция музея –

кошки Хемингуэя, следующая – спонсоры Хемингуэя, следующая – его женщины.

Я выхожу прогуляться по тенистому саду. Деревья с уважением обмахивают меня своими опахалами. Они как бы чувствуют во мне что-то родное для них, писательское. Я представляю себе, как Хемингуэй также любил по утрам бродить среди этих деревьев, и в шорохе их листьев я читаю его грустные мысли. Недаром в его библиотеке есть фордовский «Конвейер».

Он чувствовал, что гениальное изобретение цивилизации внедрится скоро и в кино, и в живопись, и в литературу; и художественный стиль, художественное слово уступит место стилю литературно-телеграфному. И разговор о том, кто гениальнее, Фицджеральд или Хемингуэй, абсолютно беспредметен, потому что через несколько лет после внедрения конвейера во все сферы человеческой души забудут и о том, и о другом. Может быть, будут помнить только название повести «Старик и море», и то лишь потому, что будет выгодно зарабатывать на акварельках с нарисованными стариком и морем. Изображать их на зонтиках и носках.

А как нарисовать «Прощай, оружие»? Да и сам тезис неприбылен. Может, поэтому каждый вечер на берегу моря старик Хэм выпивал любимое виски, и тогда ему казалось, что все не так безнадежно. Веселей становилось на душе, и казалось, что «Старик и море», как и стихи Байрона, и полотна Рафаэля, и пьесы Шекспира созданы, чтобы человечество когда-нибудь сказало себе, как герой его романа: «Прощай, оружие».

Заряд, полученный во времена советские, видимо,
останется у меня на всю жизнь.
Тогда, будучи инженером-режиссером, я и не мечтал
о том, что увижу другие страны, что буду
смотреть на Италию с Везувия,
Парфеноном любоваться не на открытке,
а стоя в обнимку с его колоннами, что увижу
египетские пирамиды и совершу восхождение...
не на гору, нет... по жизни!

Пирамидальное путешествие

•••

Первое впечатление

Верблюда называют кораблем пустыни. Верблюд действительно похож на корабль. Он гордый, несуетливый. Покачивается. Шея похожа на бушприт фрегата.

Самое неприятное, что есть в арабских верблюдах, это их хозяева-арабы. Они суетливы, приставучи... Чтобы вытащить из туристов лишние деньги, не гнушаются ничем. Например, чтобы залезть на верблюда, называют одну цену – два доллара. А когда залезешь на него, объявляют: чтобы слезть, надо заплатить тридцать долларов. При этом будут дергать сидящего на верблюде за ногу и жаловаться на трудную жизнь. Причем не только свою, но и верблюжью. Если вы на английском языке попытаетесь объяснить хозяину верблюда, как это неблагородно – заниматься вымогательством, будете взывать к чувству его достоинства, к чести, он ответит вам на вполне сносном английском же, что по-английски он ничего не понимает. Не было денег на образование. И будет клянчить уже не только на пропитание, но и на обучение. Причем и на верблюжье тоже. И, конечно же, будет гарантировать, что всего за два-три лишних доллара Аллах на том свете устроит вашей душе сервис на уровне пятизвездочного арабского отеля.

Я заметил, что когда не очень хорошо знающие историю туристы попадают в Египет, первая мысль, которая возникает у большинства: как могли те древние египтяне с гордыми фресочными спинами, создавшие полную достоинства державу, выродиться в таких попрошаек.

К сожалению, многие даже не предполагают, что сегодняшние египетские арабы никакого отношения не имеют к тем древним египтянам, достоинство которых ощущается даже в их скукожившихся мумиях. Хромосомные наборы древних и сегодняшних египтян не пересекаются ни одной загогулинкой-извилинкой ДНК.

Арабы завоевали эту землю значительно позже. Когда оценили, что завоевали, тут же назвали себя египтянами. Сами поверили в то, что это они строили величественные пирамиды, храмы... Стали гордиться ими как своими собственными святынями. Я бы сказал, что арабы завоевали не землю, а историю и культуру Египта. Как способный народ, научились кормиться вокруг этой великой культуры благодаря толпам туристов, отелям, ресторанам, многочисленным сувенирным лавкам. Но история безжалостна! Она отомстила завоевателям, превратив отважный народ скотоводов и земледельцев в народ мелких лавочников и потрошителей туристов. Главная причина потери сегодняшними египтянами достоинства в том, что они кормятся вокруг того, что сами не создавали. Пирамиды и Суэцкий канал стали для египтян таким же наказанием, как нефть и газ для России!

В любой точке пустыни вас найдет высохший, как корень верблюжьей колючки, араб, мечтающий продать вам бусы. Любой присланный из местного турбюро гид, доложив голосом отличника-заучки о том, какой высоты какая колонна, пирамида, сколько на них ушло тонн камня, краски, заклепок, постарается как можно скорей закончить экскурсию и уговорить вас зайти в ювелирную лавку, где хозяин, естественно, его друг детства и у него самое качественное и дешевое в мире золото — а русским он вообще продает дешевле, чем покупает. Потому что русских до сих пор уважает в память о бывшей ненависти Советского Союза к Израилю.

Если вы откажетесь — мол, золото вас не интересует, ваш гид-абориген тут же вспомнит, что у него есть еще один друг детства, у которого самое качественное и дешевое в мире серебро. Откажетесь от серебра — найдется друг детства по бронзе. Я понял: все арабы — торговцы и гиды — друзья детства! Не заинтересуют металлы — будут соблазнять папирусами. Единственной лавкой в мире, где продаются не современные банановые папирусные подделки, нет, а настоящие древние папирусы времен самого Эхнатона и Рамзеса, а чтобы вы не сомневались в их подлинности, они изготавливаются прямо при вас во дворе этой же лавки.

7 – 4554

Наконец, при выходе из отеля, если вы хорошо и дорого одеты, на вас стайкой пираний налетит местная арабская детвора не с просьбой – с требованием милостыни. Эта детвора уже с пяти лет узнает свою добычу по швейцарским часам и прикидам от итальянских кутюрье. Мой совет нашим зажиточным туристам – отправляясь в Египет, купите у какого-нибудь бомжа лохмотья. Или оденьтесь во все отечественное, что в принципе одно и то же. Судя по всему, отцы-арабы и впрямь воспитывают своих детей в цыганском духе.

В один из свободных от музеев дней, будучи на Синае, я решил отправиться с англоязычным арабом-проводником в глубь пустыни до бедуинского поселения. Предстояло качаться на корабле-верблюде около десяти километров.

Вела мой корабль под уздцы девочка-арабка лет десяти с фигурой щепки. Необычайно подвижная, бойкая, босоногая. Лепешки грязи на ступнях защищали ее ноги от горячего песка, а заодно и от скорпионов не хуже, чем мозоли защищают ноги верблюда.

Верблюд ее слушался, и было странно, как такой большой слушается такую маленькую. По ее знаку он приседал, она заскакивала на него с разбега, даже скорее взлетала на его горбы, и окриком, понятным только им обоим, мигом пускала его рысцой. Этим полетом невозможно было не любоваться. В белой арабской накидке она летела по пустыне, как чайка летит над морем. По-английски она уже знала все слова, связанные с деньгами. Естественно, умела пересчитывать по-английски, прямо при клиенте. Мне не хотелось портить возникший у меня образ чайки. Поэтому через своего проводника я постарался объяснить девочке, что если она не будет меня отвлекать от созерцания пустыни своим попрошайничеством, то в конце путешествия я дам ей хорошую премию, и не только ей, но и ее верблюду лично в зубы.

Она обрадованно замолчала минут на пять, и мы лениво поползли по пустыне между барханов.

Я помню это многочасовое путешествие! Небо над нами было высокое, как лоб мудреца с мелкими морщинками перистых облаков. Темные, похожие на грозовые тучи, горы со всех сторон у горизонта окаймляли пустыню, как бы брали ее в кольцо. И все эти горные цепи были похожи в профиль на лежащие у горизонта мумии, которые смотрят в небо с надеждой, что их когда-нибудь оживят.

Если бы мы шли на корабле, а не на верблюде, если бы это была не пустыня, а море, то моряки сказали бы, что наступил полный штиль. Закатное солнце забрало жару с собой за горы. Взамен жары пустыня наполнилась умиротворенностью и равновесием. Песочные волны замерли. Коршун завис в полете. Небо и пустыня, как две чаши весов, уравновешивали друг друга в абсолютном спокойствии. Верблюды ступали осторожно, как на цыпочках, словно боялись нарушить это равновесие. И не верилось, что Земля сейчас кружится и летит в Космосе!

Но! В отличие от меня, моей маленькой проводнице вся эта гармония спокойствия была так же в тягость, как для меня жившие когда-то в квартире этажом выше алкоголики-меломаны, которые под музыку падали по ночам на пол вместе с мебелью.

Уже минут через десять после моей просьбы не трогать меня и не дергать за ногу она начала дергать за ногу моего проводника, чтобы тот обратился ко мне: можно ли ей поговорить со мной если не о деньгах, то хотя бы о жизни. Потому что молчать она не может. Тем более когда впереди ее ожидает такая радость, как премия для ее верблюда. К тому же в бедуинском поселке ее прозвище Радио.

За время нашего путешествия я узнал по Радио все новости их нелегкой бедуинской жизни. У ее отца 300 верблюдов, и всем нечего есть. В школу отец ее не пускает – нечего, говорит, зря тратить время. Надо работать. Он хочет купить еще 300 верблюдов. Им тоже будет нечего есть. Никто из ее сестер не умеет так зарабатывать, как она, несмотря на то что они старше. Но они-то не Радио. А с туристами молчать нельзя, тогда туристы вообще денег не дадут. Я спросил у Радио:

– Может, тебе дают деньги, чтобы ты помолчала?

Радио в ответ хихикнула, как бы согласилась с тем, что я разгадал ее хитрость. Причем тут же похвасталась тем, что, во-первых, в этом году ей удалось заработать как никогда. Во-вторых, еще я ей дам премию. В-третьих – самое главное, – ей скоро исполнится одиннадцать лет, и в школу идти не надо.

— Похоже, — закончила, — жизнь начинает складываться.

Интересно, что мой переводчик-араб, переводя ее слова, явно гордился, что такая маленькая умеет так находчиво выкачивать деньги из туристов, или, как сказали бы у нас, «разводить» клиентов. Он считал это достоинством своей нации. Спасительным задатком подрастающего поколения.

В общем, весь этот арабский «табор» вскоре довел меня до того, что мне искренне стало жаль тех израильтян, которые пытаются договориться со своими соседями. Невозможно по-хорошему решить ни один вопрос с тем, кто принимает твое желание договориться за слабость.

Ни в одной стране я не чувствовал себя постоянно столь растерянным. Когда раздражался, впадал в истерику, сам начинал кричать на приставал, на меня смотрели как на врага всего египетского народа. А когда сдавался — ну, по женской логике, легче согласиться, чем объяснить мужику причину отказа, и когда покупал очередную дикарскую погремушку у очередного торговца, чувствовал себя сильно разведенной простоквашей.

Понимаю, по большому счету я не прав. В любой стране есть свои халявщики, но есть и ученые, врачи, артисты, писатели...

Но лично я после многочисленных поездок по Израилю и путешествия по Египту при слове «араб» вижу теперь лавочника с бусами посреди пустыни, рядом с грустным, недоедающим и облезлым, словно побитым молью верблюдом, у которого не осталось сил даже на то, чтобы прилично кого-то оплевать. А рядом транспарант с надписью на английском (я такой действительно видел): «Кто хочет сфотографироваться с верблюдом, подойти к верблюду и спросить фотографа».

Знания усугубляют скорбь!

Надо признаться, что я готовился к путешествию в Египет как бывший добротный советский студент, впервые выезжающий за границу, которому необходимо сперва пройти партком, профком и сдать экзамены на знание страны назначения самому страшному «кому» – комиссии ветеранов.

Помню, когда я впервые выезжал с группой студентов МАИ в Польшу, меня спрашивали всерьез на райкоме партии, какие удои молока давала средняя польская корова в 39-м году на душу населения. И, что самое удивительное, кажется, я ответил правильно на этот вопрос!

Конечно, сегодня об этом смешно вспоминать. Но в те годы бронированного советского занавеса благодаря первым поездкам за границу, ради которых мы были готовы на все, я узнал, какой по счету американский самолет сбили вьетнамские зенитчики из Узбекистана, какую внеплановую лабуду собрали с близлежащих болот румынские беспризорники к двадцатому съезду партии и сколько пар могилевской обуви 46-го размера было поставлено голодающим детям Парагвая. Хотя я не понимаю до сих пор, зачем голодающим детям Парагвая понадобилась наша обувь.

Перед поездкой в Венгрию на Совете районных

ветеранов мне удалось навечно, бесповоротно заклеймить позором оппортунистический Китай, который, поссорившись с Советским Союзом, перестал закупать противозачаточные нашей баковской фабрики резиновых изделий и переписал заказ на Венгрию. Венгрия напряглась и выпустила за год противозачаточных на все пять миллиардов китайской популяции. Однако Китай вскоре обиделся и на Венгрию за ее послушание советскому режиму и отказался от заказа. Таким образом, благодаря верности нам население Венгрии оказалось обеспеченным противозачаточными на четыреста пятьдесят лет вперед! Если, конечно, каждый венгр будет использовать в день по три пачки.

Вот такой ерундой были забиты головы советских туристов в то незабываемое время товарного дефицита и нравственно-моральной устойчивости. Изучение страны назначения теперь навсегда зафиксировано в каком-то чипе моего генетического кода и останется в наследство потомкам вместе с моими фотографиями.

В общем, собираясь в Египет, по старой советской традиции я решил: чтобы не позорить Отчизны и не выглядеть невеждой в глазах гидов, прочитать хотя бы учебник истории за 6-й класс. С очень красивыми картинками пирамид. Надо признаться, из этого учебника я узнал много нового для себя. Прочитанным делился с друзьями. Друзья были поражены, спрашивали: откуда я так много знаю? Вдохновленный успехом, я перешел к более сложной литературе — приложению к детской энциклопедии «Мифы и легенды Древнего мира» с картинками.

Вскоре друзья начали избегать встреч со мной. Они комплексовали, поскольку поддержать разговор не могли, и беседа превращалась в монолог. Никто не мог понять, неужели я не шучу, когда так пылко рассказываю о божественной любви египетской богини Изиды к ее брату Осирису. Многие перестали со мной встречаться. Я же, в свою очередь, стал пересказывать им прочитанное по телефону. Естественно, слегка подглядывая в текст. Поэтому сыпал таким количеством имен и дат, что мне кое-кто посоветовал немедленно сойти с диеты, потому что у меня начался явный приступ обострения памяти. Несколько человек откровенно посетовали на то, что в России бесплатные телефонные разговоры. А перед самым отъездом я окончательно напугал всех тем, что по возвращении покажу им слайды.

Я давно заметил, что если вы начинаете нервничать от того, что у вас задержались допоздна гости, самый верный выход из положения – начать развешивать на стене простыню, приговаривая: «А сейчас давайте посмотрим слайды нашего путешествия с детьми в Турцию». Гости тут же начинают собираться по домам – мол, неотложные дела в два часа ночи.

Как бы там ни было, я ехал в Египет подкованный. Меня не смог бы засыпать не только совет наших, но и египетских ветеранов. Даже комитет фараонов-мумий оценил бы мои знания!

Ведь я прочитал не только традиционных историков, но и труды самых продвинутых. Тех, кто называл себя контактерами. Один из таких контактеров, например, установил связь с мумией в Эрмитаже. И та нашептывала ему все секреты человечества, когда они оставались наедине. Из всей этой истории меня заинтересовало – как им удавалось в Эрмитаже остаться наедине?

Другие контактеры получали информацию непосредственно из Космоса, периодически выпадая в астрал. За что я называл их про себя астралопитеками.

У одного из них в предисловии я прочитал фразу, отдающую некой космической эротикой: «Я был в контакте с Бетельгейзе». Слава Богу, благодаря пятерке по астрономии в школьном прошлом я знал, что это звезда, а не немецкая актриса-куртизанка.

И вот когда, извините, он находился на этой Бетельгейзе, ему поведали, естественно, бетельгейзеры, что пирамиды на земле построили их предки. Это были пульты управления термоядерными реакциями в ядре земли. Через эти пульты они нас включали и выключали. Настраивали на правильную волну. Но это было давно. Сейчас плюнули и улетели. Сказали: «Бесполезно. Выключай не выключай, все равно у землян энергия не по вектору. Что-то в программе сбилось». И отлетели они дружно в мир иной, оставив на земле в летающих тарелках лишь своих наблюдателей, как ООН в Чечне. То есть мы для Космоса, как Чечня для России – геморрой.

Но больше всего мне понравилась версия некой

астралопитечки, которая с непреклонностью женщины постбальзаковского возраста доказывала, что пирамиды построили пришельцы с Сириуса – сириусяне или сириусята, не важно. Важно, что в то время (давно это было) они были главными в Космосе, как в Москве теперь солнцевские. Они на Землю ссылали своих провинившихся. Как бы уголовников. Как бы на поселение. «На химию». То есть Земля для них была как бы зоной. А пирамиды – вышками, на которых находились вертухаи.

Наши допотопные предки их приняли, естественно, как бы за богов, потому что те показывали разные чудеса: лазерные фонарики, наушники в ушах, телевизоры в ногтях...

В общем, уже задолго до путешествия меня интересовало все.

Например, почему пирамиды строились для погребения фараонов, при этом до сих пор ни одной мумии фараонов не найдено в пирамидах? Почему все, кто пытался проникнуть в тайны пирамид, пробраться к их недрам, закромам, погибают потом от болезни или от какой-нибудь случайной катастрофы? По какому закону продукты, помещенные на дно пирамид, остаются всегда свежими, как в морозилке, а лезвия ножей самозатачиваются? Куда, наконец, смотрит умоляющим взглядом сфинкс? Как будто окаменевший небожитель не успел вовремя стартануть с гибнущей цивилизации и теперь ждет, когда за ним прилетят? Наконец, кто отбил ему нос? А главное, зачем?

Но больше всего меня потрясла книжка не историка и даже не контактера, а врача, который утверждал, что расстояние между всеми нерасшифрованными шедеврами древности одинаковое. Ну, например, между египетскими пирамидами и мексиканскими. Мексиканскими и статуями каменных богов на острове Пасхи. Между гималайскими пирамидами и египетскими, египетскими и Стоунхенджем в Великобритании, и так далее... В эту схему даже вписывался у него злополучный Бермудский треугольник, на дне которого, кстати, ученые тоже предполагают, есть пирамида. Причем равно это расстояние числу, от которого не просто содрогаешься, а оторопь берет – 6666 километров! И трех-то шестерок многие люди избегают, говорят, что такое сочетание лишь у дьявола на затылке, а четыре шестерки – разве что на номере московской машины Бориса Березовского!

Как признался сам автор книжки, он измерял эти равноудаленности не по земле, нет, – по глобусу, и чуть ли не мягким швейным сантиметром. Это только российского человека могло осенить, даже скорее вступить ему в голову – сделать подобное!

Я вообще думаю, что когда ученые скрупулезно накапливают много информации, они начинают в ней путаться как в паутине, и тогда для какого-нибудь сногсшибательного открытия требуется дилетант. Дилетанту легче фантазировать. Он спортивной легкой походкой идет туда, куда отяжелевший от груза знаний ученый никогда не пойдет. Недаром именно дилетант Шлиман открыл в девятнадцатом веке Трою. До него все уверены были, что мифы – это сказки. А Троянская война – это миф. Шлиману повезло. Его не приняли в общество археологов. Сказали – недоучка. И это был его успех. Он и до провала был упорным, а стал еще упорнее. Несколько раз подряд внимательно перечитал Гомера, предположив, не без основания, что Гомер был не сочинителем, а летописцем. Не Радзинским, а Нестором. Изучил, как прилежный школьник, каким путем двигалось войско Агамемнона на Трою? Как светили этому войску звезды? Куда дули ветры? Справедливо рассудил, что в мире меняется всё: государства, народы, языки, традиции... А звезды светят и ветры дуют всегда в одном направлении. И пошел он путем войска Агамемнона на Трою. И попал! Попал успешнее самого Агамемнона! Нашел то, что тот только мечтал найти. С тех пор археологи стали относиться к мифам не как к небылицам, а как к руководству, где копать! И начали перечитывать мифы, легенды с вниманием детей, которые читают приключенческие книжки о пиратах, где авторы точно рассказывают, под какой горой пираты зарыли сокровища.

Надо признаться, я сначала не поверил в такие необъяснимые совпадения. Сам купил себе глобус, мягкий сантиметр, понимая, что измерять расстояния линейкой по глобусу – кощунство по отношению к моему инженерному прошлому. Заперся в кабинете, как в детстве запирался, чтобы тайком от родителей поглядеть альбом художника Рубенса – для нас Рубенс тогда был эдакой бессовестной эротикой; теперь смешно это вспоминать. Ну и, естественно, начал мерить. Естественно, умножая на масштаб. Действительно, шесть тысяч шестьсот шестьдесят шесть! У меня зашевелились волосы, словно я вдруг оказался в невесомости.

В это время затрезвонил телефон. Звонил тот самый приятель, который советовал мне сойти с диеты.

– Что делаешь? – спросил он.

Находясь все еще в шоке, я ответил, не понимая, какую вызову реакцию:

– Измеряю глобус!

Приятель немножко помолчал и так осторожно спросил:

– И как?

– Все сошлось! – ответил я, гордый за наших русских дилетантов-первооткрывателей.

Он долго и задумчиво молчал. После чего не нашел ничего лучше, чем спросить меня:

– Ты еще на диете?

– Да, а что?

– Сойдешь – перезвони! А до тех пор, прошу, не удручай и не грузи меня!

Короче, после всего прочитанного перед поездкой мое воображение опухло. Оно не давало мне спать, давило на мозг, как давит диафрагма после обжорства. Мне снились по ночам сириусенок Осирис, его внебрачный сын Александр Македонский, мать Александра, в прошлом воплощении богиня Изида, которая была сослана на Землю «на химию» собирать кукурузу, но хотела сбежать, а ее летающую тарелку в районе Бермудского треугольника съело лохнесское чудовище, которое работало на пирамиде вертухаем с четырьмя шестерками на затылке.

Уставший романтик

Почему нас так тянет к загадкам истории? Потому что, поняв, что было в прошлом, мы можем понять, что случится с нами в будущем. Ведь история – это бесконечная спираль, по которой медленно, божьей коровкой, карабкается человечество. Важно только определить, до какого витка эта букашка докарабкалась. И тогда не будешь смеяться над своим прошлым, понимая, что это твое будущее!

Надо признаться, я никогда не был особенно скромен. Поэтому, собираясь на свидание к первому чуду света, был уверен, что уж я-то разгадаю загадку загадок, тайну тайн, как только прикоснусь к ней взглядом, точнее, душой. Хоть я и не контактер, в астрал последний раз выпадал в студенческие годы и ненадолго.

Однако у пирамид меня ожидало разочарование. Народу в пустыне было не меньше, чем в ГУМе в советское время, когда выбрасывали в продажу польские кроссовки. Хотелось мировой души, а вокруг была мировая толпа.

Японцы крупой рассыпались по пустыне и повсюду фотографировались. На каждом доступном выступе каждой пирамиды, с охраной, с проводниками, стоя рядом с верблюдом, сидя на верблюде, в обнимку с верблюдом... Вообще, путешествуя по разным странам, я каждый раз удивлялся, сколько в мире японцев-туристов! Как будто на земле перепроизводство их, а не китайцев. И все увешаны своей фото-, видео-, киноаппаратурой, как новогодние елки шарами.

Правда, надо отдать японцам должное – они самые дисциплинированные туристы в мире. Подъехал автобус, все рассыпались по достопримечательностям, сфотографировались и по команде дружно, как пионеры, всосались обратно в автобус. У старика Дурова был такой аттракцион – мышиная железная дорога. Мыши по его команде очередью заползали в вагоны поезда, поезд трогался, а удивленные мыши тихо глядели из окошек.

Японцы, как эти мышки: сдержанные и тихие. Они так же смирно и внимательно смотрят из окошек туристических автобусов всего мира. Никогда не кричат, как наши, через всю пустыню: «Ты чего, придурок, батарейки у фотоаппарата не поменял?» Главная задача для них – сфотографироваться рядом с шедевром. Я видел, как в Лувре японец фотографировал свою жену на фоне Джоконды, а она его – прислонившимся к Аполлону Бельведерскому. Для них Лувр был чем-то вроде фотоателье. Но, в отличие от наших, они все-таки не пытаются в этом фотоателье обнять Венеру Милосскую, приставить к ней свои руки или, скажем, голову жены – к Нике Самофракийской.

Совсем другое дело итальянцы. Итальянцам не обязательно фотографироваться. У них дома своего антикварного добра и развалин навалом. Поэтому итальянцы путешествуют по миру, чтобы шуметь. От переизбытка энергии, которую им некуда деть в своей маленькой стране-сапожке. Они больше всего похожи на нас по духу. Любят тусоваться, от излишнего темперамента тоже разговаривают руками. Если, скажем, в Берлине или в Каннах ночью вы издали заметите шумную толпу – это или итальянцы, или русские. Если наших кавказцев одеть поприличнее и сильно надушить, получатся итальянцы.

Англичане путешествуют мало. Похоже, у них за два столетия колониальных войн вообще истощилось желание таскаться по миру.

Меньше англичан по миру путешествуют только шведы. Им хорошо у себя в Швеции, как в пансионате для престарелых. Скандинавам вообще путешествовать незачем, у них и дома пива достаточно.

Путешествующих испанцев, наоборот, много. Испанцы – почти итальянцы. Но одеты беднее. Они еще меньше любят работать. Самая длинная сиеста в мире – в Испании. Так что просто не хватает времени на производство хороших товаров. У них даже есть примета: если вступишь на улице ногой в собачью мину, то это к счастью. Им легче придумать примету, чем убрать на улице. Впрочем, нам это знакомо.

Китайцы лицами похожи на японцев. В плавках на пляже китайца от японца отличить невозможно. Но это на первый взгляд. А вглядишься – у китайца значительно напряженнее спина. Чувствуется: за этой спиной исподтишка наблюдает Коммунистическая партия Китая.

Самые напряженные лица и спины у северных корейцев. Но одеты корейцы так же, как вьетнамцы. То есть как наши ученики в ПТУ. Кстати, путешествующих вьетнамцев я не видел нигде в мире, кроме как в аэропорту Шереметьево.

Немцы, так же как итальянцы, любят пошуметь,

но только после пива. То есть во второй половине дня. В первой половине дня немцы больше напоминают финнов. На пляже рядом с большой компанией немцев лучше не располагаться. Потому что на пляже они пьют пиво с утра и к обеду уже заглушают даже итальянцев. Немцы всегда одеты в спортивное, они рослые и этим отличаются от таких же блондинистых финнов.

Финны в прошлом лесорубы, а лес всегда удобнее было рубить, будучи приземистым. В отличие от немцев, финны напиваются сразу – даже пивом – и шумят недолго. Быстро обмякают, превращаются в полуаморфные тела. Им очень подходит кликуха, данная российскими путанами, – «финики»: мягкие и годные к употреблению.

Французов в путешествиях почти не видно и не слышно. Они не унижаются, не самоутверждаются ни шумом, ни излишествами в моде. Они просто презирают все остальные народы мира уже хотя бы потому, что у остальных нет Парижа. К тому же у них, французов, было самое большое количество революций, людовиков, наполеонов. Они законодатели моды в вине, еде, одежде... У них самый сексуальный язык в мире – так считают они сами. И еще им удалось внушить всему миру, что у них самая красивая в мире башня – Эйфелева! Хотя издали она похожа на гигантскую ногу для высоковольтной линии передач.

На самом деле все это высокомерие мгновенно сбивается с любого француза, если к нему обратиться на его родном языке. Достаточно всего пары слов: «Силь ву пле, месье» или «Силь ву пле, мадам». Он тут же станет приветливым, как таиландская массажистка. И готов будет перейти с вами даже на английский – язык его врагов со времен битвы при Ватерлоо.

Поэтому французы сразу отворачиваются, когда видят наших или американцев. Американцев они презирают за то, что те приходят в самые дорогие рестораны в шортах, громко и смачно сморкаются и разводят бордо пепси-колой. А русских сторонятся потому, что русские не могут выучить даже «Силь ву пле». Ну не умещается в русской голове даже пара иностранных слов. Поэтому русские обращаются к французам сразу на русском, а чтобы французы поняли, спрашивают громко: «Слышь, где тут можно пожрать?»

Для меня загадка: зачем путешествуют американцы? Взбираясь на Акрополь, они жалуются, что там нет закусочной или пиццерии около Парфенона. Американская молодежь во всех уголках мира в наушниках: перед пирамидами, в горах, на берегах морей, на Эйфелевой башне... Я видел американскую тинейджерку, которая на французской комедии в «Комеди Франсез» сидела в наушниках и, естественно, шурша попкорном, пританцовывала на стуле.

Американцев очень легко узнать в любой стране мира по фигурам. Благодаря гамбургерам и антибиотикам, которые они употребляют одновременно, все расширены книзу, как будто у всех в штанах памперсы. Философы считают, что у американцев никогда не будет революции, потому что у них на это недостаточно времени между едой.

В отличие от французов, которые гордятся собой скрыто, американцы, наоборот, гордятся открыто, напоказ. Я считаю, что они могут стать всеобщей планетарной бедой, потому что даже слово «Я» пишут с большой буквы: мол, они главные на земле! И все должны их слушаться. Иначе они пожалуются своему президенту, и тот прикажет разбомбить любую страну, обидевшую их туристов! Самое страшное — это слушать в путешествиях, что спрашивают американцы у гидов. Например, там в пустыне американец спросил у сопровождающего: «Фараон Хуфу, когда строил пирамиду, считал, сколько в долларах ему это вышло?»

Уже через 15 минут, стоя напротив пирамид, я с грустью ощутил, что ничего не чувствую, кроме раздражения на мировую толпу. А еще точнее, на самого себя. Хотелось быть романтиком, а я оставался сатириком. Правильно сказал кто-то из моих друзей: «Сатирик — это очень уставший романтик».

Эксклюзивное подземелье

Мне ничего не оставалось делать, кроме как невероятным усилием воли выдавить из себя сатирика, присоединиться к мировой толпе, стать ее частичкой. Не так легко это было сделать. Ведь я был одет эксклюзивно, а они все вокруг по сравнению со мной выглядели как портянки.

Я же всю самую темпераментную часть жизни провел в бесцветном инженерно-советском прошлом. Как мы одевались? В серые, как спецовки, костюмы фабрики «Большевичка». Врачи, инженеры, артисты, летчики — мы все были похожи не на население, а на персонал огромного рабочего цеха под названием СССР. Когда я купил себе светло-серый костюм, я, помню, смотрелся ярким, вызывающим пятном на фоне всей нашей кафедры. Обувь мы носили двух фабрик: «Буревестник» и «Скороход». Когда эти туфли стояли на полках обувных магазинов пара к паре, то изяществом исполнения напоминали сложенные на стеллажах снаряды зенитного комплекса.

Теперь мы все, выходцы из нашего советского детства, мстим нашему серому прошлому, одеваясь уже с утра в самое дорогое. Только наши женщины в гостинице на завтрак приходят в золоте, а мужчины даже на лыжах иногда катаются в галстуках.

Поэтому неудивительно, что, отправляясь в пустыню, как и подобает выпускнику закомплексованной советской юности, я нарядился во все самое откутюристое, как будто пирамиды будут со мной особенно откровенны, если увидят на мне шорты от Ферре и очки от Гуччи.

Поэтому, как только, как и все в толпе, я решил в этом околопирамидальном пространстве заняться общественно-полезным делом — сфотографироваться на фоне пирамиды, причем на слайдовую пленку, чтобы потом было чем выгонять из дому засидевшихся гостей, и полез на пирамиду, туда, ввысь, с грацией объевшегося медведя-гризли в очках Гуччи, ко мне тут же подбежал какой-то араб несчастной внешности и, махая на меня руками, как ветряная мельница на Дон Кихота, стал снизу кричать, что залезать на пирамиду строго запрещается. Лицо у него было такое, как будто по египетским законам мне сейчас грозило пожизненное заключение в каирской тюрьме, по сравнению с которой наша нижнетагильская зона – парижский клуб. Он был в гражданском, пояснил, что начальник охраны, хотя по лицу, скорее, напоминал бомжа, живущего в каирской канализации. Правда, при этом настаивал на том, что поставлен здесь государством. Я, естественно, понял это как вымогательство и предложил ему денег, чтобы он меня сфотографировал сам. Произошло невероятное: араб отказался от денег! Даже извинился – мол, не положено. Хотя один раз, так и быть, сфотографирует! Но бесплатно. Исключительно из уважения к тому, что я русский! Ведь его папа был летчиком и летал на русских самолетах. А то, что я из России, он догадался по моим шортам Ферре и очкам Гуччи.

«Какой благородный араб!» – порадовался я и предложил уже денег чуть больше. Чтобы он сфотографировал меня еще раз. Но он снова отказался! Правда, за мое намерение осчастливить его проникся ко мне таким уважением, что предложил посмотреть неподалеку не какие-нибудь банальные пирамиды, а тайные, сегодняшние, свежайшие раскопки. Туда туристов еще не возят, но для меня, как для русского, он сделает исключение. Тем более что у меня глаза, как и шорты, человека непростого, а значит, я смогу по достоинству оценить эти раскопки. Из его рассказа я не понял, о каких раскопках вообще шла речь. Английских слов он знал столько же, сколько и я. Но почему-то это были другие слова.

Он сразу подчеркнул, что за такой осмотр придется заплатить. Но не ему, а тамошним охранникам. Правда, они тоже денег не берут, но ради русского возьмут, потому что их папы тоже летали на русских самолетах.

– Куда идем? – спросил я в надежде, что хоть что-то увижу эксклюзивное, соответствующее моим звездным шортам.

– На запад, – ответил сын летчика и показал рукой, точь-в-точь как Саид в «Белом солнце пустыни».

Мы прошли по пустыне на запад всего пятьсот метров. Раскопки появились неожиданно, вынырнув буквально из-под земли. Это были траншеи, как наши окопы военной поры, только выдолбленные в камне. Кое-где темнели входы в подземные катакомбы, словно норы анаконд. В них чертовски хотелось заглянуть.

Мой гид, не замедляя движения, провалился в одну из этих нор так ловко, как будто проделывал это несколько раз в день. Я последовал за ним, но менее элегантно, сняв очки и боясь за шорты.

– А кому платить? – спросил я. – Что-то не видно никого.

– Отдадите позже. Я им передам. Они все до завтра на обеде.

Мой импровизированный гид включил фонарик, и мы пошли вдоль его лучика в каком-то потустороннем мире. Вдруг он остановился и с максимальной важностью, шепотом, сказал мне:

– Смотрите. Стену видите? Вот! Это очень древняя стена! Вам нравится?

На мой вопрос, какого века это подземелье, он

ответил: настолько древнее, что, когда родилась его бабушка, оно уже было.

Наконец он завел меня в глубь этого загадочного лабиринта, который, судя по всему, арабы вырыли специально, чтобы заводить жаждущих эксклюзивных зрелищ русских туристов. Мы находились, естественно, в очень древней комнате. В ней пахло сыростью, плесенью и пылью истории. Она была абсолютно пустая. Земля сверху давила, и можно было только порадоваться за мумии, у которых нет клаустрофобии.

Вдруг мой гид закричал таким голосом, словно увидел тень отца Рамзеса Второго:

– Смотрите, смотрите, вот сюда, вниз, на пол!

Я посмотрел. В зайчике его фонарика полз маленький жучок.

– Это очень редкий жучок! – сказал он мне. – Вам сегодня очень повезло, что вы сюда попали, иначе вы бы никогда в жизни не увидели этого жучка. – Он назвал имя жучка – оно было длиннее, чем полное имя бен Ладена.

– А какого времени жучок? – спросил я, потому что надо было что-то спрашивать.

– Очень древний. Вы всю жизнь будете гордиться тем, что его видели.

После этого утверждения мой гид сделал серьезное лицо государственного работника и постарался объяснить мне, что за такую экскурсию надо платить не меньше пятидесяти долларов, потому что эти раскопки сторожат пятьдесят охранников. Все-таки то место, где мы находимся, – египетская государственная тайна. А в Египте она меньше, чем за пятьдесят долларов, не продается. Причем платить надо именно сейчас. Иначе, судя по его тону, я рисковал навсегда остаться здесь и превратиться в мумию, покрытую исторической плесенью. И что самое страшное — никому не смог бы рассказать, что видел жучка.

Журналисты меня часто спрашивают: «Над вами когда-нибудь смеялся кто-нибудь так, как вы смеетесь над другими?» Теперь я знаю, что я буду им отвечать. Смеялся! Секьюрити! Сын летчика. Он до сих пор, наверное, смеется! Во всяком случае, когда мы вышли из катакомб, у него улыбались не только глаза, но уши. Он тут же побежал от меня восвояси, естественно, отдавать пятьдесят долларов другим сыновьям летчиков. А я грустно пошелестел по барханам обратно, переживая не столько из-за пятидесяти долларов, сколько из-за испачканных навсегда пылью вечности шорт Ферре... А еще из-за того, что не успел сфотографироваться на слайд... с жучком!

Чудеса на свете случаются

Дня три я переживал из-за того, что мое свидание с пирамидами оказалось неудачным. Правда, нет худа без добра. Я невольно стал скромнее. Очки Гуччи разбились, шорты Ферре истрепались. Поэтому я купил на арабских рыночных развалах самую дешевую туристическую дерюгу, на которую местные египетские кутюрье специально для наших туристов из глубинки пришили этикетку с надписью русскими буквами «Адидас».

Зато теперь, когда я выходил из гостиницы, местные бомжи не только не приставали ко мне, но и смотрели на меня с жалостью.

Правильно сказал кто-то из моих коллег: «Будь скромнее, и люди к тебе потянутся. Причем правильные люди!» Уже на следующий день после покупки дерюги мне повезло с правильным гидом. Нет, не повезло... Я не прав. Скорее всего, бог Ра мне сделал подарок за мои переживания.

Новый гид абсолютно был не похож на предыдущих. Молодой, неживотастый, веселый; его глаза не играли в прятки, пытаясь меня одурачить. Он даже не чесал рукой под брюками в области паха, как это постоянно делают арабы прямо на улице. Вообще, было похоже, что он спрыгнул с какого-то фрагмента древней фрески. Действительно, оказался не арабом, а коптом. Потомком тех древних, настоящих египтян, которые еще сохранились в Египте и основное занятие которых – с утра до вечера делать вид, что они дружно уживаются с арабами. С последними его роднило только то, что его мама тоже училась в Москве и до сих пор, как он сказал, тащится от русской литературы и сейчас читает Пелевина.

Он очень неплохо говорил по-русски, хотя в России ни разу не был. Знал, например, такие слова, как «разборка», «новый русский», «развести», «лох». Видимо, мама зачитывала ему вслух из Пелевина. Он даже знал выражение «в натуре», но пристраивал его в своей речи совершенно некстати. Например, спросил меня: «Как вас, в натуре, звать?». И я ему, в натуре, ответил, как, в натуре, мое имя.

Он сказал мне, что русские туристы ему нравятся, они веселые, общительные, но вот в последнее время он иногда чувствует себя лохом, потому что не знает, чего от них, в натуре, ожидать. Например, один из его клиентов поздно вечером выпил в баре, после чего сказал: «Что бы такого веселого придумать? Пойти, что ли, соседу по номеру морду набить?» А на вопрос «зачем?» ответил: «Хочется сделать что-то полезное для человечества». И моему гиду было непонятно, что в этом полезного для человечества.

Другой наш турист, напившись, ночью прыгнул в одежде в бассейн. Ну, просто разбежался и прыгнул. От радости. И начал в бассейне кричать, бить руками по воде, булькать под водой, забрызгал все вокруг бассейна. Проходящие мимо немцы за него испугались, думали, человек тонет. Начали вытаскивать. От радости, будучи мокрым, принялся всех обнимать. Они думали, что он так выражает им благодарность за спасение. И наутро устроили скандал администрации гостиницы, что вокруг бассейна ночью не вытирают. Скользко. Русский турист свалился в воду. Им же на ум не могло прийти, что он сам прыгнул туда в одежде. В результате перед нашим извинились, принесли ему в номер бесплатно фрукты и шампанское! И носили каждый день, и каждый вечер он прыгал в бассейн. И они думали: «Вот дурной русский, в одном и том же месте все время падает в бассейн».

Мы совершили с моим новым знакомым этакий бартер. Под строжайшим секретом я ему поведал, что у нас, у русских, вообще мощнейшая энергия.

Но она без вектора. Тем не менее мы научились кое-чему у Запада. И у наших «новых русских» уже появились в речи неопределенные и определенные артикли: неопределенный – «типа», а определенный – «конкретно»! Объяснил ему также, что означают новые, внушающие уважение любому русскому словосочетания, типа «дуть в уши», «колбасить в кислоте».

За это копт поведал мне тайные слова, после которых даже арабы с бусами должны были меня зауважать настолько, чтобы убежать от меня восвояси. Я не знаю, что означали эти слова. Их было трудно перевести на русский – так же, как объяснить арабам, что означают наши выражения «колотить понты», «навинтить гайку» или «серпом по рейтингу», не говоря уже о «лохматить бабушку». Похвастаюсь лишь тем, что уже через три дня я научился эти арабские слова произносить почти без акцента. Арабы застывали со своими ювелирными изделиями в руках, превращаясь в монументы самим себе. Провожали меня взглядом, в котором сквозь ненависть, как сквозь ситечко, просачивались уважение и непонимание, как это: я иностранец – и не лох. Я считаю, израильтянам эти слова надо преподавать в начальной школе.

Забегая вперед, скажу, что мой новый молодой друг вскоре похвалил меня. Он отметил мое хорошее чувство юмора и даже сказал, что мне надо когда-нибудь стать юмористом. Еще сказал, что я не похож, в натуре, на нового русского туриста, потому что в историческом музее ни разу не обратился к нему с вопросом, с кем можно поговорить, чтобы купить что-то из сокровищницы Тутанхамона?

– Нет, вы не новый русский, – закончил он мне свое признание. – Не надо мне колбасить в кислоте!

И я во второй раз в своей жизни, уже с ним, отправился к пирамидам!

Вечерело, солнце нехотя обогревало пустыню. Нехотя вез нас таксист.

– Уже поздно, – объяснил он. – Вас не пустят.

– Куда не пустят? – спросил я. – В пустыню?

– Да, – ответил он, – ворота в нее закрываются в пять.

Действительно, когда мы подъехали к пустыне, я увидел ворота. Хотя забора не было. Просто посреди пустыни стояли ворота. Этакий сюжет для Сальвадора Дали.

В этот вечер бог Ра сделал мне второй, самый чудесный, подарок. Он испортил погоду! Причем настолько испортил, что отсек пирамиду на весь вечер от мировой толпы. Вдруг подул ветер, который в литературе обозначается обычно словом «нехороший». Еще с дороги видно было, как ветер поднимает в пустыне первые угрожающие вихри и выдувает ими из пустыни последних туристов. Эти вихри взвивались от пирамид вверх, словно пытались сорвать с неба раскрасневшееся солнце, которое начинало остывать быстро, как электрическая плитка, которую выключили из розетки.

Зато пирамиды оживали на глазах! Их рабочий день закончился досрочно! Они не были больше фотоателье и первым чудом света. Они радовались этой гудящей непогоде и как будто хороводили вместе с песочными вихрями, которые срывались с барханов, точно брызги с морских бурунов в бурю.

И за всем этим непогодным беспокойством в пустыне опять чувствовалось вращение земли, и пирамиды маленькими грузиками уравновешивали это вращение. Может, они всегда и были гирьками на весах трехмерной истории человечества, одна из осей которой — вечность тонкого мира.

Мой гид-копт все эти новые теории контактеров, фантазеров и прочих ведьмаков считал кощунством над прахом его дедушек. Он мне с особой тщательностью рассказывал, как строились пирамиды, какие использовались людьми рычаги, как клались одна на другую плиты... В конце концов, словно обиженный ребенок, выпалил: «Это был труд многих тысяч наших предков. А вашим ученым пора закрыть вентиль, понятно? Это-это-это, — он долго пытался подобрать правильные слова и, наконец, подобрал: — Это базар фуфлометов! — И с боязнью переспросил:

— Я правильно сказал?

— Еще как правильно!

Я ощутил разгадку за этими случайно сказанными от обиды словами моего молодого египетского друга. Конечно же, пирамиды созданы людьми. А все теории про их инопланетное происхождение выдуманы теми недоучеными, которые никогда не держали в руке ничего тяжелее компьютерной мышки и не в состоянии поэтому себе представить, что люди могут столько работать, чтобы создать такое чудо.

Когда я об этом подумал, мне показалось, даже сфинкс подмигнул мне своим подбитым глазом, а от пирамид теплым приветом налетел порыв ветра. Они разрешили прикоснуться к ним душой! Они были со мной согласны.

Вот уже много веков они стоят на планете как памятники нашим человеческим возможностям, напоминанием о том, сколько в нас сил заложено. И о том, что чудеса на свете случаются, но над этим надо много работать.

А все загадки легко наверняка и реально объяснимы. Почему пирамиды поставлены в таких загадочных точках планеты? Так и церкви стоят на каких-то особых местах, и мы тоже пока не знаем, по какому закону! Есть же на теле человека особые точки, которые задействуют иглами, чтобы восстановить энергетические меридианы. Так и у Земли. Она ведь тоже живая, наша матушка Земля. Просто мы еще очень мало о ней знаем. Почему продукты сохраняются в пирамидах? Да потому, что там так же холодно внутри, как в холодильнике. Вот и вся загадка. Почему не найдено ни одной мумии фараона? Потому, что фараоны требовали хоронить себя вместе с их добром. Большая ошибка! Сколько народов, армий в истории из-за этого добра далеко не хирургическими методами вскрывало внутренности этих пирамид. И неудивительно. Говорят, в начале 90-х в Москве, столице уголовной романтики, однажды похоронили одного кореша с тремя его мобилками в золотых корпусах, в браслетах размером с рыцарские латы, с цепью и нательным на ней крестом, чуть ли не снятым с церкви-колокольни святого Иоанна Лествичника. На следующий день могилу разграбили, несмотря на то что охрана стояла. Почему так быстро сработали? Потому что сама охрана это и сделала.

Так что прав мой арабский копт – не надо, ребята, дуть в уши! Разгадка в самом простом. В том, что одни эти шедевры строили, а другие их обворовывали. Самый что ни на есть банальный конфликт истории. А потом нашли виновного – Наполеона. Вроде бы он их раздербанил и даже дорогую обшивку с них снял. Но мне в это не верится. Наполеон хоть и тираном был, но гением. А гений и вор не сочетаются. Посмотрите, ни одного гения нет в нашем правительстве или в парламенте. И нос у сфинкса отбили не наполеоновские солдаты, а мамлюки. Потому что мамлюкам не разрешалось смотреть на лицо божества с носом. Мол, с носом оставить может. У разных народов в истории разное отношение было к анатомии человека. Одним запрещалось ниже пояса смотреть, другим – на лица. Это зависело от развития. Более развитые уже не стеснялись нижней половины туловища, а скорее боялись заглянуть в глаза друг другу. Шедевр тем и отличается, что он показывает человеку, каков его внутренний мир. Например, смотрят люди на Джоконду, а потом один говорит: «Она мне ухмыльнулась», другой: «А мне злорадно улыбнулась», третий: «А на меня посмотрела с надеждой». Поэтому она и шедевр, что каждому показывает, кто он есть и что втайне о себе думает. Ученые про шедевры потом загадки выдумывают, чтобы пиариться. Мне даже довелось прочитать в одной из статей, что написали о загадке Джоконды ученые-медики. Они доказывали, что у Моны Лизы, судя по лицу, множество заболеваний и что она злобная, а улыбка у нее не загадочная. Просто за сжатыми плотно губами она скрывает кариес и несвежее дыхание! Потому что глубоко беременна, никак не может разрешиться от бремени, и от этого у нее начался атеросимптоматический кардиосклероз с хроническим бронхитом пониженной секреции! Отчего и появилась на лице такая кривая улыбка.

От мыслей и размышлений меня отвлекла неизвестно откуда взявшаяся охрана.

– Вам пора освободить пустыню! Иначе не выйдете! Закрываем ворота!

Они действительно закрывали ворота, которые без забора смотрелись так же забавно и одиноко, как раздетые манекены в витрине магазина. Зато они создавали видимость порядка в витрине государства!

Подводное шоу

Не согласен я с выражением: если хоть раз побывал в Венеции, можно считать, что жизнь состоялась. Нет, для полноты ощущений я бы еще советовал поплавать с аквалангом в Красном море. Жизнь тогда можно считать мероприятием «оптиченным».

Правда, в первый раз, как и с пирамидами, мне не очень повезло с Красным морем. Местный инструктор в дороге с упоением рассказывал о чудесах местного подводного мира. Из-за нехватки английских слов пытался жестами описать, какие бывают там рыбы, моллюски, изображал лицом кораллы. Растопыривал руки, стараясь стать похожим на водоросли. Вращал, как краб, глазами. Это несколько скрасило двухчасовую дорогу в безрессорном, пыльном микроавтобусе к тому месту, где это все водилось. В конце дороги мы уперлись в какой-то мол, куда для ныряния свезли, по-моему, всех итальянских туристов со всей Синайской округи. Подводное царство буквально кишело итальянцами, как старый пруд планктоном. Интересно, что итальянцы умудряются быть шумными даже под водой. Они распугали всю рыбу. Казалось, в этом безрыбном пространстве в масках и ластах они просто охотятся друг на друга. Я плавал между их ногами в надежде увидеть хоть что-нибудь из того, что, хлопоча лицом, обещал мне гид. Но похоже было, что от такого гвалта расползлись даже кораллы.

Словом, самое сильное впечатление в этот день у меня осталось от мимики инструктора, который на обратном пути изображал мне те чудеса, которые я так и не увидел.

Зато на следующий день мне опять повезло. За завтраком в ресторане гостиницы меня узнала русская официантка Таня из Днепропетровска. Первым ее желанием было накормить меня булочками, потому что, по ее словам, арабы худых не уважают. Если ты худой, значит, глупый, не можешь заработать себе денег, чтобы достаточно и качественно поесть. Поэтому она, к сожалению, каждый день просто вынуждена есть местную выпечку. Хотя ее друг не местный, не араб. Он шотландец, инструктор подводного плавания. Но поскольку здесь работает много лет, то рассуждает уже как настоящий абориген. Ему тоже нравятся девушки, похожие на булочки.

Я рассказал Тане о своем неудачном опыте подводного плавания между итальянскими ногами. Таня без доли иронии ответила, что сейчас сезон итальянцев. Для меня «сезон итальянцев» прозвучало, как будто итальянцы – это рыба такая, которая тянется в Красное море на нерест. Тем не менее, сказала она, есть места, где их нет. И ее друг знает, где это, и сделает для меня все правильно. Он же европеец.

Европеец оказался мексиканцем, который долгое время жил в Ирландии. Поэтому Таня называла его шотландцем. К тому же он был не инструктором, а любителем подводного плавания. Правда, любителем профессиональным. Но таким полным, что не верилось, что вода его не вытолкнет вместе с аквалангом, как понтон. Его круглое лицо напоминало подрумяненную мексиканскую пиццу с помидорами. Но самое приятное – этот понтон был наполнен интернациональным чувством юмора и латиноамериканской веселухой.

– Конечно, он большую часть жизни проводит под водой, – жаловалась на него Таня. – Практически живет среди рыб. Я бы посмотрела, как он веселился бы, поработай он с мое среди людей, да еще в Днепропетровске!

Мексиканский шотландец сказал, что действительно знает места, где нет итальянцев. Прежде всего, это очень глубоко под водой. А так как там очень опасно, сначала нужен тщательный инструктаж по технике безопасности, после которого я должен буду сдать ему зачет. Тщательный инструктаж он проводил минуты четыре. Языком полужестов, полуглавных слов.

– Первое и главное. Под водой никого и ничего руками не трогать.

Опасно. Как и у людей – чем привлекательней выглядит какой-нибудь гад, тем он ядовитее. Один раз погладишь, всю жизнь будешь мучиться.

Я вспомнил свою жизнь и согласился с ним.

– Второе. Опустимся глубоко. Если вдруг под водой тебе станет плохо, покажешь мне рукой вот так. – Он повертел кистью, как будто закручивал в люстру электрическую лампочку. – Я же тебе покажу в ответ четыре знака. Первый, – он поднял вверх два пальца – указательный и безымянный, разведенные буквой «V». – Этот знак, – сказал он, – будет означать кредитную карточку «Visa». Следующий знак, – он опустил вниз три средних пальца, – будет означать «MasterCard». – Затем изобразил, как он ест.

– «Diners Club Card», – догадался я.

– Смышленый, – одобрил сэнсэй. – А это что такое? – Он расставил руки и ноги и стал похож на заплывшую жиром английскую букву «X».

– Не знаю.

– Это главный знак – «American Express». Если тебе под водой станет плохо, я покажу тебе по очереди все три знака, ты на один из них мне кивнешь, и я пойму, какой карточкой ты будешь расплачиваться наверху, если я тебя спасу. О'кей?

– О'кей, – ответил я.

И мы после самого сложного в моей жизни экзамена нырнули с ним в долгожданное безытальянское безмолвие.

Когда люди смотрят на что-то очень пестрое, они говорят: «Все цвета радуги». К подводному миру Красного моря это выражение может употреблять только дальтоник. Радуга по сравнению с этим – скряга и скупердяй.

Многие рыбы были разукрашены, как мировые звезды эстрады на сцене. Но неэстрадная тишина придавала им более философский и умный, чем у эстрадных звезд, вид. Рыбы не унижались, не заискивали перед зрителями излишней дерготней и трясучкой. Они плавали очень важно, неторопливо, сознавая собственную красоту. Рыб и всех этих чудовищ было столько, что казалось, от них можно отталкиваться ногами. Говорят, соленая вода особенно щедро разукрашивает живность. Действительно, Балтийское море пресное, и все рыбешки в ней маленькие и серые.

А тут?! Коралловое дно вперемешку с водорослями было похоже сверху на расстеленную ткань для японского праздничного кимоно, из которой с удовольствием пошили бы себе рубахи горячие кавказские кореша и наши иммигранты на Брайтоне. Выражаясь современным языком, подводный мир кишел наворотами. Это было настоящее подводное шоу. Немое, но удивительно впечатляющее.

Водоросли развеваются как в замедленной съемке. Из водорослей выглядывает какая-то рыба, толстая, похожая на автобус. Глаза огромные, как две линзы. Смотрит на нас внимательно, упрямо, точно хочет сглазить. Под ней скала в жабо.

Проскользнула мимо стайка рыбешек таких цветов, которых нет даже в аквариумах у российских финансистов. Какие-то подводные овощи, вроде как грядка патиссонов. У каждого внутри пещерка-ловушка. Выбросишь вперед руку, пещерка, как на фотоэлементе, захлопнется.

Морские ежи и морские огурцы, как начинающие артисты, надулись важностью от сознания красоты собственного костюма.

Кораллы-рога, кораллы-мозги, рыбы-шарики, рыбы-пузыри, рыбы со свинячьими носами, рыбы с индюшачьими хвостами. Медленно проплыло, обогнав нас, какое-то чудовище в юбке-кринолине. Моллюски-блины, моллюски в шипах, точно куски разорвавшейся зимней резины от нашего «КамАЗа».

Нет, на такие чудеса нельзя охотиться. Таких рыб нельзя есть, как нельзя есть елочные игрушки. Их можно касаться только взглядом.

Правда, вся эта замедленная добропорядочность подводного мира существует только пока не приглядишься. А посмотришь внимательнее – какая-то плоская тварь стелется по дну, точно подводная лодка. Думает, ее не видно, судя по всему, уже что-то натворила. Краб дал от нее деру. Огромная рыбина погналась за более мелкой. У самого берега черепаха, отправляясь в свое двухсотлетнее путешествие, чего-то испугалась и втянулась в панцирь. Фиолетовые цветы с желтыми оборочками на выступе скалы заманивают сорвать их. Но прикоснешься – обожжешься. Каракатица прикинулась на всякий случай камнем. Над ней веревками развеваются чьи-то щупальца с присосками.

Вот так миллионы лет существует этот замедленный хищный мир, прикрытый красотой и космическим спокойствием. Мир, недоступный для человека, хотя и живущий по тем же законам.

Как отмыть грехи

О том, что в Египте есть пирамиды и Красное море, знают все. Но далеко не все знают, какая легендарная гора есть на Синайском полуострове. Правда, многим туристам не известно даже, что Синайский полуостров находится в Египте. Он зубом мудрости вдается в Красное море. Весь в горах и пустынях. Со стороны Красного моря оторочен пляжами и морским прибоем. Сюда съезжаются туристы со всех континентов покупаться, погулять по ресторанам, попить дешевого вина и нахлебаться псевдоголливудской жизни за деньги профсоюзов всего мира.

Синай – это египетский Крым. Так же как вокруг Крыма, идут споры, чей он. Арабы, естественно, считают, что Синай был арабским еще до того, как они его заселили. Пылко доказывают, что во время последней войны с Израилем героически разбили евреев и вернули себе исконно арабский полуостров. Евреи не менее убедительно рассказывают, какое сокрушительное поражение в этой войне они нанесли Египту. И только после победы подарили Синай арабам из-за своей вечной еврейской щедрости!

Но, в отличие от Крыма, на Синай тянутся туристы и совсем другого толка. Это те христиане из разных стран, которые если и не соблюдают заповеди, то хотя бы знают, что они есть. И знают, что заповеди эти, согласно легенде Ветхого Завета, пророк Моисей получил от Всевышнего во время восхода солнца на вершине одной из самых высоких гор Синая. Поэтому многие между собой эту гору называют Горой Моисея.

Каждый вечер с наступлением темноты несколько тысяч паломников со всего мира собираются у ее подножия, чтобы совершить восхождение и, подобно Моисею, встретить рассвет на вершине.

Наверняка каждый надеется, что ему на восходе солнца Господь тоже шепнет что-то заветное и укажет оттуда на его личную землю обетованную. И он начнет новую жизнь с первого же понедельника. Говорят, поэтому больше всего народу собирается у горы во вторник. Чтоб не сразу приступать к новой жизни!

К такому испытанию большинство готовится заранее. Берут с собой теплые вещи. Ночью на горе очень холодно. Еще каждый берет с собой фонарик – идти предстоит в свете звезд. Дорога, точнее тропа, осталась не тронутой со времен самого Моисея. Гора высокая и крутая, закрывает собой часть неба, как будто на звездную карту наложили вырезанный из картона ее силуэт. До вершины более двух тысяч метров. Но это если на вертолете. Или если тебя встряхнут и поднимут за шиворот наверх, как мешок с картошкой. А если пешком, петляя, километров одиннадцать. Где идти, где карабкаться, где почти ползком. Главное – успеть к рассвету! Иначе можно пропустить заветное слово. А повторять для опоздавших Всевышний не будет. Это не производственное совещание.

Конечно, тот, кто ленится, может нанять верблюда. Правда, верблюд пройдет только первые километров пять, а дальше начнется такое, что не только верблюд, но сам черт себе ноги переломает. Эту последнюю часть пути сможет пройти только самое выносливое животное в мире – человек!

Зато, согласно поверью, тому, кто пройдет все эти трудности восхождения, не на верблюде, сам, поднимется на гору, Господь там, на вершине, во время восхода солнца простит все его предыдущие грехи. И он спустится с горы, как очищенный от ненужных файлов диск, и со свежими силами будет готов к заполнению новыми грехами.

Очередной нанятый мною англоязычный проводник-араб, этакий Дерсу Узала, сказал, что надо начинать подъем ровно в двенадцать ночи.

– Не раньше? – несколько раз переспросил я его на всякий случай.

«Дерсу» меня успокоил. Он поднимается на эту гору с такими, как я, каждый день, поэтому не надо его учить. Все сделать успеем – и встретить восход, и отмыть грехи.

Когда же мы встретились с ним у подножия горы ровно в двенадцать, он тут же мне заявил, что надо нанять верблюдов, потому что опаздываем, слишком поздно встретились и можем к рассвету не успеть. Мне ничего не оставалось делать, как подавить в очередной раз разведенную гордыню и нанять двух верблюдов. Потому что иначе я бы не успел к рассвету на вершину горы и остался бы с неотмытым «черным налом» грехов на всю оставшуюся жизнь. А во второй раз, клянусь, приезжать в Египет мне уже не хотелось. Потому что хоть Египет и замечательная страна, но в ней есть один существенный для меня недостаток – арабы.

Впрочем, так можно сказать про любую страну. В Америке очень раздражают американцы. В Германии слишком много расплодилось немцев. Италия была бы значительно менее суетной без итальянцев. А если бы из Франции убрать французов, Париж стал бы самым интернациональным городом мира. Единственная страна, которой не подходит такой метод, – Россия. Уберите из нее русских – останется одна грязь. А с населением – грязь вперемешку с веселухой!

В темноте верблюд шел мягко, но быстро, хотя у него не было фонарика. Теперь главное было – не смотреть вниз. Я понимал, что верблюд выбирает самый легкий для него путь, но почему он все время жался к пропасти? Обходя камни и валуны, он раскачивался так, словно пытался катапультировать меня в эту пропасть. Что и произошло бы, если бы меня от страха, когда я смотрел вниз, так плотно не заклинило между его горбами. Мне все время хотелось сказать верблюду: «Смотри, подлец, себе под ноги!» Но верблюд гордо смотрел вверх. Может, поэтому и не боялся пропасти, что просто не видел ее. Опустить голову было ниже его фрегатного достоинства.

Есть святое правило. Если, скажем, на приеме у

английской королевы вы не знаете, как вести себя за столом, следите за тем, кто умнее вас в этой ситуации, лучше всего за королевой, и просто старайтесь обезьянничать. Здесь, на Синае, синайский верблюд был настолько умнее меня, насколько умнее его я на российской сцене. Поэтому я стал подражать ему и тоже гордо смотреть вверх, на вершину темного силуэта горы.

Тоненькой космической спиралью заползали на эту гору тысячи грешных фонариков. Мерцая и подрагивая, они карабкались по темному силуэту горы и там, в вышине, превращались в звезды, плавно перетекая в Млечный Путь — главный большак нашей Вселенной.

Бедный пророк, или Еврейское счастье

О пророке Моисее я вспомнил, когда дорога круто изогнулась вверх, как спина испуганной кошки. Даже верблюд начал упираться, фыркать в ответ на понукание, как будто это был не верблюд, а осел. Он недоуменно глядел вверх на звезды и не мог понять, зачем его заставляют карабкаться на небо, он же не цирковой.

Целые группы паломников уже останавливались, чтобы перевести дыхание. Были сошедшие с дистанции. Они возвращались со взглядами футболистов, проигравших ответственный матч.

«Бедный Моисей», — подумал я. Он ведь, в отличие от нас, несколько раз подряд поднимался на эту гору — и без фонарика, один. Вообще, перечитывая перед поездкой Ветхий Завет, адаптированный для самых маленьких, я пришел к выводу, что все пророки у евреев были очень беспокойными. Они никогда не давали спокойно пожить своему народу. Все время их гнали куда-то. Но самым непоседливым был Моисей. Шутка ли, в одиночку уговорил шестьсот тысяч человек уйти из Египта на поиск непонятной земли обетованной.

Тут у любого логически мыслящего человека возникнет вопрос – как вообще в Египет попало шестьсот тысяч израильтян? Причем сразу. Египет с Израилем в то время никогда не воевали по одной простой причине – Израиля не было. Было что-то вроде деревни Израйлевки.

Одно время Египтом правил практически израильтянин Иосиф. Фараон Иосифа очень любил за то, что тот умел разгадывать его сны и, в отличие от фараонова окружения, мог в уме умножать на десять. За это фараон назвал Иосифа Мудрейшим из Мудрейших и управление страной доверил ему. А себе оставил только два дела: есть и спать. И оба справлялись с обязанностями. Практически Иосиф был в истории первым ученым-евреем при правителе. Потом этим изобретением многие пользовались. А в то время это ноу-хау было настоящим хау-ноу.

И начали будущие евреи перебираться друг за другом потихоньку к Иосифу, под его крышу из своей Израйлевки, где им на всех счастья и золота уже тогда не хватало. Не знали они еще будущей мудрости: «Несчастен не тот, у кого мало, а тот, кому мало!»

Иосиф опять-таки был первым в истории, кто

показал пример, как надо пристраивать своих на теплые местечки. Дальним родственникам подарил художественные салоны по расписыванию храмов... Для ближних организовал новые великие ударные стройки пирамид, открыл шопы, бутики.

В общем, так хорошо стало переселенцам в Египте, в этих тепличных условиях, что стали они очень быстро размножаться. Это совсем не понравилось аборигенам, которые к тому времени тоже научились умножать на десять в уме – недаром считается, что евреи – это умственные дрожжи любой страны. Особенно не нравилось аборигенам, что переселенцы считали себя первопроходцами, в то время как местные считали их первопроходимцами. Начались волнения. Фараон от решения возникших проблем укрылся в самом укромном месте – на том свете. На смену прежнему правителю пришла новая династия фараонов – совершеннейших антисемитов. Новая администрация и Иосифа, и всех евреев с их насиженных мест погнала, страшно сказать, на физические работы! Что уже тогда для евреев было равносильно плену. Более того, отняла все права, по-современному – лишила гражданства. И стали евреи в Египте негражданами. Сокращенно – неграми. Так что первые негры в Африке были евреи.

Что такое кризис? Как говорил, хитро прищурясь, дедушка Ленин: «Кризис – это когда верхи не могут жить по-старому, евреи – не хотят!»

Тут и появился Моисей! Для начала, чтобы завоевать симпатии соотечественников, «замочил» египтянина. Его тут же признали как авторитета.

Потом сбежал на Синай, где долгое время жил в шалаше, как Ульянов в Разливе.

Однажды сидел Моисей у подножия будущей горы имени его памяти, обдумывал свои тезисы. И вдруг неподалеку от него загорелся куст!

Позже человечество назовет этот куст неопалимой купиной. После того как он сгорел, наутро снова ожил. И до сих пор цел. Так мне сказал один монах, очевидец событий времен Моисея. Вокруг этого куста в шестом веке был построен первый в мире православный монастырь святой Екатерины. Горы окружили со всех сторон этот монастырь, и небо между их вершинами голубым нимбом высвечивает его неприступные стены. В монастыре две достопримечательности, ради которых идут в него паломники христианских церквей. Первая – куст. Тот самый, что загорелся еще при Моисее. Правда, сам куст увидеть нельзя. Только дырку в полу, под которой он растет, цветет и, естественно, пахнет. Но народ со всех уголков мировых едет на эту святую дырку посмотреть, и щупает ее руками, и заглядывает в нее. А там колодезная тьма и подвальные запахи. Но в истории так много народа туда заглядывало, что уже не имеет значения, есть там куст или нет. Дырка намолена, и к ней обращаются как к иконе и просят у нее здоровья, счастья и хорошие проценты в банке. А вторая достопримечательность – Охранная грамота, выданная монастырю самим пророком ислама Мухаммедом. Она висит у входа в монастырь в рамке. И вызывает необычайное уважение мусульман и негодование русских туристов, которые возмущаются, что Моисей писал какими-то клинышками, прочитать невозможно. Не мог сразу по-русски написать, нормально!

Но все это будет позже. А тогда Моисей из горящего куста услышал голос самого Всевышнего.

«Иди немедленно в Египет и уводи оттуда своих соплеменников из рабства. Скажи им, это я, их Господь, приказываю. Будут они избранным мною народом, если отрекутся от поклонения золотому тельцу, и будут верить только мне одному, и будут этой вере учить другие народы!

И тогда я покажу им их Землю обетованную. Очень хорошая земля! Поверь, плодородная! Полна ископаемыми! Воткнешь в нее палку – через год с этой палки будут сыпаться помидоры, апельсины, лимоны или бананы – у кого что!

А чтобы соплеменники поверили твоим словам, я, во-первых, разверзну твои уста – нельзя с таким косноязычием в большую политику соваться. Еще покажу тебе разные фокусы. Запомни, ни одному пророку ни один народ не поверит, если тот не умеет показывать фокусы.

Вот жезл у тебя, видишь? Ударь о пол, скажи: «Господи, дай мне воды, еды и преврати озеро в кровь». Все сделаю. Понимаешь? Будешь меня слушаться, быстро тебя раскручу как пророка!»

Короче, сотворил Господь из Моисея этакого Копперфильда. Но на фараона этот пиар не подействовал.

«Какой еще твой Бог? У меня своих богов навалом».

Не впечатлили его и Моисеевы фокусы. У фараона среди жрецов своих дворовых кио было тогда больше, чем теперь в мексиканском сериале рекламных пауз.

Разозлился Моисей не на шутку и учинил фараону такую разборку, о которой до сих пор все человечество помнит. За то, что тот не хотел отпускать евреев, наслал на весь Египет десять египетских казней. Причем почему-то не на фараона казни наслал, а на египетский народ. Жабы, крысы, змеи полезли изо всех щелей во всех домах египтян. Голод начался, мор, град побил урожай...

Вот так всегда – правитель накуролесит, народ расплачивается.

Причем интересно, все эти жабы и змеи выползали только из щелей египетских домов, у аборигенов. А к евреям ни одна не заползла. Видимо, они как-то по языку их различали. Даже когда с неба сажа повалилась, точно вокруг еврейских домов. Сообразительная сажа была. Тьма упала только на египетские дворы. В еврейских дворах в это же время светило солнышко. Но самой умной оказалась саранча. Все, что у египтян коренных выросло, поела, а от еврейских хлебов отворачивалась, говорила: «Не будем есть израильские хлеба». Такая антисемитская саранча оказалась!

Не сдавался фараон.

И тогда Моисей такое устроил, что даже страшно рассказывать. По его просьбе Господь на землю командировал ангела, который должен был в ночи поразить всех египетских первенцев. Надо сказать, ангел оказался очень хорошим организатором. Он сразу Моисею сказал: «Пускай евреи пометят кровью, желательно крестиком, все свои двери, чтобы я, когда в раж войду и буду душить детишечек, не дай Бог, случайно вашего не задушил». Вот такие ангелы святые в то время были. Как не стыдно после этого ангелом называться, у другого бы крылья отвалились!

Только после этого не выдержал фараон, понял: его разрозненная многоавторитетная языческая «крыша» от Моисеевой единой «крыши» не убережет. Сказал: «Чтобы я вас больше никогда не видел. Никого!»

Но тут уже сам Господь решил испытать избранный им народ. Подготовить к Земле обетованной. Проверить, готовы ли они быть избранным народом и учить другие народы единобожию? Начал он их с помощью Моисея водить кругами по пустыне. Кто испытание пройдет, тому Земля обетованная и достанется.

Не ожидали евреи такого подвоха. Людям всегда любое испытание кажется несправедливостью. Начали они своему пророку закатывать скандал за скандалом: «Сколько можно нас дурачить? Ты зачем увел нас из сытого пятизвездочного рабства?»

Пригорюнился Моисей, сидит у подножия той же горы, и вдруг опять загорается куст. И слышится голос ангела. Слава Богу, другого, не того, который детишек душил.

«Плохо справляешься ты со своим заданием. Даже люди твои перестали верить твоим речам. Новый пиар пора организовывать. Поднимайся к рассвету на вершину, там Творец научит тебя новым фокусам».

Несколько раз бегал ночами Моисей на вершину горы на курсы повышения квалификации для пророков.

«Прежде всего, – сказал Сам, – передай своим от меня заповеди! А чтобы они тебе поверили, не забывай о своем жезле – волшебной палочке».

Так Моисей и сделал. Захотят евреи пить – ударит он жезлом в скалу, треснет скала, а из трещины польется ручей чистейшей воды. Доволен народ. Вот это Бог, вот это Моисей! Целый день искренне верит народ в Творца. Пока ручей не высохнет. Наутро проголодаются, пить захотят, опять сомневаться начинают. Роптать. Основное занятие евреев в этом странствовании было – роптать на пророка. Мол, Моисей, мы голодные уже, куда Бог смотрит? Избранные мы, в конце концов, или нет? И давай опять золотому тельцу поклоняться. Хоть идол, но золотой! Конкретный. Его пощупать можно, выпросить что-нибудь полезное. Снова выйдет Моисей в центр толпы, возденет руки к небу, скажет пароль «Помоги мне, Господи», и с неба посыплются куропатки. Причем уже жареные, с приправой. Практически куропатки-гриль. Так что первая в мире микроволновка была изобретена еще Моисеем. Но евреям и этого мало. Они опять роптать. «А где хлеб, – спрашивают. – Это что, мы без хлеба есть должны?» Моисей опять руки к небу – пароль – и с неба сыпется манна небесная!

Кое-как, благодаря всем этим пиарным ходам, убедил-таки пророк своих соплеменников в том, что пора с язычеством заканчивать. Последний раз ему довольный Господь там же, на горе, сказал:

«Молодец! Награда тебе и твоему народу будет Земля обетованная. Вон видишь ее там, за горами? Сам же ты до этой земли не дойдешь. Замучил ты меня. Заберу я тебя лучше к себе. Иначе ты меня достанешь со своим народом и постоянным для него попрошайничеством».

Повезло Моисею, что его забрал к себе Всевышний до того, как соотечественники увидели обещанную им землю. Разорвали бы на части, хоть он и ведущий пророк. Не то что с палки лимоны не сыплются, палку воткнуть некуда – камень сплошной.

Смотрели евреи на эту землю, и ни один из них не мог тогда предположить, что всего через каких-то три с небольшим тысячи лет все эти камни покроются цветами. И каждому туристу местные гиды будут с гордостью говорить: «Смотрите, к каждому корешку этих цветочков через компьютер вода иглой впрыскивается. А ведь в этой земле ничего раньше не росло». И туристы из разных стран будут уважать и любить Израиль за эту трогательную, подведенную к корешкам жизни воду.

А тогда рассердились евреи сильно на Моисея! Чуть в Боге, который их избрал, окончательно не разуверились. Обидно стало даже самому Творцу, и решил он: «Не буду больше им ничего советовать, не буду их учить, и наставлять не буду. Пускай до всего собственным умом доходят. Мучаются пускай и умнеют сами. А поскольку многие из них все еще своему тельцу золотому поклоняются, пускай пройдут самое страшное в истории испытание – золотом! Может, тогда вспомнят, что избраны были мною для того, чтобы другие народы заповедям учить, а не для того, чтобы просто считать себя избранными! Вот когда это поймут, тогда и обретут землю обетованную. В душе своей».

Словом, сами евреи собственным безверием привели себя к своему еврейскому счастью. Поверили бы Моисею, Господь бы их сразу привел в Швейцарию. За сорок лет он их вообще до Урала довести мог, богатого всякой всячиной. Была бы у нас сейчас хоть одна не силовая, а мозговая Уральско-Еврейская республика. Недаром теперь есть гипотеза, что так Всевышний за их вечное роптание на евреев рассердился, что сорок лет водил по пустыне, потому что искал место, где нет нефти!

Вот такие великие события разыгрались на той горе. И начало человечество свое восхождение к заповедям. Как по той горе, медленно, в темноте, с препятствиями, с валунами на пути, с пропастями по краям, но с фонариками. Далеко не каждому еще удалось добраться до вершины и увидеть рассвет.

Мировая душа

Когда поднялись на вершину, было еще темно. Не верилось, что восхождение закончилось. Последние километры в темноте, на крутом подъеме, пришлось карабкаться самому, без верблюда. Перепрыгивать с камня на камень. Хотелось бросить все, развернуться – и туда, вниз, обратно, к комфортабельному верблюду, который покорно ждал моего возвращения перед последней финишной кривой.

Болели суставы, ныли мышцы, жаловался на свою

участь мозг, просился обратно в постель. Так рано утром в автобусе студент представляет себе, какую бы позу он сейчас выбрал в постели, каким бы эмбриончиком сложился под одеялом, и щечки, как хомячок, положил на лапки.

Но невозможно было даже остановиться, чтобы пофантазировать или передохнуть. Дышали в спину, как в метро. Подталкивали сопением. Сзади, как на демонстрации, чувствовались колонны людей. На обочину нельзя было сойти, потому что обочины не было. Были скалы и пропасть. Прямо за мной карабкался в поднебесье старый японец лет шестидесяти-восьмидесяти. Трудно по японцам определить, сколько им лет. Одно я мог сказать точно – он был хромой и с палкой. Но хромал так ловко и быстро, что ему стыдно было уступать дорогу. На час с лишним он стал моей совестью. Он буквально гнал меня своей палкой, и еще, что было совсем противно, успевал по дороге фотографироваться. «Где он научился так хромать по горам? – думал я. – Может, тренировался по утрам на своей Фудзияме». Он заставлял меня переводить дыхание прямо на ходу и, чтобы выдержать этот темп, напевать про себя песню Высоцкого: «И можно свернуть, обрыв обогнуть, но мы выбираем трудный путь!»

Уже несколько раз мне казалось, что мы на вершине. Но за очередной вершиной скалы начинался подъем на следующую.

Вдруг, неожиданно, вместе с японцем-погонялой мы буквально вынырнули почти с отвесной тропы на самую макушку горы. Наверное, такое же ощущение было у Садко, когда он поднялся на поверхность с морского дна. Небо было очень близко. Звезды висели на созвездиях-ветках, как спелые яблоки.

От фонариков и звезд вершина казалась освещенной. Правда, скуповато. От количества людей в полутемноте напоминала дискотеку, в которой вот-вот заиграет музыка.

Жизнь кипела. А значит – арабы торговали. Они даже здесь открыли свои лавки. Не лень было из-за своей копеечной прибыли забраться в такую высь. Собранные где-то из досок, где-то из фанерных ящиков, их арабские лавки напоминали будки наших пенсионеров на садово-огородных участках. Чайные и закусочные больше походили на спортивные раздевалки, в которых пахло потом, снятыми башмаками и перетренировавшимися спортсменами.

Но все это было такой мелочью по сравнению с тем счастьем, которое испытывал каждый взошедший. Успел! Добрался! Значит, все-таки услышу, что шепнет мне Господь! Если б я поглядел на себя в зеркало, я бы сказал, что у меня было выражение лица бухгалтера, у которого сошелся годовой отчет. И чертовски здорово казалось сидеть на фанерном ящике, попивать чаек среди мировой туристической толпы в скупом свете арабской лампады волшебника Аладдина. Арабы и те казались после такого испытания удивительно симпатичными. Непонятно было, как евреи не могут с ними договориться. Сели бы вот так вместе на фанерный ящик, попили чайку. Но для этого надо было сначала совершить **восхождение**. Или хотя бы пожелать его совершить.

Только я об этом подумал, как действительно увидел еврея, не нашего – израильского, настоящего, черного. Он мирно что-то обсуждал с арабским лавочником. Какие-то сорта чаев. Я не понял какие, потому что они говорили на очень своем израильско-арабском английском.

«Может, и правда, – подумал я, – гора эта святая?»

Француз и американец сидели дружно, рядышком, на бревне. Американец был очень большой. Бочкотелый и общительный – всех спрашивал, бывали ли они в Америке и как им Америка – о'кей или не о'кей? Итальянцы руками ему показали, какой большой о'кей Америка. Японцы хихикали и фотографировались группой на фоне этого американца. В тридцатых годах были такие фотографии: группа летчиков на фоне дирижабля.

Даже француз, и тот сказал, что Америка ему о'кей. Американец спросил, а как француз в Америку прибыл? Француз ответил: «На самолете».

– А почему не на машине? – переспросил «дирижабль».

– Вообще-то, океан между нами, – ухмыльнулся француз.

– Но вы же прорыли какой-то туннель, разве это неправда? – переспросил американец.

– Но это туннель через Ла-Манш, – смутился француз.

Американец задумался. Видимо, пытался вспомнить, что означает слово «Ла-Манш». Но тут еще больше удручила белорусская семья, которая подсела на соседний с бревном ящик. Меня не узнали, я был в кепочке. Он, она и мальчик лет двенадцати, который вообще не мог понять, зачем его в ночи сюда затащили. И грехов вроде нет – от силы две мухи убил за свою жизнь. Поэтому глаза у него были сонные и удивленно-выпученные и напоминали два перекачанных анаболиками фрукта!

– А вы откуда? – спросил американец, явно жалея ребенка.

– Беларашa, – на чистом университетском английском ответила она.

Американец очень напрягся от загадочного слова. Он и РАША-то не знал толком где... Между Германией и Китаем?

– What is that? – спросил он.

Тут уже обиделся глава семьи.

– Скажи ему, – попросил он свою жену, – ученые недавно вычислили, что Беларашa – это самый центр Европы!

Она перевела.

Трудная ночь выдалась у бедного американца. На этот раз он молчал долго. Потом хихикнул и сказал:

– Это шутка, я понял. Думаете, я не знаю, что центра не может быть и что земля круглая!

Даже при всей моей нелюбви к американцам, этот сильно выросший лилипут после восхождения казался мне симпатичным. Ну что он, виноват, что у них в Америке такое образование. Зато он пытается в чем-то разобраться. Шел на эту гору, к чему-то стремился. Все-таки Америка не безнадежна, пока у нее есть такие наивные и чудные дирижабли. И арабы небезнадежны.

Вон, араб-лавочник переключился с еврея на группу немцев. Шутил с ними. Они дружно смеялись. Правда, из последних сил, не гогоча, как обычно. Не как немцы, а как эстонцы. Вообще, я заметил, что немцев и финнов могут рассмешить даже самые незамысловатые шутки турок и арабов. Например, на пляже в Турции я сам видел, как турок – разносчик мороженого бросил немцу в плавки кусочек льда. Все немцы давились от хохота. Лишь тот один, кому достался лед, извивался аскаридой на сковородке, а остальные ухохатывались. Неизысканное, прямо скажем, чувство юмора, не наше. Попробовали бы нашему бросить в трусы кусочек льда?

Наверное, действительно гора была волшебной! Здесь все были симпатичны и интересны друг другу. Восхождение, как трудно прожитая человеком жизнь, приближало всех взошедших к заповедям.

Однако было очень холодно. Минус три-четыре градуса. Дул ветер. А что, собственно, ему еще было делать ночью в горах? Он по-своему радовался общению с многотысячной толпой. Несмотря на взятые с собой теплые вещи, я купил у араба два полосатых матрасика размером с прикроватные коврики, чтобы закутаться в них и верхней, и нижней половиной туловища. После чего стал искать себе место, как ищут в театре, когда билеты проданы, а места на них не пронумерованы. Дело оказалось непростым. Самые умные забрались сюда с вечера. Они заняли первые ряды партера, амфитеатра, сидели на выступах и в пещерах, как в правительственных ложах. Мне досталось не самое плохое место в первом ряду галерки. Место стоячее. Один шаг – и бездна.

Чтобы матрасы держались на мне крепко, я обвязал один из них вокруг себя купленной у арабов веревкой. Другой матрас держал от ветра кульком на голове. Мне жалко было, что никто из этой темной бездны не может меня сейчас сфотографировать. Люди же все прибывали и прибывали...

Начинался переаншлаг.

Если бы вход на гору был платный, то там, внизу, должны уже были бы спрашивать лишний билетик. Странно, как местные арабы до этого не додумались?

Кого тут только не было. Немцы компенсировали потерянную с потом жидкость — естественно, пивом. Уставшие итальянцы отряхивали от грязи свою модную одежду. Причем я впервые видел, как они что-то делают молча. Японцы, естественно, фотографировались на фоне взошедшей Венеры. Они уверены были, что японская вспышка достанет и до нее.

Мне как всегда повезло. За спиной послышалась русская речь. Скорее говорок русско-украинский. По этому говорку в любой точке мира можно безошибочно узнать наших эмигрантов. Он появляется у них, только когда они от нас уезжают. Ни в России, ни в Советском Союзе, ни в Украине я не слышал такого акцента, который больше всего подходит для комедий, поставленных по Шолом-Алейхему в самодеятельной оперетте.

— Ну что, Сара, будем молиться на рассвете? — спросил мужской, сильно грассирующий, как будто всю жизнь отрабатывал скороговорку «четыре черненьких чертенка», голос.

Сара не ответила.

Второй, не менее шолом-алейхемовский мужской голос начал рассказывать подробности из жизни Моисея.

– Откуда ты все это знаешь? – спросил первый.

– Я вчера прочитал на личном сайте Моисея! – ответил второй, не подозревая, что говорит это все через матрас на ухо мне. И этим практически попадает в мировую историю!

Они втроем стали обсуждать Моисея, иудаизм, выкрестов, курс доллара, цену на нефть и международный терроризм одновременно. Наконец, тот, который говорил обо всем с уверенностью профсоюзного работника, заявил, что, по последним данным, Арафат в прошлом – советский еврей-десантник. Был заслан на Ближний Восток Комитетом государственной безопасности, но, когда прыгнул с парашютом с самолета, промахнулся, попал в Палестину. Ветром отнесло! Чтобы его не опознали, надел на голову полотенце и с тех пор удачно косит под араба.

Но вот небо начало светлеть, и на горе стали проявляться люди, как проявляются в темной комнатке фотографа цветные фотографии. Многие, оказалось, пришли сюда в своих народных костюмах. Негры-христиане в белых одеяниях, экскурсия из Латинской Америки – словно с бразильского маскарада, человек тридцать японцев – одеты одинаково в теплые оранжевые жилеты. Напоминают издали наших шпалоукладчиц на БАМе. Японцы заняли целый выступ горы и держали перед собой ноты, словно собирались вот-вот что-то запеть, но ждали сигнала. Стали проявляться постепенно и цепи гор, которые ветер волнами гнал к нам из-за горизонта. Начиналась предрассветная увертюра цветов. Даже в шуме ветра слышалась ее музыка.

– Сара, ты видишь, вон там Земля обетованная, – послышался снова сильно грассирующий голос. – Вот она. Отсюда Моисей ее увидел впервые. Именно такой она изображена на его сайте: www.moses.net.

Чем светлее становилось небо, тем приглушенней слышались голоса, словно каждый к чему-то готовился, очень важному. Бледнели все звезды, кроме Венеры. Она, Венера, словно вытягивала солнце из-за горизонта. Оно было уже где-то совсем рядом. Темнота сопротивлялась его лучам из последних сил. Но лучи пробивались, как пробиваются травинки через асфальт. Уже подрумянились горы, и загорелся над горизонтом солнечный нимб, точно указав, где сейчас появится аура бога Ра.

И вдруг голоса мгновенно стихли. На горе словно никого не было. Солнце дожидалось именно этого момента. Мгновения тишины! Оно осторожненько высунулось, сначала одним своим лучом полоснув по остаткам тьмы, и поводья невидимой колесницы бога Ра вытянули его. И вдруг... в этой тишине раздались аплодисменты!!! Как в театре. Аплодировали на горе все. Аплодировали свету, победившему тьму, аплодировали богу Ра. И верилось, что на свете есть все-таки одна чеховская мировая душа. Аплодировали люди разных национальностей, конфессий, люди разных языков, культур. Это был единственный момент в жизни, когда верилось, что люди когда-нибудь начнут жить по заповедям, то есть по-человечески.

— Сара, я все-таки помолюсь, — сказал тот же голос совсем шепотом.

Запели японцы. Не для кого-то. Им было все равно, слушали их или нет. Они пели для себя. Их мелодия была красивая, видимо, очень древняя. Наверняка была посвящена свету. Арабы никому не навязывали бусы. Понимали: сейчас их покупать никто не будет, не до них. Немцы замерли, как в стоп-кадре, с пивом в руках. Молчали итальянцы. Негр в белом был похож на привидение. Он раскрыл Библию и что-то бубнил себе под нос.

Солнце выбиралось из-за горизонта легко, по-спортивному. Оно было удивительно огромное. Мне казалось, что я смотрю на него через увеличительное стекло. Совсем рядом, перед глазами, ближе, чем на ладони. При этом на него можно было смотреть, не жмурясь, оно не было агрессивным и не слепило. Всего несколько минут, и гора начала согреваться, как будто сковородку нагревали теперь электрической плитой. Мне было жалко, что солнце так быстро вынырнуло. Я скинул с себя ужасные матрасики. Ветер стих. Представление окончилось.

И таким глупым казалось отсюда, сверху, думать о том, что где-то там, внизу, идут споры, чья конфессия правильнее, чья обрядовость точнее. Все это имело значение только там, внизу, в городах. Потому что это был спор за паству, а не за веру, то есть за те деньги, которые принесут в церковь. После той ночи, которую я провел на горе Моисея, когда я слышу подобные споры, я думаю, сколько вокруг меня было людей со всего мира, сколько языков и костюмов. Как это было красиво! Так и религии. Они должны быть разными на земле, удобными для своих народов и обряженными в разные одежды. Как цветы на поле! Не может же целое поле состоять из одних цветов, пускай это даже будут розы. Смотреться оно будет вызывающе скучно.

У паломников есть свои приметы. Например, если с горы Моисея после встречи восхода солнца спустишься, ни разу не оступившись, значит, Господь простил тебе все грехи. В противном случае — расслабляться рано. Скажу честно, на обратном пути я два раза чуть не сломал ногу. Но я особенно не расстраивался. Во-первых, даже если мне отпущена половина грехов, это немало. Во-вторых, мне очень нравятся слова Гоголя о том, что нашего русского человека надо благодарить хотя бы за его намерения, потому что у него все равно ничего не получится. А намерения у меня были светлые.

Послесловие

Со времени моего путешествия по Египту прошло несколько месяцев. Впечатления начали бледнеть за ежедневной суетой, которая с удивительным упорством обременяет нас ненужными обязанностями. Устав от суеты, я уехал на Рижское взморье. Один мудрец, не индус, наш, но тоже очень умный, посоветовал мне хотя бы раз в месяц, когда накапливается усталость, проводить один день в полном молчании. Он сказал: «Молчать вообще полезно. Кто знает, молчит, а кто не знает, пускай помалкивает. Причем начинать этот день надо обязательно с восхода солнца. Без молчания новую жизнь начать не удастся. – И добавил: – Кто встает за час до восхода, тому открываются тайные мысли. Кто на восходе, тот успевает сделать многое и никогда не болеет. Кто просыпается час спустя после восхода, тот успевает сделать мало и все время болеет. А кто потягивается в постели до десяти, тому можно уже не вставать».

Я помню, после такого нравоучения я вышел на пустынный осенний юрмальский пляж. Выдохнул накопившуюся суету и не нужные мне обязанности. Их понесло от меня ветром куда-то в море. Дождался первого солнечного лучика. Показалось солнце. Я и раньше, в юности, видел много рассветов. И на Курильских островах, и на Северном морском пути, и на склоне Авачинской сопки на Камчатке, и на лесопилке в дебрях Сихотэ-Алиня во время похмелья. Но теперь, после восхождения на гору Моисея, выползающее из-за сосен солнце было как никогда родным. Оно казалось мне намного ближе, чем раньше. Но – что было особенно приятно – оно тоже узнало меня! И проскользнувшим по нему облачком так по-юношески прикольно подмигнуло мне, как бы напоминая о главном. Чудеса на свете случаются, но над этим надо много работать.

Африка! В молодые годы она мне казалась другой планетой. Как я мог не описать свое путешествие по этой планете? Тем более что дочь моя уже приближалась к тому возрасту, когда и ей пора было приобщаться к настоящему: полям, горам, лесам, рекам и вулканам! Не на БАМ же ее было везти. О БАМе в наше время мало кто из молодых людей знает. Не цепляет! Недавно попросил одну из наборщиц перепечатать (выражаюсь как раньше) очерки, которые в начале этой книги, так она вместо названия «Агиттеатр на БАМе» напечатала «Антитеатр на Багамах»! Впрочем, отвлекся, возвращаемся к путешествию по планете под названием «Африка».

Мечты и планы

•••

Три марки

В детстве, лет до десяти, я копил марки. Марок для моего возраста и того времени у меня было довольно много. Около трехсот. Особенно я любил марки иностранные. В нашей закрытой стране иностранные марки были редкостью. Их отклеивали от конвертов, которые изредка присылали комунибудь из-за границы. Конверты опускали в теплую воду или держали над паром, чтобы на марке, не дай Бог, не повредился ни один зубчик.

Однажды я заболел и долго не мог выздороветь. Не помогали даже советские горчичники, которые продирали так, что любой западный гражданин, если бы ему врач прописал эти горчичники, подал в суд и на врача, и на горчичники за попытку возродить инквизицию. Сильных быстродействующих антибиотиков в то время еще не было.

Врачи целым консилиумом уже начинали беспокоиться о моем затянувшемся нездоровье. И тогда, я помню, папа принес мне три марки. Они были маленькие, отпаренные от почтовых открыток. Это были обычные почтовые марки. Но ни у одного из моих друзей в то время таких марок не было. На каждой из них была изображена высокая гора со снежной вершиной, а на ее фоне на одной марке – носорог, на другой – слон, на третьей – зебра. Под картинками на марках латинскими буквами было написано три загадочных слова: Уганда, Кения, Танганьика. Папа показал мне на карте, где находятся эти страны.

В то далекое время родители, которые хотели, чтобы их ребенок чего-то достиг в жизни, а главное, не комплексовал в компании сверстников-интеллектуалов, играя в города, вешали над его кроватью географическую карту, чтобы он развивался даже во сне и во время болезней.

Кровать у меня была железная. В наше время такую можно увидеть разве что где-нибудь в общежитии в российской глубинке, которой не коснулось время реформ, или на свалке. Да и то на свалке не современной, а заброшенной. На свалке прошлого. Теперь такая кровать уже антиквариат середины прошлого века. Я не удивлюсь, если на эти кровати скоро начнется спрос, как на советских художников-соцреалистов тех же лет, что и эти кровати.

В годы увлечения сбором металлолома, когда пионеры с не меньшим азартом, чем теперешние дети дергают за ручки игральных автоматов, тащили в школьный двор даже домашние сковородки, чайники и утюги, добыть такую кровать считалось подвигом во имя класса, дружины. Отечества! В погоне за победой над параллельными классами большинство этих кроватей даже из пионерских лагерей малолетние герои пятилеток перетащили в школьные дворы, где они все были вместе со сковородками и утюгами учтены, взвешены, отправлены на металлургические заводы и переплавлены, как нам доложил директор школы, в электрички, комбайны, сенокосилки... И даже – это он подчеркнул особо – в мирные космические ракеты! Может, и моя кровать, которая, когда я ее перерос, была выброшена на свалку, какое-то время тоже потом крутилась в Космосе, а во время демократических преобразований была утоплена в океане за ненадобностью.

Когда папа подарил мне три африканские марки, моя железная кровать была еще в расцвете сил. Она стояла возле стены, но не как теперь модно – спинкой, а заботливо притершись длинной стороной, чтобы мне можно было подкатиться к стенке. Охладиться об нее, когда поднимется температура. А если не спится – поковырять пальцем в обоях, мечтая о Космосе, бесконечности и таблетках бессмертия, которые должны обязательно изобрести к тому времени, когда я состарюсь. Ведь советская наука так быстро развивается – собаки, и те уже в Космос летают!

На стене над кроватью мама повесила административную карту мира. Да, так смешно эта карта называлась. Теперь бы я такое название, безусловно, высмеял. Как будто мир разделен не на народы и страны, а на администрации. Что, кстати, сегодня вполне соответствует реальности. Но тогда я еще не знал, что стану не космонавтом, не путешественником, а сатириком. Поэтому карта меня завораживала. Длиной она была во всю кровать. А высоты такой, что я, стоя на кровати, рукой только-только доставал до Северного полюса.

Разноцветностью стран она очень сочеталась с теплым одеялом, которое бабушка собрала из лоскутков. Карта мне нравилась, прежде всего, тем, что на самом большом красном лоскутище белыми буквами, тоже самыми большими, было написано гордо: СССР. Какие молодцы мои родители, что родили меня в самой большой стране в мире! А значит, и в самой сильной!

Как я могу сказать, каким будет наше будущее через двадцать лет, когда я даже не знаю, каким будет через год наше прошлое?

Самым большим в нашем классе был второгодник по кличке Куча. Он же был самым сильным. Спорить с ним никто не решался. Потому что Куча просто обнимал противника, наваливался на него и падал вместе с ним, как мы говорили, придавив всей Кучей. Его все боялись. Так же, по моим понятиям, должно было быть и в мире. СССР мог навалиться своей массой и раздавить любого. Значит, все более мелкие лоскутки должны нашего СССРа бояться. Каждый раз, когда я перед сном смотрел на карту, я спокойно засыпал. Враг не достанет меня, пока я буду спать под защитой СССРа!

Поскольку жили мы в городе, а не в деревне, вставал я не с первыми петухами, а с первыми мухами. Пробившиеся сквозь занавески солнечные лучи и мухи, изучающие мое лицо, разгоняли с утра детские ночные страхи. И первый взгляд опять же падал на карту. Далекие, загадочные, разбросанные по всему миру лоскуты-страны. На одних были написаны трудно выговариваемые слова: Тананариви, Брахмапутра, Аддис-Абеба, Гвадалахар... На других названия казались мне очень смешными. Парагвай! Кто такие гваи, что их в стране всего пара? Я – майка! Надо ж?! Кто-то считал себя майкой. Наверное, на этой Ямайке все жители футболисты. А кто-то из королей, видно, переживал, что он небольшого роста, и назвал свое королевство по-честному: Я – мал! Конечно, самые смешные названия были в Китае. Каждый раз, когда читал их, удивлялся фантазии китайцев. Насколько разнообразней, чем надписи на нашем школьном заборе! Хотя и те и другие начинались с одних букв.

А были лоскутики маленькие-маленькие. В бабушкином одеяле попадались такие же вставочки из тех остатков материи, которые честный портной всегда возвращал маме вместе с уже сшитым платьем.

С тех пор как у меня появились три африканские марки, просыпаясь, я смотрел прежде всего на Африку. Неужели мои марки оттуда? Из такого далёка? Говорят, там жарко. Африка была похожа на перевернутую грушу, которой с одной стороны Мичурин сделал укол, чтобы ее с чем-то скрестить. Поэтому эта сторона у груши опухла. С другой стороны, слава Богу, не тронутой Мичуриным, находились три маленьких лоскуточка: зеленый, желтый, коричневый... Таких крошечных не было даже среди бабушкиных обрезков. На них были написаны названия, которые сами собой складывались в стихи: «Уганда, Кения, Танганьика...» Произнесенные подряд, они звучали как припев некой веселой песенки, под которую после победы в соревновании по сбору утиля над параллельным классом танцует вокруг костра загорелое пионерское племя: «Уганда, Кения, Танганьика!»

Вот только находились эти лоскуточки-заманухи уж больно далеко от нашего могучего СССРа. Наверное, туда за всю жизнь не дойти. Но ведь таблетки бессмертия обязательно изобретут! Значит, я когда-нибудь туда непременно доберусь!

Несмотря на болезнь, в своей железной кровати под картой мира я чувствовал себя счастливым, оттого что в мою коллекцию попали марки из самой Африки. Я их положил в конверт и держал у себя под подушкой, пока не выздоровел. Причем выздоровел я так скоро, что удивился даже консилиум. Марки оказались целебнее горчичников.

Внебрачные дети Александра Македонского

Подъезжая на джипе к саванне, у подножия Килиманджаро я вспомнил об этом случае из детства. Когда папа дарил мне африканские марки, он наверняка не думал, что я когда-нибудь сюда попаду. Ему всегда хотелось самому много путешествовать, но в советские времена путешествовать было сложно. Порой мне кажется, что я это делаю теперь за него. Все-таки от реформ и развала СССР и нам перепало хоть что-то утешительное.

Джип останавливается у въезда в саванну. Негр-водитель закрывает окна джипа. Ему надо выйти, чтобы оплатить въезд в саванну. Мне говорит, чтобы я окна не открывал. Иначе местные аборигены, попрошайничая, будут тянуть ко мне руки прямо в салон машины. Действительно, худые негритянки с фигурами высушенных веток баобаба, в цветастых платьях, в перьях, бусах и погремушках, словно сошедшие с колониальных открыток, и их не менее высохшие дети – сучки того же баобаба – облепили джип, как осы банку с медом.

Я сделал вид, что сплю. Еще будучи студентом, чтобы никому не уступать места в метро, я научился прикидываться крепко спящим сидя. При этом чуть подглядывать из-под ресниц за стоящими рядом девушками. Может, ради кого-то из них все-таки захочется проснуться?

Аборигены смотрят на меня во все окошки, расплющив о стекло и без того плоские лица. Многие женщины лысые. Вернее, очень коротко стриженные. Некая смесь прически тифозного больного начала двадцатого века и трехдневной бороды сегодняшнего плейбоя. Все лица молчат и тактично ждут, когда я проснусь. Они наблюдают за мной, я за ними. Только я знаю, что они за мной наблюдают, а они даже не догадываются о том, что я их с интересом изучаю. У них же нет опыта подглядывания за девушками в метро.

Рты у всех огромные, по форме похожи на чебуреки. Расплющенные о стекло губы – на прилипших к окну улиток. Такие губы – мечта сегодняшних западных «ботокснутых» женщин. Но больше всего ужасают уши. Я раньше слышал об этих ушах! Знаменитые гигантские уши масаев. Почти у всех женщин мочки свисают аж до плеч. У некоторых, тех, что постарше, они уже сморщились и по форме напоминают вяленую кильку. У тех, что помоложе, мочки посвежее: у кого-то похожи на оладьи, у кого-то – на белорусские драники, у кого-то – на подвешенную за хвост воблу. У всех в мочках дырки размером с дырку в бублике. А у двух-трех – видимо, местных красавиц – настолько огромные, что туда вообще может войти весь бублик. Оттягивают мочки зацепленные за эти дырки – нет, серьгами это назвать нельзя – это даже не бусы, не ожерелья, не якоря... Это то, в чем лучше всего топиться, чтобы быстрее пойти ко дну. По этим ушам у племени масаев судят о красоте женщины. Поэтому мочки еще с детства девочкам чем-нибудь оттягивают, подвешивают к ним грузики: мешочки с глиной, песком, камушки, раковины, деревяшки и другой местный африканский, валяющийся по саваннам мусор... Таким образом готовят к достойному браку. Вдруг уши оттянутся настолько, что их заметит сам вождь племени? Или, на худой конец, кто-нибудь из членов его администрации. Интересно, в масайских деревнях бывают свои конкурсы красавиц? Наверняка! При таком разнообразии ушей как им не проходить? Только у них измеряют не талии, а уши! Уши до колен – наивысший комплимент масайской невесте.

Я смотрю на эти лица и думаю, а ведь кому-то же это все нравится, кто-то во все это влюбляется да еще и все это ревнует. Словно немой ответ на мой вопрос, к одному из окошек подошел местный молчаливый мужик с копьем. Тоже расплющил лицо об окно и стал ждать, когда я проснусь.

Водитель, пока мы ехали из аэропорта, рассказал мне, что есть версия, согласно которой одно из военных подразделений Александра Македонского под начальством его внебрачного сына во время походов на Египет заблудилось в южноафриканских дебрях. Из чего я сделал вывод, что водитель разбирается в географии не более, чем тот, кто шел на Одессу, а вышел к Херсону. Подразделение это осело в лесах. От него и произошли масаи! А не развиваются они – как бы застряли в «деревянной эпохе» и у них нет даже огнестрельного оружия, – потому что своим образом жизни хранят секреты древности. Если же, как и все, станут цивилизованными, эти секреты для человечества окажутся безвозвратно потерянными. Я смотрю на мужика и пытаюсь угадать в нем хоть какие-нибудь признаки внебрачной ветви потомков Александра Македонского. Особенно не похож на греческий его нос с ноздрями, которыми можно вместо мехов раздувать огонь в камине. Хотя на хранителя секретов этот угрюмец смахивает. Причем таких секретов, о которых и сам не догадывается. Поэтому не выдаст их даже под пытками ЦРУ. Единственное, что в его внешности похоже на греческое, это музейное копье – точь-в-точь копье удыгейского шамана из краеведческого музея города Хабаровска.

Пока я пытаюсь найти сходство между масаем и древними эллинами, возвращается мой водитель...

– Копье настоящее. Они до сих пор с такими копьями охотятся на диких зверей.

Прилипшие к окнам, видя, что я очнулся, оживают, начинают говорить все сразу, как итальянцы в лифте. Словно это не затерявшаяся в веках ветвь эллинов, а цыганский табор, ведущий род от неизвестного цыгана. Водитель что-то строго им выговаривает, и они тут же замолкают. Послушание и умение вовремя замолчать явно в лучшую сторону отличает их от итальянцев... То есть, я хотел сказать, от цыган. Очевидно, что, в отличие от предыдущих, у масаев есть авторитеты! Они уважают таких африканцев, как водитель. Он в современном костюме и управляет джипом-монстром. Монстр слушается его команд, а значит, и они должны ему повиноваться.

Мы въезжаем в саванну, которую я впервые увидел на одной из трех марок.

Отступление первое... лирическое...

Зачем я приехал сюда? Да еще под Новый год? Причин было три!

Во-первых, воспоминания о трех марках. И о том, как я благодаря им выздоровел. Последние годы я жил так, что мне снова необходимо было начать выздоравливать. Причем, как и тогда, без советов отформатированного консилиума.

Во-вторых, в юности, как и все молодые люди в Советском Союзе, я много читал Хемингуэя. В то время Хемингуэя любили все: студенты, врачи, инженеры, сантехники, повара... Его читали в институтах, школах, в армии, на зонах...

Известен случай, когда в Москву по приглашению Союза писателей СССР приехал известный американский писатель Джон Стейнбек. На приеме в честь знаменитого гостя наши писатели, естественно, его напоили. Была пушистая московская зима. После приема разгоряченный русским гостеприимством Стейнбек сказал, что пойдет до гостиницы пешком – хочет охладиться, полюбоваться московской зимой. По дороге в одном из сквериков он присел на скамейку и, зачарованно глядя на падающий в свете фонаря снег, задремал. Спящего увидел милиционер, подошел, тронул за плечо... Стейнбек очнулся.

– Ваши документы? – не угадав иностранца, посоветски требовательно обратился к нему милиционер.

Стейнбек знал только одну фразу по-русски. Отпуская его в гостиницу одного, наши писатели на всякий случай заставили выучить по-русски три слова: «Я американский писатель». Что он и сказал милиционеру. И вдруг милиционер, отдав ему честь, радостно взял под козырек: «Здравствуйте, товарищ Хемингуэй!»

Милиционер проводил покачивающегося Стейнбека до гостиницы и пожелал «Хемингуэю» спокойной ночи. Стейнбек, надо отдать ему должное, не обиделся. Вернувшись в Америку, даже написал статью в газете под названием «Как я в России был Хемингуэем». Где с восхищением рассказал о советской образованной милиции. Теперь у спящего вечером на скамейке в сквере Стейнбека потребовали бы прежде всего прописку, регистрацию и отнеслись бы к нему как к лицу не совсем правильной национальности...

Коллекция первая

Одна из самых романтических и очень популярных повестей Хемингуэя называлась «Снега Килиманджаро». Это словосочетание всегда манило меня своей недосягаемостью. Мечтая о том, чтобы побывать в этих снегах, я даже придумал в молодости такую фразу: «Мечта тем и привлекательна, что она никогда не сбывается».

Итак, переходим к третьей причине. Кому-то это может показаться хвастовством, пижонством... Однако эта причина была. Если в детстве я копил марки, то со временем интересы изменились.

Например, одно из абсолютно – как теперь модно говорить – неадекватных увлечений появилось в 18 лет. Я стал копить... вулканы. Вулканы, на которых побывал! Вернее, которые я видел вблизи. Чтобы вулкан попал в мою коллекцию, достаточно было совершить восхождение на него хотя бы метров на пятьсот. Или, в худшем случае, сфотографироваться на его фоне, у подножия, прикоснувшись, как я в таких случаях говорю, к нему душою.

Тятя-яма

Открыл мою коллекцию мало кому известный, кроме японцев и жителей Курил, вулкан Тятя-яма. Находится он на самом южном курильском острове

Кунашире. Шоколадной пирамидой вершина торчит из холмистого, покрытого тайгой, зеленого острова, мешая облакам свободно разгуливать по небу. Они цепляются за него и белым нимбом украшают макушку. Для меня, выросшего в равнинной Прибалтике, где горами называют холмы и большие кочки, такая картина казалась настоящим природным аттракционом.

Мне было тогда 18 лет, и я очень хотел скорее стать самостоятельным. Мечтая о независимости от родителей не меньше, чем страны Балтии в годы ослабления советской власти о независимости от России, я устроился работать в ботаническую экспедицию. Нет-нет, не ботаником! Я до сих пор не могу толком отличить клевер от куриной слепоты и герань от одуванчика.

В то время было такое слово – «разнорабочий». Если теперь это звучит почти как «бомж», то тогда, наоборот, вызывало уважение. Мол, на все руки мастер! В экспедицию я устроился, естественно, не без согласия моих родителей. Они тоже мечтали о моем скорейшем отделении от них не меньше, чем Россия об отделении от нее стран Балтии. Во-первых, я бы перестал наконец им портить нервы, во-вторых, не вырос бы домашним растением или эдакой рыбкой в мещанском аквариуме, в котором, если вовремя не засыпать корм, она погибнет или ее съедят другие рыбки.

В экспедиции был один ботаник-профессор – очень ботанистой внешности: маленький, пухленький, как плюшевая игрушка. У мальчика с такой внешностью с детства любимыми вещами должны быть не автоматы с пулеметами, а гербарии. Еще были два кандидата наук – молодые женщины. Выглядели они, как и все кандидаты наук в советское время, бедно, но гордо. Были лаборанты. Тоже типичные: с пробирками и стеклянными палочками, как у ухо-горло-носа, для взятия проб почвы. Была повар-девушка, Зоя. Очень хорошенькая. Во всяком случае, мне так казалось, может быть, потому, что я все время хотел есть. Она же меня кормила вне графика и чаще, чем остальных, что в молодости можно приравнять к завязке многообещающего романа или хотя бы повести.

Был еще один, как и я, разнорабочий на все руки, Сашка. У него была фамилия, подходящая к его худощавой фигуре, – Смычок. А фамилия одной из женщин, кандидатов наук, была Скрипка. Я понимаю, что это звучит как юмор из детского сада. Когда их знакомили в начале экспедиции, она, как старшая, протянула Сашке руку и сказала: «Скрипка!» Сашка, естественно, ответил ей честно: «Смычок!» Она обалдела и попыталась обидеться, мол, шутка старая, но глупая. Когда ей стали объяснять, что у него действительно такая фамилия, подумала, что и остальные над ней издеваются. Пришлось показывать паспорт. Зато к концу экспедиции они подружились и, как примерно через полгода написал в письме мне наш профессор, слились в одной счастливой мелодии.

Наша экспедиция началась у подножия Тятямы. Профессор, кандидаты наук и лаборанты должны были изучать то, чем эти острова густо и неопрятно заросли, мы с Сашкой – ставить им палатки, разводить по вечерам костры, по утрам, ни свет ни заря, ловить рыбу в местных речушках или осьминогов в многочисленных бухточках, что встречались нам по пути следования нашей экспедиции. Кстати, ловить осьминогов оказалось не так сложно. Закинешь с вечера собственный сапог на веревке в какую-нибудь скалистую щель в бухте — наутро, будь уверен, в него заберется осьминог. Даже если сапог ношеный и вонючий, осьминога это не смущает. Видимо, осьминоги так долго находились под водой, что у них атрофировались органы обоняния. Когда в наше время в Италии официанты начинают рассказывать, что осьминога очень трудно поймать и поэтому в ресторане они такие дорогие, мне хочется им веско возразить: мол, не надо вешать мне на уши свои знаменитые итальянские спагетти! Поймать осьминога может любой, у кого есть хотя бы один сапог и одна бухта. Но, к сожалению, в те годы я не знал, что осьминог — это деликатес. Поэтому довольно быстро в его вкусе разочаровался. И гребешки, и водоросли, и трепанги, и осьминоги — вся супермодная нынче еда, которую принято обозначать престижным словосочетанием sea food, нам всем в экспедиции надоела не меньше, чем черная икра Верещагину в «Белом солнце пустыни».

А травой, которую изучали ботаники, я восхищаюсь и по сей день. Она заслуживает того, чтобы ее изучали и теперь. У меня есть подозрения, что японцы хотят вернуть себе Южно-Курильские острова именно из-за этой травы. Но стесняются в этом признаться. Ее высота достигала трех-четырех, а иногда даже шести метров. Она раскачивалась над головой, как в современных мультяшках-страшилках. Правда, вырастала и созревала такая трава только на определенных склонах, при определенных углах падения солнечных лучей и не каждый год. Словом, претензий у этой травы на условия правильного вызревания было не меньше, чем у виноградников Бордо.

Наши ученые ласково называли эту траву «травкой». В то время слово «травка» не вызывало еще глюкогенных ассоциаций. Советская наука решила изучать этот травяной гигантизм, чтобы научиться ее выращивать не только на Курилах, а где-нибудь поближе, скажем, в Нечерноземье или вообще под Москвой. Еще бы! Сколько силоса можно было получить с одного квадратного метра! Тогда бы коммунисты точно обогнали весь мир по объему вымени среднестатистической советской коровы. Говорят, американцы до сих пор изучают работу советского Госплана. Это не так глупо и явно пойдет им на пользу. Госплан был значительно добрее Голливуда. Он мечтал не о том, как накормиться самому, а о том, как накормить коров. А если бы о такой траве узнали в Голливуде, в первую очередь сняли бы фильм, как гигантская трава захватила всю планету. Она стала расти в метро, залезать в квартиры через окна, душить детей... Конечно, нашелся бы герой типа Брюса Уиллиса, который бы в одиночку с ней расправился при помощи бейсбольной биты и изобретенной в перерывах между драками супертравокосилки. Заканчиваться такой фильм должен был бы любовной сценой изможденных, покалеченных борьбой с непокорной вредительницей героев в усмиренной скошенной траве.

Впрочем, раньше, в советское время, такие мысли мне в голову не приходили. Вместо Голливуда у нас тогда были «Мосфильм», «Ленфильм» и «Одесская киностудия». Поэтому страшилками нам казались даже такие сказки, как «Теремок», где все жили дружно, а потом пришел мишка, сел на теремок и всех в нем раздавил.

Однако вернемся к силосу, о котором мечтал Госплан. Гигантская трава густо и мирно росла на склонах вулкана Тятя-яма. Он весь был в этой траве, как будто давно не брился. Только ветер порой приглаживал ее, и она ласково шелестела ему в ответ. Занимаясь каждый своим делом – ученые изучая, мы с Сашкой работая, – постепенно поднимались в шелестящей над головой траве на вершину вулкана. Тучи и облака были уже глубоко под нами, когда мы добрались до его вершины, и нам открылся кратер. Это была огромная терракотовая чаша, до краев наполненная солнечным светом. На дне ее, как только что налитое на дно бокала шампанское, пузырилось гейзерами голубое озеро. В то время слово «голубое» было вполне приличным, тем более по отношению к озеру. Его берега были кое-где украшены таежной зеленью. Еще японцы дали этому озеру название Горячее. Озеру было уютно в этом укромном местечке, прикрытом от ветра со всех сторон, но одиноко. Оно не знало купающихся. Его можно было даже назвать девственным. При такой температуре воды – от +35 до +38 градусов – озеро, безусловно, комплексовало из-за своей невостребованности.

Первый успех

Я понимаю, что слишком много времени уделяю воспоминаниям о Тятя-яме. Но это первый вулкан в моей жизни. С вулканами, видимо, как с женщинами, из них тоже больше всего запоминается первый и еще один.

Я не знаю, насколько благодаря той поездке мне удалось стать самостоятельнее, но, вернувшись с Курил, я имел в компании неожиданный для себя успех с рассказами о птичьих базарах, горячих озерах, гейзерах... Почти не привирая, рассказывал о том, как ловить осьминогов, что рыбу, идущую на нерест, можно вынимать из речки голыми руками, а если ночью в Тихом океане на корабле включить лирическую музыку, то из воды эдакими водяными флюгерами выглянут остренькие мордочки нерп, и они будут сопровождать корабль, как кортеж генерального секретаря ЦК партии. Тятя-яма зарядил меня желанием много путешествовать, рассказывать об увиденном и получать удовольствие от того, что мои наблюдения имеют успех!

Я решил, что стану лирическим писателем. Целый год, вернувшись из экспедиции, писал повесть под названием «Точка пересечения». О двух молодых людях: разнорабочем и поварихе. То есть, естественно, о самом себе любимом. Я же был в том возрасте, когда героем в собственном воображении мог быть только я сам. Сюжет незатейливый, но, как мне казалось, философский. Герои живут по разные стороны шестой части земного шара — так в то время мы называли Советский Союз. Судьбы этих героев похожи на две непараллельные прямые, которые один раз в экспедиции на краю света пересеклись и никогда больше не встретятся. В конце повести читатели должны были печалиться и комплексовать из-за того, что в их жизни тоже что-то недополучилось. Ведь у каждого тоже была своя «точка пересечения», но они мимо нее проскочили, не заметили... Понравиться эта повесть могла только тем молодым людям, которые не представляют себе в молодости счастья без несчастной любви.

В повести — шутка ли — было 380 страниц! Причем рукописного текста! Конечно, все редакции отказались ее печатать. Редакторы единодушно называли мой труд графоманством. Даже несмотря на то, что мой отец в то время был авторитетным советским писателем, лауреатом государственных премий. Отец тоже ее прочитал. И сказал: «Наверное, будешь писателем. Три страницы написаны неплохо».

Только три?! Теперь-то я понимаю, что старался тогда подражать популярным в то время писателям — нашим Хемингуэям — Аксенову, Анчарову, Гладилину... Конечно, мне до них было далеко. Я не был спецом в городском романе, как они. Зато те три страницы с описанием тайги и Тихого океана они бы написать не смогли. Они для тех трех страниц были слишком городскими, слишком домашними, аквариумными. Эти страницы с пометками отца «Одобряю» я храню до сих пор. В них описана уникальная тайга Кунашира: эдакая смесь тропических джунглей с нашей северной тайгой. Единственное место в мире, где северные ели переплетены тропическими лианами. Где растут магнолии, а рядом карликовые сосны. Особенно понравилась моему отцу фраза, когда герой повести стоит на баке корабля, идущего в Тихом океане, а над кораблем чайки: «Их так много, что взглянешь наверх, а там словно пурга метет!»

Когда недавно я перечитал эти три страницы, подумал о том, какие ж необратимые процессы произошли во мне и в моем организме за эти 50 лет. Если бы я снова попал на Курильские острова, если бы мне довелось еще раз побывать в кунаширской тайге или пройтись на корабле по Тихому океану, я бы наверняка искрометно и беспощадно высмеял и тайгу, и океан. И, конечно же, чаек, которые в наше время уже не столько любят летать, сколько пастись по помойкам. Тайга замусорена пикниками, в океане плавают полиэтиленовые пакеты со всего мира, от которых кашляют, а то и вовсе задыхаются киты.

И все-таки, несмотря на все эти перемены, я благодарен Тятя-яме – он зарядил меня самым главным – желанием всегда торчать над обывательской равниной!

Авача

Прошло после Тятя-ямы не так много времени. Хотя вполне достаточно, чтобы романтическая юность сменилась более расчетливой молодостью.

Я уже был инженером. На полставки руководил комсомольской агитбригадой. Считался ее режиссером, директором и художественным руководителем сразу. Как бы сказали теперь, я ее продюсировал. Впрочем, словосочетание «продюсер агитбригады» звучит так же нелепо, как «менеджер буддийских монахов». Так что слово «продюсер» ко мне не подходит. Я был предан своим молодым друзьям. А «преданный продюсер» звучит примерно так же, как «сентиментальный мясник».

Как-то летом мы болтались на агиттеплоходе с нашей агитбригадой по морям вокруг Камчатки. Пришвартовывались к плавбазам, рыболовецким судам. Суденышки поменьше сами пришвартовывались к нам. В небольшом концертном зале на нашем агиттеплоходе мы выступали перед командами. Рыбаки и моряки были счастливы, что к ним сюда, на край света, заглянули такие, извините за каламбур, задорные молодые люди со своими шутками и забавами, смешинками и задоринками.

После гастролей, чтобы дать нам хоть немного отдохнуть, на пару дней нас высадили на берег. Над поселком камчадалов, куда нас привезли, – несколько белоснежных горных пиков. Вулканы! Живые! Один даже дымился. Дымился он вполне мирно, струйка белого дыма тянулась в небо и растворялась в нем, словно рассказывала ему о наших земных новостях.

Все участники агитбригады были значительно моложе меня. Это теперь мы с ними подравнялись в возрасте: всем примерно от пятидесяти до шестидесяти. А тогда они находились в таком же романтическом периоде юности, как я на Кунашире. До моей прагматичной инженерной молодости еще не дозрели. Поэтому с ними я переставал быть прагматиком и снова становился тем романтиком, который мечтает изменить мир, а не тем опытным советским инженером, которого мир уже изменил.

В память о своей ботанической юности я потащил их комсомольскую юность на Авачинский вулкан. Он далеко не всегда мирно дымится. Порой сердится, а если его всерьез разозлить, заливает склоны лавой, не в шутку пугая в округе все, что называется животным миром, включая человека.

А на следующий день, благо погода позволила, мы были в Кроноцком заповеднике в Долине Гейзеров. Там особенно чувствовался вырывающийся наружу жар перегревшейся земли. Один гейзер бил так высоко, что ему мог бы позавидовать любой фонтан в Петергофе. Большинство участников агитбригады – москвичи – даже представить себе не могли, что такое на свете бывает. Я добился того, чего хотел. Мне удалось поделиться со своими молодыми друзьями тем, чему научил меня отец – умению получать удовольствие от природы, а заряжаться энергией не только от телевизора или вампиря окружающих. Как показало время, мне это удалось. Все участники нашего студенческого театра, а их было двадцать человек, впоследствии стойко перенесли ужасы будущих перестроек, реформ, девальвации и дефолты... Они до сих пор живут беспокойно-счастливой жизнью, не превратившись в тех обывателей, которые в юности один раз намочили попу на байдарке, и это потом стало единственным романтическим воспоминанием в их кухонно-телевизорной тягомотине. Короче, не засохли!

Авача – так называют ласково Авачинский вулкан местные жители – торчит из Камчатки так же, как Тятя-яма из Кунашира. Только он выше и не такой мирный. Мелкие облака стараются обходить его стороной. Словно побаиваются.

Аборигены Камчатки, наши русские индейцы, коряки, еще в древности поклонялись Аваче. Однако в последнее время Авача за что-то рассердился на камчадалов. Иначе как объяснить, что при таком изобилии пыхтящих гейзеров и горячих естественных водоемов зимой на Камчатке перебои с отоплением, а камчатские дети пишут сочинения на тему «Как я провел зиму».

От Фудзиямы до Килиманджаро через Попокатепетль

Если с Авачинского вулкана можно увидеть всю Камчатку, то с Фудзиямы местным божествам наверняка очень удобно наблюдать за всей Японией. Сразу скажем, фудзиямские олимпийцы – ками – значительно гуманнее управляют своим царством, чем камчатские. У их подданных не бывает перебоев с горячей водой и отоплением. Хотя на Фудзияме нет такого количества гейзеров и горячих озер, как на Аваче.

Я не поднимался на Фудзияму. Зато долго жил у ее подножия, в отеле, и с балкона каждое утро любовался божественной Фудзи во время завтрака. В течение дня она меняет окраску, как будто ее постоянно рисуют разные художники японского Средневековья. Считается, что японские художники благодаря Фудзияме различают гораздо больше цветов, нежели семь. У них гораздо больше слов для оттенков голубого, красного и т.д. Впрочем, до наших чукчей им далеко! У чукчей больше сорока оттенков белого цвета!

Вообще, у японцев все наоборот. Даже «яма» по-японски означает «гора». Хотя я не прав. Судя по тому, как живут японцы и как живем мы, все наоборот не у них, а у нас!

Если, скажем, у японцев не будет молока, они станут разводить коров. Если у нас не будет молока, наши образуют комиссию, пошлют ее к коровам уговаривать понять сложность сложившейся ситуации, напрячься и дать все-таки молока нашим людям!

Эльбрус, кстати, как и Фудзияма, тоже в течение дня меняет свои оттенки. На Эльбрусе я побывал в период затянувшейся молодости. Понял, что по сравнению с Фудзи ему здорово не повезло. Он родился на Кавказе и поэтому в мире совершенно неизвестен. В отличие от Японии, которая знаменита карате, харакири, ветками сакуры, танка – средневековыми нерифмованными пятистишиями, живописными эссе, Кавказ известен сегодня в мире лишь благодаря бесконечным конфликтам с Россией, терактам и страсти к торгашеству. Рядовой западный человек слыхом не слыхивал об Эльбрусе, зато все знают, кто такие чеченские боевики.

Немножко больше повезло Арарату. В прошлом веке на одном из его склонов нашли нос Ноева ковчега, во всяком случае, так сегодня утверждают ученые-археологи. Чтобы доказать, что это точно он, археологи сейчас заняты поисками хоть одного свидетеля, который во время Всемирного потопа был в этом ковчеге. Говорят, несколько человек за определенное вознаграждение уже на этот призыв откликнулись.

Словом, рейтинг вершин, как и у людей, зависит от раскрутки. Например, самая высокая гора Альп Монблан находится в самом элитном месте земного шара, его окружают самые цивилизованные в мире горы. Но известен Монблан большинству населения планеты благодаря фирме, которая выпускает авторучки «Монблан». Не сомневаюсь, многие уверены: Монблан – это фирма, а не горный пик в Альпах. Я сам еле угадал его издали среди таких же гордых пиков, тоже сверял снежный профиль с белым пупочком на колпачке моей авторучки. Сошлось!

Есть в моей коллекции и вулкан, который запоминается прежде всего своим названием. Чтобы его произнести, надо несколько дней репетировать скороговорки. Он находится в Мексике и называется Попокатепетль. Когда я рассказываю, что на нем побывал, мне завидуют – и не столько тому, что я его видел, сколько тому, как быстро я умею произносить это название. Все пытаются сделать то же самое, но мало кому пока удавалось.

Зато Этна на Сицилии удивила снежной вьюгой на ее вершине в период курортного итальянского сезона. Этну очень любят все жители Сицилии. Они относятся к ней как к доброй женщине-хозяйке, которая заботится о своем хозяйстве и о своем доме-острове. Говорят, что Этна очень добрая, никогда никого не погубила. У Этны действительно характер женщины. Она не сердится сразу, мгновенно – несколько раз предупреждает о том, что может разозлиться. Добрая богиня Сицилии! С этой доброй богиней связаны мифы, легенды... Кто бы вас ни встретил в аэропорту, гид или таксист, первым делом покажет на Этну и скажет: «Это наша Этна!» Скажет с гордостью, нежно, подчеркнет «наша», как будто она их приватизированная собственность.

Везувий, наоборот, неуравновешенный мужик. Вздорный, взрывающийся мгновенно, без предупреждения. Я бы его даже назвал истеричным. После истерики он быстро успокаивается. Правда, далеко не все вокруг него могут успокоиться после того, что он натворил в истерике. У кого вулканам надо учиться пиариться, так это у Везувия. Ему повезло больше всех. Он появился на свет в Италии. Невозможно найти пиарщиков талантливее итальянцев. Самую плохую технику итальянцы могут продать кому угодно, потому что она итальянская. Сегодня Италия – это бренд!

Нет на свете вулкана, который бы так же растиражировали по открыткам, маркам, акварелькам... На который бы каждый день взбиралось такое количество туристов. Итальянцы научились доить Везувий, как будто это денежно-доильный аппарат. Хотя своим коллегам-вулканам Везувий уступает во всем. И в высоте, и в энергетике, и в красоте... А его скупой на любую растительность кратер отличается от нашего Тятя-ямы — как граненый стакан от мейсенской супницы. Он стал знаменит только тем, что погубил много народа. Что еще раз доказывает: рейтинг предметов, как и людей, не зависит от добрых дел. В конце концов, у автомата Калашникова рейтинг еще выше, чем у Везувия. Даже на гербах нескольких стран изображен автомат Калашникова. Мы можем гордиться! Самая рейтинговая фамилия в мире не итальянская, а русская. Только на втором месте в графе рейтингов американский кокаин, а на третьем — Гагарин! Вот время! Гагарин за Калашниковым и кокаином.

Однако вернемся к вулканам. Почему они так влекут людей? Я думаю, потому что в них заложены тайны нашей планеты! Они напоминают нам о том, что наша Земля живая. Что если где-то бомбить, Земля начинает болеть, ее температура повышается, она содрогается, шевелится и лечится: борется с зарвавшимся в агрессии человечеством, как мы боремся с вирусами и микробами. Вулканы — предохранительные клапаны нашей планеты!

Вот, собственно, и третья причина, по которой я хотел побывать у подножия Килиманджаро. Именно его не хватало в моей коллекции. Тем более что незадолго до того я прочитал в газете, что в силу потепления климата снега с Килиманджаро скоро сойдут. Они растают, как растаяла память о повести Хемингуэя. Как, впрочем, и память о самом Хемингуэе. В заметке было написано, что растают эти снега вскоре после Нового года. Следовало торопиться! Иначе мечта могла так и остаться навсегда мечтою. Но благодаря Тятя-яме и одобренным отцом трем страничкам той первой повести я всегда стремился к тому, чтобы мечты становились планами!

Пятизвездочная палатка

Для охотников понаблюдать диких экзотических африканских зверей на воле, а не в зоопарке построено несколько отелей прямо в саванне. Есть дешевые палаточные лагеря, типа наших пионерских, с удобствами под пальмой или под баобабом. Без забора, без охраны... Для экстремалов! Потому что встреча поутру в кустах с носорогом – гарантия адреналина!

Есть отели со звездами. В этом смысле африканцы очень похожи на наших. Перед въездом в отель вешают столько звезд, сколько им захочется, а не сколько присвоит комиссия. То есть пятизвездочный отель в Африке и в Донецке по сервису примерно одинаковы и приравниваются к полуторазвездочному мотелю на автобане между Кельном и Гамбургом. «Пятизвездочных» отелей здесь два.

Первый – традиционный, шумный, для туристических групп со всего мира, с портье у парадного подъезда в ливрее, с носильщиками, рум-сервисом, хаускипингом, ресепшеном, промоушеном и тюнингом акомодейшена и... естественно, рестораном, где обширное традиционное американское континентальное меню с огромным выбором еды и отсутствием кулинарии. То есть там все по-западному, кроме сервиса. С точки зрения сервиса африканцы опять-таки очень похожи на наших теток, которые обслуживают гостиницы в не тронутых современным обустройством городах России. Только африканцы более приветливые. С улыбками они не делают все то же, что наши тетки не делают без улыбок!

Второй – «пятизвездочный» отель для тех, кто путешествует в одиночку, больше любит помолчать, поразмышлять... Для зажиточных туристов, которым надоела их зажиточность в городах-мегаполисах и теперь хочется попробовать зажиточной жизни на природе. Для тех, кому надоели люди и мобильные телефоны. В отеле всего несколько палаток. Каждая палатка, естественно, считается пятизвездочной. Вместо ресепшена и фойе-лобби – крыша на сваях. Под этой жс крышей и завтраки с видом на отражающую рассвет Килиманджаро. От лагеря для экстремалов этот отель еще отличает один охранник ночью, сторож у въездных ворот с берданкой, женщина-уборщица (она же и носильщик) и, конечно, то, что в каждой пятизвездочной палатке есть свой биотуалет, умывальник и душ с напором капельницы.

У любителей экзотических путешествий этот отель считается самым-самым! Точнее, как говорят сегодня в России «крутые», – «the best». В нем останавливаются зажиточные путешественники-одиночки, семейные пары, которым требуется освежить свои отношения, и плейбои со своими моделеобразными половинками, которых затащили в

Африку лишь тем, что обещали им пятизвездочный уик-энд. Последних особенно жалко. О животном мире они знают только по виденным в затянувшемся детстве мультяшкам: волк всегда гоняется за зайцем, львы с утра до вечера нападают и едят людей, змеи ищут, кого бы укусить, носороги бодаются с разбега, слоны убивают хоботом, удавы душат и заглатывают целиком, не разжевывая... Особенно страшно для удава заглотить кролика и крольчиху вместе. Тогда его начинает трясти.

Большинство из тех, кто воспитан этими мультяшками, на ночь очень тщательно застегивают все молнии на своих палатках, а то вдруг и впрямь заберется какой-нибудь лев или буффало, а молнию они расстегнуть все-таки не сумеют. Некоторые еще приставляют к этим занавесочным дверям чемоданы. Для утяжеления кладут на них журналы с газетами. Потому что если лев сумеет вдруг расстегнуть молнию, то чемоданом подавится даже удав. Тем более с лежащими на нем газетами, в которых сегодняшние новости.

Впрочем, лично я не имею права ни над кем смеяться. Поскольку сам в первую ночь подумывал о том, как застегнуть молнию на кодовый чемоданный замочек. О том, какой на нем код, уж точно никто не догадается: ни лев, ни удав, ни зебра, которая тоже, между прочим, судя по мультяшкам, очень больно лягается. Представив себе, как я был бы смешон со стороны со своим кодовым замочком – хотя со стороны наблюдать за мной могли только вампиры-комары сквозь антикомариную сетку на окнах палатки, – я переборол себя и отважно лег спать без замочка, оставив палатку практически нараспашку, даже не приставив к выходу чемодан.

Отступление второе... о грызунах и соковыжималках

Еще в школе один юный, но очень многообещающий жулик с не менее обещающей фамилией Розенгауз разворовал мою коллекцию марок. Это было мое первое очевидное в жизни горе. Я любил марки. По ним учил историю, географию... Глядя на них, мечтал стать путешественником. Благодаря им мир вокруг меня расширялся от Южной Америки до Австралии, от бабочек до пингвинов, от Леонардо да Винчи до Кибальчича... Конечно, я гордился тем, что ни у кого из моих друзей не было такой коллекции! Они же не болели так часто, как я, поэтому их родители не знали, что новыми марками можно поправлять пошатнувшееся здоровье юного коллекционера. В каком-то смысле я даже любил болеть: мало того что папа покупал мне тогда новые марки, еще не надо было ходить в школу, а дома все жалели, ублажали... Мама готовила по вечерам гоголь-моголь — главный десерт советского ребенка. Яйца, взбитые с сахаром! Ранний атеросклероз в обнимку с диабетом. Правда, тогда таких мудреных слов мы не знали. Знали только, что гоголь-моголь — это вкусно. Правда, непонятно было, почему такая вкуснятина была названа в честь русского писателя с самым длинным среди всех писателей носом. Вот она, кстати, убедительная разница в образовании поколений! С пяти лет мы тогда знали Гоголя и как он выглядит в профиль, но не знали, кто такой Атеросклероз. Теперь все наоборот.

После гоголь-моголя я, как бы сказал современный продвинутый ребенок, «для пролонгации кайфа» любил пересчитывать свои марки в альбоме с не меньшим азартом, чем скупой рыцарь свои сундуки в подвале. Наверно, я слишком возгордился коллекцией. И был за это наказан! Во исполнение наказания небом был выбран мой лучший в то время друг – Розенгауз. Я дружил с ним по всем правилам пионерского детства. Если родители пытались предупредить меня, чтобы я был с ним осторожен, я взрывался, как партизанская граната: «Как вы смеете! Он же мой друг!» Мне всегда хотелось защитить Розенгауза от родителей и от школьных пацанов, то и дело цеплявшихся к нему. Он был похож на обиженного суслика или хомячка, которого родители не хотели мне покупать. Из-за скошенного книзу подбородка вся грызущая часть лица его выдвинулась на первый план, губы подергивались, как будто ему всегда хотелось есть. Даже сейчас, вспоминая Розенгауза в детстве, мне хочется сделать что-то хорошее какому-нибудь сиротскому дому. Я наивно сдружился с ним еще и потому, что из всех моих знакомых он особенно хвалил мою коллекцию. Всегда подробно расспрашивал, чем отличается Леонардо да Винчи от Кибальчича? Естественно, с точки зрения стоимости. Теперь-то я понимаю, что он занимался тем, что в будущем назовут маркетингом. Однажды Розенгауз предложил мне обмен: я ему марки, он мне очень редкие фантики от заграничных конфет. Фантики, по его словам, были ценнее. В отличие от марок, фантиками можно было выиграть другие фантики. Я отказался. Хотя подвоха не заподозрил. В то время слово «развести» относилось только к компоту или гоголь-моголю.

После моего отказа от обмена Розенгауз стал навещать меня еще чаще.

Однажды, во время моего очередного отита, после его очередного посещения, в очередной раз пересчитывая свою коллекцию, я не увидел в ней ни Кибальчича, ни Леонардо да Винчи, ни пингвинов, ни многого другого. Остались одни дешевые бабочки и три африканские марки, поскольку они были почтовые, отпаренные с конвертов и продаже не подлежали!

Уличить виновника я не смог. Единственное, что смог, – прекратить нашу дружбу и забыть о нем, как мне казалось, навсегда. Вспомнил лишь много лет спустя, услышав песню Высоцкого «Если друг оказался вдруг».

Папе о пропаже не рассказал. Стыдно было. Не хотел, чтобы родители видели меня униженным. Правда, что-то они все-таки заподозрили. Слишком долго я не выздоравливал. Не помогал даже гоголь-моголь. Конечно, мне было жалко украденных марок. Но гораздо сильнее мучило новое, не познанное в раннем детстве унижение, которое чувствует обворованный человек. Как будто все надежды на светлое будущее попали в соковыжималку. Ощущение безысходности, никчемности. А главное, незащищенности. До этого я был уверен, что живу в стране, где самая сильная армия в мире, которая всегда защитит. Оказалось, не всегда! Над будущей жизнью неопознанным летающим объектом впервые повисла безнадежность.

Зато благодаря Розенгаузу я научился впредь быть настороже. Даже в ранней студенческой юности проявлял не свойственную годам бдительность. Например, с подозрением смотрел на каждого, кто начинал слишком нахваливать что-либо из моих вещей: «Какая у тебя чумовая шапка! Ондатровая? Сколько стоит?» – после таких слов я тут же хватался за шапку рукой и в присутствии льстеца уже не выпускал ее из зоны своего внимания.

Да, я благодарен Розенгаузу! Я гораздо легче, чем те, у кого не было в детстве таких «друзей», перенес все дефолты, перестройки, финансовые пирамиды... А также льстивых менеджеров, импресарио, продюсеров... Я не хотел, чтобы мои мечты еще раз попали в соковыжималку.

Розенгауз тоже мне благодарен. Теперь он почти олигарх. Никто не знает, что первые деньги он сделал на моих марках. Недавно мы виделись с ним. Случайно встретились в одной гламурно-рублевской компании. Гламурно обнялись, гламурно расцеловались. В конце концов, любые воспоминания детства приятны. Вспомнили мои марки. Он даже признался, что одну из них – Кибальчича – долго не мог продать. Потому что у марки был подпорчен уголок. Говорил так, словно я в этом был перед ним виноват. С простодушием аквариумной рыбки признался, что за оборванный уголок и за то, что я неверно назвал ему цену Кибальчича, некоторое время был обижен на меня. Пока наши и американские космонавты не начали осваивать космос. Тогда у юных коллекционеров-романтиков стали особенно цениться марки, погашенные в космосе. С улыбкой того же суслика на выданье он рассказал, как вырезал из каблука старого башмака печать, поставил ее на рваный уголок и продал особо пылкому, как и я в детстве, коллекционеру-лоху эту марку как погашенную в невесомости неаккуратным космонавтом. Мне было приятно, что мой друг детства оказался человеком незлопамятным. Он не держал зла на тех, кого обворовал. Пожалуй, самое полезное качество для достижения успеха при строительстве развитого капитализма с человеческим лицом!

Я никогда не замечал, чтобы торговцы употребляли такие слова, как «честь» или «достоинство». Видимо, у них этих качеств просто нет. И это понятно. Они не любят ничего терять. Если у торговца будет честь, ему придется ее терять по много раз каждый день.

У Розенгауза-олигарха больше не было, как в детстве, скошенного подбородка. Мушкетерская бородка выручила неудачно завершенную часть лица, предательски выдающую потребности грызуна. Видно было, что за бородкой ухаживает крутой, скорее всего, итальянский мастер. Вообще мой бывший друг детства очень изменился. Это уже было не тщедушное тельце, а настоящее тело. Туловище. Современное, подтянутое фитнесом и зеленым чаем. Облизанное косметологами и массажистами.

Отманикюренные руки он выставлял вперед, чтобы все видели, какая у него идеальная кутикула. Помня его сусликовое тельце, я даже подумал, что его, наверное, вытягивали где-нибудь в Швейцарии, в специальной клинике по переделыванию неудачной внешности начинающих олигархов. Не всегда же олигархам разводить других. Надо кому-то иногда и их потрясти. В этом деле швейцарские клиники обогнали даже итальянских дизайнеров. Мир превратился с подачи итальянцев-пиарщиков в огромное казино-разводилово!

Несмотря на всю эту выхухоленность, почему-то у меня, как в детстве, опять возникло желание защитить Розенгауза. Я тоже не был злопамятным, особенно по отношению к тем, кто чему-то меня научил в жизни. Что-то жалкое в нем осталось. Глаза были притворно веселыми, а в зрачках все же ощущалось беспокойство. Губы все равно до сих пор подергивались. Ухоженные руки, когда разговор заходил о деньгах, подрагивали, как лапки того же суслика, следы которого удалось стереть с лица с помощью швейцарской клиники. Казалось бы, передо мной совсем другой человек, а взгляд и манеры те же: где бы чего откусить, отгрызть? Вот чему так и не научились до сих пор в Швейцарии – менять взгляд. Поэтому, если внимательно сегодня приглядеться к нашим «починенным», обновленным в лучших клиниках мира олигархам и бизнесменам, может создаться ощущение, что человечество произошло не от обезьян, а от грызунов.

Розенгауз рассказал мне о своих последних успехах: обороте, вилле, детях в Кембридже, умеющем считать до трех бульмастифе и его няне с пятью высшими образованиями, а также о ноже для сыра последней модели, купленном, естественно, в Италии больше чем за тысячу евро, и запасах трюфелей на зиму. Причем не простых трюфелей, а таких, которые нашли свиньи с черным копытом, выращенные на специальных желудях, которые отмокали год в дубовой бочке у известного испанского тореадора. Как не знаток предмета, может быть, я что-то и перепутал. Да простят меня за это «грызуны».

Как и подобает настоящему другу детства, я попытался изобразить все восхищение, на какое способно мое, ставшее с годами неподвижным и потерявшее излишнюю восторженность лицо. Отчего восхищение получилось скорбным. Розенгаузу мой восторг показался недостаточным. И он решил добить мсня суперэксклюзивным обувным бутиком, который он купил для своей новой жены-модели. В этом бутике элитнейшая обувь в мире. Например, недавно завезли всего три пары самых дорогих в мире кроссовок из уникальной кожи. Эту кожу два с лишним столетия назад везли с уральских кожевенных заводов на продажу в Англию на корабле «Виктория». Но корабль в бурю затонул неподалеку от Ла-Манша. Десять лет назад его обнаружили подводники и подняли. Оказалось, кожа в соленой воде за двести с лишним лет приобрела суперкачества. Первые кроссовки из этой коллекции купил сам Сорос. Вторые – Моника Левински. Пять пар закупила «Аль-Каида», по три пары взяли Ричард Гир, Укупник и Ксения Собчак... Право на продажу этих кроссовок есть только у одного звездного голливудского бутика в Лос-Анджелесе. И у жены Розенгауза! Но на сей момент в голливудском бутике не осталось ни одной пары, а у его жены две еще есть. Эти кроссовки, безусловно, мне подойдут, поскольку я тоже звезда. Тем более что у меня голубые глаза, а у кроссовок голубой оттенок моря, в котором кожа выдерживалась двести с лишним лет.

Когда я узнал цену этих кроссовок, я ответил ему, что у меня денег хватит только на одну кроссовку. А мне пока еще, слава Богу, нужны две. Конечно, если бы за такую цену подошва кроссовок была еще и погашена в Космосе, я бы, пожалуй, напрягся и съездил на месячные гастроли по Сибири, чтобы приобрести их и стать еще звездистее! Мы расстались как лучшие друзья: олигарх и звезда! Ягуар и анаконда. Расстались по-московски, как крутые пацаны приобнялись и похлопали друг друга руками по плечам. Я похвалил его кутикулу. Сказал, что не видел в жизни такого совершенства. Он не остался в долгу, ответил, что у меня на лице самые красивые морщины, которые он когда-либо видел. Очень грамотно уложены, видимо в каком-то суперсалоне. С полуолигархической тусовки я ехал домой, весело напевая: «Если друг оказался вдруг...» И вдруг мне очень захотелось, чтобы сегодня вечером мама приготовила гоголь-моголь!

Может быть, та история, которая теперь кажется забавным казусом детства, на уровне подсознания действительно повлияла на меня. Никогда более я не копил ни деньги, ни марки. Вот уже много лет я коллекционирую только то, что у меня никто никогда не отнимет и не сворует. Ни один грызун! То, что не девальвируется, не будет зависеть ни от перестроек, ни от дефолтов, ни от выборов. То, что даже нельзя погасить в Космосе и потом продать подороже. Я коплю впечатления!

Нельзя так опрометчиво заявлять, будто мы все жили в застое. Были умы и тревожные, и светлые, и беспокойные. Они, между прочим, и подготовили все сегодняшние реформы. Недаром теперь многих наградили за то же самое, за что раньше посадили.

Разноодинаковые

После того как главным российским курортом стала «пятизвездочная» Турция, возгласы: «Мы останавливались в пятизвездочном номере люкс!» — не впечатляют, как и фотографии счастливых детей на завтраке перед турецко-шведским столом с метрами восточной еды и турецкой сдобы. К тому же большинство отелей за границей на одно лицо. Они одинаково сформулированы, несмотря на разные названия, цены, цвета обоев на стенах. Заранее знаешь, где ведро для мусора, где мини-бар, где сейф, фен, где пилочка для ногтей, ватные тампончики, которые создают видимость заботы о клиенте. Ничего не стоят, зато повышают категорию номера, а следовательно, и оплату за него. За завтраком в буфете знаешь, с какой стороны сухофрукты, с какой тосты, булочки, где овсяная каша на воде для редко попадающихся в этих гостиницах зануд-здоровяков. Даже картинки над королевскими кроватями в большинстве отелей похожи: тонированные акварелью гравюры птичек, цветов, ягод с перечнем клювиков, лепестков, тычинок, пестиков внизу... Сельдерей, аспарагусы, евпаториумы, арвендисы-петазисы... Точь-в-точь иллюстрации, вырванные из советского учебника ботаники, вставленные в косящие под старину, как будто изъеденные жучком, рамки. Интересно, кому из хилтоновских менеджеров первому пришла на ум мысль, что клиенты, лежа на королевских кроватях, будут вдохновляться этими фрагментами природы, разглядывать тычинки с пестиками, сверяясь с перечнем. Кого может это заинтересовать – из тех, кто позволяет себе пятизвездочный отель?

Когда часто останавливаешься в таких отелях, в которых от природы остались только эти фрагменты ботаники, они кажутся скучными, как скучен бывает аккуратно застегнутый на все пуговицы педант в галстуке. В них не таится никаких неожиданностей, как это бывает в российских отелях, где можно встретить выключатель от спальни в шкафу прихожей, пробка же от раковины хранится в сейфе и выдается только под залог – иначе ее украдут.

Редко на Западе бывают отели для неформатных фантазеров, а не для скучных коммивояжеров и бизнесменов, которые не умеют мечтать ни о чем, кроме прибавочной стоимости, и которые с деловым видом уже за завтраком обсуждают мировые сделки. У всех хотя и разные, но одинаково повязанные галстуки. Разные рубашки, разные костюмы, но при этом все они одинаковые. Они разноодинаковые. Даже на тарелках у них по-разному расположена и разная по количеству, но одинаковая еда: скажем, омлет с холмиками жареного бекона. Красиво звучит – бекон! По-русски гораздо точнее – шкварки. От одного буквосочетания расхочется есть эту дрянь. Западные названия всегда более привлекательны, чем наши. В развитом капитализме названия для клиентов должны быть как наживка для рыбок. Наши названия честнее. Читаешь, допустим, на ценнике «Шкварки» – и чувствуешь уже по буквосочетанию – смерть печени!

Для бизнесменов прибыль важнее печени. Впрочем, они шкварки и не едят, они едят жареный, но бекон! За завтраком, как правило, обсуждают деловые бумаги, проценты сделок, финансовые схемы... Почти у всех нервно постукивают о стол пальчики с ухоженными кутикулами или подергиваются ручки, как при начальной стадии болезни Паркинсона. Правда, глаза спокойны. Я бы даже сказал, безразличны. Как у игроков в покер. А ручонки выдают тревогу. Не многие умеют во время переговоров свои руки держать в руках.

У торговцев нет Родины. Для них где доход, там и Родина!

Изредка попадаются особо опытные «бойцы», у которых при мечте о прибыли спокойными остаются и глаза, и руки. Это игроки высшего класса. Тогда у них под столом дергаются ножки. Они нервно сучат ими. Потому что, когда мечтаешь о деньгах с такой страстью, что-то должно в организме суетиться. Сбоку от тарелки, как некий столовый прибор, у всех лежит сотовый телефон. Чаще всего они отвечают по нему: «Да-да, скоро буду». Величайший из «даосов» Винни Пух дал им самую точную кличку – **скоробуды**.

Если у бизнесмена за завтраком с утра в организме ничего не суетится: не дергаются ручки и он не сучит ножками, значит, ему в жизни уже всего достаточно: его скоробудство в прошлом. Нескоробуды обычно сидят за столом в рубашках, курят сигары, долго пьют кофе, читают газеты... Они не едят бекон-шкварки. Они едят овсяную кашу на воде, из которой поплавками торчат рыжие кусочки кураги и изюминки с черносливинками. Им хочется пожить подольше, чтобы успеть как можно больше истратить из того, что они заработали. Скоробудов они не замечают, как акулы не замечают корюшку.

Коллекция вторая

На мой взгляд, самые интересные отели, которые попали в мою коллекцию и впечатлили, о которых хочется рассказать, – это не наштампованные по всему миру разноодинаковые, пускай даже пятизвездочные, а отели-одиночки, разбросанные по самым романтическим уголкам нашей планеты. Они отличаются от отелей, произведенных конвейером сетевого гостиничного бизнеса, так же, как распечатанные на ксероксе эстампы великих художников от их живых картин. В таких отелях даже скоробуды ходят в майках, которые вполне сгодились бы на портянки российской армии времен первой Отечественной войны. Скоробуд в галстуке с телефоном за завтраком будет выглядеть в таком отеле так же неприлично, как российский бомж во вьетнамках на приеме у английской королевы.

Два Билла!

Пожалуй, больше всего меня впечатлил отель на деревянных сваях в русле реки Амазонки. Еще в Москве я узнал, что в этом отеле есть так называемый «президентский номер», который занимает весь верхний этаж. Как мне отрекламировали в московском турбюро, в нем останавливались даже Билл Гейтс и Билл Клинтон. Назывались апартаменты «Космические». Видимо, имелась в виду цена за ночь. Но меня это не смутило. Я ведь твердо решил инвестировать деньги только во впечатления. И оказался прав. Потому что вскоре доллар начал девальвироваться, а мои воспоминания об Амазонке не девальвируются никогда.

Номер занимал весь верхний этаж бочкотелого отеля, поэтому был круглый. Крутым ковбойским клёпаным ремнем его опоясывал со всех сторон балкон с металлической оградкой. С балкона видна была утекающая за горизонт Амазонка. Под ним джунгли. Обезьяны встречали туристов после завтрака с протянутыми лапами, точь-в-точь как нищие на Невском проспекте во время перехода России от человеческих отношений к рыночным. По балкону можно было гулять как по Бульварному кольцу. Администратор, который привел меня в номер показывать все его навороты, прежде всего заметил как бы невзначай, что в нем останавливались Билл Гейтс и Билл Клинтон.

– Одновременно? – не удержался я от всегдашнего желания никогда не быть серьезным.

Надо отдать должное, администратор хоть и туземец, а понял, что я шучу. Деликатно захихикал. После чего вывел меня на балкон и тоже решил пошутить:

– С этого балкона можно наблюдать и восход, и закат. Но не одновременно! – И снова захихикал. Я ему деликатно подхихикнул.

В номере был весь современнейший фарш коммуникаций: компьютер, Интернет... Все виды связи, кроме, естественно, кремлевской. Как-никак, номер считался президентским! Не хватало только черного чемоданчика с ядерной кнопкой. Отдельные части всей этой навороченной электроники постоянно перемигивались огоньками. Как будто и впрямь получали сигналы из космоса. Рядом висел гамак. Видимо, на случай, если здесь остановится президент какого-нибудь местного племени – чтобы он выходил в Интернет, не выходя из гамака. Потолок в номере был куполообразный, размером как у небольшого собора. Площадь же номер занимал такую, что в нем вполне к заутрене могли собраться православные небольшого московского микрорайона. Посреди «собора», в самом центре, под куполом, стояла кровать. Главная деталь интерьера. Своей обширностью она оправдывала название апартаментов, потому что напоминала стартовую площадку для космических кораблей на Байконуре. Вообще, номер не зря называли «Космическим». В нем действительно возникало ощущение подключения к Космосу. Наверху небо, внизу джунгли, между ними кровать, с которой вот-вот взлетишь. А если не на ту кнопку нажмешь, то катапультируешься в Амазонку с кайманами и пираньями.

Жалко только, что переночевать в этом номере мне так и не удалось. К моей радости, я узнал, что в окрестностях отеля есть проводник, который водит туристов с беспокойной душою ночевать в джунгли. Берет за такую экскурсию куда меньше, чем стоимость номера. Правда, еще надо оплачивать двух охранников-индейцев с ружьями. Они должны известным только им одним способом правильно развесить гамаки по секвойям и другим экзотическим деревьям, чтобы в них не забирались змеи, пауки, ящерицы — весь этот эксклюзивный, джунглевый VIP-террариум. Еще в их обязанности входило развести костер и сторожить сон туристов-экстремалов. Как объяснил проводник, набивая цену, от саблезубых тигров, анаконд, ягуаров... Как выяснилось позже, набивать цену такими жестокими методами было совсем не обязательно, потому что каждый из охранников попросил за ночь по пять долларов. Уговаривать меня на такой расход пришлось недолго. Во-первых, мы в России привыкли совсем к другим расценкам за ночь, во-вторых, я помнил, как однажды ко мне на Курильских островах в спальный мешок, который никто, естественно, не охранял и который, проснувшись утром, я не свернул, как подобало по технике безопасности, забрался полоз! Змея неопасная. Большой уж. Не кусается, не ядовитая. Добрый такой полоз. На людей не нападает. Но когда после рабочего дня, уставший, я вернулся в свою палатку, залез в спальный мешок, мечтая как можно скорее заснуть, а по моей ноге вверх полез этот добрейший из гадов, мысль о его добропорядочности мне пришла в голову далеко не первой.

– А я ведь предупреждал, – не без радости за свою правоту воскликнул начальник экспедиции, прибежавший на мой крик вместе со всей научной командой. – Как говорил великий Конфуций: «Те молодые птицы не попадают в силки, которые летают со старыми птицами». Лично я свой спальный мешок всегда скручиваю и как можно туже завязываю. Еще хорошо, что полоз оказался, а не кто-то другой.

Этот случай произвел на меня такое впечатление, что даже в армии я старался как можно туже заправлять одеяло на постели. Конечно, в казарме полозов не было, но были те самые другие: пауки, тараканы, древесные жучки... Мелочь, а нельзя сказать, что приятно.

Помня о своем опыте общения с теми, кто летать не только может, но и хочет, я сказал индейцам-охранникам, что, если они будут хорошо меня сторожить ночью, я им дам премию и заплачу не по пять долларов за ночь, а по шесть! Они были очень обрадованы. Ответили, что таких денег за ночь им еще никто никогда не предлагал. Я до сих пор переживаю, что повышением ставки практически испортил этих туземцев – теперь же они всем будут назначать по шесть долларов за ночь. А западные люди, в отличие от русских, к таким расходам психологически не готовы.

Днем тот же проводник пугал нас, показывая джунгли. Вообще проводники всего мира, когда водят «по природе» городских урбанизированных «цивилов», обожают пугать их ужасами природы и посмеиваться, как мы часто посмеиваемся над провинциалами, попавшими прямо с деревенской пашни в казино. Еще он рассказывал – я до сих пор помню – о муравьях величиной с большой палец, о плюющихся снайперах-кобрах... Наконец сжалился, увидев наши перепуганные глаза, озирающиеся взгляды, и поведал главный секрет: какими травами можно в джунглях питаться в случае, если одного из нас когда-нибудь судьба забросит сюда одного. Например, кто-то упадет с самолета прямо на ветки секвойи. Учил даже, по каким стволам деревьев надо выстукивать SOS, чтобы достучаться до ближайшего, километрах в двадцати, населенного пункта. Точнее, до индейского стойбища. В конце рассказал, как следует вести себя при встрече с коброй. Прежде всего, не пугаться. Кобра этого не любит. Испугаешься – точно плюнет. Лучше всего улыбаться ей улыбкой Будды. Интересно, что два француза и один англичанин, которые были в нашей группе, за проводником тщательно записывали. Особенно их интересовало, какими палками надо стучать и сколько стуков должно быть длинных, а сколько коротких, чтобы индейцы тебя поняли. Видимо, они действительно собирались когда-нибудь упасть сюда с самолета.

Вечером проводник привел нас в индейскую деревню, где индейцы «зажигали» нас за наши деньги своими огнепоклонными танцами. Главной зажигалкой у них работал вождь, с которым мы и расплатились за эти танцы. После чего за умеренную плату, надо отдать должное индейцам, вождь разрешил сфотографироваться с его племенем. Его племенем оказалась его семья. Без разрешения вождя никого из индейцев лучше не фотографировать – могут убить! Этим нас весь день тоже пугал проводник. Мои спутники записали и это! Для того чтобы предупредить своих друзей во всех городах. Есть поверье: фотоаппарат отнимает душу. Как уточнил проводник, поверью о фотоаппарате уже более двух тысяч лет. Но срабатывает оно, только если не заплатишь. То есть если будешь фотографировать исподтишка и на халяву. А если заранее оплатить съемку, то душа любого из индейцев остается в теле спокойной и в фотографию не стекает.

Как оказалось, все эти предупреждения проводника были не напрасными. На второй день экскурсии по джунглям примерно в полутора метрах от меня из кустарника неожиданно выползла кобра. Мы все шли друг за другом по тропинке. Кобра рассекла нашу группу на две части и слегка приподнялась. Приняла боевую стойку, но щеки, слава Богу, еще не надула. Она как бы пыталась понять, враг я ей или нет. И тут мне скорее пригодились не знания, полученные от проводника и его лекций, а опыт общения с бездомными собаками в период моей жизни в Подмосковье. Я тут же остановился как вкопанный. После чего очень медленно стал отходить назад, пытаясь улыбаться кобре улыбкой Будды. Остановилась вся группа. Проводник был впереди далеко от меня. Когда я отступил от нее метра на три и кобра поняла, что моя улыбка совершенно не враждебна, то спокойно улеглась на землю и, плюнув на меня – слава Богу, в переносном смысле, – уползла обратно в кустарник. Тут же подбежал проводник и начал гневно орать в кусты, как будто у него с коброй был подписан договор о том, что она не будет выползать на дорогу без разрешения. И тут же пообещал мне вернуться сюда после нашей экскурсии с местными индейцами и эту кобру убить. Правда, я не понял, за что. И как они будут ее искать.

Благодаря джунглям я сделал главный вывод в своем путешествии по Латинской Америке. Проснувшись часов в шесть в гамаке, как, собственно, и все звери, с восходом солнца, я почувствовал, еще не открыв глаза, что на меня кто-то пристально смотрит. Открыл глаза и увидел, что надо мной метрах в трех на какой-то секвойе (для меня все высокие деревья в джунглях – секвойи) сидела довольно внушительных размеров обезьяна. Морда у нее была похожа на большую волосатую пиццу. Она очень пристально смотрела на меня. Я разгадал ее взгляд. Она сосредоточенно думала, что бы у меня украсть. Вообще, побывав в Африке, в Сингапуре, в Австралии и в Бразилии, я понял, что все обезьяны думают только об одном: что бы украсть? Это позволило мне сделать вывод, что Дарвин прав!

Через несколько месяцев мой бывший гид – проводник по джунглям – написал мне по электронной почте: «В отеле рассказывают, что в «Космических» апартаментах останавливались не только Билл Гейтс и Билл Клинтон, но также какой-то сумасшедший новый русский писатель, который оплатил их за три дня, а сам ушел ночевать в джунгли в гамаке. То есть президентский люкс он снял практически для своего рюкзака». На такую крутизну не способны были даже Билл Гейтс с Биллом Клинтоном.

Кстати, о Билле Гейтсе и Билле Клинтоне... В этой поездке я понял, что они путешествуют по миру примерно по одному и тому же маршруту: друг за другом. Этакая сладкая парочка!

Например, в Мексике я возвращался после экскурсии с мексиканских пирамид к себе в гостиницу. Неожиданно увидел на дороге указатель, направленный в дебри короткорослых мексиканских джунглей. Мимо подобного указателя не проехал бы ни один российский человек. На нем красовалось до боли знакомое всем русским людям слово – «фазенда». Рядом пририсованы нож и вилка, что означало: на фазенду есть смысл заглянуть и сделать еще одно правильное вложение.

Фазенда была похожа на русскую помещичью усадьбу, которой руководит немецкий управляющий: все было ухожено и работяще. Вокруг усадьбы с одной стороны джунгли, все те же, низкорослые, с другой – плантации, маисовые поля. На полях в белых костюмах, словно медработники, трудились индейцы племени майя. Вдали белая церквушка, как старшая медсестра, наблюдала за персоналом. После работы, на закате, индейцы отправляются помолиться в церквушку, оставляя при выходе лопаты, мотыги, грабли... Я вспомнил современную российскую мудрость: только русский человек радуется тому, что дважды наступил на грабли, – значит, их еще не украли!

Однако хозяевам фазенды показалось мало иметь свои плантации от джунглей до горизонта. Они решили еще подрабатывать, сдавая комнаты гостям для ночлега. То есть все равно что наши олигархи начали бы еще на продажу лепить вареники.

– И что, есть хорошие номера? – поинтересовался я за обедом с местными разно приготовленными маисовыми блюдами на первое, второе и третье у своего гида.

– Необычные, – коротко и загадочно ответил гид. – Но многим нравится. Это известная фазенда в округе. Здесь даже есть номер, в котором останавливались Билл Гейтс и Билл Клинтон.

– Они что, всегда ездят парой?! – удивился я.

По сравнению с «Космическими» апартаментами цена номера показалась летней ценой ялтинского сарая с топчаном в углу для «дикаря» с Севера. Он тоже не был серийным, а был «hand made». Например, в ванной комнате все каменное: ванна, раковина, стены... Она была похожа скорее на римскую, чем на мексиканскую. Такую, «разбомбленную» Везувием, я видел в Помпее. Окнами номер выходил на джунгли. Длинные, искривленные ветви деревьев нагло залезали в окна и в сумерках были похожи на удавов. Терраса с бассейном. Те же индейцы швабрами скребли террасу, как юнги палубу корабля. Вблизи я рассмотрел, что их костюмы были похожи не на медицинские, а на спортивные кимоно каратистов. Единственное, что роднило эти апартаменты с «Космическими» на Амазонке, – это кровать. Ее тоже называли «королевской». На ней тоже могла разместиться вся королевская семья, или президент со своей администрацией, или вождь со своим племенем. Вокруг кровати висели гамаки. Видимо, для администрации вождя. На террасе важные павлины издавали урчащие звуки голодных желудков. Интересно, почему в древних описаниях рая всегда присутствуют павлины? Кто назвал их райскими птицами? По тому, как они нервируют своими звуками, им бы встречать души не в раю, а в пекле. С утра уже не дают спать. Петух – молодец! Покричал немного на рассвете, разбудил всех, и сам надолго умолк – решил отдохнуть. Павлины урчат с самого восхода без перекуров. Рассказывают, что на Лазурном берегу одному из русских полуолигархов своим надрывным, гортанным курлыканьем павлины настолько усиливали с утра похмельную головную боль, что он вызвал из Швейцарии самого дорогого «ухо-горло-носа», который сделал павлинам операцию по удалению голосовых связок. Больше всего были удивлены французы, обслуживавшие виллу русского хозяина. Они никогда не видели молчащих павлинов, с почти плачущими от потери смысла жизни глазами.

Правда, если бы я был на месте этого полуолигарха, я бы не поскупился и заставил бы швейцарского «ухо-горло-носа» пересадить павлинам соловьиные связки. Вот тогда бы это точно были райские птицы!

Когда я выписывался из номера и оплачивал его, на меня пришел посмотреть хозяин фазенды. Я для него тоже был экспонатом в коллекции тех, кто ночевал в этих суперэксклюзивных апартаментах.

– Где вы спали? В кровати или в гамаке? – задал он не без лукавства провокационный вопрос.

– Первую часть ночи в гамаке, потом перешел все-таки в кровать. Мы же не индейцы. У нас суетливы даже сны. Тем более в окружении веток-удавов. А ворочаться в гамаке, сами понимаете, не очень комфортно.

– А мои индейцы, – начал с той же лукавинкой рассказывать мне хозяин с гордостью за то, что его индейцы вроде как лучшие индейцы в мире, – в этих гамаках даже любовью занимаются

– Стоя? – вспомнив свою профессию, пошутил я.

Но хозяин фазенды, к сожалению, не знал мою профессию, поэтому принял вопрос не как шутку, а как любознательность престарелого дауна. Посмотрел на меня, как на не самый удачный экспонат своей коллекции.

– Ну что вы, как же можно в гамаке... стоя?! И потом, наши индейцы очень нравственные!

Из его ответа я понял, что если б майя были безнравственные, они бы запросто занимались в гамаке любовью стоя.

От Титикаки до Астаны через Беверли-Хиллз

В той поездке по Южной Америке я останавливался и в отеле с видом на высокогорное озеро Титикака, и в бывшем доминиканском монастыре на высоте более трех тысяч метров, где в пятизвездочной келье компьютер стоял под распятием, вокруг компьютера лежали Библии на разных языках, а в тумбочке была кислородная маска. Воздух на этой высоте был настолько разрежен, что одышка начиналась даже во время молитвы.

Самым неудачным экспонатом моей коллекции оказался один из самых модных отелей в Майами. Назывался он «Делано». Его разработал какой-то итальянский дизайнер. В нем жили такие модные, мирового класса модели и их спутники с фигурами набитых кошельков, что я чувствовал себя среди них студентом, которому в конце месяца не выплатили стипендию. В отеле все было белым! Как на Чукотском полуострове зимой. Как в советской больнице, когда не было других красок, кроме белил. Видимо, чтобы не портить белизну, в номерах даже не было шкафов. Еще за пару лет до этого отеля я заметил, что итальянские дизайнеры и модельеры пиарят как модное то, что мы считали ширпотребом еще в Советском Союзе. Например, сегодняшние пиджаки от Ферре или Гуччи – точь-в-точь роба, сделанная для учащихся ПТУ, за 7 руб. 14 коп. Однажды, примеряя в сверхмодном бутике сверхмодный пиджак, я посмотрел на себя в зеркало и понял, что мне не хватало только карандаша за ухом – и был бы вылитый ударник труда, мастерналадчик протяжных станков дизелестроительного завода периода советской индустриализации.

Благодаря итальянским дизайнерам в моду в западном мире вошли и женщины с фигурами «шнурков на подиуме». Потому что большинство итальянских самых модных в мире дизайнеров – геи. Такие плоские фигуры без бедер, груди, талии, с небоскребными ногами могут нравиться только им, поскольку напоминают фигуры подростков. К тому же дизайнеры относятся к моделям как к вешалкам, на которых должно красиво висеть все, даже плохо и впопыхах пошитое.

Самое забавное, что на этот пиар поймались и российские зажиточные мужики. И даже олигархи. Жена-модель стала таким же престижным знаком благосостояния, как эксклюзивный автомобиль в гараже. Модель входит в набор крутого банкира, финансиста, трейдера, маклера и даже средней руки импресарио шоу-бизнеса вместе с автомобилем, кинозалом и бульмастифом или шарпеем. Ничего не поделаешь, сегодня балом правит пиар. Он заказывает музыку. Все женщины мира заражаются тем, что пиарят итальянские дизайнеры. К примеру, натягивают на себя укороченные топы, а джинсы и брюки спускают под пупок. Однако одно дело – оголенный пупок под этим топом на фоне плоского, как тефлоновая сковородка, живота модели, другое дело – оголенный пупок на животе вскормленной макаронами с хлебом российской тетки, чьи нависающие над джинсами бока похожи на бока подтаявшей снежной бабы. Не говоря о том уже, что в Италии и в России зимы совершенно разные.

И то, что подходит итальянке, может обернуться отмороженными пупками в России.

Один из моих знакомых, крупный трейдер, дилер и всяческих дел мейкер, уже несколько раз женился на моделях. В конце концов они ему так надоели – как он сам мне сказал: «Не за что даже подержаться», – что последней из своих жен-мутантов он начал изменять с небольшого роста, пухленькой и похожей на булочку с изюмом русской девушкой. Только никому из своих друзей об этом не рассказывает. Стесняется. Не крутяк! «Булочка с изюмом» не пропиарена итальянцами и не престижна. Тем более с косой. «Отстой», а возбуждает.

Я думаю, что итальянцы не просто пиарщики, они – гипнотизеры. Они загипнотизировали весь мир. Все, что в Италии или из Италии, считается в мире наимоднейшим. Утюги, стиральные машины, сковородки, шприцы, зубочистки... Один законченный московский тусовщик хвастался мне тем, что у него итальянские зубочистки! На самом деле итальянская мебель очень быстро разваливается, утюги коротят, стиральные машины выпрыгивают из шлангов, к которым они присоединены, шприцы не рассчитаны на задубленную кожу северных народов. Чем хороши итальянские зубочистки, я так у тусовщика и не выяснил. Вполне возможно, что они просто многоразовые.

В этом отеле я еще раз убедился, что итальянские модельеры-дизайнеры – разводилы мирового класса. Я думаю, что дизайнер, спроектировавший этот отель, просто уменьшил затраты и решил все покрасить самыми дешевыми белилами, а пропиарил как сверхмодные тенденции суперминимализма. Из «Делано» я съехал уже на следующий день. Во-первых, я постоянно чувствовал себя в нем как в советской больнице, во-вторых, некуда было бросить сушиться мокрые плавки с пыльными кроссовками — нарушалась и замусоривалась гармония авангардистского минимализма!

Привет от «красотки»

Побывал я и в самом знаменитом отеле Америки. Особенно этот отель стал известен из-за того, что в нем снимался фильм «Красотка». Находится он неподалеку от самого дорогого, в смысле недвижимости, района в мире — Беверли-Хиллз в Лос-Анджелесе. В этом районе живут голливудские звезды, магнаты VIP-класса, банкиры и русские эмигранты: в прошлом зубные врачи, автослесари, заправщики бензоколонок... Только первые живут там постоянно, а наши все время меняются. Их попеременно сажают за их темпераментные воровские комбинации со страховками. Они, естественно, продают свои особняки другим нашим, за которыми американские власти уже по инерции устраивают слежку, поэтому и те не задерживаются надолго в Беверли-Хиллз.

Впрочем, хватит рассказывать о наших, лучше о самом отеле. Мне довелось провести в нем всего одну ночь. Честно говоря, это получилось случайно. Самолет, на котором я летел в Лос-Анджелес, запоздал. Когда из аэропорта я приехал в гостиницу, оказалось, заказанный мне номер уже кому-то отдали. В это время в Лос-Анджелесе проходил известный кинофестиваль – вручение премий «Оскар». Конечно, все номера в гостиницах были нарасхват. Видимо, администратор гостиницы решил, что я уже не приеду. И отдал кому-то из голливудских звездушек мой недорогой номерочек. Устроитель и организатор моих гастролей в Лос-Анджелесе начал давить на администратора отеля. Он обладал особым умением давить, за что я дал ему прозвище Пресс. Только Прессу могла прийти в голову мысль сказать администратору гостиницы, что я друг президента России. И что, если бы мне понравилось в их гостинице, я бы рассказал об этом президенту России, он бы тоже сюда приехал, тоже остановился бы в их отеле и был бы не худшей рекламой для них, чем Билл Гейтс и Билл Клинтон, которые, кстати, тоже останавливались в этом отеле. О чем свидетельствовали их фотографии на банально-гостиничном иконостасе у входа. Все-таки нашим надо учиться пиару у Запада. Там вывесят фотографии выдающихся людей на стенке при входе – иконостас! А наши наклеят фотографии звезд на стенку – тир!

Невероятно, но лапша, навешанная моим менеджером на уши управляющему, сработала. Порывшись в компьютере с не меньшим усердием, чем наши российские тетки из гостиничного сервиса роются в амбарных книгах, он с радостью заявил, что остался свободным всего один номер. Случайно не приехал какой-то Коппола. Приедет только завтра вечером. Этот номер могут отдать мне всего на одну ночь. А поскольку в создавшейся ситуации виновата гостиница, отдать его мне могут по цене заказанного мною заранее номера для самых бедных из самых богатых. Хотя номер для какого-то Копполы стоит девять тысяч долларов за сутки! Фактически администратор не оставил мне никакого выхода, кроме как согласиться. Я обещал ему рассказать о гостиничном радушии президенту России. Только просил, когда тот приедет, не делать ему такой скидки, как мне. Пресс был счастлив. Как и я, он никогда в жизни не видел номера за девять тысяч долларов в сутки.

Входили мы в него осторожно, не дай Бог поцарапать паркет долларов этак на пятьсот. Войдя, тут же узнали комнаты, виденные в фильме «Красотка». Та же ванная, тот же балкон размером с полкрыши с видом на Лос-Анджелес. Все как в кино! Не хватало только Ричарда Гира и его Красотки посреди гостиной, в джакузи.

Вечером у меня на концерте были две известные наши поп-звезды, которые тоже приехали в Лос-Анджелес на гастроли. Их концерт должен был состояться на следующий день. Я позвал их к себе в гости, естественно, не сказав, как мне этот номер достался. Нельзя было терять возможность хоть кого-то пригласить и почувствовать себя настоящей голливудской звездой, а не российским, случайно залетевшим сюда метеоритиком! Мне трудно описать их глаза, когда они вошли. До сих пор при встрече со мной у них портится настроение. Я их понимаю. Они же подумали, что я каждый раз останавливаюсь в подобных номерах, чем бессовестно унижаю своих коллег. Я не стал их разочаровывать и рассказывать, что этот номер мне достался случайно и только благодаря президенту России. Пресс тоже радостно промолчал. Главная задача любого администратора шоу-бизнеса – вызвать у кого-нибудь зависть. По-моему, они питаются завистью окружающих людей, как киты планктоном.

Привет от Лайзы Миннелли

В моей жизни был только один номер, которому уступал даже голливудский. Один из моих концертов во время гастрольной поездки по Америке был запланирован в отеле города Атлантик-сити. Итальянско-мафиозная администрация отеля знала, что ко мне на концерт приедет около полутора тысяч русских эмигрантов. Они все останутся на ночь в этом отеле и, естественно, после концерта пойдут играть в казино. А так, как русские, не играет никто! Для русского проиграть большую сумму денег – вопрос чести. В отличие от представителей всех других национальностей, русские, встретив наутро тебя за завтраком, спрашивают, не сколько ты выиграл, а сколько проиграл. После чего хвастаются: «Ой, а я в два раза больше».

Менеджеры отеля, при котором работало казино, рассчитали на своих компьютерах, что я принесу отелю сверхприбыль. За это меня удостоили чести бесплатно пожить два дня в самом роскошном номере. За два дня я так и не успел сосчитать, сколько в нем было комнат. Помню только, что он весь светился своей дешевой роскошью. Все было зеркально и позолочено – двери, стены, шкафы.

Наутро после похмелья очень трудно было найти вход в ванную. Особенно противно было смотреть на опухшее, в отеках, собственное отражение во всех углах. Кровати в спальных комнатах – а их было не то четыре, не то пять – все как на подбор с «капюшонами» и зеркальными потолками... По углам стояли какие-то чучелоподобные хрустальные животные. В хрустальных вазах лежали картонные раскрашенные фрукты. Столы на позолоченных ножках. Стены в размалеванной лепнине. Амуры с позолоченными фиговыми листочками. Все вокруг искрилось и зеркалило, создавая впечатление нашей причастности к сумасшедшему богатству. Как будто этот номер приготовили для свадьбы цыганского барона. В номере было три чайные комнаты и пять молельных для разных конфессий. Как мне объяснили, в этом номере, как правило, останавливались арабские шейхи, православные священники, католические епископы и буддистские ламы, которым тоже иногда очень хотелось поиграть в казино. В тумбочках лежали Библии и Кораны на разных языках. К номеру давались бесплатно два лимузина в любое время суток и круглосуточная бесплатная выпивка и еда. Потому что сколько бы я ни старался съесть и выпить на халяву, все равно это выйдет значительно меньше тех денег, которые оставят русские зрители в послеконцертную ночь в казино... Главный менеджер гостиницы, подмигнув мне, похвастал, что это любимый номер Лайзы Миннелли. А так как Лайза Миннелли должна была приехать в этот отель через два дня после моего отъезда, я, покидая номер, оставил ей под подушкой записку. Но она почему-то мне не ответила...

Правда, в этом номере была еще одна неприятная деталь и, пожалуй, самая существенная. Ни одно окно в нем не открывалось. У окон не было ручек. Все они были наглухо «задраены», как иллюминаторы на подводной лодке. Я расстроился. Это был берег Атлантического океана – хотелось спать на свежем воздухе. Сначала подумал, что окна не открываются из-за пренебрежения американцев к природе. У большинства из них связь с природой уже разорвана настолько, что концентрированные соки из пакетов для них свежие, слово «лес» понимается как лес небоскребов, а чистый воздух – это тот, который подают кондиционеры. Последний раз такие «глухие» окна я встречал в гостинице в Донецке. Только в Донецке гостиницу строили наши строители и, по-моему, просто не подумали, что окна должны открываться, или не знали, как это сделать с современными моделями окон. Или попросту разворовали по домам ручки от них.

Впрочем, наших строителей можно простить. Большинство из них всю жизнь прожили в советских «хрущевках», коммунальных квартирах и других бараках, помогающих чувствовать себя борцами за поголовное равенство. Если человека, привыкшего жить в бараке, попросить построить дворец – он выстроит большой барак. В Америке такого быть не могло. В американскую глупость никогда не заложена бесшабашность. В нее всегда заложена какая-то система. Я позвонил на ресепшен – как открыть окно? Даже по телефону было слышно, как обладательница женского заманушно-обволакивающего голоса мне улыбалась, – все-таки я звонил из номера для VIP-персон, в котором останавливаются президенты, нефтяные магнаты, арабские шейхи, величайшие вожди третьего мира и Лайза Миннелли! Она объяснила, что окна не открываются, потому что если кто-то из шейхов проиграет свои нефтяные вышки, он захочет выброситься из окна. Гостиница за это должна будет выплатить страховку его родственникам. А у шейхов родственников немало. Один гарем чего стоит! Более того, об этом напишут в газетах, и казино потеряет популярность.

– Но тот, кто захочет кончить жизнь самоубийством, все равно что-то придумает, – слабо попытался я поспорить с улыбающимся голосом. На что голос еще приветливее мне ответил:

– Вы правы. Некоторые пытаются после неудачной ночи не выброситься, а утопиться в океане. Но за это мы уже не отвечаем, это не наша территория. Страховку выплачивать не нам, а спасателям!

– А что, бывали подобные случаи? Здесь же мелко. Это ж сколько надо еще плыть, прежде чем утопиться?

– Вы правы. Недавно, например, проигравший – об этом даже писали в газетах – долго стоял в воде по пояс, раздумывал над технологией «самоутопления» на мелководье. Да еще, как назло, не было волн, чтоб захлебнуться. Идти туда, где глубже, было мокро и холодно. В конце концов он так замерз, что решил отложить счеты с жизнью на утро. Когда же выспался, почувствовал, что голоден, пошел завтракать, объелся, снова лег спать, спал так долго, что проголодался опять, снова пошел есть, и так постепенно забыл о своем желании покончить с жизнью. Променял суицид на трехразовое бонусное питание, которое полагается всем проигравшим. У нас в Америке забота о человеке – прежде всего!

Привет от президента Казахстана

Я был уверен, что после Атлантик-сити меня уже ничем удивить невозможно. Однако ошибся. Никакой Атлантик-сити не сравнится с той гостиницей, в которой мне милостиво, с высочайшего позволения, разрешили остановиться в Казахстане, в Астане. Президентский номер, в котором гостили большей частью друзья президента, его личные гости и заезжие гастролеры особой важности, занимал около тысячи метров. Естественно, квадратных. А не погонных. Конечно, в нем тоже все было позолоченное, с завитушками, все для тех же нефтяных магнатов, шейхов и далай-лам. Те же кровати с бегущими, когда в них ворочаешься, по периметру огоньками. Те же американизированные зеркальные потолки, зеркальные шкафы, лепнина, хрусталь, позолота... Строгая по-советски администраторша, приведя меня в номер, с той же гордостью, что и все менеджеры западных отелей, заявила мне, что в этом номере останавливаются ближайшие друзья Президента Казахстана.

– Билл Гейтс и Билл Клинтон? – с надеждой спросил я.

Куда смотрит сфинкс? Может,
и я что-нибудь увижу?

К чему обязывает
Синайская пустыня? Задуматься! О чем?
Конечно же, о вечном: что делать, кто
виноват и... как не объедаться на ночь?

Тунис

58

Тунис

Тунис

Беларусь

Беларусь

Канада

Канада

Китай. Впервые меня приняли за нищего. Кто-то чуть не кинул милостыню.

Перу. 4000 метров над уровнем моря. Недавно обнаруженный город инков Мачу-Пикчу.

Мексика. На фоне сырья для любимого российского напитка – текилы!

Интересно, что все боги и у ацтеков, и у инков, и у майя описаны в их мифах как голубоглазые, светловолосые и бородатые. Ну, просто наши древние мужики! А голова у бога воды точь-в-точь шлем сегодняшнего водолаза!

Древнее капище, где жрецы предсказывали судьбу. Всем интересно заглянуть в светлое будущее!

Вид из древнего капища на хребет Земли – Кордильеры.

Август 1991 года. День, когда разогнали путчистов, застал меня в Австралии...

Сингапур – проездом.

Мы же Евроазия!
Вернее, Азиопа!

Ялта. В перерывах между заплывами. Лучшие «спасатели» души. Оттягивает!

ВНИМАНИЕ! Эти фотографии
заряжены СВЕТОМ восходов
на КРАЮ СВЕТА!

– Нет, что вы! Жириновский, Галкин, Орбакайте...

Конечно, все, что было в так называемых апартаментах, уже было видено мною раньше в других отелях. Однако! Здесь было то, чего я не видел никогда! Половину площади, то есть метров пятьсот, занимал зимний сад! С искусственными цветами! Стены зимнего сада были выложены кафельной плиткой! Словно когда-то в этом помещении был морг, но потом его тщательно вымыли, поставили итальянскую блестящую мебель и завезли искусственные пальмы, магнолии... Выезжая из гостиницы, я сказал администрации, что все эти цветы не очень пахнут, надо было бы их по утрам опрыскивать специальным цветочным дезодорантом. Мое предложение они обещали передать «Казахотель-менеджменту».

Любую страну можно считать произведением искусства того народа, который в ней живет.

Отступление третье... о Евросоюзе, евросервисе и «нашизме»

Зато обслуживающий персонал в казахском отеле был даже приветливее, чем во всех известных мне западных отелях! Вообще, я заметил, что европейский сервис с развалом Советского Союза начал портиться после того, как в Европе стал хозяйничать Совет Европы. Наш Союз развалился, у них начал создаваться. У нас сервис начал улучшаться, у них ухудшаться, девальвироваться, как российский рубль. Как будто согласно какому-то закону Ломоносова, объем сервиса на земле должен всегда оставаться постоянным. Да, в Европе все начало осредняться, как когда-то у нас. Наша жизнь потихоньку налаживается, их расстраивается, как будто и объем хорошей жизни на Земле тоже не беспределен. Я понимаю, Советский Союз продавал Европе газ по дешевке. Европа долгое время поднималась, богатела за счет нас и плевала в нашу сторону. Они заплевали колодец – источник своего благополучия – и теперь расхлебывают собственную недоброжелательность.

Вообще, извините за очередное отступление, я с недавних пор начал думать, что будущее Земли за Азией. О том, что цивилизация началась со Средиземного моря, нам рассказывают все те же европейские историки-пиарщики. Чем Азия всегда отличалась от Европы? В Азии гораздо больший процент людей всегда работал. А страны, окучившие Средиземное море, в первую очередь ценили торговца, а не работягу. Поэтому Европа в прошлом так быстро начала накапливать деньги. И от этого она и задохнется в ближайшее время. Поскольку не может общество развиваться без уважения к человеку создающему. Западный мир – это в первую очередь политики, чиновники и торговцы. Даже когда им надо создать научно-исследовательские институты, они мозги покупают в других странах, впрочем, как и обслугу этих мозгов. Сами же один за другим вливаются в вырождающееся племя скоробудов.

Скоро даже европейскому сервису придется учиться гостеприимству у азиатского. Первый раз когда в японской гостинице официант принес мне в номер минеральную воду и, наливая ее, встал на колени, мне стало так неудобно, что я тоже встал перед ним на колени. Потом мне объяснили, что он это сделал, поскольку я сидел в кресле. Он не смел разговаривать со мной свысока. Только на равных. Таковы законы восточного гостеприимства. В Азии, в отличие от Европы, сохранилась культура уважения к гостю. Получать удовольствие от того, что доставляешь удовольствие. Улыбаться не только в том случае, когда улыбка приносит прибыль и чаевые!

Если бы у меня были неограниченные возможности, я бы всю оставшуюся жизнь прожил в отеле на острове Лангкави, в Андаманском море. Этот отель в Азии известен как шестизвездочный. На берегу залива, в объятиях мысов, с островами на горизонте, в тропическом лесу расположились хижины. На пляже нет такой сутолоки, как в Каннах или в Ницце. Только на таком пустынном пляже понимаешь, что Канны и Ницца для отдыха опятьтаки просто раскручены и пропиарены. Лазурный берег Франции – это тусовка и бренд. Что за отдых, если надо заранее, с вечера, на следующий день заказывать топчан-лежак, платить за него 30 евро в день, и за эти деньги вокруг тебя будут весь день чавкать, разговаривать, вонять своими парфюмами и навязывать всему пляжу музыку с ритмами для нижней чакры полчища скоробудов. По пляжам Андаманского моря Индийского океана можно гулять, как по берегу Балтийского залива. Но вода, в отличие от Балтийского моря, всегда от +27 до +30 °С. Райский климат! И нет павлинов! Зато можно встретить идущую к воде обезьяну, поговорить с ней о смысле жизни и о том, почему она больше не хочет стать человеком. В этот отель я прилетел как раз после кинофестиваля в Каннах и должен сказать, что обезьяны на пляже были мне гораздо милее, чем пляжная кинотусовка, пускай даже мирового класса. Одна из обезьян на телепатическом, естественно, уровне поведала мне, что она давно понимает человеческие языки, но никто из ее клана не хочет становиться человеком, потому что люди всю жизнь суетятся, гоняются за деньгами, убивают друг друга, обкрадывают, разводят, дурачат... А зачем? Чтобы потом поехать на курорт, отдохнуть, провести время с девушкой... Обезьяны это и так делают, но без всякой суеты и не оскорбляя друг друга.

Интересно, что в этом отеле на Лангкави некоторые европейцы живут круглый год. Только зимой уезжают в Швейцарию покататься на лыжах, а потом снова возвращаются. У них такой стиль жизни. Без быта! Не иметь ничего своего, а жить в гостиницах. Не надо, как в своем доме, расстраиваться, если протечет крыша, начнет капать водопроводный кран, изменится давление в водопроводе или рассохнется паркет... Такой образ жизни в мире считается самым продвинутым. Он присущ не просто бизнесменам или банкирам и даже не финансистам – инвесторам! Они сами уже не знают, в каком бизнесе зарыты и крутятся их деньги. В «Макдоналдсе» или в «Боингах»? Да им и не надо это знать. Они даже не волнуются, разворовывают прибыль их управляющие или нет. Им все равно навсегда хватит. Они уже больше думают о том, как обустроить свою загробную жизнь. С кем из посредников поделиться, чтобы он договорился с Господом. Правда, и не все земное им чуждо. Например, перед их приездом в швейцарские городки специально завозят ювелирку с камнями и ожерельями, из-за которых начинались в истории Европы войны и случались кровопролития. Как правило, все эти люди уже в возрасте. Женщины похожи на мумии из-за пластических операций. Они никогда не хмурятся и никогда не улыбаются своими «ботоксными» лицами. На их лицах вообще нет эмоций. Чем-то они напоминают пиратов Карибского моря, которые наворовали столько и имеют так много, что потеряли вкус даже к яблокам. У них никогда не звонят мобильные телефоны. В этом отеле не принято говорить громко и носить с собой мобильный телефон. Вечером в ресторане, тайском, или итальянском, или китайском, если у тебя зазвонил в кармане телефон, все посмотрят с осуждением. Не наш! Залетный. Это больше всего бесит наших олигархов. Что бы они ни покупали: замки, футбольные команды – мировые олигархи не считают их своими. Считают выскочками. Хотя, я думаю, это несправедливо. Сами они такие же выскочки, только постаревшие.

На Западе вообще люди кучкуются не по интересам, не по знаниям, не по образованию, а по количеству заработанных денег. Есть диапазоны богатства, в котором считаешься своим. Для каждого диапазона есть особые знаки, по которым свояк видит свояка. Это часы, машины, туфли, нижнее белье... Умелее всех обманывают «свояков» русские скоробуды – покупают те же машины, носят те же часы, обувь и нижнее белье независимо от того, сколько у них денег. Такие русские выскочки сегодня особенно бесят западных заправил. Потому что главное течение на Западе – это «нашизм». Наш или не наш – вот в чем вопрос. А наши везде выглядят «нашими», судя по машинам, очкам, часам и нижнему белью, не говоря уже о чаевых. Тут ***их*** «нашим» далеко до ***наших*** «наших».

Однако то, что подобные люди потянулись из Европы в Азию – наглядный показатель того, что Европа становится старой. Ее энергии уже не хватает для настоящего оживления дряхлеющего организма. Для такого омоложения необходимо восстанавливать связь с природой, из которой ты вышел и в которую уйдешь. В Европе и в Америке связь с природой практически нарушилась: у «цивилов» нет разницы между ухой и рыбным супом из пакетика, между морским плесом на закате и закусочной на восходе... Равновесие природы и человека сегодня возможно встретить только в Азии, где нет европейского трепета перед деньгами и где официант не швырнет вам, как во Франции, чашечку кофе на стол и не будет смотреть на вас свысока за то, что вы иностранец или дали ему недостаточные чаевые.

* * *

Вот с такими приятными воспоминаниями еще об одной своей коллекции я вышел наутро из своей пятизвездочной палатки прямо в саванну. И поначалу так испугался, что даже не успел полюбоваться остатками снегов Килиманджаро: на меня медленно двигался журнальный столик! Сперва я подумал, что это высокогорные глюки. Оказалось, всего лишь местная знаменитая африканская черепаха. На ее панцире действительно вполне мог расположиться обильный континентальный завтрак!

Страна Саванна

Жирафы ходят по саванне, как модели по подиуму. Они на всех смотрят свысока. И хотя наверняка знают, что все завидуют их росту и грации, в отличие от моделей, не унижаются перед теми, кто ими любуется, ни замысловатым копытопереставлением, ни бедровихлянием, ни грудепотряхиванием. Они выше всего этого. Им спонсоры не нужны! Суета где-то под ними. Не в их – в нижнем мире. Так что мое сравнение жирафов с моделями чисто внешнее.

Жирафам достаточно того, что есть в жизни вокруг них. Они вегетарианцы, за мясом не гоняются. Листву деревьев обгладывают, обстоятельно пережевывая, словно читали книжки по древней китайской медицине – более двадцати жевательных движений на каждый листик. Когда они едят, ни на что не отвлекаются. По их спокойным лицам видно, что во время еды они не думают о том, что куда-то опаздывают. Жирафы – не скоробуды!

Бояться им тоже нечего. Их передние ноги хорошо известны в саванне даже хищникам. Львы, и те редко нападают на жирафов. Канительное и хлопотное это дело. До шеи сразу не допрыгнешь, а под копыта попасть не очень-то хочется. К тому же любое приближение врага жираф замечает со своей «вышки» раньше, чем у врага созреет мысль о нападении. Жирафами можно не только любоваться. На них можно медитировать. Они успокаивают. Особенно красиво жирафы бегут. С замедленной грацией ансамбля синхронного плавания. Их туловища вытягиваются в прыжках, как у хороших балетных танцоров. Бегущие по саванне жирафы похожи на выпущенные из лука стрелы.

Если душа человека действительно может возрождаться в других телесных оболочках, в следующей жизни я бы хотел быть жирафом, чтобы моим бегом любовались и чтобы от еды не отвлекал ни телевизор, ни мобильный телефон. А нижний мир, мир суеты был где-то подо мною.

Вообще в саванне, как в отдельно взятом государстве, есть свои чиновники – шакалы, олигархи – львы... Желания львов для шакалов святы. Есть обыватели: кроты, мыши... Чуть что, они тут же по норам. Птицы – менестрели, поэты, музыканты... Уголовные элементы – коршуны, стервятники... Путаны – гиены...

Вообще, все звери и птицы похожи на кого-то из людей.

Буйволы очень смахивают на культуристов. Точнее, на расплодившихся в последнее время перекачанных охранников-секьюрити. У буйволов тоже выпученные, ничего не понимающие глаза, и шея поворачивается только вместе с грудью. Однако, в отличие от наших охранников, они, как и жирафы, вегетарианцы. Пасутся в саванне всей своей буйвольской деревней. В этой деревне их буйволята-культуристики в безопасности. Потому что, если буйволы займут круговую оборону, это будет кронштадтская крепость. Чтобы растерзать какого-нибудь бычка, хищники должны отогнать его в сторону, выманить, загипнотизировать... Хищники — политики саванны! Им иногда удается выманить из стада даже слона. Но они это делают редко. Совсем отчаявшись найти какую-то более легкую добычу.

Слоны тоже пасутся своей компанией, и не дай Бог эту компанию разозлить. Затопчут, забьют хоботами. Впрочем, разозлить их не так легко. Они — как деревенские силачи-увальни. В них, как и в истинных богатырях, нет того страха, который перерастает у слабаков в агрессию. Для меня в слонах есть две загадки. Первая — как вегетарианское существо, которое ест траву, вымахало до таких размеров, вторая — почему уши у африканских слонов имеют точную форму африканского континента, а у индийских — форму Индии. Раньше, когда я в юности читал о слоновьих ушах-картах, думал — байка. Но шли годы, и мне самому удалось в этом удостовериться – как в Африке, так и в Индии.

Интересно, что в животном мире гораздо больше вегетарианцев, чем среди людей. Причем, несмотря на свои богатырские размеры, животные-вегетарианцы очень мирные.

Может, и правда, как утверждают древние восточные философы, с мясом убитого животного передается энергия страха, которая выделяется у жертвы в момент ее убийства. Шакал по сравнению со слоном – козявка, а мясоед. Только и думает, кого бы еще замочить, разорвать. Корейские воины перед сражением ели не просто собачье мясо, они подвешивали живую собаку и долго избивали ее палками, чтобы как можно больше в ней скопилось энергии страха, а значит, и агрессии. И чтобы эта энергия вошла в воинов с едой. Так что не корейские воины приготавливали собачье мясо, а собачье мясо готовило хороших воинов.

Слоны – не воины. Хотя в древности, когда они впервые появились в ассирийской армии, казались врагу настоящими танками. Недолгое время за счет слонов индийская армия считалась в Азии сильнейшей. Но отнюдь не из-за того, что слоны направо-налево укладывали врагов хоботами. Враги пугались самого их вида и обращались в бегство. Правда, они поняли, что за безобидные монстры эти «индийские танки», и армия Индии тут же навсегда потеряла свою непобедимость.

Слоны опасны, только когда защищаются. Опасны даже для львов. Единственно, кого действительно слоны боятся, это всякого рода грызунов, в том числе и мышей. Короче, Розенгаузов! Как говорит русская поговорка, грызуны маленькие, но удаленькие. Согласно мифу они залезают в морщины и складки слоновьих ступней. Живут там как в комфортабельных норах. На примере слонов природа как бы показывает нам, что для богатырей не опасны хищники, для них опасны паразиты. И не врагов надо бояться, а тех, кто забирается в складки души!

Грызуны, как и шакалы, тоже чиновники, но только более мелкого масштаба. Этакая чиновничья мелочь. На уровне домоуправлений, жэков, районных администраций... Грызуны – это и налоговая полиция, и таможня, и ГАИ. Грызуны непобедимы. Потому что, даже если грызунам выбить зубы, они станут сосунами!!!

Пока интеллигенты не станут нахалами, нахалы не станут интеллигентами.

Приметы Саванны

Меня поражало зрение моего гида. В совершенно безжизненной для меня саванне он чуть ли не у горизонта замечал каких-то животных. И мы на джипе направлялись к ним. Правда, через пару дней я тоже начал кое-что угадывать. И даже пару раз удивил своего гида. Не потому, что у меня улучшилось зрение, нет. Просто я всегда любил по жизни создавать собственные приметы. Например.

Если, уходя на работу, забыть дома ключи и захлопнуть дверь, то по возвращении с работы придется вызывать слесаря.

Если на работу поехать на метро, то не попадешь в автомобильную аварию.

Если по телевидению официально объявили, что рубль стабилен как никогда, значит, грядет денежная реформа.

Если вы вышли из дома на улицу, а вам навстречу идет женщина с пустыми ведрами, значит, вы живете в деревне.

Создал я свои приметы и в саванне. Если два джипа долго стоят возле какой-то лужи и объективы фотоохотников дулами гаубиц направлены в эту лужу, не шелохнутся, словно ожидают артподготовки, значит, в луже бегемот! Он должен когда-нибудь показаться или хотя бы показать какую-то часть своего паровозного туловища. Особая радость охватывает владельцев «гаубиц», если это будет его пасть, притом зевающая. Достанут зумом до самых бегемотьих гланд.

Если дула фотоаппаратов, как зенитки, поползли в небо, значит, там кружат орлы или коршуны. Если где-то коршунов прибавляется, значит, там скоро кого-то съедят. В саванне кастовость, как в религиозной Индии. Сначала едят хищники. То, что они не доели, разрывают на части гиены. Гиены нападают только по двое и только на поверженных. На больных и слабых. После гиен к делу приступают шакалы. Дольше всех приходится ждать стервятникам. С высоты птичьего полета они порой часами наблюдают за трапезой «высших каст саванны».

Если все джипы, которые есть в пределах видимости, стягиваются к какому-то холмику, а вокруг никого из животных и зверей нет, значит, за холмиком нежатся львы, изредка показывая рыжие загривки. В отличие от сказочных и мультяшечных львов, дикие львы – настоящие семьянины. Они не изменяют своим львицам. При этом, как, ехидно посмеиваясь, похвастал гид, занимаются за холмиками любовью до пятидесяти раз в день. Может, поэтому и появилось выражение «львиное сердце»!

Главная мечта всех фотоохотников – увидеть львов. Ради этого они готовы часами следить объективами, нацелив их в далекие заросли, и как только в них появится взбаламученный львиный загривок, тут же раздаются крики: «Вон он, смотрите – лев, лев!» Но вот, наконец, царь зверей выходит из своего укрытия, потягивается, зевает, фотоаппараты и камеры стрекочут, как на пресс-конференции с политиком высшего эшелона.

Раньше все гиды рассказывали туристам о том, какие хорошие семьянины львы, теперь, по некоему негласному соглашению, об этом умалчивают. Ведь среди туристов есть семейные пары. И, как объяснил наш гид-водитель с той же ухмылкой, у них после такой информации по вечерам в гостинице зачастую вспыхивают семейные ссоры... Мужчины никак не могут объяснить своим половинкам, что женская доля отличается от львиной! Львиная – то, что достается львице от любви, а женская доля – то, что остается женщине после развода.

Рождаемость надо увеличивать в постели, а не на митингах.

Отцы и дети

Больше всего мне запомнилось, как семья гепардов шла на охоту. Вернее, мама вела своих гепардят-тинейджеров обучаться уму-разуму.

Шла гепардиха не торопясь. Ступала бесшумно. Глаза ее были, как два прицела, наведены четко на жертву. Хотя саму жертву мы не видели, даже через суперзумы наших объективов. Детишки, как и подобает подрастающему поколению с неокрепшей гормональной системой, нехотя тащились за ней, глазея по сторонам. Головы их то и дело вертелись, как флюгеры на ветру. Гепардята совершенно не хотели ничему обучаться. Тем более самостоятельности. Отвлекались на пение птиц, другие далекие загадочные звуки саванны. По дороге успевали обнюхивать неведомые им травы. Точь-в-точь как наша современная поросль – нюхали травку!

Иногда мама резко оборачивалась, строго, по-гепардьи, делала им телепатический выговор. Гепардята тут же послушно, подражая маме, вытягивались, пытались напружинить походку и очень старались навести еще неопытные, крутящиеся, как на шарнирах, глаза на жертву. Однако стоило маме отвернуться, как у них снова начиналась болтанка во всех частях их неокрепших туловищ, и они снова начинали отвлекаться на пение птиц, стрекотание цикад и... травку! Как и у человеческих детенышей, у них было современное клиповое мышление.

Мы медленно и осторожно следовали за ними на джипе. Постепенно к нам присоединялись другие джипы. Все ощущали себя режиссерами и операторами телепрограммы «Discovery».

Неожиданно для всех мама остановилась. Села на задние лапы. Вытянулась вверх. Получилась такая пирамидка с головой-флюгером на вершине. Практически не поворачивая туловища, обернулась посмотреть на детишек – ровно на 180 градусов. Из чего я сделал вывод, что остеохондроза у нее никогда не было! В мануалисте она не нуждалась. Гепардята тоже уселись пирамидками. Все внимательно смотрели вперед. Там, метрах в двухстах, паслись в траве два молоденьких кабанчика-бородавочника. Совсем поросята. Дурошлепы отбились от стада. Они тоже были тинейджерами и тоже не слушались своих родителей. Ковырялись пятачками в траве и совершенно не чувствовали опасности. Обедали, не зная, что сами уже практически стали обедом.

Я снова вспомнил мудрость великого китайского философа Конфуция: «Те молодые птицы не попадают в силки, которые летают со старыми птицами».

Остановились все джипы. Объективы видеокамер замерли. Гепардиха не торопилась. То ли ей не очень хотелось есть, то ли она считала поросят не самой вкусной едой. Может, выжидала, а вдруг проскользнет мимо какой-то более изысканный десерт? Так они и продолжали сидеть, контролируя взглядами поляну и закрепляя за собой юридическое право на поросят. Ни одному шакалу уже не дозволялось ступить на эту поляну.

Мы все простояли, как в стоп-кадре, минут двадцать.

Вдруг вся семья гепардов, как по команде, развернула головы-флюгеры на 90 градусов и еще выше вытянулась.

Вдали появилось стадо косуль – возможное спасение для поросят! Поодаль, отстав от стада, паслись две одинокие косули. Такие же тинейджеры-дурошлепы, которые тоже не читали Конфуция.

Теперь все зависело от мамы-гепардихи. Она поворачивала голову то в сторону стада косуль, то в сторону поросят. Настраивалась то на одну цель, то на другую, видимо, сравнивала, от какого «наведения» вкус приятнее. В мечте об объедках в небе появились коршуны. Значит, скоро должна была начаться охота! Водитель сказал мне, что в таком ожидании могут пройти часы. И поскольку мы не коршуны и не шакалы, мы уехали, оставив остальные джипы на месте будущего кровопролития. Эти джипы выстроились друг за другом и издали напоминали электричку, остановившуюся в саванне.

Реформы и реинкарнация

Если б не эта сцена охоты гепардов, саванна могла бы остаться в моей памяти как вполне мирный мегаполис. За холмиками милуются львы, неподалеку бычатся буйволы. Изредка в лужах всхлипывают бегемоты. Совсем рядом с их лужей пасутся матросы саванны – зебры. Чуть подальше деликатно бродят деликатесные косули. Розовым выцветили берега озера миллионы фламинго.

Самое жалкое зрелище – это стада антилоп гну. Если продолжать тему возможных перерождений, то невольно напрашивается вопрос: какие грехи совершили эти горбатые создания в прошлых жизнях, что в этой они родились такими уродливыми, неграциозными и обреченными на съедение? По всей саванне больше всего обглоданных костей антилоп гну. Как теперь модно говорить, «по закону кармы» в прошлых жизнях они наверняка убивали, обирали, завоевывали, за что теперь сами должны быть убиты и съедены. Я бы советовал многим нашим олигархам, бизнесменам и политикам понаблюдать за тем, с какой грустной обреченностью пасутся гну по саванне, и подумать, хочется ли им такой жизни в будущем?

Впрочем, нельзя всех политиков, бизнесменов и королей стричь под одну гребенку. Например, для наших реформаторов будущая жизнь в оболочке антилоп гну будет слишком роскошным подарком Всевышнего.

Да, я понимаю, что по сравнению с бывшими коммуняками наши демократы-реформаторы гораздо более образованные, я бы сказал даже, более талантливые. А некоторые из них просто гениальны! Разве это не гениальные реформы им удалось претворить в жизнь, если при коммуняках мы все были нищими, а они нас еще сумели обокрасть? Нет, их наказание должно быть жестче, чем жизнь в оболочке антилопы гну. Что касается меня, мне бы хотелось, чтобы некоторые из них стали многодетными семейными учителями средних школ в северных городах, где нет воды, газа, отопления и зарплат. Кто-то чтобы родился в роддоме, в котором отключено электричество, а врачи и акушерки, чтобы как-то согреться, в момент его рождения все перепились. Другие пускай будут врачами районных поликлиник и вынуждены будут подрабатывать, делая уколы и ставя клизмы богатым. Ну а те, кто затеял все наши реформы, – должны родиться в Корее собаками, из которых корейцы будут долго выбивать грехи их демократических реформ.

У меня есть мечта – купить попугая, который живет лет триста, и усыновить его, чтобы хоть кто-нибудь из членов нашей семьи увидел, чем закончатся в России демократические реформы.

Reality-шоу

Фотоохота – гениальное изобретение человечества. Так же путешествуешь по экзотическим странам, так же, как на охоте, выслеживаешь зверя, так же выделяется адреналин. Все те же удовольствия, но без убийства. Хотя щелчок в фотоаппарате срабатывает, и ощущение некоего выстрела в цель все равно остается. Попал! Я его сделал!

Интересно, несмотря на то что по саванне каждый день разъезжает тысяча джипов с фотоохотниками, животный мир совершенно их не замечает. Словно мы для них находимся в другом измерении. Наверное, мы так же не замечаем летающих тарелок, которые, вполне возможно, прилетают на Землю, как мы приезжаем в саванну на фотоохоту. А почему бы и нет? На какой-то далекой планете есть своя телепередача типа нашей «Discovery». Наша Земля для них вроде сафари. Им интересно за нами наблюдать, как мы суетимся, ездим на общественном транспорте, ругаемся в метро, после чего лечимся, объедаемся, снова лечимся. А еще ревнуем, завидуем, ссоримся, деремся, болеем на стадионах за любимую команду, тупо ходим на выборы, голосуем за того, кто обещал нам больше килограммов счастья... Летающие тарелки, как наши джипы, с которых они фотографируют особенно диковинные для них моменты нашей земной суеты. Там на их планете есть свои турбюро. Они выдают на Землю различные путевки. Предлагается меню. Что хотите посмотреть: драку, любовь? Каких хотите увидеть землян? Диких или одомашненных? Ах, вы хотите посмотреть, как они убивают друг друга? А поконкретней можно? Ну что вас больше интересует: преступления, совершенные в одиночку, или хотите поглядеть на войну? Предупреждаем сразу, война – это эксклюзив. Для VIP-персон. Особый тариф! Мы для них, как звери для нас. Зоопарк на воле. Reality-шоу.

Наша родина всегда была душой нашего народа. Государство – его клеткой.

Бриллиантовые мушки

Не знаю, что о нас будут рассказывать фотоохотники с летающих тарелок на своих планетах, но мой гид-водитель джипа был полон самых разных рассказов, легенд и местных шуток об охотниках и фотоохотниках, приезжающих в Африку. Он был ими нашпигован, как музыкальная шкатулка мелодиями. Целый раздел его шкатулки был посвящен легендам о том, как охотятся «новые русские». Во-первых, у них самые дорогие в мире ружья. Отделанные золотом, а у некоторых даже... – бриллиантовые мушки! Начинают охоту они всегда с того, что хвастаются ружьями друг перед другом. Потом долго обсуждают со своими буйволоподобными секьюрити-оруженосцами – достаточно ли они взяли на охоту виски. Мой гид не мог понять, почему еще десять лет назад русские на охоте пили водку, а сейчас пьют виски. Причем очень дорогое. Если бы цену этого виски узнал среднестатистический африканец, он бы его не пил, а закапывал в глаз пипеткой. Перед тем как рассесться по джипам и отправиться на охоту, русские охотники обычно выпивают по полстакана виски, утверждая, что делают это для остроты зрения. Больше всего изумляло моего гида то, что в таком состоянии некоторые из них действительно умудряются попадать – и не друг в друга. Даже устанавливают рекорды в охоте. Например, быстрее, чем охотники других национальностей, собирают так называемую «большую пятерку».

В Советском Союзе «большой пятеркой» называли изданные Брокгаузом и Ефроном собрания сочинений пяти величайших писателей мира: Шекспира, Мольера, Шиллера, Байрона и Пушкина. В Европе в понятие «большой пятерки» теперь входят: слон, носорог, лев, буффало, гепард... Мир явно изменился не в гуманную сторону. Как признаются даже бывалые охотники, труднее всего завалить льва. Один из бывших уголовных российских авторитетов после того, как стал бизнесменом и перестал охотиться на должников, не желая терять боевую форму, а еще потому, что привык к определенному уровню адреналина в крови, начал ездить на охоту в Африку. Даже он мне признался, что на льва идти боится. Лев имеет обыкновение засечь охотника прежде, чем тот засечет его, и сам выходит на его след.

Впрочем, и другие представители «большой пятерки», хоть и менее опасные, не так легко даются. Например, жители африканских племен рассказывают, как один немец бесконечно к ним приезжал и все пытался «достать» слона. Именно его не хватало горе-охотнику для завершения коллекции. Каждый раз, когда этот немец приезжал, местные проводники выводили его на одного и того же слона. И каждый раз от ощущения, что сейчас его мечта наконец сбудется, руки горе-охотника начинали дрожать, и в результате он попадал слону не туда, куда требовалось. Лишь ранил его. Так продолжалось восемь лет. Состарились и немец, и слон. Когда в последний раз одряхлевший немец присхал на охоту, не менее одряхлевший за это время слон увидел его, лег на землю и умер от испуга.

В общем, некоторые занимаются сбором «большой пятерки» всю жизнь. «Новые русские» охотники умудряются собрать ее за один, а то и за полдня. У них руки не дрожат ни перед слоном, ни перед буффало... Они платят местным африканским племенам столько денег, что те граблями сгоняют к ним на поляну всех диковинных зверей. И это превращается уже не в охоту, а в расстрел.

Меня все эти рассказы не удивили. Я помню, как в молодости меня возили посмотреть на охоту в Уссурийском крае. Только наш охотник мог напиться до такой степени, что умилился при виде бегущего на него кабана. И когда тот подбежал, попытался покормить его с рук. Даже кабан удивился. Чуть не сел от удивления на ягодицы, раскинув копыта, и даже грозные его клыки расплылись в улыбке.

Тот же гид рассказал мне, что один из чиновников московской мэрии набрался прямо на егерской вышке, его вытошнило, и он, извините за противное, но незаменимое в этом случае слово – облевал зебру. Местным туземцам это очень не понравилось. Они рассердились и обиделись за зебру. По их понятиям, он ее опустил. И теперь ее могли не принять обратно в стадо, как опущенную.

Пиво «Балтика» – там, где Россия! Водка «Балтика» – Россия, ты где?

Люди и звери

Почему людей так тянет поглядеть на животных? Почему они повсюду организуют зоопарки? Почему ездят смотреть на них в саванну? Почему таким модным стало сафари? Почему мультипликационные фильмы, как правило, о животных?Я думаю, потому что мы подсознанием чувствуем, что нам есть чему у них поучиться. Звери не убивают друг друга из-за денег. Из-за нефти. Из ревности или зависти. Звери никогда не объедаются. Они редко болеют. Излечиваются водой, сном, природой. Они не принимают антибиотиков, а выздоравливают. Да, они охотятся друг на друга, но только когда им это необходимо для того, чтобы выжить, продолжить род, а не потому, что им мало.

В Древнем Риме императоры решили проявить гуманность и, чтобы люди не убивали друг друга, бои гладиаторов между собой заменили боями гладиаторов с диковинными дикими африканскими зверями. Завезли в только что построенный Колизей самых страшных на вид животных. В том числе львов, и гепардов, и пантер... а также слонов и носорогов, с которыми, казалось, вообще лучше не связываться даже гладиаторам. Однако неожиданно для всех представление провалилось. Звери — этого от них никто не ожидал — не хотели нападать на людей! Гладиаторы кричали на них, материли, естественно, по-своему, по-римски. А звери жались по периметру Колизея и не понимали, чего от них хотят. Они были менее кровожадны, чем люди! Разочарованные зрители, не увидевшие рейтинговой крови, разошлись и грозились бойкотировать впредь подобные зрелища.

Однако менеджеры и импресарио в те времена, как и во все века истории, терять вложенные деньги не собирались. И они придумали! Стали привозить зверей из Африки загодя: за три-четыре месяца до представления. Держали их в клетках, кормили человеческим мясом. Через прутья клетки нервировали, раздражали палками, били, как ту самую корейскую собаку. Только не забивали до смерти. Ведь те еще должны были дать прибыль! И после такой подготовки выпускали на арену. Люди учили зверей ненависти и зверствам.

На зрелища сразу потянулся народ. Рейтинг Колизея тут же вырос.

Люди – солдаты эволюции. Человек – это переходная стадия от обезьяны к разумному представителю животного мира...

Раньше, услышав о каких-то изощренных преступлениях, о маньяках, рецидивистах, о терактах, я говорил, как и все вокруг, что это не люди, это – звери. Больше я никогда не буду употреблять это выражение. Оно оскорбляет не людей, а зверей!

Русский – это святое!

На празднование Нового года большинство туристов съехались из всех палаточных лагерей и отелей в единственный оазис цивилизации – одинокий пятизвездочный отель, который смотрелся посреди саванны как дом нефтяника на истощенном демократическими реформами подмосковном поле. Зато в этом отеле были официанты, не совмещенные с носильщиками, шведский стол с европейско-африканскими блюдами, а также ожидалась новогодняя концертная программа с участием самодеятельного танцевального коллектива ближайшей масайской деревни.

И хотя я стараюсь угадывать проблемы заранее, мне даже в голову не пришло, что столик на 31 декабря здесь надо было заказывать еще в сентябре, как будто это воскресный afternoon tea в лондонском «Савое». Видимо, сюда с разных концов света всех привлекала масайская самодеятельность. Собственно, привлекла она и меня. В конце концов, я и сам вышел из самодеятельности. Как же было не посмотреть на практически коллег, которые, вполне возможно, хранили секреты самодеятельности армии самого Александра Македонского.

Метрдотель ресторана был метисом с традиционно эффектной метисской внешностью героя латиноамериканского «мыла». Узнав, что я русский, а у него нет ни одного свободного столика, он так расстроился, что его метисская красота как-то сразу скукожилась, я бы даже сказал, сморщилась. Чтобы он так не переживал, я дал ему пятьдесят долларов. «Красота» тут же вернулась на место. По секрету он мне признался, что очень любит русских туристов. Они необычные. Я спросил, чем? Дают необычные чаевые! Поэтому, так и быть, он принесет нам столик из своего собственного номера в гостиничном отсеке для прислуги. Действительно, минут через двадцать метис появился с пластиковым столиком ножками вперед. Точно такие столики стояли по всем общепитовским столовым советских госучреждений. Кто-то из коллег попытался его обвинить в том, что во время предновогодней запарки он так долго где-то пропадает. Красавчик ответил: «Не видите? Я русских обслуживаю!» Коллеги тут же понимающе зацокали языками: мол, понятно – это святое!

Побывав во многих странах за последние годы, я понял четко: единственные, кто нас, русских, безоговорочно любит во всем мире, – это официанты. Ну, еще продавцы в бутиках и крупье в казино. Даже самые чванливые представители мирового сервиса – французы в Ницце – перестали пренебрежительно швырять русскому чашечку кофе на столик. Ставят ее аккуратно и так заискивающе на ломаном русском спрашивают: «Что еще, пожалуйста?» – как будто это не повидавший всех кинозвезд мира официант из Ниццы, а тривиальный чистильщик сапог – турок из Антальи. Обслуживая зажиточных русских, все официанты мира, независимо от национальности, становятся турками. Они все знают, что только русский с банкноты в десять евро может не взять сдачу, даже если выпьет всего лишь стакан минеральной воды, потому что не любит, когда всякая мелочь оттягивает карман, пришитый самими Дольче и Габбаной!

Поскольку свободного пространства в ресторане больше не было, метис поставил столик между сценой и остальными столами. То есть, сев за этот столик, мы должны были у всех, кто заказал места еще в сентябре, вызвать ощущение зуба в носу. Все равно что зрители пришли в театр, заняли места в партере согласно указанным в билетах, а потом кто-то пришел со своим креслом-качалкой, поставил его перед всеми у авансцены и расселся... Однако здесь никто не возмутился. Все понимали – это для русских. Святое!

На острове Лангкави в Андаманском море с небольшой компанией наших в один из райских андаманских вечеров я гулял по пустынному ночному берегу. Вдруг вижу впереди романтическую картину: на самом берегу, почти у шелестящих по песку волн, в окружении каре из зажженных факелов в ночи стоит столик, сервированный на две персоны. За ним сидят двое. Судя по силуэтам, мужчина и женщина. Два малайца-официанта обслуживают их бегом, принося одно за другим блюда из ресторана, который метрах в трехстах от берега.

– Спорим, что это русские? – предложил я своим спутникам.

Но ошибся. Те двое оказались украинцами! Из Донецка. Правда, для официантов все равно были русскими. Потому что малайцы с гораздо большим трудом отличают русских от украинцев, чем мы нанайцев от удэгейцев.

«Голубой огонек» по-масайски

Распухшая от тропического тепла луна масайским фонарем высветила саванну. На порыве теплого тропического ветра прилетел с востока Новый год! Шведский стол под пальмами, баобаб вместо елки и масайский коллектив зажигательных танцев вместо «Голубого огонька». Хотя то, как они «зажигали» на сцене, назвать танцами можно было с такой же натяжкой, как назвать певцами леса дятлов. Масайские девушки, худощавые, как лучины для разжигания камина, под музыку просто подпрыгивали. Подпрыгивали они так высоко, как будто их ноги были слеплены из какого-то особого вида местного каучука. Все казались резиновыми изделиями, завернутыми в ткани цвета цветущих джунглей в период дождей. Подпрыгивали, улыбаясь, радуясь тому, как им высоко, легко и пружинисто взлетается. Чувствовалось, что прыжками, как и оттягиванием мочек, масаи занимаются с детства. А собственно, чем им еще заниматься в масайских деревушках долгими африканскими вечерами?! Телевизоров нет. Только и остается, что прясть, прыгать и оттягивать мочки.

Как же давно я живу!

Я смотрел на этот масайский «Голубой огонек» и думал о том, что мне скоро 60 лет, а много ли встреч Нового года в своей жизни я запомнил?

Помню, мне было лет пять, у нас в доме загорелась елка. Елку папа всегда покупал под потолок! Нас, детишек, это впечатляло. Большая, сверкающая, как будущая счастливая жизнь. Загорелась она от бенгальских огней. Снега искусственного в то время еще не создали. (Наверное, я и впрямь давно живу, если помню время, когда в магазинах не продавали ничего искусственного, даже полиэтиленовых пакетов!) Поэтому у нас, как и у всех, под елкой стоял весьма консервативный по сегодняшним понятиям Дед Мороз с бородой из ваты. Вокруг него мама, как снегом, припорошила пол мелко нарезанными кусочками белой бумаги. Это все и вспыхнуло. Огнетушителей тоже в то время по домам никто не держал. Первый раз в жизни я тогда сильно испугался. До онемения! Испугались все, кроме папы. Папа мгновенно схватил ковер и набросил его на огонь. Потом мы все, чувствуя себя героями, дружно топтали этот ковер, под которым быстро угасал огонь. Позже я понял, что если бы испугался и папа, то неминуемо случился бы пожар. Словно закодированный тем папиным неиспугом, впоследствии я тоже часто успевал среагировать перед тем, как испугаться! И это часто меня выручало!

Еще из детства я почему-то запомнил Новый год, когда заснул и его не встретил. Не очень, конечно, веселый праздник получился, зато запомнился как небанальный.

Остальные встречи Нового года в детстве практически все смешались и соединились в одно расплывшееся воспоминание, словно это был один праздник с салатом, тортом и елкой... Самое приятное, что было в таких встречах Нового года для меня, – мандарины. В магазины в советское время мандарины завозили только перед Новым годом. Щедрый подарок ЦК КПСС с барского плеча холопу-народу. Зато сколько радости они доставляли нам, детям. Я до сих пор, когда чищу мандарин, каждый раз вспоминаю елку и Новый год из детства. Наверное, если бы Советский Союз был открытой страной, нас с сестрой родители свозили бы куда-нибудь – показать, как встречают праздники в других странах. Но наша страна была закрытой. И разнообразие праздников сводилось лишь к незначительному разнообразию гостей. Тосты и блюда оставались одними и теми же. Это мне не нравилось с детства. Дяди и тети вроде умные, старше меня, а все говорили одно и то же. Здоровья, счастья, долгих лет! Я уже тогда не понимал, почему нельзя было придумать что-то интересное, необычное? Я же написал маме в новогодней открытке: «Желаю тебе, чтобы твои дети всегда были счастливыми!» Папа потом эту открытку зачитывал вслух за столом гостям. Все смеялись. Говорили о том, как современные дети небанально мыслят. И снова желали друг другу здоровья, счастья и долгих лет жизни!

Околоколхозные привидения

Первый Новый год, который ярчайшим воспоминанием врезался в мою память, случился в студенческие годы. Я учился тогда в Риге в Политехническом институте. Всей нашей группе показалось очень заманчивым предложение одного из сокурсников по имени Витек встретить Новый год за городом, в полуразрушенном замке. Родители Витька жили в колхозе, неподалеку от замка. Несмотря на то что колхозники в то время были атеистами, они все обходили этот замок стороной. Особенно в Новый год. Согласно легенде, еще в очень Средние века принц из этого замка должен был жениться на принцессе. Свадьбу решили играть в новогоднюю ночь. Однако во время веселья появились крестоносцы и всех, как язычников, изрубили мечами. С тех пор каждый Новый год в двенадцать часов все, кто был на этой свадьбе, собираются в замке и пытаются ее допраздновать. Место считается нехорошим и опасным. Непрошеных гостей привидения принимают за крестоносцев и душат.

Но мы были тогда марксистами-ленинистами. Не верили ни в бога, ни в черта... Верили только в безоблачное светлое будущее без прибавочной стоимости и эксплуатации человека человеком. Наполнив рюкзаки самым дешевым портвейном «777», мы отправились на свадьбу средневековых духов. В отсыревшем зале, где, скорее всего, и должна была, согласно легенде, праздноваться та роковая свадьба, в остатках камина развели костер, достали из рюкзаков сваренные вкрутую яйца – непременный атрибут туристического советского счастья... Колбасу, бутерброды, тушенку... В качестве добавки к портвейну несколько бутылочек «Советского шампанского», которым оказалось очень вкусно запивать тушенку. Естественно, немного водочки. И, конечно же, пивка. Неудивительно, что такая новогодняя ночь запомнилась каждому из нас на всю оставшуюся жизнь. До самого утра пили и пели, пели и пили. Конечно же, танцевали вокруг костра, как нам казалось, языческие танцы, после чего решили разыграть жертвоприношение. В качестве жертвы выбрали комсорга – самое дорогое, что было в нашей группе. Из выбитых окон вылетали в поля, леса наши пляшущие тени и вопли. Не знаю, может, привидения и приходили, но нам было не до них. Наши земные девушки нас интересовали гораздо больше. А может, духам не понравилось наше жертвоприношение? Все-таки комсорг! Или просто растерялись от такого бедлама, расселись смирненько по углам и решили поучиться тому, как надо по-настоящему веселиться? Припоминаю – какие-то тени все время возились и суетились вдоль стен. Короче, если духи и появлялись, то вели они себя в ту ночь весьма интеллигентно. Я бы даже сказал, гостеприимно.

Уже через пару недель от Витька мы узнали, что по всем деревням в окрестностях разлетелась весть, что в замке в новогоднюю ночь на этот раз духи буянили особенно. И, чего раньше за ними не замечалось, даже матерились. Более того, судя по крикам, кого-то принесли в жертву! Хотя из соседних деревень вроде никто не пропадал.

Лет через двадцать я встретил Витька на улице.

– Ты помнишь наш Новый год? – спросил он. – Представляешь, с тех пор в замке привидения никогда больше не появлялись. Хотя до этого каждый Новый год гуляли точно по расписанию.

– Значит, мы их действительно сделали! Или... благодаря нам они наконец допраздновали свою свадьбу!

От Годзиллы до Снегурочки

Запомнилась и еще одна новогодняя ночь из студенческой жизни. В общежитии в комнате мы жили втроем. Деньги, присланные родителями на празднование Нового года, пропили за несколько дней до него. Поэтому елку, чтобы праздник все-таки состоялся, сами срубили в лесу. Долго тащили ее пехом в Москву. Удачно миновали милицейские посты. Правда, украсить ее нам было нечем. Кто-то с похмелья предложил: «Давайте украсим елку тем, что у нас осталось в мусорном ведре. Там много всего! Слава Богу, мы его неделю не выносили. Оригинально будет. Девчонок позовем. Им всегда нравится, когда мужчины придумывают что-то оригинальное. И потом, такая елка запомнится нам на всю жизнь».

Да, эта елка запомнилась нам на всю жизнь! Я никогда не видел более хватающего за душу печалью зрелища. Даже теперь у меня портится настроение при воспоминании о ней. На елке висели обглоданные лимонные дольки, пустые пузырьки от пенициллина – я до этого лечился от ангины. Еще скрюченные горчичники, консервные, плохо вымытые банки... Вместо гирлянды елка была обвита бинтом с кровавыми, засохшими подтеками. К макушке мы привязали полулитровую грушу-клизму. В ту ночь от нас сбежали все девушки. Одну из них от нашей елки начало подташнивать. Она назвала ее погостом в реанимации. Однако нет худа без добра. Теперь, когда приходится порой смотреть голливудские сцены с разного рода кинг-конгами и годзиллами, я вспоминаю нашу елку в общежитии, и все годзиллы для меня становятся снегурочками.

Главное знаковое событие России

Еще я помню встречу 93-го года. Я уже был довольно популярным писателем-сатириком. Мне предложили вести новогодний «Голубой огонек». Я, естественно, согласился. В то время это считалось очень почетным и престижным. С утра 31 декабря мы репетировали. Вдруг ко мне подошел побледневший редактор телевидения, отозвал в сторону и, продолжая бледнеть на глазах, зашептал:

– У нас ЧП! Горбачев не президент и уже не может поздравлять советский, нет, русский... короче, наш народ с Новым годом. А Ельцин, – он выждал паузу и добавил: – Тоже уже не может! Ты понял?

– Почему?

Тогда мы еще не знали, что означает выражение «президент работает с документами».

– Потому что не может. Как ты не понимаешь? Как мне объяснила его охрана, он сейчас работает с документами! И будет работать с ними всю неделю запоем! Охрана жалуется, что он оказался абсолютным трудоголиком, и они устали бегать за документами в магазин! Понимаешь?! – Он выделил слово «понимаешь», как будто разговаривал со мной как с дебилом.

– И что же делать?

– Как ведущему телеогонька, народ придется поздравлять... тебе! Без поздравления народ оставлять нельзя. Самое дорогое, что у нас есть, – это народ!

– Я вообще-то сатирик.

И тут редактор сказал фразу, от которой расхохотался даже я – профессионал.

– Что делать? Если политики взяли на себя роль сатириков, сатирики на себя должны взять роль политиков. Кроме того, Горбачева звать Михаил, а у Ельцина отчество – Николаевич. Ты как раз Михаил Николаевич, значит, тебе сам Бог велел быть эпохальной эстафетной палочкой.

Выбора не оставалось. И тогда я решил приколоться – построить свое поздравление в той форме, в которой поздравляли каждый год советский народ генеральные секретари. «Поздравляем вас, дорогие воины... поздравляем вас, уважаемые учителя...» Я поздравил и рабочих, и крестьян, и врачей, и детей, и матерей, и даже Михаила Сергеевича Горбачева и Бориса Николаевича Ельцина. Интересно, что лет через десять Михаил Сергеевич Горбачев, когда мы с ним случайно встретились, сказал мне, что до сих пор помнит это поздравление, и поблагодарил меня за него. Ему было приятно, что о нем, отрешенном от должностей, хоть кто-то вспомнил в ту новогоднюю ночь. В отличие от Горбачева, Ельцин никогда меня за это поздравление не благодарил. Он даже не знал, что я в эту полночь отработал за него. Видимо, он тогда настолько заработался с документами, что уже не мог не только поздравлять, но и слушать поздравления.

Я представляю, какой эффект произвело мое поздравление на тех, кто включил телевизоры, чтобы по традиции послушать: что скажет главный? Многие в тот день спорили, кто все-таки будет поздравлять? Бывший или будущий? Кто теперь главный? Не угадал никто. Когда на экране на месте президента появился сатирик, у большинства случился шок. Да, это был знаковый момент для будущего России. Именно тогда впервые здравомыслящее большинство нашего населения – электората – поняло, что, если вместо президента народ поздравляет сатирик, значит, этот народ в ближайшее время хорошо жить не будет. Он будет жить весело! Правда, даже здравомыслящие не могли догадаться, насколько весело!

Русский стандарт

Известно, что каждый мусульманин однажды в жизни должен совершить паломничество в Мекку. Я не мусульманин. Я русский. Это значит, что хоть раз я обязан был встретить Новый год в Париже. Чтобы потом на вопрос: «Где ты встретил Новый год?» – так, между прочим, впроброс, ненавязчиво, как будто это само собой разумеется, ответить: «Да так, в Париже».

Я понимаю, звучит заманчиво. Однако новогодний Париж неожиданно меня разочаровал. Хотя начиналось все роскошно. Трехзвездочный ресторан на Елисейских полях. Для ресторанов три звезды так же круто, как для отелей пять. За столиками французские герцоги, герцогини в ожерельях с камнями, вывезенными их далекими предками из африканских колоний. Все с королевскими манерами. За одним столиком потомки русских князей, эмигрантов с манерами престарелых дворян. В сопровождении небольшого оркестра пела тоже русская. Уже в возрасте. Она была одета так, как одевались русские певицы в Париже еще во времена Антанты. Французам эта антикварная русская явно нравилась. Она их будоражила по-нашенски, по-кабацки цыганско-русским шансоном. Улучшала циркуляцию загустевшей с возрастом аристократической крови.

В двенадцать часов, как и положено, все выпили шампанского, минуты две раздавались восторженные возгласы, тосты... Казалось, веселье только разгорается и сейчас французы пустятся вприсядку под зажигательный шансон Антанты, и вдруг – этого я никак не ожидал – все начали расходиться по домам. Никто не подрался, никто не потянул на себя скатерть с закусками, никто не заснул, упав лицом в крем-брюле, никто не попытался закинуть винегрет ложечкой в плафон люстры... Все накинули на себя собольи и норковые шубы и разъехались по домам. К слову, не надо говорить, будто на Западе носить меха – дурной тон. Просто надо знать, где их носить. Если вы пойдете в собольей шубе по нищенским кварталам, вас, конечно, обольют краской якобы зеленые, якобы из любви к животным. На самом деле просто из зависти. Половина зеленых на Западе – это те, кто не может позволить себе купить меха; они подвели под свою зависть философию, позволяющую без угрызений совести обливать краской тех, кому завидуют. А купи, подари женщине из партии зеленых норковую шубу, и она тут же забудет о своей любви к норкам, поскольку даже не знает, как этот зверек выглядит. И вообще, почему, если те, кто поддерживает зеленых, так любят животных, они сами носят обувь, сделанную из кожи убитых коров, свиней, страусов и крокодилов? Однако вернемся к парижскому Новому году...

Уже к часу ночи в опустевшем ресторане остались только немногочисленные русские, которые начали целоваться с Антантой и под ее будоражащее пение пустились в пляс. Французские официанты выстроились вдоль стен ресторана и смотрели с восхищением на наши половецкие пляски. В смокингах они были похожи на зрителей-аристократов на выступлении русского ансамбля пьяного танца.

Потом мне объяснили, что Новый год вообще в Европе так, как в России, до утра встречать не принято. За месяц до Нового года в телекомпанию REN-TV было назначено новое руководство из Германии. Немец – генеральный директор – попросил режиссеров дать ему план новогодней передачи. Естественно, принесли ему сценарий обычного «Голубого огонька». Он посмотрел сценарий, собрал режиссеров и сказал, что денег на такую долгую передачу до четырех утра не даст. Неразумные траты. В половине первого уже все телезрители лягут спать. Бедный немец так и не понял, почему все редакторы и режиссеры начали хохотать. Как ему объяснить, что наш человек обожает смотреть «Голубой огонек» до синевы. И только в четыре или в пять утра вдруг заявляет: «Эту дрянь невозможно смотреть!» Как ему втолкуешь, что мы – люди с другим энергетическим потенциалом. Это они не празднуют Новый год, потому что энергетически истощаются на праздновании Рождества. Слабаки! А нашей энергии нам хватает и на празднование их Рождества, и нашего! По старому стилю, по новому... Никому в мире не объяснишь, что означает выражение «Старый Новый год»!

13 января 2002 года я был на отдыхе в швейцарском отеле в Альпах. Русские разгулялись по полной программе: сняли на ночь пару горных вершин с подъемниками, оплатили работу персонала этих подъемников до утра, туда наверх забросили десант отечественной попсы. Полночи над ночными Альпами неслось «Как упоительны в России вечера»... В ресторане же царило такое веселье, что все остальные национальности просто покинули его. Официант, который меня обслуживал, спросил:

что сегодня празднуют русские? Я ответил честно: «Old New Year!» Он ушел на кухню и долго не появлялся, видимо, пытался с коллегами разгадать эту загадку – оксюморон. Не менее загадочную, чем «живой труп», «горячий снег» или «честный депутат».

Конечно, официантам нравятся русские загулы. Но в душе они над нами посмеиваются. Во-первых, наши не умеют, как принято на Западе, сдерживать свои чувства. Для западной обслуги это выглядит не только забавно, но и весьма удручающе, например, когда наши начинают переходить от столика к столику, пересаживаются, меняются местами, и потом бедные официанты не знают, кому за какой столик подавать какой счет. Во-вторых, наши заказывают вина не по вкусу, а по цене. Придя в ресторан, считают самым крутяком громко сказать официанту:

– Мне, пожалуйста, самое дорогое вино!

Или, что еще хуже:

– Мне – самое лучшее вино, которое у вас тут есть во Франции! И побыстрее.

Самых лучших вин во Франции не бывает! Как, впрочем, и самых дорогих.

В тот же вечер в Швейцарии четверо русских со своими женами, после того как пили весь день в горах горячий глинтвейн, решили попробовать самое дорогое французское вино.

– Самые дорогие вина коллекционные, – пояснил официант.

– Неси коллекционные, – приказал ему наш, даже не подозревая, что коллекционные вина не пьют. Их коллекционируют. Они хранятся в подвалах уже пару столетий, и на вкус это уже не столь изысканное вино.

– Вам для коллекции? – спросил официант.

– Какая коллекция? Мы выпить хотим. Давай, шевелись!

– Выпить?!! Но, но, но... – официант хотел что-то возразить, но, увидев взгляды наших, понял, что его объяснения бесперспективны.

Четыре официанта прикатили к столику заказчиков тележку с четырьмя бутылками коллекционных вин на сумму 120 тысяч евро. Все остальные официанты пришли в зал посмотреть на это чудо. Из-за дверей, ведущих на кухню, выглянули повара. Метрдотель лично подошел поздравить наших с таким героическим поступком. И наши не подкачали, не подвели Отчизну! За час они разобрались со 120 тысячами евро. При этом даже их жены с количеством украшений большим, чем на новогодней елке, пили эти вина, приговаривая: «Это потрясающе! Вот это я понимаю, настоящее бордо!» Официанты шептались, какие русские молодцы, пьют этот отстой, не морщась! Герои! Это же все равно что целоваться с египетской мумией.

Когда же с «лучшими» винами Франции было покончено и стала ощущаться у пацанов традиционная нехватка, когда наступило первое, обманчивое чувство опьянения, один из братанов предложил: «Пацаны, а не взять ли нам еще нашей русской водочки в баре?» Все с радостью согласились и отправились в бар лакировать «Бордо» «Русским стандартом».

Самый-самый!

Но был в моей жизни еще один Новый год. Пожалуй, самый-самый! С ним не сравнится ни один из вышеописанных. Ни даже тот, с привидениями, ни тем более парижский.

Мне было чуть больше двадцати лет. Я еще не был женат. Жил на съемной квартире в Москве. Один из моих лучших друзей рано женился. Перед самым Новым годом его жена легла в больницу на сохранение. Он ее очень любил и не представлял встречи Нового года, а значит, и нового счастья, а также здоровья и долгих лет жизни без нее. Однако это была советская больница. Пробраться в нее практически не представлялось возможным. У входа сидели вахтеры – пенсионеры КГБ, которые самонадеянно считали, что все еще служат Родине, и выполняли практически государственный долг – ловили врагов народа даже при входе в больницу.

Мы тоже были другие в ту пору. Юные романтики, что в советское время чаще всего приравнивалось к хулиганству. И все-таки мы решились! 31 декабря, где-то около 11.30, начали осторожно подниматься по пожарной лестнице на второй этаж. Пожарная лестница проходила мимо окошка женского туалета. При себе у нас было две бутылочки «Советского игристого полусладкого шампанского» и легкий сырковый закусон с ванильными сухариками. Как и договорились, жена друга встретила нас, радостно распахнув окошко женского туалета, и даже положила коврик на подоконник, чтобы мы вытерли ноги и не оставили следов. Словом, начиналось все по плану: радость встречи в романтическом месте, короткие вопросы о здоровье... Поскольку Новый год вот-вот должен был наступить, мы скоренько открыли шампанское! Вынули из карманов принесенные граненые «бокалы», и тут... в коридоре послышались шаги! Судя по вялому шарканью тапочек о линолеум, это явно были не вахтеры, не охрана, не отставные кагэбисты, а пациентки. Мы с другом еле-еле успели спрятаться в одну из кабинок. Жена друга выбежала из туалета в коридор, чтобы ее, не дай Бог, с нами не застукали. В советское время могли за такое не только выгнать из больницы, но еще и написать донос в комсомольскую организацию по месту работы. Шутка ли: комсомолка распивала шампанское с двумя мужиками в женском туалете! На работе бы ее заклеймили позором, и она стала бы невыездной даже по туристической путевке в Польшу.

Должен признаться, с испугу мы с другом совершили тогда непростительную ошибку. Нырнули почему-то не в крайнюю кабинку, а в среднюю. Всего их было три. Слава Богу, хоть успели поставить ноги на унитаз и упереться спинами в стенки, чтобы наших ног не было видно в зазор между дверью и полом. Такие зазоры всегда делали в советских туалетах. Это на Западе человек закрывался в кабинке, и на внешней стороне ручки двери появлялся красный цвет, мол, занято, не рвитесь, не дергайте, не вышибайте дверь! А у нас, чтобы узнать, занято или нет, вошедший должен был наклониться, заглянуть в зазор. Примета была такая: если ноги у унитаза есть, значит, кабинка занята, если нет, то нет. Вошедшие, судя по голосу, были среднего возраста. Но не старые. Естественно, если учесть, что они лежали в гинекологическом отделении, на сохранении. Они заглянули во все зазоры под дверями, удивились, что средняя кабинка закрыта, а ничьих ног не видно. Подергали нашу дверь. К счастью, дверь их напор выдержала. Одна из них сказала: «Наверное, ремонт!»

Нам полегчало, но ненадолго.

Они заняли свободные кабинки по обе стороны от нас. Далее довольно серьезные усилия потребовались нам, чтобы сдержаться. Одна из них, уже устроившись поудобнее, задала другой, в обычной ситуации банальный, а учитывая место, где мы все находились, я бы сказал, философский вопрос:

– А кто у тебя все-таки был первый?

– Первый, вообще? – переспросила вторая. – Или что ты имеешь в виду?

Я собрал все силы, чтобы не свалиться в унитаз. Тем более что они, не зная о нашем присутствии, стали обсуждать мужиков, перебрасываясь через нас вопросами-ответами, как волейбольным мячиком через сетку. Вот тут и наступил Новый год! Разве можно когда-нибудь забыть, как мы его встретили? Вдвоем, поджав ноги на унитазе, с открытыми бутылками шампанского в туалете женского гинекологического отделения, под разговор о мужиках двух, прямо скажем, не очень здоровых женщин.

Как встретишь Новый год – так его и проведешь

Словом, не так много было в моей жизни новогодних ночей, которые не стерлись в памяти кнопкой «время». Большинство слились в одно воспоминание, как один праздник с одинаковыми, никогда не сбывающимися тостами, бесчеловечной объедаловкой и недельным отходняком после выпитого «за здоровье».

Если компания большая, непременно найдется несостоявшийся поэт, который еще с утра подготовится к тосту, зарифмует его рифмами, древнее которых только египетский Сфинкс и Килиманджаро: «поздравляю – желаю, тогда – когда, туда – сюда, ты – цветы, да – года, здоровье – коровье...»

Или поднимется из-за стола какой-нибудь «Цицерон в таблетке», постучит ножом по бокалу, чтобы все притихли, и с загадочно-лукавым выражением лица Деда Мороза, готовящегося достать из мешка Останкинскую башню в натуральную величину, пожелает всем «того, чего они сами себе желают»! Посмотрит на всех свысока, мол: «Ну, как я сказал? Вы же такого никогда ни от кого не слышали!» Выждет паузу, чтобы каждый успел порыться в своих мечтах и понять, чего же он себе желает, и, поменяв загадочность Деда Мороза на невероятную значительность, добавит: «А также... – снова пауза для придания моменту кульминации – так у циркачей перед главным трюком смолкает даже барабанная дробь. – А также... желаю... всем... большого ***человеческого*** счастья!» Слово «***человеческое***» выделит интонационным курсивом, как учили еще в школьной самодеятельности, подчеркнув тем самым, что где-то есть и *нечеловеческое* счастье. Но он его великодушно никому не желает.

Самым оригинальным у таких инкубаторных остряков считается тост за женщин. Они и его пытаются зарифмовать. Получается что-то типа: «За наших дам сейчас поддам!» Главное, успеть его произнести, пока все мужчины могут приподняться из-за стола, а у женщин еще не развалились прически.

Женщины перед Новым годом и впрямь красавицы! Где-то до часу ночи. Весь день по парикмахерским, салонам красоты... У одних прически похожи на средневековые башни с виадуками, у других на торты с розочками, у третьих на гнезда диковинных африканских птиц... У всех маникюр, педикюр... Приклеенные ноготки, как у любовниц Дракулы. Но главное – глаза! Они, как маленькие фонарики, светятся в надежде, что в Новом году все будет по-другому, по-новому! А для того, чтобы эти надежды сбылись, осталось совсем немного – поесть и выпить за большое *человеческое* счастье! Поэтому тому, кто этот тост предложил, большое за него *человеческое* спасибо!

Только наши могут с таким детским простодушием вкладывать в празднование Нового года всю не израсходованную за свою несуразную жизнь энергию российской удали в надежде, что с 1 января его жизнь станет суразной. Шутка ли, пятнадцать дней перед Новым годом закупать продукты в магазинах, чтобы съесть их в одну ночь!

Знаете ли вы, что на Новый год богатые цыгане обычно заказывают коллектив русских частушечников?

Народная мудрость гласит: «Как встретишь Новый год – так его и проведешь!» Я часто с ужасом вспоминал эту мудрость, когда видел, сколько наши люди – и я в их числе – съедали в новогоднюю ночь.«Ну, за здоровье!»Этот тост, после того что съедено и выпито, так же абсурден, как пожелание черепахе успешного забега на 400 метров с барьерами среди кенийских бегунов.

Сначала, до двенадцати, проводы старого года: салаты, огурчики, помидорчики, грибочки, рыбка малосольная, лобио – это разминка! Да, чуть не забыл, мясное ассорти, пирожки с бульоном... Повторяю, это до двенадцати. В полночь – поздравление главы государства, куранты, шампанское... Шампанское с водочкой! Чтобы пробрало. Ну вот... А теперь, когда Новый год наступил, можно наконец и поесть! «Жена, давай, что там у тебя еще есть, чтобы нормально поесть? Картошечку, селедочку, курочку, все давай! Курочка не чихала? Нет? Да если и чихала, нестрашно – мы ее водочкой продезинфицируем».

«Ну, долгих нам всем лет жизни!»

Еще один бесперспективный тост, потому что если так есть и далее, то жить останется дня три – не более. После курочки – селедочка под шубой... Грибочки, огурчики, помидорчики – по второму кругу. Мясная нарезка по третьему. Бедные женщины полночи подносят, убирают, расставляют... Но самое главное, волнуются, взмахивая руками, как лебеди крыльями на пруду: «Ой, не знаю, холодец застынет или нет?!»

Хотите похудеть на семь килограммов в неделю? Это очень просто! Худейте по килограмму в день!

К часу ночи их прически опадают: гнезда разваливаются, розочки на тортах теряют лепестки, ноготки отклеиваются, тушь под глазами пускает первые темные ручейки... Каблучки на уставших ногах меняются на домашние тапочки. В длинных платьях и домашних тапочках наши красавицы выглядят чуть изящнее, чем балерины в галошах. В глазах уже не горят фонарики надежд на новую жизнь. Батарейки сели. Энергии осталось только на заботы о холодце и чтобы помыть посуду.

Однажды я встречал Новый год в компании поп-звезд. У известной певицы к середине ночи сдвинулся парик, отклеилась одна ресница и упали, ударившись о стол, обе груди, которые на чем-то держались подтянутыми — чуть ли не на пластыре. У мужиков к середине ночи съезжают набок галстуки, вылезают из брюк рубашки. Мне доводилось пару раз видеть края рубашки, торчащие лоскутками из ширинок.

Ну что ж... Давайте! Это... Как он сказал? «Большого нам всем человеческого счастья!»

«Кстати, что там у тебя с холодцом, жена? Неси! Жрать охота!»

Появляется долгожданный холодец: в целлюлитном желе недобритое поросячье копытце. После всего съеденного, положенный сверху, отлакированный пивком, он создает ощущение, что внутрь залили столярный клей, и этот клей начал там в недрах организма быстро загустевать. Но это не смущает настоящих «витязей» еды. Тосты становятся длиннее, задушевнее: «Ну, чтобы у всех все было... И чтобы в новом году мы все... Как надо... И чтобы вообще! Сами понимаете! Поехали! Короче, вздрогнем за наших дам! Или вздрогнем от наших дам? Как правильнее? Дамы, вы где? Вон они, бедненькие, на кухне посуду моют. Дамы, слышите, с новым вас счастьем!»

К утру появляются первые павшие. За столом остаются только настоящие герои, готовые на подвиг, а точнее, немедленно расправиться с врагом русского народа – наполеоном! Я не раз наблюдал, с каким азартом русские люди едят «наполеон». Они борются с этим десертом с неким чувством тоски по былому патриотизму. Кто не может съесть весь кусок, тот его хотя бы по-партизански надкусывает!

Но особенно я всегда завидовал тем, кто даже после «наполеона», положенного поверх холодца, продолжает кокетничать с дамами, надеясь на предутреннее продолжение неожиданно завязавшегося застольно-новогоднего романа. А вдруг это и есть новое счастье? Тогда главное не опростоволоситься на старте. Даже после десерта они продолжают упорно есть мясную нарезку с сельдереем, поскольку кто-то кому-то когда-то всерьез сказал, что мясо и сельдерей улучшают потенцию! Почему-то наши мужики уверены, что, перед тем как заняться любовью, надо не просто ***хорошо,*** а как говорят в народе, – *хорошенько* поесть! Да, остались еще на свете такие экземпляры, которые не знают, что заниматься любовью объевшись – все равно что бежать стометровку после русской бани с вениками. Хватит сил секунд на пятнадцать. Одно утешает, дамы в новогоднюю ночь съедают не меньше мужиков. Им и пятнадцати секунд достаточно.

Наконец где-то к шести-семи утра отпадают последние и отходят ко сну, глядя на недоеденное со счастливой мечтой: «Ну, завтра хоть позавтракаю!»

Счастливы и женщины: «Утром не надо готовить!» Жалко только, кто-то испортил холодец. Заснул за столом, уткнувшись в него лицом. Впрочем, тому как раз лучше всех. Холодец остужает! Хорошо, что он все-таки застыл!

Все это происходит на фоне елочки: свеженькой и радостной... Она не пила. Ее фонарики не потухли. Поэтому она и утром похожа на ту новую жизнь, которую каждый мечтает, как и елочку, зажечь с первого дня нового года. Однако поскольку в первые дни необходимо доесть то, что осталось, мечту, как правило, переносят на первый понедельник. Первый понедельник рядом с родным православным Рождеством. Не праздновать – святотатство. Потом Старый Новый год. Потом еще важнее – Новый год по китайскому календарю! Для нас, православных, – святое дело. Русский с китайцем братья навек! Тем более что китайский Новый год длится неделю. К тому же остался кусочек курочки с празднования Нового года. Не доешь – обидишь женщину!

После китайского Нового года пришла пора готовиться к 23 февраля. Настоящий мужчина 23 февраля празднует до 9 Мая. Иначе он не защитник Отечества. Конечно, кое у кого возникали надежды начать новую жизнь после 8 Марта. Как раз в канун Великого поста. Но поскольку большинство из Великого поста у нас соблюдает только Масленицу и Пасху, очередная мечта о Великом посте заменяется очередным великим отходняком. В него попадают Первое и Девятое мая. Вместе со вторым, третьим и так далее... А там уже подкрадывается незаметно День независимости. Особый праздник! Тайный его смысл – от тех, кто столько ест и пьет, уже ничего не зависит. Далее праздничный марафон: День пограничника, День железнодорожника, День трубопрокатчика, День моряка, День десантника, День уборщиков улиц после Дня десантника... Между ними День взятия Бастилии, День приручения собаки ацтеками, День знакомства Пржевальского с его лошадью... И так весь год. Да что там год – всю жизнь! Может, поэтому одно из самых грустных занятий в жизни – разбирать после Нового года подсохшую, как и мечта, елку и выносить ее на помойку.

Каждый настоящий защитник Отечества обязан так отметить 23 февраля, чтобы наутро было 9 Мая.

Последнее время, когда я смотрю, как мы встречаем Новый год, я все чаще думаю, что этот праздник – результат какой-то сбившейся программы человечества. Прежде всего, почему он празднуется ночью? Хорошие дела ночью не делаются! За исключением детей. И то, говорят, если их проектировать поутру, то они получаются солнечноауровее.

Первое января даже не начало зимы. Не смена времени года. Кто задурил нам головы? В какой момент истории человечества это произошло? В Золотой век нашего далекого прошлого, когда торговцы еще не руководили миром, а религия не была проекцией веры на обывателя, люди поклонялись солнечному свету. Недаром во всех легендах, мифах и сказках вампиры, бесы и другая нечисть исчезали с первым солнечным лучом. Поэтому наши предки, которые еще не разорвали связь с природой, встречали Новый год 23 марта. С утра! Когда день становится длиннее ночи. Свет побеждал тьму! Начинали праздновать с бани и с молитв. А сегодняшняя наша встреча Нового года – это обжираловка во тьме. Шабаш! Поэтому тьма и побеждает нас в течение всей нашей жизни! Потому что «как встрстишь»...

Счастливые моменты

Я часто в жизни бывал на многих презентациях, свадьбах, днях рождения, и каждый раз недоумевал: как люди, считающие себя умными, могут желать друг другу счастья? Как можно всерьез желать того, чего не существует и что никто не может сформулировать, потому что никто не знает, что это такое? За исключением детей, которые считают, что счастье – это когда не надо ходить в школу и когда родители уходят из дома. Но они тоже ошибаются, это не счастье, а счастливые моменты!

У Евгения Евтушенко в стихах есть строчки, которые запомнились мне еще с юности: «Счастлив стал и я неосторожно/ Тем, что больше счастья не ищу». Я считаю, поэт прав: счастливее всех на свете те, кто за счастьем не гоняется. Другое дело, что в жизни каждого из нас случаются счастливые моменты! Как у того кореша из Донецка на берегу Андаманского залива, среди факелов в ночи, с шелестящими волнами и любимой девушкой.

Мой отец хотел, чтобы я прожил жизнь не менее интересную, чем он, и чтобы сам стал режиссером своих счастливых моментов. Он считал, что для этого меня надо научить восторгаться не только тусовками и телепередачами, а и реками, и вулканами, и музеями, и книгами, и неожиданными людьми, которых встречаешь в путешествиях. Вот почему, когда мне было 18 лет, он послал меня на Курильские острова в ботаническую экспедицию, а не в «тусовочные» Сочи. А еще раньше подарил три загадочные почтовые марки: Уганда, Кения, Танганьика...

Особенно я благодарен ему за Курильские острова. Там я впервые увидел людей, которые умели радоваться тому, как цветет орешник в тайге или как муравьи уютно и умно обустраивают свою цивилизацию.

Однажды шеф нашей экспедиции, когда мы находились в кунаширской тайге, подозвал меня к себе и показал на высокий, пирамидальный фиолетовый цветок ростом выше человеческого: «Смотри, как цветет евпаториум! Надо же, я никогда не видел, чтоб евпаториум зацвел так рано». Он несколько дней радовался этому евпаториуму. Потом два дня восторгался пестиками какого-то петазитиса орвендиса. Совершенно умилялся тычинкой, по-моему, торуса харендуса. В течение нашей экспедиции он не раз показывал мне с восхищением и счастьем в глазах листочки люпиновидного клевера. В такие моменты глаза у моего «чмокнутого», как я в то время считал, профессора были счастливее, чем у современного банкира после заключения выгодной сделки на получение гранта от Европейского банка развития под залог мрамора, оставшегося от строительства храма Христа Спасителя.

Зато какой счастливый момент в моей жизни наступил, когда мои друзья вернулись из Сочи и ничего интересного, кроме как о снятии похмельного синдрома с помощью саперави и мацони, не могли рассказать. Я же взахлеб, с выражением рассказывал им о токсикодендроне и «медвежьей дудке» с таким восторгом, что кто-то из друзей заметил, что я сам стал похож на токсикодендрон.

А на одном из Курильских островов жил нивх. Звали его Чурик. У него была русская жена, пятеро детей, множество собак и медведь. Вокруг дома висела на веревке вяленая рыба, которая издали мне, городскому жителю, напоминала гирлянду из выстиранных носков. Дети играли с собаками, кормили рыбой медведя. Нивх промышлял рыболовством, работал проводником в экспедициях. Заработанных в экспедициях денег ему хватало на все его хозяйство. Неподалеку от дома был огород и несколько ульев. Так что его жена тоже без дела не сидела и поэтому, так же как и ее муж, почти всегда улыбалась. Нивх угощал нас трепангами, гребешками и ухой с затушенной прямо в чане, где она варилась, головешкой, вынутой из костра. «Этим уха отличается от рыбного супа, – объяснял он. – В ней должна чувствоваться энергия костра. Природного огня». Когда мы, городские недоросли, ели, причмокивая, его уху и просили добавки, на его лице, выражаясь всепонятным языком сегодняшнего обывателя, лежал отпечаток ***большого человеческого счастья!***

Да, Курильские острова что-то растревожили в моем несозревшем организме. С тех пор меня всегда тянуло за рамки «бермудского» всезасасывающего треугольника – телевизор, застолье, тусовка... Мне всегда хотелось срежиссировать себе как можно больше счастливых моментов. Например, заехать в камчатское село посмотреть, как все-таки выглядят те, кого называют коряками. И главное, за что их так назвали? А их жены? Они что – корячки?

Если бы мне сегодня предложили прожить жизнь заново, я бы, клянусь, не стал сопротивляться. Да, я снова хотел бы побывать на Тяте-яме, с агитбригадой поехать на БАМ, выступить у рыбаков на Камчатке или на лесопилке у лесорубов Сихотэ-Алиня, заночевать в гамаке в бразильских джунглях, полетать на самолетике над загадочной перуанской пустыней Наска, пройти на атомоходах и сухогрузах Северным морским путем и сыграть в волейбол с местной командой атомохода в их ангаре, полюбоваться картинами Модильяни в Риме, попытаться разгадать загадку Джоконды в Лувре, прикоснуться душой к египетским и мексиканским пирамидам, увидеть Отелло в исполнении Джона Гилгуда в лондонском театре «Олд Вик», влюбиться в ботанической экспедиции в повариху, полюбоваться тем, как цветет орешник в тайге, и порадоваться тому, как муравьи обустроили свою цивилизацию.

Примета для сильных духом

Новогодний «Голубой огонек» по-масайски завершился. Луна поблекла, ветер стал холодней. Официанты устали и перестали улыбаться даже нам, русским. Я возвращаюсь в свою пятизвездочную палатку. Джип роется в темноте, в саванных холмах и кочках, как фрегат в океанских ночных волнах. Вдруг он резко тормозит, и нас встряхивает, как будто мы картошка в пыльном мешке, брошенная на пол. Дорогу переходит стадо слонов. Слоны не торопятся. Они не знают, что сегодня Новый год. В фарах джипа они похожи на черно-белое сновидение. Интересно, как это соотносится с мудростью: «Как встретишь Новый год – так его и проведешь!»?

Неужели мне весь год теперь будут переходить дорогу слоны? Кошка перебежит дорогу – и то не к добру! А тут целое стадо, да еще слонов! «Судя по всему, примета неважная», – шучу я про себя, даже не предполагая, что через месяц у меня сгорит половина дома в Прибалтике. А через два месяца лыжи в Альпах унесут меня в такой экстрим, что несколько дней я проваляюсь в швейцарской комфортабельной реанимации, и память после сотрясения мозга вернется, только когда принесут счет за палату и за капельницу. В этом счете дотошные швейцарцы, по-моему, скалькулируют мое лечение покапельно. Вторым воспоминанием будет стадо новогодних слонов.

Издревле считалось, что слоны приносят счастье. Раньше на буфетах советских обывателей, для того чтобы большое *человеческое счастье* не улизнуло из дому, ставили семь слоников друг за другом. Они это счастье вроде как сторожили. Может, эти добряки и впрямь уберегли меня от чего-то более серьезного? Если б не они, сгорело бы не полдома, а весь дом? Может, эти полдома были лишними в моей жизни? И сотрясение мозга тоже пойдет на пользу? Говорят, у многих после него открываются необычайные способности. Вдруг и у меня оживится какая-нибудь «мертвая зона» правого полушария, и я скоро стану талантливым поваром или научусь шить? Или нет... Лучше дирижировать Большим симфоническим оркестром! В крайнем случае перемножать в уме шестизначные цифры. Я бы стал выступать в цирке! Мишка на арене!

От таких мыслей мое настроение улучшилось даже под высасывающей деньги капельницей. Верно сказал кто-то из неконвейерных остряков: «Самый счастливый человек в жизни – оптимист! Потому что он, даже приходя на кладбище, вместо крестов видит плюсы!»

Хранители секретов

Путешествуя по Кении и Танзании, я часто видел масаев. В саванне масайские дети пасли баранов. На дорогах те, что постарше, с копьями, луками, стрелами, разрисованными лицами, предлагали сфотографироваться с ними за доллар. Этакое экзотическое фотоателье.

Часто в глубь от дороги, в саванне или ближе к буйным зарослям кустарника высотой с сибирский подлесок, виднелись масайские деревни. Однажды издали я принял такую деревню за стадо буйволов. Дома-мазанки тоже бычьего цвета. Поставлены рядышком друг к другу, по кругу. То есть, как и буйволы, деревни занимают круговую оборону. Внутри такой деревни-крепости масаи чувствуют себя защищенными и в безопасности. Хотя говорить о неприступности масайской деревни в век ядерного оружия – все равно что пытаться обогнать «Порше» на телеге с квадратными колесами. Зато такое устройство их поселков защищает от ночных нападений особо проголодавшихся, а также старых и больных хищников. От нападения не на человека, а на скот. В каждой масайской деревне есть своя центральная «Красная площадь», где проходят главные духовные мероприятия общины. Здесь и молятся, и празднуют свадьбы, и поминают, и заседает верховный совет племени. Здесь же ночует скотина!

Масаи – кочевники. Главное для них – их стада. Поэтому на ночь они загоняют коров и баранов внутрь деревни. Так и ночуют дружно: перемежая человеческий храп со скотининым сопением. Люди по краям, скотина в центре. Она главнее! Она дает шерсть, мясо, молоко, из рогов можно наделать много безделушек. Масаи без скотины, как космонавт без скафандра, как американец без кредитной карточки. Поэтому и коровы, и бараны у масаев чувствуют себя счастливыми и довольны своей жизнью. Их кормят, поят, лечат, оберегают... О них заботятся. Их лелеют. На них молятся. Для того чтобы родиться скотиной у масаев, надо в предыдущей жизни совершить немало полезных дел.

Спать масаи ложатся с наступлением темноты. Едят три раза в день, ходят босиком, пищу пережевывают неторопливо, почти как жирафы. Словом, ведут вполне здоровый образ жизни. Телевизор не смотрят, за новостями не следят, так что жизнь им не кажется безнадежной. Газет они тоже не читают, поэтому часто улыбаются. Не знают, что человечество несчастно, обречено и вот-вот наступит конец света. Они не слышали о терактах, о возросшей цене за баррель, о ваучерах, реформах, миротворцах, глобализации... Они никогда не видели ни одного реалити-шоу, не имеют понятия, что такое рейтинг, и не спорят между собой, чья деревня «рейтинговее». Шутка ли, в их деревнях даже нет игральных автоматов. Нашим российским деревням есть чему у них поучиться! Еще, несмотря на то что с ними не работают психоаналитики, у них нет страха за свое будущее. Они не боятся, что у них отключат горячую воду, пропадет вечером электричество или развалится банк, в который они положили под проценты свои деньги. По прериям масайские дети пасут скот, вооруженные одной хворостиной. Масаи существуют в природе так же органично, как деревья, озера, облака... Те звери и животные, которых, мы уверены, надо бояться, просто их соседи. Воспитанные не голливудскими мультяшками масаи прекрасно понимают, что просто так звери на человека не нападают. Человек не самое их любимое блюдо. Заслышав человеческий запах, даже львы отворачиваются и стараются уйти куда-нибудь подальше. Человек для них дурно пахнет, плохо воспитан. Мясо его полно злобы, комплексов, гордыни. Отведал такого мяса, и все львиное равновесие насмарку – начал комплексовать, завидовать соседу за холмиком, который милуется со своей львицей в день не пятьдесят раз, а пятьдесят два!

Даже самые противные существа – змеи – нападают на человека, только если чувствуют с его стороны угрозу. Правда, змеям все время кажется, что им кто-то угрожает. Змеи – существа слабые, трусливые, закомплексованные, а потому подозрительные. Они похожи на людей, у которых нет достоинства и гордости, а есть только гордыня. Поэтому змеи так противны: все время пресмыкаются, шипят и огрызаются. При этом им кажется, что они обороняются и отстаивают свое достоинство. Единственное, чем мудра даже эта несовершенная тварь и чему у нее можно поучиться, – она никогда не будет атаковать, если враг находится от нее дальше, чем на половину длины ее туловища. В ее небольшой башке заложены удивительно чувствительные измерительные приборы. Змея не атакует, когда знает, что не достанет врага.

Наверное, древние китайские философы не раз наблюдали за змеями. В основу китайского государства, независимо от того, коммунистическое оно или империя, всегда была заложена китайская мудрость: «Не начинай войны с врагом, если не уверен, что легко можешь его победить».

Благодаря такой, казалось бы, несложной формуле Китай – единственное государство в мире, которое просуществовало на протяжении всей истории человечества и не развалилось, в отличие от Рима, Греции, Египта, английской колониальной империи, Советского Союза... Мало ли стран еще образовывалось и исчезало за тысячи лет существования хомо сапиенс? Всем не терпелось кого-нибудь завоевать, у кого-нибудь что-нибудь отобрать. Похоже, в природе заложены законы, подобные закону критической массы: например, ядерное топливо, когда превышает критическую массу, взрывается. Так и с государствами, и с цивилизациями: если количество накопленного оружия превышает некий критический объем, государство разваливается! Но рассказывать об этом законе сегодняшней Америке так же бесполезно, как исполнять Первый концерт Чайковского хором сурдопереводчиков. Масайские деревни, как и Китай, не разваливаются и существуют тысячи лет.

Многие в последнее время задают вопрос, почему так стремительно развивается Китай и плодится его население? Да потому что в Китае даже политики и экономисты всегда прислушивались к тем мудрецам, которые учились жизни у природы, а не у западных конституций. В Китае, например, издревле больше уважали учителей и врачей, чем военных. Поэтому их там столько и народилось, а в странах, которые пошли по пути западных демократических преобразований, с каждым годом увеличивается количество самоубийств. А еще, видимо, китайцы, в отличие от западных политиков, знали (до введения ограничения на количество детей в семье), что рождаемость надо повышать в постели, а не на митинге.

Конечно, Китай для Америки как кость в горле. Но китайцев это мало волнует. Они понимают, что если американцы их завоюют, то уже через двадцать лет все станут китайцами. Впрочем, если и остальная часть человечества, включая нас, не поймет, что уму-разуму надо учиться у природы, а не у Америки, то мы все скоро станем китайцами. К чему, похоже, Китай уже начал нас понемногу весьма гуманно готовить, одевая практически все население Земли в китайское.

Я не мог уехать из Африки, не побывав в масайской деревне. Очень хотелось заглянуть в не замаранное конституциями и имиджмейкерами природное прошлое человечества. Попытаться узнать, какие все-таки секреты они хранят в своих «неприступных» крепостенках? А главное, хранят для нас или от нас?

На склоне вулкана Нгора-Нгора, окруженная зеленью, между кратером и Великим африканским разломом пристроилась совершенно музейная масайская деревушка. Встречать нас, дорогих гостей, вышла из-за забора на поляну перед воротами вся деревня. Выкатились улыбчивые, беззубые дети, расписанные всевозможными красками, как хохломская мебель или палехские пасхальные яйца. Женщины в цветастых тканях. Не понять, они в них одеты или закутаны. Почти все с тифозными прическами. Главная часть лица – улыбки. Размером во всю саванну! Эти лысые черепа с улыбками напоминали ожившие тыквы во время Хэллоуина.

Потом вперед вышел вождь с копьем и охранником с двумя копьями. Сразу направился ко мне, безошибочно угадав, что деньги у меня. Вот она, природная интуиция! Ясновидящий! Или просто давно работает вождем, накопился опыт общения с туристами. Вождь хорошо говорил по-английски. У меня мелькнула мысль, не учился ли он в Кембридже? У меня тоже был богатый опыт путешествий, я угадал его мысли и сразу дал ему 100 долларов. Вождь тут же подал знак своим, что я не чужой, и племя начало радостно танцевать, то есть весело подпрыгивать. Не хватало только хлеба с солью на подносе и масайских частушек.

После недолгой «торжественной части» нас повели в святая святых, туда, где ночует скот и проходят главные разборки общины, а может, и парады племени в день годовщины победы над соседней деревней.

Вождь, как заправский гид, начал показывать нам свои владения. Судя по заученным интонациям, мы были в его «послекембриджской» жизни далеко не первыми клиентами. Прежде всего показал жилища-мазанки. Похвалился тем, что они сделаны из навоза. Вот оно, безотходное производство кочевников! Даже навоз используется со стопроцентным КПД! Им лечат, греют, из него строят...

Зайдя в мазанку самого вождя, я понял (но слава Богу, не высказал эту мысль вслух), что масаи воплотили в жизнь выражение «жить в дерьме». В этой хижине, или чуме, или юрте, все равно как его называть, было очень темно, а от сознания, внутри чего находишься, само сознание мутилось. У домашнего очага, похожего на наш древнерусский камелек, сидела мумия – мама вождя. Сколько ей было лет, не знаю: где-то от пятидесяти до ста сорока. По-английски мумия не говорила – вождь переводил. Мумия пожаловалась – редкими стали дожди, дорогие нынче лекарства, а многие в их племени болеют. Я понял намек и положил на камелек двадцать долларов. Вождь их тут же забрал со словами: «Это на лекарства для племени!» После чего спросил, не хочу ли я сфотографироваться с его мамой на память. С улыбкой заверил, что в будущем, когда мне станет грустно, я смогу посмотреть на эту фотографию, и от сознания, что в далекой Африке у меня есть настоящие друзья, мне полегчает. От такого предложения трудно было отказаться – я положил на камелек еще десять долларов. Он их тоже взял себе. Правда, уточнил: «Это для мамы!» – и предложил сфотографироваться уже всем вместе на случай, если мне еще раз взгрустнется. Я достал еще пять долларов. «Это для племени! – подчеркнул вождь с интонацией демократа-политика, который прежде всего заботится о своем народе. – Разделим на всех!» Купюра исчезла в его набедренной повязке, которая все более напоминала сделанную из перьев «копилку».

Ничто так не воспламеняет бизнесмена, как холодный расчет.

Пришел охранник, что-то шепнул ему на ухо. Скорее всего, что меня пора вести дальше.

– Пойдемте, посмотрим нашу школу, – предложил вождь, понимая, что с его мамой мне больше говорить не о чем, а деньги у меня еще остались. – Посмотрите, как мы обучаем детей.

Школа, к счастью, была сделана не из навоза, а из досок. Находилась за забором, практически в поле. Детишки сидели за дощатыми партами, на скамейках. На стене висела таблица с цифрами. Учительница провела для нас показательный урок. Хворостиной ритмично указывала то на одну цифру, то на другую. Дети весело, хором, в такт ее движениям пели названия цифр то на английском, то на родном языках. Все это складывалось в задорную, азартную песенку. От радости детишки подпрыгивали на скамейках, как будто у них в копчики были вставлены пружинки.

– Какие вы молодцы! Обучаете детей английскому, – сказал я учительнице, которая тоже понимала по-английски, но хуже вождя. Видимо, училась не в королевском Кембридже, а в университете Патриса Лумумбы.

– Приказ вождя! – ответила учительница. – Без английского им будет трудно в будущем.

Я не понял, о каком будущем она говорила, если масаи всю жизнь проводят в своей деревне? Скорее всего, без знания английского ни у кого из них нет надежд стать вождем? То есть иметь доступ к бюджету племени – набедренной повязке-копилке.

Очень похожую школу для детей я видел у инков на плавучих островах в озере Титикака. Не желающие жить в городах инки соорудили себе из камыша острова, которые кругляшками дрейфуют в озере, как листья кувшинок в тазу. Жители этих островов используют камыши так же безотходно, как масаи скот. Из камыша делают жилища, готовят еду, вяжут лодки... Даже умудряются мастерить иголки для шитья. Их дети точно так же учатся считать на двух языках в ритме песенки. Причем, как ни удивительно, на ту же мелодию. И так же при этом радостно подпрыгивают на копчиках. Все-таки что-то у всего человечества было общее в далеком прошлом. Впрочем, для нас сегодня важнее будущее!

– Ну и какое у этих детей будущее? – спросил я вождя. Вождь хитро прищурился, немного по-ленински, видимо, всех вождей пробивает на этот хитрый прищур.

– Как правило, они все становятся пастухами. Но вы не думайте... Для того чтобы стать хорошим пастухом, нужен особый склад ума и образование. Пастух не баран. Вернее, один какой-то пастух и может быть бараном. Но ни один баран никогда не сможет стать пастухом!

Такую мудрость вождь вывез явно не из Кембриджа.

Интересно, что подобную поговорку я слышал у крестьян племени майя. Как много общего между племенами в Африке и Южной Америке! Прежде всего, и те и другие хранят какие-то секреты. Причем и те и другие не знают, какие секреты они хранят и для кого. Не могли же сами майя соорудить тысячи лет назад обсерваторию для наблюдения за звездами, в то время как у них не было даже колеса, не было домашних собак, но при этом календарь они составили точнее, чем наш сегодняшний. У африканских и у южноамериканских племен очень похожие легенды, мифы, боги... Как будто огромный континент разделился на Африку и Южную Америку не так давно, и майя с инками, ацтеками и тольтеками просто отплыли на Южной Америке, оттолкнувшись от своих африканских родственников. Правда, американские ученые считают, что это Африка отплыла от их континента. Они же на Земле главные! Так что им не к лицу от кого-то отплывать. Все остальные должны от них отчаливать!

Американская реклама: «У вас еще есть нефть? Тогда мы идем к вам!»

Да, у всех застрявших в истории народов есть общее. Например, нет самоубийств. По-моему, они даже не знают, что это такое и зачем такими глупостями заниматься, когда вокруг такая красота: цветы, птицы поют, зверюги за холмиками нежатся, солнышко светит... Я заметил, что среди, как мы их считаем, нецивилизованных чаще встречаются довольные и радостные лица, чем в обустроенной, как комфортабельная квартира, Европе, где чаще стали улыбаться, когда это выгодно с точки зрения бизнеса. По Карнеги! Среди наших олигархов, полуолигархов и олигархов-лайт я давно не видел так много довольных жизнью, искренне улыбающихся лиц, какие видел у масаев, инков, индусов, тибетцев... Наверное, этот секрет они и хранят все вместе: как прожить жизнь не суетясь, в согласии с природой, а значит, с собой. Еще, я думаю, у всех этих племен, как и у аборигенов Новой Зеландии, и Полинезии, и острова Пасхи, и Австралии, есть величайшая миссия на Земле: когда нашу планету-матушку начнет трясти от наших конституций и глобализации и она начнет нас стряхивать землетрясениями и наводнениями, как отряхивается собака, выходя из воды, выживут только эти племена. Ну еще наши сибиряки. Потому что жизнь и тех и других не зависит от еды, которую можно добыть лишь при помощи кредитной карточки. Так что конца света не будет никогда! Будет его генеральная репетиция. Потом все повторится сначала: выжившие начнут плодиться, народившиеся поколения через тысячи лет снова начнут гнаться за цивилизацией, демократией, реформами, шоу-бизнесом и рейтингом! И кто знает, может, когда-нибудь в очередной раз переродившемуся человечеству удастся все-таки понять, что природа создана Господом, Творцом. А цивилизации, демократии и реформы – торговцами... И человечество не может победить природу, потому что оно часть природы. Не может часть победить целое.

Вождь предложил сфотографироваться с детишками. Я дал ему двадцать долларов.

– Это для детей, – сказал он и спрятал их в те же складки своих перистых закромов. Поэтому я протянул еще двадцать долларов лично учительнице. Потом по пятьдесят центов раздал детям. После чего сказал вождю, что экскурсию пора заканчивать, поскольку карманные деньги у меня заканчиваются, а кредиткой я вряд ли смогу расплатиться.

– Да, – согласился вождь, – у нас нет аппаратов для протягивания кредитных карточек.

Похоже, и впрямь учился в Кембридже – знает о протяжном механизме. В знак благодарности все племя, провожая нас, еще раз попрыгало у ворот. Причем даже с большим энтузиазмом, чем при встрече.

Я смотрел на это профессионально прыгающее племя, на вождя, которому стал менее интересен, поскольку моя кредитная карточка не представляла никакого интереса для светлого будущего его масайского человечества, и думал, что если масаи будут и дальше так развиваться под влиянием туристов всего мира, то вскоре тоже потеряют счастливое равновесие. Доллар и у них сделает свое дело. И в их стойбищах появятся игральные автоматы, между которыми по ночам будет храпеть скотина.

Мы уже поднимались от деревни по склону наверх, к джипу, а навстречу нам по тому же склону спускалась новая группа туристов. Немцы. Достаточно пожилые. Вернее, они были в том возрасте, когда уже интересует не жизнь, а ее смысл. Заметив их, вождь расправил свои перья, разгладил складки на одежде, по-моему, даже заглянул в набедренную повязку – достаточно ли в ней осталось свободного места. Племя по его приказу снова оживилось и приготовилось к прыжкам. А может, это вообще не масаи? В Москве же в цыганском театре нет ни одного настоящего, полнокровного цыгана. Все евреи! Может, масаи – это тоже какое-нибудь потерянное израилево колено? Или это все реалити-шоу, а вождь – главный импресарио?

Немцы спустились к деревне, «табор» запрыгал. «Импресарио» подошел к одному из немцев и легко заговорил с ним... по-немецки! Хорошее образование все-таки получают африканские пастухи в Кембридже! У камелька мама вождя уже наверняка надела на себя свою маску задумчивой мумии. За доллар все становятся профессионалами!

Дети и отцы

Я покидаю саванну. Прощальный взгляд на Килиманджаро. К сожалению, отец так и не узнал, что мне удалось воплотить его мечту – вдоволь попутешествовать.

Отец писал книги об истории России. Герои его романов – моряки, офицеры, цари, политики, крепостные, вольные, казаки... Большей частью люди реальные. Папа много читал, изучал историю, дипломатию, мореплавание, языки...

Главной комнатой, куда нам без разрешения не дозволялось входить, был его кабинет с библиотекой, глядя на которую я с ужасом думал, что столько книг мне не перечитать никогда в жизни. Книги он покупал не только для того, чтобы знать историю и литературу. Он видел, как мы с сестрой из любопытства вытаскивали иногда с полок какую-нибудь книжку или альбом, рассматривали картинки и пытались читать, не всегда понимая, что там написано. Эту библиотеку он собирал ради нас! Считал, что книги могут развить у ребенка интересы, которые защитят его в жизни от обывательской тягомотины.

Однажды, когда мне было лет десять, он позвал меня в кабинет, показал, какую купил старинную книжку с удивительно красивыми картинками-гравюрами. Называлась книжка загадочно и романтично «Фрегат «Паллада»». Слово «фрегат» отдавало чем-то настоящим, мужским, военным... Морские бои, паруса, загоревшие лица в шрамах и, конечно же, разные страны со своими романтическими опасностями. «Паллада» – наоборот – нечто изящное, величественное, гордое и неприступное. К тому времени я уже знал некоторые мифы. Паллада мне нравилась больше остальных греческих богов. В ней чувствовалось достоинство. Она никому не мстила, как Гера, не интриговала, как Афродита, и не жрала детей, как ее папаша Зевс.

С этого дня в течение года мы с папой раза два-три в неделю уединялись в его библиотеке, он читал мне вслух о кругосветном путешествии русских моряков, и на час-полтора отцовский кабинет становился нашим фрегатом. В Сингапуре нас окружали многочисленные джонки торговцев. В Кейптауне мы любовались Столовой горой. В Нагасаки к нам на борт приходили самураи. В Индийском океане наши моряки успели вовремя расстрелять из бортовых пушек надвигающийся столб смерча.

Конечно, с тех пор время изменилось. Новые биоритмы овладели новым поколением. Когда недавно в одном из московских детских домов я посоветовал ребятам прочитать «Фрегат «Палладу»», кто-то из них спросил: «А там про гоблинов написано?»

Бедное поколение, оглушенное Голливудом, попсой и реалити-шоу. Сколько же недополучит оно в жизни счастливых моментов, если, слушая музыку, из семи нот слышит всего три?!

Однажды одного из своих коллег-писателей в пять утра, после какой-то очередной ночной презентации, я позвал на берег Балтийского моря в Юрмале полюбоваться восходом. Он смотрел на вырастающее над горизонтом солнце секунды три, потом сказал огорченно: «Знаешь, а у Галкина популярность не падает. Чем ты это объяснишь?» Я хорошо отношусь к Галкину, но думать о его популярности на восходе мне не хотелось. Я посмотрел на своего коллегу. Несчастный! Он никогда не сможет отличить уху с затушенной в ней головешкой от рыбного супа из пакетика.

Одному банкиру я показывал фотографии, сделанные в Гималаях. Он весьма трезво заметил: «Зачем туда надо было ездить? Такие фотографии можно сделать и у нас на Кавказе». Несчастный! Он никогда не улыбнется «петазитису орвендису» и не порадуется цветущему «евпаториуму», потому что они никогда не дадут прибыли его банку.

Там, в Гималаях, с группой туристов на самолетике я облетал Эверест. Рядом со мной сидела жена одного из наших известных кинорежиссеров. Когда за окошком пропорола пузатые облака «вершина мира», природный накопитель космической мудрости – Джомолунгма, она меня спросила: «А правда ли, что в Катманду ювелирка дешевле, чем в Арабских Эмиратах?» Бедная! Сколько счастливых моментов она пропустит в своей жизни, богатой многополярными ощущениями, из-за погони за двухполярным удовольствием.

Папа любил гулять по берегу моря в Юрмале. Он мог остановиться на берегу и неподвижно наблюдать закат. Однажды на берегу реки он обратил мое внимание, как на закате затихают птицы и начинают стрекотать кузнечики. Он считал, что у людей, которые не слышат природу, удовольствия плоские, как музыка из трех нот: ресторан, тусовка, секс, казино, новая покупка... Ну, еще приятно, если сняли колеса с машины соседа или в офис к коллегам нагрянула налоговая и инспектор, увидев вокруг дорогую обстановку, воскликнул: «Какая красота неописуемая!»

Природа – это проявление Бога на Земле. Кто ее не чувствует, в том нет Бога!

Неужели я не смогу никого обучить тому, чему обучил меня отец? Эта печальная мысль стала вдруг с возрастом перерастать у меня в какую-то безнадежную скорбь. Но я решил не сдаваться. В популярной рижской газете поместил объявление от своего имени: «Кто из молодых людей прочитает повесть Гончарова «Фрегат «Паллада»», тому я выплачу двадцать долларов». Да, решил приколоться! Сыграть в резонанс с современными биоритмами.

Почему в Риге? Потому что в Латвии дети особенно придавлены, как могильной плитой, плоскостным форматом западного мышления. Все российское у них считается некрутым. Власти вообще борются с русским языком, и скоро даже в русских школах русскую литературу будут преподавать на латышском. Учителя жалуются, что ученики старших классов в слове «здравствуй» могут сделать до четырех-пяти ошибок. Политизированные учителя и родители гоняют детей на демонстрации в защиту русского языка, от чего дети еще больше тянутся к о'кеям, а также к голливудским «годзиллам» и «покемонам». Они уверены, что на пасхальное приветствие «Христос воскрес!» надо с восторгом отвечать «Вау», точно знают, где находятся Лос-Анджелес и Лазурный Берег, но даже не подозревают, что на земле есть Владивосток или Самара. На вопрос «Что такое Урал?» могут ответить: «Болото в Венгрии».

Одной из девочек в пятом классе какая-то ведунья, посмотрев ее гороскоп, сказала, что в прошлой жизни, в Средние века, она жила в Сибири. Девочка заплакала: «Ну почему я такая несчастная! Все мои подруги в Средние века жили кто в Италии, кто во Франции, а я в то же время – в СССР». При телевизионном опросе на улице мальчик на вопрос «Кто такой Гитлер?» ответил: «По-моему, это главный нападающий сборной Германии по футболу». Ну что ж, одно слово он угадал – нападающий. Рига была идеальным городом для задуманного мною эксперимента: выудить хоть что-то наше из почти уже не наших детей.

Под объявлением я уточнил, что проверять всех буду лично. По моим предположениям, это еще больше должно было подогреть авантюру.

Чтобы не разориться, поставил условия: читающим должно быть от десяти до двадцати лет, и на чтение отводится не более недели с момента выхода объявления в газете.

Конечно, среди читателей газеты поднялся шум. Кто-то радовался приколу, кого-то трясло от негодования: «Это безнравственно – платить деньги за чтение». Практически те, кто обратил внимание на это объявление, разделились, как в алфавите, на две группы: шипящих и согласных. Согласных со мной и шипящих на меня. Конечно, с позиций идеалов нашего прошлого шипящие были правы. Но бороться с Голливудом назидательностью Горького и Макаренко в век реалити-шоу и поколения индиго так же бесперспективно, как атаковать масайскими копьями американский авианосец.

Прежде всего, ничего не поняли в библиотеках Риги местные латыши-библиотекари. С тех пор как Латвия приобрела независимость, русская литература местными латышскими обывателями считается оккупационной. А Пушкин, Лермонтов и Толстой — что-то вроде оккупантов-лайт. Даже в телепрограммке перед показом «Семнадцати мгновений весны» пояснили: «Художественный фильм о том, как русские разведчики мешали работе гестапо». В общем, когда дети поголовно в библиотеках стали спрашивать «Фрегат «Палладу»», местные библиотекари-аборигены смотрели на русских тинейджеров глазами лошади Мюнхгаузена, когда тот летел на ядре. Детектив? Бестселлер? Или суперпопулярная книга о каких-то новых, суперских диетах?

Через неделю в назначенное время в конференц-зале газеты, в которой я поместил объявление, собралось немало молодых людей. Точнее, плотность молодых людей была как в баре крутого боулинг-центра. Те, кто помладше, пришли со своими мамами. Видимо, мамам хотелось убедиться, что в этом странном мероприятии не таится для их детей никакой опасности. Все-таки в Латвии развита педофилия. Вдруг это какой-то своеобразный ход для заманивания детей в секту под названием «Фрегат «Паллада»? Это же нереально, чтобы кто-то платил деньги за то, что их дети что-то прочитали. Вполне возможно, именем Задорнова просто прикрылись какие-то сектанты.

Из школы, где я учился, редакция газеты пригласила учительницу литературы помочь провести экзамен. К сожалению, западная компьютерная логика одолела в Латвии даже молодых русских учителей. Хорошенькая, в веснушках, с рыжими, как костер в ночи на Ивана Купала, волосами, она задавала вопросы, совершенно не соответствующие ее славянской внешности, как будто это была не родная литература, а западный справочник по морскому делу: как звали боцмана корабля, сколько дней длилось путешествие из Петербурга в Кейптаун? Полуматематика-полулитература. Дети волновались, отвечали сбивчиво, краснели. Вроде как их хотели уличить в жульничестве, в обмане за двадцать долларов. Естественно, всех имен и цифр не помнили. Им даже в голову не приходило запоминать, на ком женат капитан корабля или как звали женщину, которой писал письма Гончаров? Еще бы спросила, был ли кто-то из моряков трансвеститом?

Я не выдержал и у девочки, которая показалась мне младше остальных, спросил, где бы она хотела побывать из тех мест, о которых прочитала?

– Ой, я бы хотела съездить в Кейптаун!

– А я в Сингапур, – перебил ее сидящий рядом голубоглазый пацан.

Интересно, что первой начала спорить совсем малышня. Кто-то стал доказывать, что на Суматре жизнь диковиннее, чем в Нагасаки, и он заставит своих родителей его туда свозить вместо Парижа. Один из мальчиков признался, что ему особенно запомнилось описание Гончаровым заката, когда фрегат стоял на рейде. Он никогда не думал, что можно так красиво приставлять слова друг к другу, как в пазле – чтобы получилась картинка.

Как правило, старшее поколение всегда критикует молодое за безнравственность и недообразование. Правда, потом из этого недообразования вырастают Пушкины, Толстые, Королевы и Гагарины... Сегодняшнее поколение особенно отличается от нашего тем, что оно... – способнее! Выражаясь современным языком, у них в голове модемная плата шире и процессор срабатывает быстрее... Вот только диски пустоваты! А маячки их интересов – человеки-пауки, бэтмены, черепашки-ниндзя... Учителя, и те растерялись. Не знают: что и как им преподавать. В этот день удивилась даже огненноволосая учительница литературы: «Надо же! Оказывается, в глубине души наши дети остались нашими в почти уже не нашей стране!» Казалось, от восторга ее прическа запылала еще ярче.

За одного из мальчиков двадцать долларов взяла мама.

– Это ему на учебники! – уточнила она с интонацией масайского вождя.

Другая мама попросила меня подписать купюру. Объяснила, что они и так хорошо живут. Эта мелочь без автографа для них не имеет смысла. Правда, не без гордости призналась, что сынишка читал Гончарова взахлеб. Они с папой раньше не могли заставить его читать даже букварь. Вот только плохо, что теперь он бредит желанием побывать в Шанхае, в Петербурге и отказывается ехать с ними летом на Красное море. Зато теперь они знают, как надо его заставлять читать книги. Ему просто надо за чтение платить! Да будь моя воля, я бы сегодня за чтение книг платил в России всем. Более того, я бы платил за учебу так, чтобы все молодые люди захотели учиться. Вообще, учитывая, сколько у нас в стране полезных ископаемых и какова их стоимость на мировом рынке, я бы платил в России каждому родившемуся в ней. Такой бонус «за отвагу». Появился на свет – распишись в получении пятидесяти тысяч долларов. За второго ребенка – сто тысяч маме и столько же папе. За мужество! Через пятьдесят лет мы бы наводнили своими рабочими Китай!

Но больше всего мне запомнился на этой встрече парень лет двадцати. Пока шла беседа, он стоял в углу комнаты и молча за всем наблюдал. Нахмурившись, исподлобья. Когда я подошел к нему и протянул купюру в десять латов, он отказался и довольно жестко ответил:

– Я не возьму. Мне есть на что жить. Я тоже читал не для денег. Только не подумайте, я никого здесь не осуждаю. Но лично для меня унизительно брать деньги за то, что я прочитал интересную книжку.

Когда пришло время расходиться, случилось то, чего даже я не ожидал. Дети стали просить меня расписаться на розданных им купюрах. Оказалось, чуть ли не все читали «Фрегат «Палладу» не столько из-за денег, сколько из-за той необычайной игры, которая затеялась. Бесовское реалити-шоу со знаком плюс! Я уточнил, что купюра с моим автографом после моей смерти подорожает в два раза. Кто-то из детей пошутил весьма не по-детски:

– К сожалению, долго придется ждать!

Я сделал вид, что его шутка мне понравилась.

Почему я вспомнил эту историю с «Фрегатом «Палладой», покидая Африку? Потому что со мной в путешествии были моя дочь и ее мама. Отец, уходя из жизни – дочери тогда было всего годика два, – перекрестил ее, благословляя. Потом – говорить ему уже было трудно – посмотрел на меня внимательно, и я понял этот взгляд: «Не забудь ей прочитать то, что мы читали с тобой в детстве. Это ей когда-нибудь пригодится».

Последние годы мы с отцом много ссорились. Я не принимал его взглядов, потому что верил в наших демократов и в капитализм с человеческим лицом. Однажды он сказал мне: «Будешь воспитывать своих детей, тогда и поумнеешь!»

Мудрецы, живущие высоко в Тибетских горах, считают, что это дети выбирают себе родителей, а не родители выбирают их. Детские души оттуда, сверху, как с некой смотровой космической площадки, наблюдают за нами, и потом одна из них говорит: «Пойду-ка я вот к этим. Симпатичные, но очень глупые. Только воспитывая меня, они наконец-то поумнеют!»

Я думаю, что, воспитывая меня, мой отец многое в жизни понял. Теперь пришла очередь умнеть мне. После его ухода я стал его послушным сыном. Мне тоже удалось для дочери собрать неплохую библиотеку. Когда она была маленькой, из этой библиотеки я читал ей вслух Гоголя, Конан Дойля, стихи Маяковского, Есенина... И, конечно же, Пушкина! Еще мы много с ней путешествовали. И не только по книгам. Для современных детей Вена, Париж, Израиль – как некая обязательная программа для фигуристов. Зато в произвольной программе мы побывали во Владивостоке, в Хабаровске, проехали на машине по Уссурийскому краю, были на Урале... В Магнитогорске я попросил показать нам самый большой в мире Магнитогорский металлургический комбинат, а в Челябинске – один из самых современных трубопрокатных цехов. Казалось бы, зачем девочке все это? Да чтобы слышать в жизни не три ноты, а семь! Чтобы перед ней когда-нибудь, пускай даже когда меня уже не будет, открылся многополярный мир ощущений, а не двухполярных удовольствий. А значит, чтобы в ее жизни тоже случилось как можно больше счастливых моментов!

Когда мы путешествовали по Африке, она уже была в таком же подростковом возрасте, что и те косули, и поросята, на которых охотились гепарды. Излишних восторгов в путешествии не выражала. С тех пор как стала носить гордое звание «тинейджера», никогда в присутствии родителей не снимала кислое, как осень в Латвии, выражение лица. Оно прилипло к ней, как маска Панталоне к туристу на Венецианском фестивале. Я не сержусь на нее за это. Понимаю, что, по понятиям ее возраста, это не круто – восторгаться тем, что нравится шнуркам-родителям. Им надо сопротивляться, с ними надо бороться, как с элементами, чуть менее вредными, чем учителя. Поэтому в Африке даже жирафами она любовалась исподтишка, чтобы мы с мамой ни в коем случае не заметили ее детского восторга. Сделала вид, что не впечатлил ее и Килиманджаро. Но за завтраком из-под солнечных очков подглядывала за ее вершиной, сверкающей в восходящем солнце. А когда видела зверей не в зоопарке, а на воле, настоящих, не зоопарковых, она снова ненадолго становилась тем ребенком, который млел от телевизионно-мультяшечных зебр и слонов. Особенно жаль ей было поросят. Глядя на них, напрочь забыла о своих циничных подростковых манерах и попросила меня уехать до того, как гепарды на них нападут.

Дочь с детства любила всех зверей без разбора. Словно придя к нам из Космоса, уже ведала, что звери добрее людей. Когда ей было десять лет, упросила дворника в детском лагере отдать ей котенка, которого он нес топить. Котенка, правда, потом подкинула мне. Он из трусливого, взъерошенного комочка превратился в самодовольного разжиревшего садового кота. До сих пор живет у меня во дворе. На калитке я написал «Осторожно, злой кот». На самом деле спасенный оказался таким добряком, что боится пролетающих мимо него бабочек, от вида ворон бледнеет и прячется под кустами от стрекоз.

Мы уезжаем из саванны. Машем рукой ставшему родным Килиманджаро. В его седине уже появились первые проплешины. Судя по всему, ученые правы, снега скоро с его вершины сойдут. Мы все-таки успели на них полюбоваться! И вдруг дочь неожиданно даже для меня спрашивает: «Пап, а как ты думаешь, гепарды тех поросят все-таки съели?» Оказывается, последние ночи она даже плохо спала, переживая за поросят.

Спасибо тебе, старина Килиманджаро! Ты мне очень помог. Красивой тебе старости!

Вот так до сих пор и отношусь к своим путешествиям, как тот студент из агитбригады. Съездил, вернулся, сел за стол, поделился впечатлениями! Да, такого успеха, как телевыступления, очерки никогда не приносили. Зато всегда чувствовал, что писал и работал не только для тех, кто мечтает прийти на концерт безжалостного сатирика-задирика!

Тунис — страна маленькая, но гордая!

•••

Я возвращался из Туниса через Европу с пересадкой во Франкфурте. Во всех странах мира первая встреча с Родиной начинается в аэропорту перед посадкой в самолет. Примерно за два часа до вылета все лавки-бутики дьюти-фри заполняются русскими туристами, словно их впрыскивают через паспортно-контрольные форсунки под каким-то особым давлением. Уже через полчаса после объявления регистрации создается ощущение, что вокруг одни русские на временно оккупированной ими территории и что они каким-то неведомым, загадочным способом размножаются прямо в бутиках дьюти-фри. Их можно узнать сразу: ленивая походка, брендовая одежда, хозяйские манеры... Сибиряк в зимней ондатровой шапке и в летней майке фирмы «Дизель»; сильно выросший бледнолицый хакер с мышцами, накачанными компьютерной мышкой, от чего излишки кожи висят на длинных руках, как безветренное знамя на флагштоке; две пожилые женщины в шубах и кроссовках; спустившаяся с Альпийских гламурных предгорий в супербрендовом лыжном костюме гламурница с нижней губой, накачанной силиконом и вечной обидой на мужчин; мама с дочкой, после пластическо-косметических издевательств над лицом похожие на двух близняшек. Догадаться, кто мама, возможно только по недовольному взгляду одной из них. А еще – если их раздеть.

Только русские во всем мире из кожи вон лезут, лишь бы выглядеть самыми крутыми. Только у русских женщин лица с утра в вечернем макияже. Такой слой штукатурки в бывших советских домах кладут на стены, чтобы их выровнять, молдаване-гастарбайтеры. На мужчинах, правда, теперь уже не на всех, поблескивают золотые кресты и цепи музейных размеров. Появились и супермодные новые «новые русские». Несмотря на фигуры обпившихся пива скифов, они втиснулись в моднявейшие «бренды», скреативленные для евросоюзных подростков-геев. Русский мужик в зауженных книзу, словно армейские панталоны, джинсах, при коротких ногах, в обтягивающей пивной живот майке, с накинутым приталенным, укороченным пиджачком, из которого торчат мужицкие руки-весла... – это Шариков в гламуре, хряк в стразах от Swarovski...

Да, вот такие мы! Обезображенные современной модой нескладухи – выпускники советского вчерашнего завтра и их потомки с родовым комплексом неполноценности тех, кто из грязи скоропостижно в князи.

Первой меня узнала компания, которая возвращалась из круиза по Средиземному морю, – сборная команда российских регионов из туристов вторичной зажиточности. Оттого, что они увидели «живую звезду», их лица перекосила нешуточная радость:

– Ой, это вы? Вы что, тоже с нами полетите? Вот здорово! Дайте автограф? Здравствуйте!

Я заметил: те, чьими гуру с детства были телеящик с телепанелью, при неожиданной встрече с телезнаменитостью сначала просят автограф и только потом здороваются. Я не стал нарушать этой поп-традиции:

– Конечно, дам... Уж этого добра у меня навалом, здравствуйте!

– Ой, ну надо же, как нам повезло! Из России летели с Леонтьевым, а в Россию с вами! Кстати, а вы откуда сейчас?

– Из Туниса.

– Ой, мы там были тоже... Зачем вы туда ездили? Скучная страна. За один вечер можно все посмотреть.

Мне стало так обидно за Тунис, что я решил стать его адвокатом:

– А вы в Карфагене были?

– Карфаген?! А что это?

У женщин заблестели глаза, как будто я упомянул о каком-то незнакомом для них торговом доме.

– О Ганнибале помните?

Кто-то из мужиков услышал знакомое слово:

– Это который людей жрал?

Слава Богу, другой его поправил:

– Ты чё? Людей жрал другой... циклоп! А Ганнибал – то ли тореадор, то ли римский император...

Меня выручила какая-то туристка, после отдыха нервная, как оголенный провод:

– Да оставьте вы в покое интеллигентного человека. Он же про вас со сцены расскажет!

– Ой, а правда, расскажите про нас по телевизору! Нам приятно будет!

– Да что вы к человеку пристали? Вот придурки! – оголенный провод не на шутку заискрил. – Как мне вас жалко, Михаил Николаевич, наверное, всю жизнь вот так, да? Надоели мы вам? Бедненький! Кстати, можно с вами сфотографироваться?

Жалко наших! Попить пива, потрескать на ночь орешков и бесконечно болтать! Зачем им путешествовать? Только для того, чтобы потом рассказывать всем, какие они крутые? Сколько где выпили, каким карпаччо, посыпанным ошметками трюфелей, закусывали? Конечно, им Тунис неинтересен! Вроде как и похвастать потом нечем.

А между тем я давно мечтал побывать в Тунисе. Ведь именно на севере Африки пересеклись в веках и смешались многие народы. Сначала, три или четыре тысячелетия до нашей эры, из Европы переселились бледнолицые, голубоглазые и светловолосые берберы. Зачем? На этот вопрос уже никто точно не ответит.

Думаю, Европа в те задушевные времена еще не была самым бытоналаженным местом на планете. Она даже не знала о том, что она Европа. В ней уже много тысячелетий царил расцвет застоя матриархата – светлого прошлого патриархата.

Тут надо заметить, что во все времена существования человечества бунтарей всегда тянуло почему-то именно в теплые места. Никому из них не пришло в голову добровольно переселиться на постоянное место жительства, скажем, в Магаданскую область или на Таймыр. Девах с собой прихватили. Мол, на юг с нами не хотели бы? Кто ж из молодух на юг не хочет? И пошли они всей этой дружной молодежной компанией на полдень! Глядь – Африка! Земля благодатная, море синее, теплое, почти молочное, погода вечно солнечная, никаких затрат на смену одежды от плавок до дубленок, еда на дереве растет сама – не жизнь, а сплошное «баунти». Счастливые тем, что могут среди этой благодати начать новую жизнь с первого же понедельника, начали первопроходцы купаться, загорать... Девахи их изящно похудели, посвежели... Поэтому вскоре дружно приступили к главному удовольствию всех времен и народов – размножению.

Как те ранние берберы себя называли, неизвестно. Но их потомки и теперь живут в Тунисе, Алжире, Марокко и в Ливии. Среди них до сих пор встречаются голубоглазые. Они более светловолосые, чем арабы. Только за эти тысячелетия заметно подзагорели, почти обуглились. В древних рукописях их обозначали словом «ливы» или «либы». Страна, соседствующая с Алжиром, так и называется в их честь – «Ливия». Древние греки Ливией вообще всю Африку величали. Думали, что только берберы ее и населяют.

Тут надо кое-что пояснить... Коренные жители Африки, выражаясь по-сегодняшнему политкорректно – афронегры, в ту колыбельную эпоху развития человечества жили по другую сторону горячих песков. Через пустыню-пекло не переходили, считали, что в ней обитают злые духи-черти, которых они представляли, согласно легендам, светловолосыми и белокожими. И даже детей пугали фразами типа:

– Не будешь есть с утра этих полезных для здоровья муравьев-термитов, придет голубоглазый светловолосый Бабай и тебя заберет.

Особенно боялись духов-женщин. То есть уже тогда понимали, как опасны для человечества блондинки!

Во втором тысячелетии до нашей эры внезапно развились на торговле финикийцы, приватизировали большую часть Средиземного моря с его островами и южными берегами под лозунгом «Мы несем вам свободу, варвары!». Для защиты приватизированной свободы построили в укромном заливе военно-торговый порт, которому суждено было стать одним из самых известных городов мира, – Карфаген. Солнечным африканским утром я стоял на его развалинах и ощущал необычайную энергию, словно находился в какой-то акупунктурной точке Земли.

Когда Рим стал набирать силу, мнить себя пупом всея Земли, Карфаген особенно бесил их своим хозяйским отношением к Средиземному морю и тем, что тоже считает себя пупом. Двух пупов быть не должно! Попытались сбить спесь со второго пупа, превратить его в пупочек, – не получилось. Потомки свободолюбивых берберов и не желающие отдавать награблено-наторгованное добро финикийцы оказались слишком крутым замесом даже для всесильного Рима с его интернациональными легионами.

Гениальный полководец из Карфагена Ганнибал, в котором текла кровь первых переселенцев-свободолюбцев, пообещал умирающему отцу отомстить Риму за его негодяйские попытки превратить родной Карфаген в свой элитный пригород типа нашего сегодняшнего Подмосковья. Собрал армию из оберберенных фиников-пуников (так называли римляне финикийцев), привез из центральной части Африки слонов, с этими первобытными «танками» переправился на другую сторону Средиземного моря, всей этой грозной многотысячной компанией-шоблой каким-то чудом перевалил через Альпы и (хотя о Суворове ничего не знал!) чисто суворовским нежданчиком свалился с гор на окраины Великой империи. Несмотря на то что этот гений-варвар потерял одну треть своей армейской шоблы в горах, он несколько раз подряд, абсолютно с точки зрения римского сената нелегитимно, раздолбал римские легионы! Очевидцы утверждали, что его солдаты во время перехода через Альпы так замерзли, что дрались особенно отчаянно, желая как можно скорее отогреться.

Более всего досталось римлянам в битве при Каннах. Может, поэтому Каннский кинофестиваль проходит каждый год с таким успехом, что главный кинодворец мира построен на этом победном месте! До сих пор все, кто знает об этой истории, удивляются, как ему, варвару Ганнибалу, все это удалось? Ответ один – гений!

«Зачем мы так бессмысленно тратим своих легионеров? – всерьез задумались римские сенаторы. – Еще немного, и наши самые храбрые и сильные в мире римские воины закончатся. Бороться с этим варваром надо его же методами. Пока он воюет против нас на нашей территории, отправим наши легионы на его территорию – в Карфаген. Он его оставил и без армии, и без слонов. Ему сопротивляться нечем. А для подкрепления воинской мощи вместе с легионерами направим туда своих лучших дипломатов». В Римской империи всегда лучшими дипломатами считались те, которые имели доступ к государственной казне и умели вести переговоры за счет нее. Так и случилось! Пока Ганнибал отважно сражался за честь и достоинство своей Родины на подступах к Риму, правители Карфагена сдались римским Чубайсам и Березовским. Рим победил Ганнибала, лишив его Родины! Армии более не за что было доблестно сражаться! Солдаты и офицеры разбежались, танки-слоны замерзли, сам Ганнибал скрылся. Но римские «дипломаты» долго еще тряслись от страха, вспоминая о нем, поэтому выследили и согласно легенде отравили. Вывод? Чубайсы всегда оказываются сильнее ганнибалов! Так что обращаюсь к вам, ганнибалы-гении... не рыпайтесь – переходите в олигархи!

Новую жизнь в своей новой провинции – Карфагене – римляне начали, естественно, с перестройки! Нам сегодня хорошо известно, как это делается. Вначале все разрушили до самого карфагенского плинтуса вместе с храмами и памятниками. Вернее... только сейчас не смейтесь, но памятники римляне не снесли, а очень экономно поменяли им головы на свои родные, римские, сенаторские... и приодели поприличней, согласно столичной моде. Собственно, и это мы недавно проходили: сколько Лениных раньше стояло? Теперь сплошные Бандеры, Махно, Петлюры... И все одного роста!

В общем, сбылась мечта римлян-торгашей. Устроили из Карфагена почти подмосковную Рублевку, совмещенную с Клязьминским водохранилищем: виллы, коттеджи, пригородные участки далеко не по шесть соток, лавки, бутики... В Атласских горах по склонам – взором не охватить – раскинулись самые роскошные развалины, которые мне когда-либо доводилось видеть: элитные бани и тут же рынок рабов... Помылся, вышел, прикупил рабыньку! Храм на холме, от холма спустишься – публичный дом. Нагрешил, поднялся на холм, принес жертву Юпитеру, и снова можно с холма спуститься. Когда гиды показывают туристам развалины этого древнего города, ощущение, что центральным и главным зданием был публичный дом. Как раньше в больших российских городах обком партии.

– Как пройти в театр, не подскажете?

– Сразу за публичным домом наверх!

Казалось, жить теперь бы римлянам, поживать в курортном Карфагене и добра торговлей рабами наживать, бесконечно радуясь тому, что они на земле самые-самые the best.

Но не тут-то было! В четвертом веке из Европы нахлынула новая волна бледнолицых, голубоглазых, рослых красавцев-воинов, вооружённых до зубов. И если берберов можно назвать первопроходцами, то этих – первопроходимцами! В считаные дни вымыло римлян из Карфагена это цунами под названием «вандалы»!

Есть у одного из прибалтийских народов легенда о том, как на южных берегах Балтийского моря в начале новой эпохи правил непобедимый воин по имени Вандал. Его строптивые сыновья отбились от рук и пошли со своими дружинами грабить Европу. Не смог Вандал усмирить отроков. Сначала разбойничали в Испании – даже местность Андалусия, где они особенно набезобразничали, назвали в память о них «Вандалусия». Буква «в» потом в столетиях затерялась. Но грозный папа их все-таки там настиг. Видимо, страшен был этот Вандал, потому что отбившиеся отроки от него и там сбежали и с испугу добежали... аж до самой Африки! Впрочем, это – легенда. А что было на самом деле, можно только догадываться и фантазировать. Ясно одно – в тунисском диалекте арабского языка много индоевропейских, почти славянских слов!

Моего гида-переводчика звали Ваннес. Я, естественно, его называл Ваней. Жена у него голубоглазая и более светловолосая, чем арабки. Ваннес утверждает, что она – потомок берберов. Правда, я его насторожил вопросом: «А может, она вандалка?»

То, что наши славянско-готские прапрапрадедушки вандалы переселились из Испании, правили землями, которые сегодня относятся к Тунису, известно. Но далеко не все знают, почему потом они разозлились на Рим и разгромили его в считаные дни и почему имя этого огромного народа приравняли к сквернословию. А ведь именно в арабских летописях сохранились сведения о том, что самые жестокие римские рабовладельцы старались не просто набирать рабов из славянских и германских народов, а порой даже писали книги на коже детей наших северных племен. Интернациональная сборная воинов Севера решила, наконец, врезать Риму раз и навсегда! За все! За жестокость, разврат, за детей, гладиаторов, за паразитство... за ту заразу, которая распространялась по всей округе земной от развязавшегося пупа Земли. И врезали! И за это им низкий поклон. Благодаря вандалам навсегда перестала существовать самая рабовладельческая империя всех времен и народов до появления США! А к мародерам и грабителям их приравняли, потому что летописи пишутся по заказу тех, кого НЕДОразграбили-НЕДОбили, тех, кто мстит самым страшным образом – исторической неправдой! И владеет самым сильным оружием – умением лишать Родины.

Казалось бы, на этом можно было закончить описание путешествия по Тунису, если бы не древние римские мозаики. Их в Тунисе так много, что для них создали специальный музей. О них невозможно не упомянуть. Тут прошу набраться терпения. Многие из мозаик относятся к четвертому-пятому векам, то есть уже изображают сцены христианского периода. На них встречается... христианский крест. Но! Ни на одном из крестов нет распятия – Иисуса! Я давно подозревал, что вся эта сопутствующая христианству атрибутика была придумана гораздо позже. Я много путешествовал, но нигде не видел, чтобы до пятого-шестого столетий Иисуса изображали распятым на кресте! Если кто-то сможет меня поправить, буду только рад. Я прочитал летописи разных авторов, в том числе и римских первого – третьего веков. Ни у одного из историков нет даже упоминания об учителе христиан Иисусе!

А еще в тунисских пещерах на юге близ Сахары и в самой Сахаре сохранились настоящие... – троглодиты! Только оказалось, что это слово, раскрученное Голливудом, означает просто человека, живущего в пещере или, типа, в нашей землянке. Троглодиты считают себя прямыми потомками берберов! Они берегут чистоту древней крови, стараются ни с кем не смешиваться – точь-в-точь как наши староверы. Ни за что не хотят вылезать из своих нежарких нор в цивилизацию, которая может лишить их нравственности, приучить к разврату, заставить есть нечистую еду, болеть, делать прививки и лечиться лекарствами, от которых можно досрочно умереть!

Я думаю, что тунисцы не зря считают себя особым народом. Вроде как арабы, но не совсем. Действительно, на севере страны многие жители совсем не похожи на арабов. Высокие, худолицые, словно сильно загоревшие немцы. Я бы сказал так: тунисцы, конечно, арабы, но с историческо-европейским тюнингом. Только в Тунисе из всех арабских стран запрещено многоженство! Они не фанатики религиозные. Женщина, если не хочет, может не носить паранджу. На улицах Туниса нередко можно встретить арабок даже в коротеньких мини-юбках. Глупо, согласитесь, в мини-юбке и в парандже одновременно? Хотя многим бы такое сочетание явно подошло! Особенно у нас в Европе.

У тунисцев, по их словам, мягкий ислам. Я не сомневаюсь, что это – влияние родовых корней тех свободолюбивых народов, которые поселились на этих землях задолго до арабов. Плюс – влияние вояк-вандалов. Значит, тунисцы должны были сохранить особую тягу к свободе. Поэтому я уверен, что если в арабских странах когда-нибудь начнется бунт против власти, он начнется с Туниса, где в генах, доставшихся от предков-переселенцев, затаился дух Ганнибала и скрытая мечта о лучшей жизни! Плох тот тунисец, который не мечтает стать Ганнибалом!

Особенно трогательно, что у Туниса были всегда теплые, дружеские отношения с Россией. Словно и впрямь в их хромосомном наборе еще дрожит какая-то хромосомка наших предков. Корабли врангелевской военной эскадры, покинув Родину, были приняты Тунисом. Здесь долго стояли на рейде и жили наши русские офицеры, солдаты, адмиралы... Я был на кладбище русских моряков. На многих могилах лежат живые цветы – значит, о них здесь до сих пор помнят!

Большинство тунисцев очень хорошо относятся к России. Прежде всего в память о Советском Союзе. Многие получили в СССР бесплатное образование. Учились в лучших вузах Москвы и Петербурга. У этих людей по сей день теплеют глаза, когда они говорят с русскими. Конечно, жалеют о том, что сейчас Россия другая и что она становится провинцией Запада, как некогда Карфаген римским придатком. Ведь образованные тунисцы прекрасно понимают, что западная демократия нынче – это не строй, а религия, дающая право завоёвывать другие страны, где есть нефть, газ и другие, полезные торгашам, ископаемые. Вера в демократию позволяет освобождать любые угнетённые народы. Вот только странно, что чем больше у какого-то народа этих ископаемых, тем он считается угнетённее и тем быстрее его надо освобождать.

Когда-то Советский Союз был, простите за банальное выражение, колыбелью образования отсталых народов. Занимался благороднейшим делом! Давал просвещение! Реформаторская Россия на пути к демократии угробила даже образование собственного народа. И нашему обывателю это понравилось. Еще бы! Чтобы стать просвещенным, надо много учиться, а чтобы стать демократом, достаточно всего лишь поверить в рынок, массмедиа и геев.

Тунису повезло – в стране нет нефти! Вернее, ее настолько мало, что Тунис совершенно не интересует Америку. Но еще больше ему повезло, что газа тоже нет. Поэтому эта маленькая страна никогда не станет придатком одного предприятия, как большая Россия. Западная демократия его даже не замечает, не лезет в его душу своими торгашескими ручищами и никогда не принесёт его на жертвенник в дар нефтяным богам и финансовым жрецам.

Когда мы летели в Москву из Франкфурта, несколько туристов подошли ко мне в самолете, но уже не с просьбой дать автограф.

– А что вам больше всего понравилось в Тунисе?

Чем-то я их все-таки зацепил. Я вкратце рассказал им о своих впечатлениях.

Да, пусть эта страна бедная! Хотя она не такая и бедная. Есть и пятизвездочные отели, и широченные пляжи, на которых можно загорать не хуже, чем в Бразилии на Копакабане или на берегу Балтийского моря, играть в волейбол, в футбол... То же Средиземное море, что и на южном берегу Франции, но с просторными, не сдавленными евросоюзным гламуром берегами. Нет такого количества бомжей-попрошаек, как в Египте. Правда, русским туристам не хватает акул у берега! Некоторым может показаться скучновато – недостаточно адреналиново!

Перечислять то, что радует и восхищает в любой незнакомой стране, можно бесконечно, если в путешествии не расходовать себя на болтовню с виски и орешками и на то, чтобы тебя окружающие таки признали крутым! Человек рождается для того, чтобы жить интересно!

Когда мы выходили из самолета, за мной шли двое туристов, с которыми мы подружились во время полета. Я слышал, как один другому сказал: «А мы вот так пили с тобой каждый день и ничего не увидели! Вернусь, сначала отдохну после нашего отдыха, восстановлю здоровье, а потом прочитаю про этого... Каннибала. Я как раз новый iPad купил, вот и пригодится!»

В его голосе чувствовалось искреннее сожаление. За время полета он явно протрезвел. Все-таки наши небезнадежны. Их только надо зацепить, торкнуть... Но государство этого делать не хочет. Боюсь, что даже наоборот – мечтает, чтобы все так и остались непросвещенными рабами, как во времена Римской империи!

Интересно, что многие зарисовки,
опубликованные в газетах и в «Живом журнале»,
были одобрены таким количеством читателей,
что я даже приободрился. А после размышлений
о Белоруссии прибавилось около четырех тысяч друзей!
Правильное название – «Живой журнал»!
В нем действительно немало людей образованных,
с живым мышлением, которые не верят в выборы,
в доброго дядю, который придет и накормит,
и которые предпочитают общаться и делиться
мыслями со своими друзьями, нежели доверяться
нашей желтушной прессе.

Эротический массаж в Беларуси

•••

Знаете, в каком городе Советского Союза пешеходы никогда не переходили улицу на красный свет? В Минске! Белоруссия еще в нашей прошлой советской жизни восхищала меня большим порядком, чем даже в прибалтийских республиках.

Недавно меня так «обезэнергетила» московская суета с ее повышенным – употреблю модное слово – «трафиком» жизни, что я не выдержал и решил поехать на три дня отдохнуть не в Париж, не в Канны, а ... в Минск! Да-да, чтобы сгонять во Францию или Италию, ума нынче много не надо.

* * *

Пятизвездочный отель, словно в центре Рима, но дешевле. Музеи, галереи... Все лучшее, что было накоплено за годы советской просветительской мощи, не разворовано торгашеской демократией! Отреставрированные за счет государства здания театров. Помещения в них не сдаются под бутики, автосалоны и залы игровых автоматов... Деньги на декорации для спектаклей никто из режиссёров, унижаясь, не клянчит у спонсоров. Продюсеры не указывают им, что согласно результатам проведённого маркетингового исследования в «Евгении Онегине» для рейтинга Татьяна должна минимум два раза раздеться, а Онегин её хотя бы разок обматерить; Гамлета желательно изобразить геем, а трёх сестёр – лесбиянками...

В Театре оперы и балета только хор – более 100 человек! Симфонический оркестр – один из лучших в Европе. В балетной труппе, по-моему, тоже более 100 танцоров. И все они на государственных зарплатах! Открывается занавес, и я попадаю в свое детство, когда приходил в театр и первое «ах!» вырывалось от сказочно-волшебных декораций. Кто-то скажет: «Не маркетингово!» Но билеты я не мог достать. Пришлось звонить директору театра и бесстыдно напрашиваться в гости.

Несколько лет назад в Минске открыли библиотеку, которой может позавидовать любой Лондон. В каком городе России было сделано что-нибудь подобное? Белорусы ставят памятники своим ученым, писателям. Они сохранили благородный театр. Там нет концептуального театра со спектаклями типа «Чебурашка и презерватив», «Сосущие вместе», как у нас в России.

* * *

Когда я подъехал к гостинице и увидел у входа толпу молодых людей с блокнотами и ручками наготове, то сразу понял, что в гостинице живет кто-то из звезд. У меня не было мысли, что это могут быть мои поклонники – ведь мои фаны лет на 50 старше. Но когда я вышел из машины, они кинулись ко мне за автографами, видимо, чтобы не терять зря времени в ожидании своих кумиров. Вечером я ужинал в ресторане и обратил внимание на сидящих за соседним столом немолодых, но молодо одетых мужчин с прическами, похожими на индейские томагавки. С ними были русские девушки. Официант мне гордо шепнул: «Это «Скорпионс»! Более всего меня удивило то, что эти ирокезы в мою сторону поглядывали чаще, чем я в их. Потом от них отделился старшой (это было видно по его манерам) и подошел ко мне. Он спросил: «Вы известный русский артист?» Интонация была такой утвердительной, что мне пришлось согласиться. Оказалось, несколько музыкантов группы женаты на русских и приревновали своих молодых жен, которые с интересом смотрели на какого-то перезрелого пацана. Естественно, захотели узнать, кто же это такой. Меня пригласили за их столик. Беседа получилась намного интересней, чем я ожидал. Один из музыкантов, главный ирокез с самым угрожающим томагавком, недавно вернулся с Гималаев, мы разговорились о восточной философии и пришли к выводу, что у нас с ним много общего, несмотря на разные прически. Самое приятное – оба считаем, что деньги для жизни, а не жизнь для денег. С нами, правда, не согласился импресарио группы. Он подумал, что мы ничего не понимаем в жизни. Весь вечер эти суперзвезды нежно держали за руки своих жен-красавиц, как будто боялись, что они растворятся, если их отпустить хоть на миг. Тем для разговора нашлось много: как и я, они много путешествуют. Мы взаимовосхитились Перу, Килиманджаро, Попокатепетлем, Камчаткой, Сибирью... Но больше всего и мне, и им понравилась... Беларусь!

Да и как она может не понравиться. Несмотря на то что я приехал в Беларусь из Латвии, в первую очередь меня восхитили белорусские дороги. Они не были потрепаны суровой зимой, а значит, строители не разворовали половину материалов и не «развели» асфальт. При этом дороги между городами прямые от горизонта до горизонта, словно Батька прочертил их линейкой на карте, как это когда-то сделал Николай Первый, намечая железную дорогу Москва – Петербург. Побывав в Минске, Витебске, Могилеве, Борисове, я еще раз убедился в том, что Россия несправедливо ведет себя по отношению к Беларуси. Газеты, телевидение ерничают над Батькой, над тем, что у белорусов якобы ничего нет, кроме картошки, приклеили ярлык совдеповской отсталости. А на самом деле сегодня Россия может поучиться у своего соседа. Во всех городах, где я был, построены новые стадионы, при каждой школе есть спортивные площадки. Тротуары настолько чистые, что дома можно ходить в уличной обуви. В Беларуси не бывает террористических актов, после развала Союза она ни с кем не воевала. В ней нет такого количества молодых наркоманов, как в России. Здесь нет олигархов, влияющих на политику власти. Нет крестных отцов и паханов, которые держат в страхе провинцию. Страны Балтии всегда насмешничали над Беларусью, а сами тем временем разворовывали европейские кредиты. Результат налицо – сейчас прибалты ездят в Беларусь за бензином, за продуктами... И везут оттуда (а не из Европы!) – нижнее белье. У белорусского трикотажа соотношение цены и качества удивительно гармоничное. Иногда мне вообще кажется, что Беларусь – единственная страна, которую не затронул мировой кризис. Бесплатное образование! Бесплатная медицина! Можете мне возразить: «Она никудышная!» А у нас что, «кудышная»? И у нас такая же, но только за большие деньги.

* * *

Но, пожалуй, основная мудрость Батьки в том, что он не стесняется заботиться не о торгашах, а о людях простых – развивать сельское хозяйство. Он словно понимает: порядочные люди – те, которые выросли на природе, а не в кулуарах власти и в гламурных коттеджах. Лично я твердо уверен, что если в стране много земли, то главным классом должно быть крестьянство. А если крестьянства нет, то рано или поздно возникнет нехватка порядочных людей, поскольку обереги порядочности – не власть и не банки, а земля и природа.

Если в России по белорусскому примеру не возродят земледельчество, неоткуда будет в скором времени черпать порядочных людей. Мелкий бизнес, о котором заботятся наши управленцы-чубайсята, воспитывает в основном мелкопорядочных.

Кто сегодня клеймит позором белорусского

Батьку? Бизнесмены, журналисты, чиновники и российское телевидение. Я даже сформулировал современную примету: если олигархи и журналисты начинают кого-то рьяно позорить, значит, это человек хороший. Все российские бизнесмены сегодня присосались к государственно-чиновничьей казне. А Батька местным олигархам такой возможности не дает. Вот бы нашим правителям у него поучиться! Разве Батька позволил бы своим чиновникам организовать во время Олимпийских игр в Ванкувере тусовочный «Белорусский Дом» с ночными оргиями? Или распилить антикризисные кредиты? Или отобрать у людей земельные участки, как было у нас с «Речником»? Разве можно представить себе, чтобы к 9 Мая белорусским ветеранам подарили просроченные огнетушители, сгнившие овощи и недоеденные в самолетах коробочки конфитюра?

Почему нам пытаются представить Беларусь как отсталую страну? Потому что в ней не верховодят олигархи и иже с ними – те, кто «из грязи в князи»! Не дай Бог узнает российский народ, что где-то кто-то живет спокойнее. Потому и надо было взорвать это равновесие, хотя бы во время выборов. Несколько совершенно разных людей мне сказали примерно одно и то же: «Большинство кандидатов в президенты очевидные провокаторы. За западные подачки подставили страну. А власти повелись и, к сожалению, поймались на этот нехитрый западнючий крючок!»

* * *

Одна журналистка из тех, с кем я разговаривал в Минске, гневно заявила: «Вам легко так рассуждать о нашей жизни. А у нас, между прочим, нет свободы слова!» На это я ей ответил: «А у нас в России она вроде как есть, а что толку? К этому слову кто-нибудь прислушивается?» Если трезво оценивать современное мироустройство, то кому вообще эта сегодняшняя «свобода слова» нужна? Бездарным кинотеатральным режиссерам для того, чтобы ставить якобы гениальные спектакли и материться со сцены... Я уже не раз упоминал, что в пермском театре оперы и балета в спектакле «Кармен» тореадоры по ходу действия несколько раз мочатся в унитазы. Ура! Свобода слова! Причем в первую очередь – нецензурного слова.

В 90-е годы этой свободы слова у нас было – захлебнись! Каждый орал что хотел хоть на Красной площади, хоть у Спасских ворот, хоть у Дома правительства и про президента, и про власть... А торгашеский караван плутов шел себе и никого не слушал. За 10 первых лет после наступления «спасительной» демоНкраДии у нас в России в бандитских войнах и разборках было убито более миллиона человек! И это не считая войны в Чечне. В Беларуси тоже есть бандиты. Только их, во-первых, значительно меньше в процентном отношении, а во-вторых, когда в своей «несвободной» стране им становится невмоготу, хочется кого-то подстрелить, «заказать», подвесить за ноги, они едут к нам в Россию! Шутка ли – в Минске, да и в других городах Беларуси вечерами можно спокойно гулять по улице! Днём не бывает пробок! Чиновники в таком количестве не шныряют с «мигалками», строя из себя небожителей. Белорусская таможня никогда не позволит себе устроить праздничный шабаш на работе, как во Владивостоке. Их министры по сравнению с нашими – пляжные бомжи. Потому что не занимаются с утра до вечера «качем бабок». Я думаю, у большинства из них нет даже оффшорных счетов. Кто из наших «бояр-единорогов» будет после этого их уважать? Они не носят костюмы от «Бриони», часы с бриллиантами, их жены не затыкают уши берушами с изумрудами, у них нет недвижимости, оформленной на всех родственников, включая любимую Жучку. Государство продолжает заботиться о Союзе писателей.

Почему российские журналисты считают жизнь в Беларуси отсталой? Лишь потому, что там не поощряется непристойная светскость, на телевидении нет мата и Батька не позволяет очернять историю своего народа, переписывая учебники.

Да, в Беларуси есть инакомыслящие – диссиденты. Но кто они? Во-первых, масса бизнесменов, которым не дают всей этой массой присосаться к казне по российскому бизнес-стандарту. Давайте вдумаемся, кто у нас в России успешные бизнесмены? Те, кто наладил с помощью чиновников деньгоотсос из казны. Кстати, интересно – случайно в русском языке слова «казна» и «казнить» созвучны? Или это намек?

А разве можно сравнить дороги белорусских окраин с нашими колдобистыми?

Образование в Беларуси никогда не переведут на

всего лишь четыре обязательных предмета в школах, среди которых нет ни государственного языка, ни истории. Вот это все и бесит Запад. Жалко, что мы в России до сих пор заворожены западными гипнотизерами и подражаем им в своем отношении к Беларуси. Причем делаем это бездарно, топорно. Когда в прошлом году российская власть предъявила претензии по части долгов к Батьке, тот спокойно посчитал и ответил: «Это вы нам должны, а не мы вам!» И, к сожалению, оказался прав!

Я не удивлюсь, если скоро те российские родители, которым не хватает денег на обучение детей в Англии и Америке, будут отправлять их учиться в Беларусь. К тому же в Беларуси еще и гораздо безопаснее. И люди доброжелательные в большинстве своем.

* * *

Очередь в магазине. Мой коллега – режиссер рижского театра первый день в Минске. Еще не разобрался в здешних деньгах. Протягивает кучу банкнот продавщице:

– Может, выберете сами, что вам нужно?

Продавщица берет две банкноты, и невероятно, но... очень подробно отчитывается, сколько она должна дать сдачу.

– Да что вы... Не надо... Я вам верю... Очередь ждет!

Из очереди:

– Да не волнуйтесь, мы подождем! А вы откуда?

– Из Риги.

– Ух, ты! – удивляется продавщица. – Ну как вам у нас в Минске, нравится?

– Как же я вам расскажу? Очередь ждет!

Из очереди:

– Да вы не волнуйтесь, мы подождем! Кстати, действительно, как вам у нас в Минске?

Можете представить подобный разговор в Москве? Особенно слова из очереди: «Мы подождем!»

* * *

Конечно, Запад бесится, что никак не может «впрыснуть» в Беларусь свою очередную «банановую» или «голубую» революцию и превратить белорусов в экономических невольников.

Да, в магазинах даже в Минске нет такой товарной вакханалии, как в Москве, и такого разнообразия в ресторанах карпаччо, буратто, макрелей, фокаччо и тарталлини... Но это же замечательно! Ведь большую часть сточных продуктов, которые нам в Россию сливают с Запада, есть опасно. Это же продукты не пищевой, а... химической промышленности!

А еще недовольны порядками в Беларуси местные журналисты и проститутки. Понимаю – тем и другим живется хуже, чем в России. Страна, на которую жалуются журналисты и проститутки, – добропорядочная страна! В Россию сегодня съезжаются девушки с заниженной планкой социальной ответственности из всех стран-спутников. Мы – держава нефти, газа и... проституток! Поэтому мы даже не держава – мы одна большая скважина!

Есть точный критерий, кто живет лучше в России, а кто – в Беларуси. Крестьяне – в Беларуси. Рабочие – одинаково бедны и там и там. В России же гораздо вольготнее и прибыльнее жить олигархам, чиновникам, бизнесменам – т.е. всем НЕтрудящимся.

Эх, сегодня бы поучиться нам у белорусов! Ведь они наши братишки, а не братки!

Учиться, учиться и еще раз учиться у Батьки! Знаете, что он недавно придумал? Устроил для чиновников экскурсию в тюрьму и показал им, как много там свободных камер.

У нас же только грозятся посадить очередного проворовавшегося, потом шум затихает, и не успеешь оглянуться, а вместо нар тот уже получил в наказание – повышение!

* * *

Я бы, не стесняясь, поклонился Беларуси в пояс. Мне даже само слово нравится – «белорусы». Словно какие-то отбеленные россияне. Недаром Беларусь всегда была оберегом России. Все завоеватели: Фридрих, Наполеон, Гитлер, наступая на Россию через Беларусь, теряли в ней минимум четверть своих армий.

После всех этих размышлений вызывают недоумение сегодняшние действия белорусской власти. Зачем так подставляться? Жестоко разгонять демонстрации, бить журналистов, сажать их в тюрьму? Лишать виз тех иностранцев, которые резко и критично высказались о белорусской власти? Драчливость недостойна сильных людей! Кто от нее выигрывает? Только противники! Те, кого лишили виз, будут на весь мир кричать: «Вы видите, мы были правы! В Беларуси – тирания!» Неужели нельзя быть хитрее? Ну, разбил демонстрант окно... В суд!

И приговор: «Сделать за свой счет евроремонт во всем доме!» В следующий раз задумается: идти ли вообще на демонстрацию? Зачем из журналистов, которые борются за демократию по заказу Запада, делать героев? Из демонстрантов, сдуру или под гипнозом московского воровского гламура поверивших в светлое демократическое будущее, – освободителей белорусского человечества? Избивать журналистов – мелко и недостойно тех, кто заботится о театрах, музеях и крестьянах. Месть вообще неблагородное дело и неблагодарное. Я уже расшифровывал как-то, что слово «месть» означает «меня ест». Если у наших братишек так будет продолжаться и впредь, то очень скоро западные плутодемократы получат на руки все козыри. И предостаточно найдется тех, кто поверит, что со сменой власти все поголовно в Беларуси будут олигархами с яйцами Фаберже.

Я часто гуляю вечером по Юрмале. Если из-за забора на меня лает собака, я же не становлюсь на четвереньки и не облаиваю ее в ответ!

Власть злится и проявляет излишнюю силу, стращает своими мускулами, когда трусит. Зачем трусить белорусской власти? За нее главная часть народа – трудящиеся. Правда, у Нетрудящихся больше возможностей и средств. Конечно, это нельзя сегодня не учитывать. Но клин надо вышибать клином. Их же методами. Вон, американцы во имя демократии умудряются завоевывать целые страны, и при этом никто их в тирании не обвиняет. А правителей, которые заботились о своих народах и пытались приструнить бояр, сенаторов, конгрессменов, спекулянтов, в истории потом называли тиранами и грозными!

Я восхищаюсь тем, что где-то сохранился улучшенный СССР. Беларусь – «римейк» всего хорошего, что было у нас в советское время. И мне было очень приятно, что мои новые «названые братья» – музыканты «Скорпионс» – со мной во всем согласились. Кстати, закончился наш с ними разговор вот на чем: я попытался им объяснить, что означает на древнем славянском языке «тяжелый рок». Рок – это судьба! Доказательство тому – целая ветвь слов: у-рок – у судьбы, про-рок – про судьбу, вп-рок – в судьбу, а еще я пошутил, что рок-ировка по-нашенски – это перемена судеб. А тяжелый рок – это «тяжелая судьба». Недаром большинство людей, замороченных хард-роком, мучаются своей тяжелой судьбой. Я предложил ирокезам написать песню в новом стиле – lucky-rock (счастливый рок). Их продюсер так обрадовался: «Давай мы с тобой будем соавторами песни, которую я напишу покуплетно: Hard Rock, Easy Rock (легкий) и, наконец, главное – Lucky Rock! И мы изменим как собственную судьбу, так и судьбы наших фанов».

Почему я об этом упомянул? У простого народа в России сегодня – «хард-рок», а в Беларуси – «изи-рок». Для чиновников и олигархов – наоборот.

* * *

Гостиница. Стойка администрации. Я заполняю анкету. Подходит крутой бизнесмен-москвич. Наших «москалей», испорченных понятием «все включено», видно сразу – на понтах, зубы веером...

– У вас Health Club-то есть? А массажистки?

Они эротический массаж делают? – совершенно не смущаясь, задает он вопрос белокурой «ресепшионистке».

Девушка за стойкой покраснела. Ой, и врезала бы ему сейчас! Но пятизвездочный менеджмент не позволяет. И все-таки не сдержалась и довольно резко, рискуя быть уволенной, ответила:

– У нас (она особенно выделила «у нас») этого нет. – В слово «нет» вложила всю гордость за Отчизну.

Бизнесмен хмыкнул заносчиво:

– Какая ж вы все-таки отстойная страна! Когда же наконец станете современными?

Я не выдержал и бессовестно встрял в разговор:

– В Беларуси потрясающий эротический массаж делает ОМОН! Могу дать телефончик!

«Крутой» шутку не оценил, побагровел от злости, не зная, что ответить приставучему задирику. Зато благодарная «ресепшионистка» мне улыбнулась так, как, наверное, не улыбаются даже специалистки по эротическому массажу на шестизвездочных европейских курортах...

И все-таки, как и тогда, после первого путешествия в Америку, до сих пор более всего мне обидно, когда я вижу, как мы в России не учимся у других стран и народов тому, чего нам так не хватает!

«Над Канадой небо синее»

•••

Согласно древней легенде, разные страны – это органы Земли. К примеру, Сибирь и Канада – легкие нашей планеты.

Но, после того как увидишь, насколько замусорена Сибирь, надеяться остается только на Канаду. Недавно я там побывал. Вспомнилась песня, которую мы в детстве пели в школьном хоре:

Над Канадой небо синее,
Меж берез дожди косые.
Так похоже на Россию,
Только все же не Россия...

Впечатление первое: природа такая же, как у нас в Сибири, – клены, березы, ели, сосны, реки, озера... Если в России провести субботник, она станет похожа на Канаду, и наоборот – Канада станет похожа на Россию, если по ее полям, лесам и берегам озер разбросать гусеницы от поломанных тракторов, газовые трубы, не подошедшие по диаметру к газопроводу, запчасти от грузовых машин, бумажки, банки от пива...

Побывал в гуронской деревне (то, что называется некрасивым словом «резервация»). Вигвамов там, к сожалению, нет. Совершенно современные коттеджи – проезжая мимо, даже не догадаешься, что это деревня индейская. Правда, если присмотреться, то над дверями каждого дома увидишь образ тотемного животного – лося, кабана, бизона, – который защищает род от напастей...

Вечером обедал в индейском ресторане. Попросил официантку порекомендовать местные блюда, которые любят заказывать индейцы. Она ответила: «Тирамису, карпаччо и панакотта». Не удержался и спросил: «Тирамису у вас из тотемного бизона сделано?» Слава Богу, шутки она не поняла. Все индейцы одеты так, что их от французов отличить невозможно. И немного неожиданно было от современного индейца-гурона слышать приветствие «бонжур». В детстве я очень любил Фенимора Купера. Хорошо, что он не может увидеть потомков персонажей из своих романов, а то бы понял, что и последнего из могикан больше нет.

Невозможно не заметить, что индейцы, в отличие от наших нанайцев с берегов Амура, чувствуют себя подавленными. Их называют хозяевами канадской земли. Более того, их освободили от налогов. По закону вроде все замечательно. А копнешь – чуть ли не везде показуха. Индеец-таксист подвозил меня до одного острова на реке Святого Лаврентия. Я его спросил, может ли он меня потом забрать и отвезти в гостиницу. Он ответил: «Только если в гостиницу в нашей деревне». Оказывается, что он – «хозяин» этой земли – имеет право возить пассажиров по одной дороге – из деревни и обратно. То есть, получается, он работает не как таксист, а как водитель трамвая.

Еще одному индейцу, владельцу ресторана, я задал вопрос, читал ли он «Последнего из могикан». Он ответил, что научную литературу не читает. Я уточнил – это художественная. Он пояснил: «Художественную тем более не читаю. Люблю получать впечатления от жизни, а не из книг...» Потом подумал и добавил: «К тому же я читать не умею».

В деревне есть своя местная газета. В ней я прочитал статью о том, как гуроны борются за эмансипацию своих женщин, что, по-моему, совершенно противоречит их природной сути.

Когда я вернулся в Москву, решил перечитать «Кожаный Чулок» Фенимора Купера. В гостях у героев Купера мне было гораздо приятнее и уютнее, чем в сегодняшней индейской деревне, которая по сути действительно резервация...

Еще в Канаде я ходил в однодневный круиз на кораблике по озеру Онтарио вдоль 1000 островов. На этом турсудне собралась компания из 30 негров-афроамериканцев, 29 из которых весом за 2 центнера с гаком, и только один худенький, килограммов 120. Питание было по системе, как мы говорим, шведского стола. Как же они едят! Так не едят даже русские, впервые попавшие на шведский стол за границей. На блюдах устраивают пирамиды Хеопса, сверху увенчанные короной из булочек. И в обязательную программу входят несколько подходов. Поев, начали танцевать. О 1000 островов забыли. Зато веселились и смеялись, как дети в начальной группе детского сада. Все-таки есть в них что-то очень трогательное!

На одной из главных улиц Торонто ко мне подошел наш эмигрант. Интеллигентный еврей из питерских. Питерских узнаешь сразу – по классическому русскому произношению. «Мне так тут одиноко... – сказал он. – Жена умерла 5 лет назад. И, представляете, теперь с днем рождения меня здесь поздравляет только банк, в котором я храню достаточно большие деньги. А моего соседа вообще поздравляет машина. Он купил машину со встроенной программой, и когда в день своего рождения включает зажигание, то слышит электронное поздравление». Я ему ответил, что видел в американском каталоге зубную щетку с такой же «поздравлялкой». Предложил – дайте адрес, я вам пришлю, и вас будут уже двое поздравлять: банк и щетка.

Вообще на улицах ко мне довольно часто подходили бывшие наши. Приглашали в гости. На одно приглашение я согласился. Собралась большая компания – и взрослые, и дети. Интересно, что дети, которые говорят по-русски, – с глазами-«зажигалками». У тех, кто не говорит, глаза вялые, вместо «зажигалок» пирсинг и тату. Была пара среди гостей, которая пыталась свою дочку заставить учить русский. Ругали ее и даже наказывали. Однажды кроха пришла из школы и заявила: «Наша преподавательница посоветовала мне подать на вас в суд за то, что вы ущемляете мои права!»

Канаде повезло: там нет нефти и Газпрома. Поэтому они должны производить свои продукты, свою одежду... Они не покупают яблоки в Израиле и не завозят клубнику из Голландии. У них голубика не из Европы, а из своих лесов.

Если же отвлечься от профессии сатирика, я бы сказал, что в Канаде замечательно налажен быт: там бесплатное образование, бесплатная медицина, бесплатные детские сады. Канада – это улучшенная Америка. В то время как у нас в России все становится платным. Вообще, поговорив с местными в Канаде, я пришел к выводу, что у нас в России гораздо больше умных простых людей, а власти умнее в Канаде. Там невозможно, чтобы чиновник оформил на жену все предприятия, а сам декларировал небольшую зарплату и 3-комнатную квартиру в местном канадском Бибирево. Их правители заботятся о том, чтобы канадцам жилось лучше. У нас для повышения рождаемости дают премии за второго ребенка – это совершеннейшее социальное извращение, которое наши правители называют «социальным лифтом». Если давать премии за детей, то у нас скоро Сибирь станет китайской без нападения Китая на Россию. На деньги за второго ребенка китаец может ферму открыть в Сибири. А детей наделать для них – одна приятность.

А в Канаде для повышения рождаемости просто обеспечивают людям нормальный уровень жизни, при котором они могут себе позволить завести детей. Почему мы не берем с них пример?

Если не поучимся у таких стран, как Канада, обустраивать свою державу, то очень скоро станем провинцией Поднебесной и песню из нашей юности будем петь на новый лад:

Над КИТАЕМ небо синее,
Меж берез ВОЖДИ косые.
Так похоже на Россию,
Только больше не Россия...

P.P.P.P.S.S.S.S.....

•••

Да, много где я побывал в жизни! Но еще больше мест, в которых должен побывать: на острове Пасхи, в Антарктиде, на Чукотке...

Так что продолжение следует!

Содержание

•••

Литературно-художественное издание

Задорнов Михаил

ЗАПИСКИ УСТАЛОГО РОМАНТИКА

Ответственный редактор *Ю. Качалкина*
Художественный редактор *П. Петров*
Технический редактор *О. Куликова*
Компьютерная верстка *Г. Клочкова*
Корректор *Л. Зубченко*

Фотография на обложке: Олег Дьяченко / Фото ИТАР-ТАСС

ООО «Издательство «Эксмо»
127299, Москва, ул. Клары Цеткин, д. 18/5. Тел. 411-68-86, 956-39-21.
Home page: **www.eksmo.ru** E-mail: **info@eksmo.ru**

Подписано в печать 01.03.2012.
Формат 84x108 $^{1}/_{32}$. Гарнитура «Нью-Баскервиль».
Печать офсетная. Усл. печ. л. 23,52.
Тираж 3000 экз. Заказ № 4554.

Отпечатано в ОАО "Тульская типография".
300600, г. Тула, пр. Ленина, 109.

ISBN 978-5-699-53193-6

9 785699 531936 >